SUSAN GLOSS

Violets wundervoller Vintage-Shop

GOLDMANN
Lesen erleben

Buch

Violet hat ihre Liebe zu alten Dingen zu ihrem Lebensinhalt gemacht. Ihr Laden Hourglass Vintage ist eine Fundgrube für Liebhaberstücke. Jeder ihrer Schätze hat eine ganz besondere Geschichte zu erzählen, und Violet kennt sie alle. Nur über die eigene Vergangenheit verliert sie kein Wort, zu schmerzvoll ist die Erinnerung an eine enttäuschte Liebe. Als eines Tages die erst achtzehnjährige April in den Laden kommt und unter Tränen darum bittet, das erst vor wenigen Wochen erstandene Brautkleid zurückgeben zu dürfen, findet sie bei Violet ein offenes Ohr. Und auch Amithi Singh, die indische Einwanderin, die nach langen Ehejahren entdecken muss, dass ihr Mann sie betrügt, findet in Violets Laden neuen Lebensmut. Doch dann steht wegen Zahlungsrückständen auf einmal die Zukunft von Hourglass Vintage auf dem Spiel, und die drei Freundinnen müssen handeln. Sicher ist: Wo auf die Männer kein Verlass ist, wird es höchste Zeit, dass die Frauen das Schicksal selbst in die Hand nehmen …

Autorin

Susan Gloss lebt mit ihrem Mann, ihrem kleinen Sohn und ihrem neurotischen Hund am Lake Monona in Madison, Wisconsin. »Violets wundervoller Vintage-Shop« ist ihr erster Roman.

Susan Gloss

Violets wundervoller Vintage-Shop

Roman

Aus dem Amerikanischen
von Elvira Willems

GOLDMANN

Die Originalausgabe erschien 2014
unter dem Titel »Vintage« bei William Morrow,
an imprint of HarperCollins*Publishers*, New York.

Dieses Buch ist auch als E-Book erhältlich.

MIX
Papier aus verantwortungsvollen Quellen
FSC® C014496

Verlagsgruppe Random House FSC® N001967
Das FSC®-zertifizierte Papier *Pamo House* für dieses Buch
liefert Arctic Paper Mochenwangen GmbH.

1. Auflage
Taschenbuchausgabe September 2014

Published by Arrangement with Susan Beth Parsons
Dieses Werk wurde im Auftrag der Jane Rotrosen Agency LLC
vermittelt durch die Literarische Agentur
Thomas Schlück GmbH, 30827 Garbsen.
Umschlaggestaltung: UNO Werbeagentur, München
Umschlagmotiv: Copyright © Getty Images/VisitBritain/Pawel Libera
Redaktion: Alexander Behrmann
mb · Herstellung: Str.
Satz: omnisatz GmbH, Berlin
Druck und Bindung: GGP Media GmbH, Pößneck
Printed in Germany
ISBN: 978-3-442-48077-7
www.goldmann-verlag.de

Besuchen Sie den Goldmann Verlag im Netz:

Für meine Großmutter, Sally Baker,
von der ich gelernt habe,
dass jede Naht ihre Geschichte hat

Kapitel 1

INVENTARSTÜCK: Brautkleid
JAHR: 1952
ZUSTAND: gut, kleinere Verfärbungen des Futters
ARTIKELBESCHREIBUNG: elfenbeinfarbenes, wadenlanges Kleid mit U-Ausschnitt und Flügelärmeln. Seidentaft mit Petticoat-Unterrock
HERKUNFT: Kleid von der Tochter des Paars erworben, das fünfundfünfzig Jahre verheiratet war

VIOLET

Unter den Eschen in der Johnson Street, östlich vom Campus, lag Hourglass Vintage in einem verwitterten Backsteingebäude, eingezwängt zwischen einem Fairtrade-Café und einem Fahrradladen. Hinter den Fenstern der Boutique knöpfte Violet Turner gerade eine Schaufensterpuppe in ein Strandkleid mit gesmoktem Oberteil.

Sie seufzte, als Studentinnen mit bunten Tüchern und roten Gesichtern am Laden vorbeieilten, ohne sie und die ausgestellten Kleider eines Blickes zu würdigen. An grauen Frühlingstagen wie diesem musste alles eilig und zweckmäßig sein, und weder für das eine noch für das andere hatte Violet besonders viel übrig. Praktisch veranlagte Menschen betraten den Laden nicht, um Bakelit-Schmuck zu kaufen oder Glacéhandschuhe aus der Zeit der Jahrhundertwende. Selbst die munteren Straßenmusiker – bärtige Bluegrass-Spieler, die normalerweise einen Fleck in der Nähe des Fußgängerüberwegs für sich beanspruchten – hatten ihre Banjos eingepackt und waren gegangen.

Violet schob sich eine Strähne ihrer kurzen schwarzen Haare hinters Ohr und bückte sich, um der Schaufensterpuppe eine Espadrille-Sandale um den Knöchel zu schnüren. Als sie sich wieder aufrichtete, starrte ein Paar hellblauer Augen sie an. Draußen stand, nur Zentimeter vor dem Fenster, eine junge Frau, ein Brautkleid aus den fünfziger Jahren an ihre Fleecejacke gedrückt.

Violet erinnerte sich an die junge Frau. Sie war vor ein paar Wochen hereingekommen und hatte ein halbes Dutzend Brautkleider anprobiert, bevor sie sich für das Kleid mit Tellerrock entschieden hatte, das sie jetzt umklammerte und das im Wind flatterte wie eine weiße Flagge der Kapitulation.

Die junge Frau betrat den Laden und legte das Kleid über die Ladentheke. »Ich muss es zurückgeben.«

»Es tut mir leid, aber wir nehmen nichts zurück.« Violet ging zu ihrem Platz hinter der Kasse und strich ihren karierten Rock über den Hüften glatt.

»Können Sie mir nicht wenigstens einen Teil des Kaufpreises erstatten?« Die junge Frau fuhr mit den Händen über den Seidenstoff des Brautkleids und ließ sie auf den Tüllrosen am Saum ruhen.

»Das würde ich ja gern, aber so sind nun einmal unsere Geschäftsbedingungen«, sagte Violet. Die trockene Hitze des alten Heizkörpers an der Wand schlug ihr entgegen, und sie zog ihre Strickjacke mit den Perlenknöpfen aus – ein Stück, das sie nach dem Tod ihrer Großmutter Lou in deren Kleiderschrank gefunden hatte.

Die junge Frau hatte den Blick starr auf die Tätowierung eines von Flammen umzüngelten Phönix auf Violets sommersprossigem Bizeps gerichtet und wandte ihn ab, als Violet sie beim Glotzen erwischte. »Ich hatte wohl gehofft, Sie könnten eine Ausnahme machen«, sagte die junge Frau. »Ich könnte das Geld wirklich gebrauchen.« Ihre Augen füllten sich mit Tränen – eine Schicht Wasser über blauem Eis.

Violet biss sich auf die Lippe, doch dann fiel ihr wieder ein, dass sie roten Lippenstift trug. Die junge Frau tat ihr leid, doch sie musste sich streng an ihre Geschäftsbedingungen halten. Da sie Secondhandkleidung verkaufte, war es unmöglich zu sagen, ob ein Kleidungsstück getragen worden war, wenn eine Kundin oder ein Kunde es zurückbrachte. Wenn sie Rückgabe zuließ, war sie irgendwann nur noch eine Leihbibliothek für Vintage-Kleidung. Sie zupfte ein Papiertaschentuch aus einer bestickten Tücherschachtel und reichte es der jungen Frau.

Diese wischte sich damit über ihre feuchten Wangen. »Tut mir leid, mir geht's nicht gut.«

»Kein Problem.« Der Kummer im Gesicht der jungen Frau erinnerte Violet an eine Zeit in ihrem eigenen Leben, an die sie nur ungern dachte – an den Schmerz, der mit dem Ende ihrer Ehe einhergegangen war und der darin gegipfelt hatte, dass sie sich vor fünf Jahren für einen Neuanfang in Madison entschieden hatte.

»Normalerweise weine ich nicht vor Fremden«, sagte die junge Frau.

»Ich habe Ihnen geholfen, Ihr Brautkleid auszusuchen. Ich gehe mal davon aus, dass ich Ihnen nicht vollkommen fremd bin. Ich bin übrigens Violet.«

»Und ich bin April Morgan.« Die junge Frau schob das zerknitterte Papiertaschentuch in ihre Handtasche – einen ramponierten Lederschulranzen für Jungen.

»Die Tasche gefällt mir«, sagte Violet. »Sieht aus wie aus den Siebzigern.«

»Ja, sie hat meiner Mutter gehört.«

Violet spürte, dass die junge Frau eine Geschichte zu erzählen hatte, und sich die Geschichten anderer Menschen anzuhören war ihre Spezialität. Jeder Artikel in der Boutique hatte eine Geschichte, von dem Missoni-Kaftan bis hin zu der Baguettetasche von Fendi, an der noch das Etikett baumelte. Wenn Violet die wahre Geschichte hinter einem Artikel nicht kannte, füllte sie die Leerstellen gern mit ihrer Fantasie aus. Sie wusste zum Beispiel, dass der Kaftan von einer italienischen Professorin stammte, die ihn in den Siebzigern als Studentin in Italien gekauft hatte. Die Professorin sagte, sie habe eine kurze, aber leidenschaftliche Affäre mit einem entfernten Cousin von Vittorio Emanuele gehabt, dem letzten Kronprinzen des italienischen Königreichs. So wie die Wangen der Frau glühten, als sie die Geschichte erzählte, hatte Violet ihr jedes Wort geglaubt.

Die Geschichte der Baguettetasche kannte Violet nicht. Eine junge Redakteurin von der örtlichen Alternativzeitung hatte sie ihr verkauft, weil sie das Geld für die Miete brauchte. Sie hatte nur gesagt, es sei ein Geschenk gewesen. Violet stellte sich gern vor, dass die junge Frau sie von einer grausamen, aber brillanten New Yorker Moderedakteurin bekommen hatte, als »kleinen Anreiz«, über Modenschauen und aktuelle Trends zu schreiben. Vielleicht hatte die Journalistin den Job abgelehnt, um über Dinge zu schreiben, die sie als wichtiger erachtete – etwa Politik und Umweltschutz –, und die Handtasche als Erinnerung an den nicht eingeschlagenen Weg eine Weile behalten.

»Möchten Sie etwas trinken?«, fragte Violet. »Vielleicht eine Tasse Tee? Einen Schluck Whiskey?«

Die junge Frau sah sie verdutzt an. »Ich, ähm, nein. Ich bin erst achtzehn.«

Violet lachte, als sie den kleinen elektrischen Wasserkocher einsteckte, der hinter der Theke auf einem kleinen Tisch stand. Auf dem Tisch aus den fünfziger Jahren – rechte Winkel und skandinavische Eiche – befand sich auch noch ein silbernes viktorianisches Teetablett mit einer Sammlung von Bechern, was im Gesamtbild ein buntes Sammelsurium an Stilen ergab, genau wie die Boutique und Violet selbst.

»Das mit dem Whiskey war nur Spaß«, sagte Violet. »Ich habe gar keinen hier im Laden.«

»Sie haben auf jeden Fall viele hübsche Flaschen.« April zeigte auf ein Regal mit Vintage-Glaswaren in allen möglichen Formen und Farben – grün, kobaltblau, rubinrot. »Wofür ist der große Krug?«

»Ich weiß nicht genau.« Violet ging hinüber und holte einen Krug aus Steingut herunter, durch dessen winzigen Henkel gerade mal ein Finger passte. Sie stellte ihn auf die Ladentheke. »Er hat keine Marke und kein Etikett und nichts. Vielleicht hat jemand darin schwarzgebrannten Schnaps verwahrt.«

April nahm ihn in die Hand und betrachtete das blaue Blumenmuster auf der Vorderseite. »Wo haben Sie ihn her?«

»Aus Bent Creek, wo ich aufgewachsen bin. Der Wirt der örtlichen Kneipe hat ihn mir gegeben.«

»Ist das hier in Wisconsin?«, fragte April. »Ich hab den Namen noch nie gehört.«

Violet nickte. »Dazu besteht auch kein Anlass, es sei denn, Sie können sich für Jagen und Angeln begeistern. Eine winzige Stadt in der Nähe des Oberen Sees. Keine tausend Einwohner.«

»Huch«, sagte April und warf noch einmal einen Blick auf Violets Tätowierung. »Das hätte ich jetzt aber nicht vermutet.«

»Ja, ich hab da nicht besonders gut reingepasst«, sagte Violet. »Als Kind hat meine Mutter immer mit mir geschimpft, weil ich das Charlestonkleid, das mein Halloween-Kostüm war, an einem normalen Dienstag zur Schule getragen habe oder für einen Gang zum Lebensmittelladen meine Erstkommunionshandschuhe überstreifte.«

Mit einem Lächeln erinnerte Violet sich daran, dass ihre Großmutter mütterlicherseits bei solchen Gelegenheiten für sie eintrat, wenn sie in Hörweite war. Großmutter Lou hatte Violet dann zugezwinkert und gesagt: »Manche funkeln von Natur aus einfach mehr als andere, Schatz.«

Violet fuhr mit der Hand durch die Luft, um weitere Fragen nach ihrer Vergangenheit zu unterbinden. Sie öffnete ein Mahagonikistchen und strich mit den Fingern über die Teebeutel, die in dem mit Satin ausgeschlagenen Inneren steckten. »Wollen Sie wirklich keinen Tee? Ich gieße mir auf jeden Fall welchen auf; ich kann gern eine Tasse mehr machen.«

»Okay, na gut.« April stellte den Krug ab und öffnete den Reißverschluss ihrer Jacke. »Danke.«

»Und lassen Sie mich das Kleid aufhängen. Es knittert sonst zu sehr.« Violet fegte das Brautkleid von der Ladentheke, strich es glatt und hängte es an ein hohes Gestell neben der Kasse.

»Mir ist es egal, wenn es knittert«, sagte April.

»Mir nicht. Ich habe das Kleid über eine Stunde mit dem Dampfbügeleisen bearbeitet, bevor ich es in den Laden gehängt habe. Seidentaft ist verdammt knifflig zu bügeln.«

Mist, dachte Violet und schalt sich, dass sie vor einer Kundin fluchte. Ich mit meiner großen Klappe. Sie warf einen Blick auf April, doch die hatte es entweder nicht mitbekommen oder störte sich nicht daran.

»Was für einen Tee möchten Sie?«, fragte Violet und goss heißes Wasser in zwei handbemalte Porzellantassen. »Ich habe grünen Tee, Earl Grey …«

»Haben Sie etwas ohne Tein?«, fragte April und legte die Hand auf ihren Bauch.

Violet bemerkte die leichte Rundung und fragte sich, ob April schwanger war. Bei diesem Gedanken überkam sie eine Welle des Neids und des Bedauerns. Violet liebte Kinder, immer schon, doch in letzter Zeit war der Wunsch nach einem eigenen Kind unerwartet stark geworden. Diese neue Sehnsucht bereitete ihr Sorgen, nicht weil sie achtunddreißig und Single war, sondern weil sie eigentlich mit ihrem Leben so, wie es war, zufrieden war. Sie hatte Miles, ihren Pitbull, und einen großen Kreis von Kundinnen, von denen einige inzwischen auch zu Freundinnen geworden waren.

Kinderwunsch und biologische Uhren waren ihrer Meinung nach konventionell. Und Violet bildete sich ein, unabhängig und nonkonformistisch zu sein – auch wenn sie in ihrem Laden Vintage-Schürzen und geschnürte Kleider verkaufte.

»Kamille, wenn Sie welchen haben«, sagte April. »Den hat meine Mutter immer für mich gemacht.«

Violet gab Teebeutel in die Becher und reichte April einen. »Wie kam es, dass Sie ein Vintage-Kleid gekauft haben?«

»Ich wohne die Straße runter und komme öfter hier vorbei«, sagte April. »Und ich mag alte Dinge. Ich weiß nicht, warum. Vermutlich gefällt mir die Vorstellung, dass diese Sachen schon ein Leben hinter sich haben, dass die Vergangenheit nicht bedeutungslos ist.«

»Ich weiß, was Sie meinen«, sagte Violet. »Ich rede mir auch gern ein, vor Jahren wären die Dinge einfacher gewesen, obwohl ich mir da sicher etwas vormache.«

»Ich weiß noch, was Sie mir über das Kleid erzählt haben, die Dame, die es getragen hat, sei am Ende fünfundfünfzig Jahre verheiratet gewesen.«

»Wow. Freut mich, dass tatsächlich jemand meinen Geschichten zuhört«, sagte Violet. »Ich meine, ich erzähle meinen Kundinnen die ganze Zeit Details über die Kleider, aber vermutlich nicken die meisten nur höflich und stellen auf Durchzug. Meist mache ich mir nicht klar, dass nicht jeder so besessen ist von alten Dingen wie ich.«

»Was Sie mir über das Kleid erzählt haben, war mit ein Grund, es zu kaufen. Also, abgesehen davon, dass es wunderschön ist und ganz einzigartig.«

»Nicht wahr?« Violet warf einen wehmütigen Blick auf das Kleid, das auch auf einem Bügel hängend die Form behielt. »Die Braut hat es mit der Hand genäht. So eine Sorgfalt im Detail findet man an einem Kleid von der Stange einfach nicht.«

»Hat es Ihnen die Dame gebracht, die es genäht hat?«

Violet schüttelte den Kopf. »Die Tochter des Paars. Ihre Eltern waren innerhalb von einer Woche beide gestorben.«

»Wie traurig.«

Violet trank einen Schluck Tee. »Kann sein, aber sie haben eine lange, glückliche Ehe geführt. Das ist mehr, als den meisten vergönnt ist.«

»Ich meine, für die Tochter.« Aprils Stimme zitterte. »Waren Sie gerade mit etwas beschäftigt? Ich möchte Sie nicht aufhalten, wenn Sie zu tun haben.«

»Das Geschäft brummt heute nicht gerade.« Violet zeigte in dem leeren Laden herum. »Würden Sie gern darüber reden, was passiert ist? Warum Sie das Kleid zurückgeben wollen, meine ich?«

Die junge Frau schüttelte den Kopf, wobei ihr blonde Strähnen über die Wangen strichen. »Ich sollte Sie nicht noch länger stören.«

»Ich wollte nur das Schaufenster für den Sommer neu gestalten. Das kann warten.« Violet betrachtete ihre zwei Schaufensterpuppen im Fenster, die jetzt ein seltsames Paar abgaben – die eine in einem pfirsichfarbenen Mohairpullover und die andere in einem Strandkleid.

April stellte ihre Teetasse auf die Ladentheke neben die Kasse und stieß dabei einen Stapel Papiere herunter. »Tut mir leid«, sagte sie und bückte sich, um sie aufzuheben.

»Keine Sorge. Meine Schuld, dass ich meine Unterlagen überall herumliegen lasse. Eines Tages hätte ich gern alles im Computer, aber ich weiß einfach nicht, wo ich anfangen soll. Außerdem sind Seiten voller Zahlen einfach nicht meine Stärke«, sagte Violet. »Ich kümmere mich lieber um den Fleck auf einer Seidenbluse oder bügele Vintage-Leinen.«

»Ich liebe Zahlen«, sagte April. »Ich habe ein Stipendium, um an der University of Wisconsin Mathe zu studieren. Im Herbst fange ich an.«

Das Glöckchen über der Tür läutete, und eine dunkelhaarige

Frau in einem rosafarbenen Sari betrat den Laden. Die glänzenden Falten des Stoffes knisterten, als die Frau sich der Ladentheke näherte.

»Entschuldigen Sie mich einen Moment«, sagte Violet.

»Ich sollte eh gehen.« April zog den Reißverschluss ihrer Jacke zu. »Danke für den Tee.«

»Nein, Sie müssen nicht gehen. Wahrscheinlich dauert es nur zwei Minuten.«

April machte ein paar Schritte zur Tür und drehte sich dann um. »Oh, ich habe das Kleid vergessen.« Sie sah Violet flehentlich an. »Kann ich es nicht einfach hierlassen? Ich habe keine Verwendung dafür, und ich will es nicht jedes Mal sehen, wenn ich den Kleiderschrank öffne.«

»Klar, kein Problem«, antwortete Violet und überlegte, ob sie nicht eine Ausnahme machen und es doch zurücknehmen konnte – nur dieses eine Mal. Sie wandte sich der Registrierkasse zu, einem klotzigen Eisending mit runden Tasten ähnlich einer alten Schreibmaschine. Sie zog an dem Hebel, um die Geldschublade zu öffnen, doch nichts geschah. Sie rüttelte daran, doch sie rührte sich nicht vom Fleck.

»Wenn Sie eine Minute warten, kriege ich sie auf«, sagte Violet. Doch als sie aufblickte, war April schon fort. Vor der Theke stand die Frau in dem Sari und kramte in ihrer Handtasche. Violets Blick fiel auf den grauen Ansatz an ihrem Scheitel.

»Hallo«, sagte Violet und verbarg ihre Überraschung hinter einem Lächeln. »Was kann ich für Sie tun?«

Die Frau holte einen roten Stoffbeutel aus der Handtasche. Sie leerte ihn aus, und auf die Theke klimperten Armreifen in allen Regenbogenfarben. »Die würde ich gern verkaufen.«

Violet nahm einen Reif in die Hand, einen dünnen goldenen Reif mit blauen Steinen. »Die sind wunderschön. Ist es Modeschmuck?«

»Ich verstehe nicht, was Sie meinen.« Die Frau runzelte die

Stirn, und das Bindi zwischen ihren Augenbrauen legte sich in Falten.

»Ich meine, sind die aus echtem Gold?«, fragte Violet.

Die Frau schüttelte den Kopf. »Ich habe einige Armreifen aus achtzehnkarätigem Gold zu Hause, aber das hier sind nur billige Dinger. Die blauen waren ein Geschenk von meinem Mann, als wir jung waren und kein Geld hatten.«

Violet legte den Armreif auf die Theke. »Oh, vielleicht möchten Sie die blauen dann gern behalten? Es klingt, als hätten sie Ihnen etwas bedeutet.«

»Nein. Nicht mehr.« Die Schärfe in der Stimme der Frau deutete an, dass sie nicht über ihren Mann sprechen wollte, und Violet respektierte das. Sie wusste aus persönlicher Erfahrung, dass einige Geschichten zu schmerzlich waren, um sie zu erzählen.

Violet griff nach einem Armreif mit einem in das Metall eingearbeiteten rosa- und orangefarbenen Muster.

»Der hat meiner Tochter gehört«, sagte die Frau. »Ich habe ihr Zimmer ausgeräumt, weil sie gerade geheiratet hat und mit ihrem Mann am anderen Ende der Stadt eine Wohnung gekauft hat. Deswegen trage ich einen Sari und ein Bindi und all das hier.« Sie berührte ihre Stirn. »Das trage ich nur zu besonderen Gelegenheiten. Wir haben heute Morgen ein kleines Gebetsritual für die Frischvermählten abgehalten, eine Puja. Meine Tochter wollte keine indische Hochzeit, also mussten ihr Vater und ich uns mit einer Puja und einem Brunch zufriedengeben, nachdem sie von der Hochzeitsreise zurück waren.«

»Möchte Ihre Tochter ihn nicht haben?«, fragte Violet und legte den Armreif zurück auf die Ladentheke.

Die Frau schüttelte den Kopf. »Sie hat gesagt, ich soll alles wegschmeißen, was sie nicht mitgenommen hat. Ich habe ihr gesagt, es würde mir nichts ausmachen, ein paar von ihren Sachen aufzuheben, aber sie sagte, es sei Zeit – wie hat sie es formuliert? – für etwas Neues. Sie meinte, ich klammerte mich zu sehr an alte Dinge.«

»Da bin ich genau wie Sie.«

»Haben Sie keine Kinder?«, fragte die Frau.

Violet schüttelte den Kopf und sagte mit aufgesetzter Fröhlichkeit: »Aber mein Hund ist für mich so etwas wie mein Baby.« Sie schlug das in Leder gebundene Inventarbuch auf, in dem sie alles verzeichnete, was sie ankaufte und verkaufte, vom Chanelkostüm bis hin zum gehäkelten rückenfreien Top. Nachdem sie die Einträge einiger ähnlicher Schmuckstücke überprüft hatte, sagte sie: »Ich kann Ihnen für alles zusammen zwanzig Dollar in bar geben oder einen Einkaufsgutschein über dreißig Dollar. Was wäre Ihnen lieber?«

»Bar, wenn es Sie nicht stört«, sagte die Frau. »Ich habe noch viele Sachen zu Hause. Nicht nur Armreifen, auch anderes. Wenn Sie Interesse haben, kann ich im Laufe der Woche noch ein paar Sachen bringen.«

»Sicher«, antwortete Violet. »Wir haben jeden Tag von zehn bis sieben geöffnet.«

»Und wie heißen Sie, damit ich nach Ihnen fragen kann?«

»Ich bin Violet. Aber Sie müssen sich keine Sorgen machen, dass Sie mich nicht finden. Ich bin die Einzige, die hier arbeitet, und ich bin *immer* hier. Ich wohne obendrüber.«

»Ich heiße Amithi.«

»Freut mich, Sie kennenzulernen.« Violet lächelte. »Jetzt bräuchte ich nur noch irgendeinen Ausweis. Darum muss ich jeden bitten, von dem ich etwas für den Laden ankaufe. Es ist gesetzlich vorgeschrieben, ich glaube, um zu verhindern, dass die Leute Diebesgut verkaufen.«

Amithi holte ihren Führerschein heraus, und Violet öffnete die Geldschublade und gab Amithi das Geld für die Armreifen.

»Vielen Dank.« Amithi steckte die Scheine in ihre Börse und sah besorgt zum Schaufenster. »Ich hoffe, Sie halten mich nicht für komisch … wahrscheinlich ist es auch gar nichts, aber kennen Sie den Mann, der draußen vor Ihrem Laden parkt? Als ich kam, habe ich mir nichts dabei gedacht, aber jetzt ist mir doch aufgefallen, dass er immer noch an derselben Stelle steht und die ganze Zeit hier reinschaut.«

»Was? Welches Auto?« Violet trat an das große Schaufenster und sah hinaus auf die Straße, wo Autos dicht an dicht am Bordstein standen, Stoßstange an Stoßstange, wie es in dieser Universitätsstadt üblich war.

»Das silberne da, sehen Sie?« Amithi trat zu Violet.

Violet schob sich die gerade geschnittenen Ponyfransen aus den Augen. Vor der Akupunkturpraxis auf der anderen Straßenseite stand ein grauer Nissan mit laufendem Motor. Auf dem Fahrersitz saß ein Mann, dessen Gesicht sie jedoch nicht erkennen konnte. »Haben Sie gesehen, wie der Mann aussah?«, fragte sie. »Von hier kann ich es nicht sagen.«

»Ich habe ihn nicht von Nahem gesehen, aber ich glaube, er hat braunes Haar, ein bisschen schütter«, sagte Amithi. »Er sah aus, als wäre er groß. Beleibt.«

Konnte gut sein, dass Jed, ihr Ex, allmählich kahl wurde. Und bei der Geschwindigkeit, mit der er Dosenbier runterkippte – zumindest zu der Zeit, als sie verheiratet gewesen waren –, würde es Violet nicht überraschen, wenn er inzwischen auch ein Bäuchlein hätte. In der ersten Zeit nach der Scheidung war Jed regelmäßig die knapp fünfhundert Kilometer gefahren, um betrunken vor ihrer Tür aufzutauchen und ihr zu drohen, er werde sie zurück nach Bent Creek schleifen, doch inzwischen kam das nicht mehr so oft vor.

Doch der Mann in dem Nissan konnte unmöglich Jed sein, dachte Violet. Er würde niemals ein anderes Auto fahren als einen amerikanischen Pick-up. Sie zwang sich, ruhig durchzuatmen, wie man es ihr in dem Yogakurs beigebracht hatte, den sie vor ein paar Monaten in dem erfolglosen Bemühen, ein wenig mehr Balance in ihr Leben zu bringen, besucht hatte.

Auf der anderen Straßenseite ging die Tür des grauen Wagens auf, und heraus kam ein Mann, dessen muskulöse Arme sich unter seinem weißen T-Shirt wölbten. Er hatte das harte Pokergesicht eines Menschen aufgesetzt, der für einen anderen die Drecksarbeit erledigt.

»Kennen Sie ihn?«, fragte Amithi.

»Den habe ich noch nie gesehen.«

Der Mann kam herein und drückte die Tür zu, dass die Glöckchen schepperten. »Huch, tut mir leid.« Er zuckte die Achseln und richtete den Blick auf ein Klemmbrett. »Violet Turner?«

»Ja?« Violet legte eine Hand auf die Brust.

Amithi wandte sich ab und sah sich die Regale mit den Schuhen im hinteren Teil des Ladens an.

Der Mann reichte Violet einen dicken Packen Papier. »Ich bin beauftragt, Ihnen dies zu übergeben.« Er blieb auf dem Fußabtreter stehen – vielleicht weil er spürte, dass er nicht willkommen war.

Violet schob ihre Hornbrille ein Stück den Nasenrücken hoch und las stumm die Überschrift auf dem obersten Blatt: »Kündigung der Räumlichkeiten.« Und ein paar Zeilen darunter: »Räumungsandrohung.«

»Wieso ist hier von Räumung die Rede?«, fragte sie.

Ohne ihr in die Augen zu sehen, hielt der Mann ihr sein Klemmbrett hin. »Sie müssen auf der Linie unterzeichnen, dass Sie die Unterlagen erhalten haben.«

»Ich glaube, Sie haben die Falsche erwischt«, sagte Violet. »Ich habe mit meinem Vermieter einen Mietkaufvertrag und habe vertraglich vereinbart, dass ich ein Vorkaufsrecht auf das Gebäude habe. Ich verstehe also nicht, warum er mich räumen lassen sollte. Ein Teil meiner monatlichen Miete wird als Anzahlung auf einen potenziellen Erwerb des Hauses gutgeschrieben.«

»Ich bin nur der Zusteller, Madam. Ich weiß nicht, worum es in den Papieren geht. Das müssen Sie mit Ihrem Anwalt besprechen.«

»Ich habe keinen Anwalt«, sagte Violet leise und warf über die Schulter rasch einen Blick auf Amithi, bevor sie die Papiere unterzeichnete.

»Vielen Dank, Madam. Ich wünsche Ihnen viel Glück.« Der Zusteller senkte den Kopf zu einer angedeuteten Verneigung. »Sieht so aus, als hätten Sie hier einen sehr schönen Laden.« Er schob sich das Klemmbrett unter den Arm und ging.

Amithi kam zu Violet zurück. »Tut mir leid, dass ich nicht gegangen bin. Doch da Sie sagten, Sie würden den Mann nicht kennen, war ich ein wenig in Sorge um Sie und wollte Sie nicht hier allein lassen.«

Violets Hände, in denen sie die Papiere hielt, zitterten. Sie war dankbar für Amithis Besorgnis, doch das Einzige, was noch schlimmer war, als eine Räumungsandrohung zugestellt zu bekommen, war, wenn auch noch eine Kundin dabei zugegen war.

»Kann ich etwas für Sie tun?«, fragte Amithi. »Ich habe das Gefühl, der Mann hat Ihnen keine guten Nachrichten gebracht.«

»Nein«, sagte Violet. »Wahrlich nicht.«

Kapitel 2

INVENTARSTÜCK: Teller, sechs Stück
JAHR: 1988
ZUSTAND: leidlich, kleiner Abplatzer am Rand eines Tellers
ARTIKELBESCHREIBUNG: mehrere Keramik-Essteller; zwei aprikosenfarben, zwei rosa und zwei türkis
HERKUNFT: Haushaltsauflösung

April

April saß an dem runden Küchentisch und aß mit Butter bestrichenen Toast und zwei hartgekochte Eier. Sie wollte sie nicht essen, ja, wollte überhaupt nichts essen, doch die Gynäkologin hatte gesagt, sie müsse mehr Protein zu sich nehmen, und Eier waren billig und leicht zu kochen. Sie schnitt eines durch und betrachtete die beiden Hälften auf ihrem Teller. Die länglichen Eihälften schaukelten auf dem rosafarbenen Keramikteller aus der Erbschaft ihrer Mutter hin und her – falls man das Durcheinander, das sie hinterlassen hatte, die unausgegorene Geschäftsidee und das unaufgeräumte Haus überhaupt als Erbe bezeichnen konnte.

April nahm den Teller und warf das, was darauf war, in den Mülleimer, doch schon hatte sie etwas Verdorbenes in der Nase. Sie lief zur Spüle und erbrach ihr Frühstück. So viel zu dem Thema, dem Baby etwas Gutes tun zu wollen.

Die Übelkeit verging, doch besser fühlte April sich danach nicht. Das war nicht fair, dachte sie, dass Charlie in ein paar Wochen das College abschloss und dann im Herbst zum Medizinstudium nach Boston ging. Er würde einfach weitermachen, als wäre nichts passiert, während sie hier in Madison in diesem miefigen Bungalow festsaß.

Sie war in dem Haus auf einer Landenge zwischen dem Lake Mendota und dem Lake Monona aufgewachsen, nur wenige Blocks vom Kapitol mit seiner weißen Kuppel und der Fußgängerzone in der State Street entfernt. Das Haus war eines von einem halben Dutzend Bungalows in der Straße, zwischen viktorianischen Häusern und American Foursquares, mit einer weißen Veranda vornedran. Ein Haus in der Straße, eine Schönheit im Prairie Style mit geraden Linien und einem Dach mit geringer Neigung, war von einem Schüler von Frank Lloyd Wright entworfen worden.

Einige dieser Wohnhäuser wurden, wie dieses, noch von Familien bewohnt, doch viele waren im Laufe der Jahre zu Studentenbuden und Einfamilienhäusern und dann zu Yogastudios, Kunstgalerien und todschicken Gebäuden mit Eigentumswohnungen umgebaut worden. Als Kind hatte April im Herbst an Sonntagen auf den Stufen vor dem Haus gesessen und den Studentinnen und Studenten gewunken, die auf dem Weg zum Football vorbeikamen. Sie hatte sich vorgestellt, dass sie eines Tages eine von ihnen sein würde, in einem roten Sweatshirt und mit einem sorglosen Lächeln. Jetzt war sie sich da nicht mehr so sicher.

Sie war in der zwanzigsten Woche der Schwangerschaft; jetzt gab es kein Zurück mehr. Selbst wenn sie ein Krankenhaus gefunden hätte, das so spät noch eine Abtreibung vornehmen würde, hätte sie es nicht gekonnt. Das ungeborene Kind war ihre einzige Hoffnung auf etwas, was auch nur annähernd an eine Familie erinnerte.

April blätterte in einem Schwangerschaftsratgeber, den sie in der Bücherei ausgeliehen hatte. Sie identifizierte sich nicht mit den lächelnden Frauen mit glänzenden Haaren auf den Fotos. Sie wünschte, ihre Mutter wäre da, damit sie sie nach den seltsamen Dingen fragen konnte, die mit ihrem Körper und ihren Gefühlen passierten, und ob sie wieder weggehen würden. Sie überflog ein Kapitel mit pränatalen Komplikationen und strich mit dem Finger über die seltsam klingenden Worte für all das, was schieflaufen konnte: »Extrauteringravidität«, »Polyhydramnie«, »Präeklampsie«. Besonders die Zahlen sprangen ihr ins Auge, und sie konzentrierte sich auf Wahrscheinlichkeiten und Prozentsätze. *Nach zwölf Wochen steht die Wahrscheinlichkeit einer Fehlgeburt bei drei zu hundert.*

April wünschte auch, ihre Mutter wäre da, damit die Konzentration sich einmal auf etwas anderes hätte richten können als auf die Probleme ihrer Mutter. Ein Kind, selbst ein ungeplantes, hätte womöglich ein wenig Normalität in die frenetischen Hochstimmungen und bodenlosen Trübnisse, die die letzten Jahre ihrer Mutter bestimmt hatten, gebracht. Medikamente hatten ihre bipolare Störung in Schach gehalten, aber nur gerade eben so, und nur, wenn sie sie auch wirklich nahm. Bei mehr als einer Gelegenheit hatte April im Abfalleimer im Bad volle Packungen gefunden.

April nahm ein wenig Wasser in den Mund und spuckte es ins Waschbecken, dann setzte sie sich wieder an den Tisch, um die Post durchzusehen. Die meisten Umschläge waren an Clutter Consulting LLC adressiert, die Aufräumberatung, die ihre Mutter mitten in einem manischen Schub gegründet hatte. Damals hatte ihre Mutter ihre langjährige Stelle als Sekretärin gekündigt, um ihre eigene Firma zu gründen, doch sie hatte sie nie richtig ins Laufen gebracht. Als April ihre Mutter gefragt hatte, wie sie anderen Menschen helfen wolle, ihr Leben zu organisieren, wo sie doch ihr eigenes kaum geregelt bekam, hatte Kat Morgan nur gesagt: »Ach, Schatz. Nicht alles lässt sich auf mathematische Wahrscheinlichkeiten reduzieren. Manchmal muss man einfach ein Risiko eingehen.«

In Aprils Mund sammelte sich Speichel, und sie stand auf und lief noch einmal zum Waschbecken, denn sie fürchtete, sie müsste sich erneut übergeben. Trotz der Worte ihrer Mutter wusste April durchaus etwas über Risiken. Sie war vor fünf Monaten ein großes Risiko eingegangen, an dem Dezembermorgen nach ihrem achtzehnten Geburtstag.

Sie hätte so viel Verstand besitzen müssen zu wissen, dass es nicht klug war, ein paar Tage bevor sie ihren Studierfähigkeitstest wiederholen musste, zum ersten Mal Sex zu haben, doch Charlie und sie hatten schon Ewigkeiten gewartet. Als das Kondom geplatzt war, hatte er sie festgehalten und gesagt, sie solle keine Panik bekommen. Sie waren zusammen zu Walgreens gegangen, um die Pille danach zu besorgen, und da hatte der pickelige junge Apotheker ihnen erklärt, sie müsse mit Nebenwirkungen wie Übelkeit, Erbrechen und schweren Krämpfen rechnen. *Bei etwa jeder vierten Frau kommt es zu unangenehmen Nebenwirkungen.*

April konnte es sich nicht leisten, dass ihr während des Tests übel wurde. Im November, wenige Wochen nach dem Unfall ihrer Mutter, hatte sie ihn verpatzt. Wenn sie Aussichten auf eines der Stipendien haben wollte, für die sie sich beworben hatte, musste sie ihn beim zweiten Mal unbedingt bestehen. Und so hatte sie die weiße Tüte aus der Apotheke weggeworfen, ohne sie zu öffnen. Den Studierfähigkeitstest bestand sie mit Bravour, und in Mathe schaffte sie sogar die volle Punktzahl. Leider bekam sie die auch bei dem Schwangerschaftstest, den sie zwei Wochen später zu Hause machte.

So war es gekommen, dass sie jetzt hier über der Küchenspüle würgte.

Es läutete an der Tür, und April richtete sich verwundert auf. Sie ging ins Foyer und spähte durch das Bleiglasfenster. Auf der Veranda vor dem Haus stand eine grauhaarige Frau mit Sonnenbrille und im Kostüm.

Mist, dachte April. Es war Mrs Elizabeth Barrett, Mitglied des örtlichen Frauenvereins, der ihr ein Vollstipendium fürs College zugesprochen hatte. April hatte vergessen, dass sie mit ihr verabredet war.

Sie öffnete die Tür ein Stück und versuchte sich, so gut es ging, dahinter zu verstecken. Sie hatte den Mitgliedern des Stipendienausschusses noch nichts von ihrer Schwangerschaft erzählt. »Hi, Mrs Barrett.«

Die ältere Frau trat ein. »Guten Morgen.« Sie setzte ihre Brille ab und steckte sie in ihre Handtasche, die riesig war und knallgelb. Und wahrscheinlich teuer.

»Ihre Tasche gefällt mir«, sagte April.

»Sie müssen mir keinen Honig ums Maul schmieren, Liebes. Wir haben Ihnen das Stipendium schon zuerkannt. Es sei denn, Sie versuchten mich dazu zu kriegen, Ihnen in meinem Testament etwas zu hinterlassen, was der Grund zu sein scheint, warum die meisten Leute mir in den Allerwertesten kriechen. Sollte das der Fall sein, dann lassen Sie sich eins gesagt sein, Schätzchen. Ich habe nicht vor, in nächster Zeit den Abgang zu machen.«

»Okay«, sagte April befremdet. »Aber ich wollte Ihnen keinen Honig ums Maul schmieren. Die Tasche gefällt mir wirklich. Und ich bin *definitiv* nicht darauf aus, etwas zu erben. Mit der Hinterlassenschaft meiner Mutter habe ich genug Probleme.«

Wobei das Wort »Hinterlassenschaft« irreführend war, fand April. Bevor ihre Mutter gestorben war, hatte sie immer gedacht, der Begriff beinhalte irgendeine Form von Wohlstand. Erst als sie die ganzen Briefe von Banken sah, die versuchten, die Schulden aus dem Erlös der »Hinterlassenschaft« ihrer Mutter einzutreiben, begriff sie, dass sie sich getäuscht hatte. Jetzt stapelte sie die Briefe nur noch und brachte sie in Abständen in die Anwaltskanzlei.

»Kann ich Ihnen etwas zu trinken anbieten?«, fragte April.

»Nein, danke«, sagte Mrs Barrett. »Setzen wir uns nur hin.«

April führte sie ins Wohnzimmer, und sie nahmen in abgewetzten Ohrensesseln einander gegenüber Platz.

»So.« Mrs Barrett beugte sich vor. »Ein Mitglied des Komitees war kürzlich in Ihrer Schule, um ein paar Formulare für Sie abzugeben.«

April hielt die Luft an. Sie war aufgeflogen.

»Im Sekretariat hieß es, Sie seien in letzter Zeit nicht da gewesen. Waren Sie krank?«

Reflexhaft verschränkte April die Arme vor dem Bauch. »Nicht ganz.«

»April«, sagte die ältere Frau nach einer Pause. »Was meinen Sie, warum ich heute hier bin?«

April richtete sich auf. »Ich dachte, es sei Voraussetzung für mein Stipendium, dass ich mich mit Ihnen treffe. Das haben Sie jedenfalls am Telefon gesagt.«

»Das entspricht nicht ganz der Wahrheit. Wobei, in Ihrem Fall schon.« Mrs Barrett rückte die goldene Uhr an ihrem knochigen Handgelenk zurecht. »Was ich sagen will, ist, dass wir von anderen Stipendienempfängern nicht verlangt haben, sich mit einem Mitglied des Komitees zu treffen. Doch wegen Ihrer besonderen Umstände, da Sie erst kürzlich Ihre Mutter verloren haben, hielten wir es für eine gute Idee, dass jemand mal nach Ihnen sieht.«

April wusste nicht, ob sie gerührt sein sollte oder genervt. Sie hatte es satt, dass alle Mitleid mit ihr hatten. Die meisten Begegnungen in letzter Zeit waren irgendwie schräg, entschärft durch einen Filter des Mitleids. Was die Leute jedoch nicht wussten: April hatte sich seit Jahren um sich selbst gekümmert, lange vor dem Tod ihrer Mutter. Unzählige Male war ihre Mutter dermaßen durch den Wind gewesen, dass April alles im und ums Haus hatte tun müssen: einkaufen, Nummernschilder erneuern, dafür sorgen, dass Rechnungen bezahlt wurden.

»Sie können mir ruhig sagen, was los ist«, sagte Mrs Barrett. »Ich sage es den anderen Mitgliedern des Komitees nicht, wenn Sie nicht wollen.«

»Okay, aber Sie dürfen es wirklich sonst niemandem sagen. Jedenfalls noch nicht«, sagte April. Sie ging davon aus, dass es wohl keinen Sinn hatte zu lügen. Lange konnte sie ihren Zustand nicht mehr verbergen, ja, vielleicht war es ja längst so weit. In letzter Zeit hatte sie oft das Gefühl, dass die Leute auf ihren Bauch glotzten, zum Beispiel die Verkäuferin mit der Tätowierung in dem Vintage-Laden, Violet, vor ein paar Tagen.

»Ich sage es niemandem«, sagte Mrs Barrett. »Solange Sie kein Verbrechen begangen haben.«

»Also, ein Verbrechen ist es, soweit ich weiß, nicht«, sagte April. »Ich bin schwanger.«

April hatte es bisher nur einmal laut ausgesprochen, gegenüber Charlie, nachdem sie zu Hause den Schwangerschaftstest gemacht hatte. Er hatte mit einem Heiratsantrag reagiert.

Mrs Barretts Antwort war weniger begeistert. Sie war so schockiert, dass April überzeugt war, sie würde ihr auf der Stelle das Stipendium wieder wegnehmen. Überraschenderweise empfand sie das als nicht besonders schmerzlich. Dabei wollte April, dass es wehtat, sie wollte etwas anderes fühlen als diesen leeren Schmerz, der sie einhüllte, seit Charlie gegangen war. Zuerst hatte sie ihre Mutter verloren und kurz darauf auch noch Charlie – und es schmerzte, als würde man den Verband von einer nässenden Wunde reißen.

»Sie können nicht einfach die Highschool schmeißen«, sagte Mrs Barrett. »Wenn es Ihnen peinlich oder unangenehm ist, was die anderen denken, dann können wir sicher mit Ihren Lehrerinnen und Lehrern reden und eine Lösung finden.«

»Mit peinlich hat das nichts zu tun«, sagte April. »Ich habe nicht aufgehört, in die Schule zu gehen, nur weil ich schwanger bin. Ich habe mich auch gelangweilt.«

Mrs Barrett hob eine Hand an die Schläfe. »Ich muss sagen, dass das eine schreckliche Enttäuschung ist. Wie wollen Sie denn ohne Highschoolabschluss aufs College gehen?«

»Ich möchte immer noch aufs College. An der Vorprüfung habe ich bereits teilgenommen.«

Siehst du, dachte April. *Ich bin keine* vollkommene *Versagerin.*

Mrs Barrett öffnete den Mund und schloss ihn wieder. Sie schüttelte den Kopf.

»Ich habe bestanden«, sagte April. »Und ich habe der University of Wisconsin schon meine Noten geschickt. Das Zulassungskomitee hat gesagt, sie wären in Ordnung, was bedeutet, dass ich einen Platz im ersten Semester habe. Ich hätte die Vorprüfung schon vor Monaten machen sollen, ehrlich. Ich hätte mir viel Zeit sparen können, die ich in der Klasse herumgehockt habe.«

April wusste, dass sie sich gegenüber Mrs Barrett defensiv verhielt, vielleicht sogar ein wenig rotzig. Doch einer der Hauptgründe, warum sie sich nicht mehr in der Highschool hatte blicken lassen, war der, dass alle, von ihrem Vertrauenslehrer bis hin zu der Dame, die das Essen ausgab, zu denken schienen, sie wüssten, was das Beste für sie sei. Und sie zögerten nicht, es April zu sagen, fragten sie aber nie nach ihrer Meinung.

»Dass Sie mir das alles erzählen, bedeutet wohl, dass Sie das Kind behalten wollen«, sagte Mrs Barrett.

April nickte. Mrs Barrett erwartete wahrscheinlich, dass sie sagte, wie schwer sie sich mit der Entscheidung getan habe und dass sie sämtliche Optionen – auch Adoption – erwogen habe, doch das wäre gelogen gewesen. April wusste, wie es war, die Mutter zu verlieren, das konnte sie niemandem zumuten.

»Ich habe keine Kinder«, sagte Mrs Barrett. »Aber ich habe über die Jahre mit meiner Wohltätigkeitsarbeit alle Hände voll zu tun gehabt. Ich weiß nicht, ob ich mit einer Familie dafür die Zeit gehabt hätte.«

April ging auf, dass sie wohl ein erschrockenes Gesicht gemacht hatte, denn Mrs Barrett fuhr fort: »Ich will damit nicht sagen, dass man, wenn man Kinder hat, nicht auch trotzdem all die anderen Dinge tun kann, die man im Leben tun will. Und *darüber* sollten wir uns unterhalten. Wenn Sie nicht zur Schule gegangen sind, was haben Sie denn dann mit Ihrer Zeit angefangen?«

April blickte aus dem Fenster. Die Strauchpäonie, die ihre Mutter vor einigen Sommern seitlich ans Haus gepflanzt hatte, war in einem leuchtenden Rosa erblüht. Pfingstrosen waren die Lieblingsblumen ihrer Mutter gewesen. April fand, es waren recht instabile Pflanzen. Die Blüten waren viel zu groß und zu protzig und zogen mit ihrem Gewicht die Äste zu Boden.

Sie richtete den Blick wieder auf Mrs Barrett. »Also, ich gehe nach wie vor in meinen Kurs in fortgeschrittener Mathematik an der Uni, um die Punkte zu kriegen, aber der endet in zwei Wochen«, sagte sie.

April erwähnte nicht, dass sie hauptsächlich deswegen immer noch zu ihrem Fortgeschrittenenkurs ging, weil sie hoffte, auf dem Campus Charlie über den Weg zu laufen. Er hatte einige naturwissenschaftliche Kurse im selben Gebäude, in dem auch ihr Mathekurs stattfand. Sie hatten sich kennengelernt, als das Gebäude bei einem Feueralarm im Herbst evakuiert worden war. April hatte bibbernd auf dem Gehweg gestanden und darauf gewartet, dass die Feuerwehrleute den Studierenden erlaubten, wieder reinzugehen, und Charlie hatte ihr sein Sweatshirt angeboten. Sie erinnerte sich noch an seinen Geruch, nach Kiefernnadeln und Ivory-Seife.

Danach hatten sie angefangen, zusammen zu lernen. Manchmal verbrachte April auch die Nacht in Charlies Wohnung auf dem Campus; ihrer Mutter erzählte sie dann, sie würde bei einer Freundin schlafen. Sie log ihre Mutter nur ungern an, doch für ein paar ungestörte Stunden mit Charlie war sie fast zu allem bereit. Eng aneinandergekuschelt erzählten sie sich unter seiner dicken Daunendecke – Schutzschild vor der kleinlichen, unendlich langweiligen Welt der Highschool, die April nicht schnell genug hinter sich lassen konnte – ihre Geheimnisse.

Ihre Mutter hatte etwas gegen die Beziehung. Die wenigen

Male, da April Charlie mit zum Essen gebracht hatte, hatte Kat ihn zwar ganz nett gefunden, doch da er älter war, machte sie sich Sorgen, er würde sich bald eine andere suchen und ihrer Tochter das Herz brechen.

Auch Charlies Eltern waren nicht begeistert über die Situation, wenngleich aus anderen Gründen. Judy und Trip Cabot fanden es unpassend, dass ihr Sohn mit einem Mädchen zusammen war, das noch die Highschool besuchte; sie machten sich Sorgen, was die Leute denken würden. Noch bevor sie die Gelegenheit gehabt hatten, April kennenzulernen, setzten sie Charlie unter Druck, mit ihr Schluss zu machen. Doch nach dem Tod von Aprils Mutter wurden sie in ihrer Haltung etwas nachgiebiger. Sie begleiteten Charlie nicht zu der Beerdigung, denn sie waren Kat oder gar April nie begegnet, doch sie luden April ein paar Wochen später ein, Thanksgiving mit ihnen zu feiern.

April erinnerte sich gut, wie eingeschüchtert sie gewesen war, nicht nur von dem hoch aufragenden Haus der Cabots im Tudor-Stil, sondern auch von Judy Cabots gezwungenem Lächeln und ihrem scharfen Blick, der alles, worauf er fiel, in sich aufnahm und bewertete. Obwohl Judy an diesem Tag kühl und höflich war und Trip beinahe freundlich, spürte April, dass sie niemals eingeladen worden wäre, wenn ihre Mutter nicht gestorben wäre.

Als April im Laufe dieses Abends von einem Besuch der marmorgefliesten Gästetoilette zurückkam, hörte sie, wie Judy sagte: »Charlie, du brauchst nur drei Weingläser auf den Tisch zu stellen. April ist kaum alt genug, um zu fahren, geschweige denn Alkohol zu trinken.«

»Ich begreife einfach nicht, warum du so ein Tamtam um Aprils Alter machst, Mom«, hatte Charlie gesagt. »Dad ist sieben Jahre älter als du.«

»Das ist etwas anderes. Ich hatte nicht vier oder mehr Jahre Medizinstudium vor mir, als wir uns kennenlernten. Außerdem war ich da schon einundzwanzig. April ist siebzehn.«

Nächste Woche werde ich achtzehn, hätte April am liebsten gesagt, doch sie wollte nicht, dass die anderen wussten, dass sie das Gespräch mit angehört hatte.

Die Wochen verstrichen, und der Unfall rückte immer weiter in die Vergangenheit, und die Cabots ließen immer deutlicher durchblicken, dass sie die Beziehung zwischen Charlie und April missbilligten – zumindest Judy, die jede Gelegenheit nutzte, ihre Ablehnung zum Ausdruck zu bringen. Trip sagte nicht viel, nicht einmal, als Charlie im März seinen Eltern von der Schwangerschaft und der Verlobung erzählte. Judy fing am Esstisch an zu weinen, Tränen liefen über ihr geschmackvoll geschminktes Gesicht und tropften auf den gegrillten Lachs auf ihrem Teller.

Auch Mrs Barrett machte jetzt ein enttäuschtes Gesicht, als sie auf ihrem Stuhl das Gewicht verlagerte und April fragte: »Und abgesehen von den paar Stunden die Woche, in denen Sie an diesem Kurs teilnehmen, und der Zeit, in der Sie lernen, was machen Sie sonst? Haben Sie einen Job?«

April richtete den Blick auf den Holzfußboden. »Nein«, murmelte sie. Sie hatte von den kleinen Beträgen gelebt, die ihre Mutter während ihrer Anfälle von paranoider Manie überall im Haus versteckt hatte – hinter der Mikrowelle, in der Keksdose, unter der losen Fliese im Bad. April sparte Geld, indem sie die meiste Zeit zu Hause verbrachte, im Fernsehen Realityshows laufen ließ und sich in Selbstmitleid suhlte. Ja, zuweilen war sie so lethargisch und teilnahmslos gewesen, dass sie sich schon fragte, ob sie die ersten Symptome der psychischen Erkrankung ihrer Mutter zeigte. Bei ihrer Mutter war erst auf dem College eine bipolare Störung diagnostiziert worden, und bei dieser Krankheit spielte Genetik eine große Rolle – sie hatte eine Vererbungsrate von 71 Prozent, das hatte April in einem Artikel gelesen. Je näher das Ende ihrer Teenagerzeit rückte, desto mehr wuchs ihre Angst, sie könnte jeden Tag davon heimgesucht werden.

»Also, Sie müssen sich einen Job suchen oder ein Praktikum

oder was auch immer«, sagte Mrs Barrett. »Es ist erst Mai. Es geht nicht an, dass Sie zu Hause hocken und Trübsal blasen, bis Sie im Herbst aufs College gehen. Apropos, wann kommt das Kind denn?«

»Am Labor Day. Witzig, was?« April stieß ein halbherziges Lachen aus. »Könnte ich nicht auch erst im nächsten Frühjahrssemester aufs College gehen?«

»Ich fürchte, das geht nicht«, antwortete Mrs Barrett. »Wenn Sie sich nicht im Herbst einschreiben, muss das Komitee das Stipendium jemand anderem geben.«

»Dann muss ich mir wohl jemanden suchen, der auf das Baby aufpasst, wenn ich an der Uni bin.« Mrs Barrett hatte wahrscheinlich recht, dass sie sich einen Job oder ein Praktikum suchen sollte. Sie brauchte etwas, das sie zwang, aus dem Haus zu gehen, und – sofern das möglich war – verhinderte, dass sie verrückt wurde.

»Haben Sie mal überlegt, an was für einem Sommerjob Sie Spaß haben könnten?«, fragte Mrs Barrett.

April spielte mit einer Haarsträhne. »Wer stellt schon eine schwangere Teenagerin ein?«

»Ich höre mich mal um.« Mrs Barrett stand auf und schlang sich die Handtasche über die Schulter. »Ich habe viele Verbindungen in der Stadt.«

Kapitel 3

INVENTARSTÜCK: Sari
JAHR: 1968
ZUSTAND: gut, kleiner Wasserfleck am Saum
ARTIKELBESCHREIBUNG: orangefarbener Sari aus Dupioniseide mit goldenem Paisleymuster
HERKUNFT: Amithi Singh

Amithi

Auf einem Parkplatz mit Parkuhr vor Hourglass Vintage drehte Amithi mit einer Hand den Zündschlüssel, um den Motor auszumachen, in der anderen hielt sie ihr Handy.

»Dad spricht mir andauernd Nachrichten auf«, sagte ihre Tochter Jayana am anderen Ende. »Ich rufe ihn erst zurück, wenn du mir gesagt hast, was bei euch los ist.«

»Das geht nur deinen Vater und mich etwas an«, erwiderte Amithi.

Es war fast einen Monat her, dass sie ihren Mann Naveen nach Chicago zu einer Konferenz über Bioverfahrenstechnik begleitet hatte, wo er einen Vortrag halten sollte. Sie waren in dem silbernen Honda hingefahren, in dem Amithi jetzt saß, und hatten sich auf ein gemeinsames Wochenende in der Stadt gefreut. Doch die Reise war nicht so verlaufen, wie sie sie sich vorgestellt hatten, und hatte darin gegipfelt, dass Amithi einen Tag früher als geplant allein mitten in der Nacht zurück nach Madison gefahren war.

Naveen war am Sonntagabend nach der Konferenz mit dem Bus nach Hause gekommen, und obwohl er sie vom Busbahnhof angerufen und sie um Verzeihung gebeten hatte für alles, was passiert war, hatte Amithi sich geweigert, ihn abzuholen. Seither hatten sie, obwohl sie unter einem Dach lebten, kaum miteinander gesprochen. Sie gingen in den Fluren ihres zweistöckigen Kolonialhauses aneinander vorbei wie Fremde auf einem überfüllten städtischen Gehweg – außer dass das Haus bis auf sie beide leer war. Und still.

Doch Amithi wollte nicht darüber sprechen, was zu dem Bruch geführt hatte, nicht einmal mit Jayana. Also wechselte sie das Thema.

»Hast du noch mal darüber nachgedacht, wann ihr, Jack und du, nach Indien fahren wollt, um deine Großeltern zu besuchen?«, fragte Amithi. »Sie sind enttäuscht, dass sie noch nicht die Gelegenheit hatten, ihn kennenzulernen.«

»Wenn es ihnen so wichtig wäre, hätten sie zur Hochzeit kommen können«, versetzte Jayana.

Amithi war nicht überrascht gewesen, als ihre Eltern ihr Angebot, ihnen die Flugtickets für die Reise zu Jayanas Hochzeit zu bezahlen, ausgeschlagen hatten. Sie stellte sich ihre Mutter und ihren Vater, beide über achtzig, auf dem O'Hare-Flughafen vor, wie sie zuerst durch den Zoll schlurften, dann in eine Bahn stiegen, die sie zu dem richtigen Gate für ihren Anschlussflug brachte, alles unter einem erdrückenden Jetlag. Dann versuchte sie, sich ihre Mienen beim Anblick des Ortes vorzustellen, an dem Jayana und Jack geheiratet hatten – eine abblätternde rote Scheune mitten auf einer zugewucherten Wiese. Jayana hatte ihr Fest »schlicht« und »intim« genannt. Amithi hatte die Formulierung »die reinste Beleidigung« weitaus zutreffender gefunden. Ihr Mann hatte sein ganzes Leben lang hart gearbeitet, und wofür? Um mit anzusehen, wie seine Tochter unter den Balken eines Heubodens heiratete, in einem Kleid, das aussah wie ein Nachthemd?

»Du verstehst das nicht«, sagte Amithi. »Selbst wenn Nana

und Nani zur Hochzeit hätten hierherkommen können, solltest du sie und den Rest der Familie trotzdem besuchen. Es ist das Mindeste, was du tun kannst, wo du schon nicht in Indien heiraten wolltest.«

»Ich glaube nicht, dass ich Jack von einem Tempel zum nächsten durch ganz Rajasthan schleifen will«, sagte Jayana. »Und Nana und Nani haben sowieso etwas dagegen, dass ich mit einem Nichtinder verheiratet bin. Genau wie du und Dad.«

Es stimmte, dass Amithi und Naveen es lieber gesehen hätten, wenn ihre Tochter einen Inder mit Wurzeln in der Nähe von Jaipur geheiratet hätte, wo sie aufgewachsen waren und immer noch Familie hatten. Über Jahre hatten sie ihre Tochter zu den Partys und Pujas ihrer indischen Freunde mitgenommen und gehofft, sie würde dort einen potenziellen Heiratskandidaten treffen. Doch mehr konnten sie nicht tun. Sie hatten vor langer Zeit schon gelernt, dass ihre Tochter ihre eigenen Entscheidungen traf – etwas, worauf Amithi ungeheuer stolz war, was ihr gleichzeitig aber endlose Enttäuschungen bereitete.

Sie wusste nicht, wann das Meer zwischen ihr und Jayana sich so hoch aufgetürmt hatte. Unzählige Differenzen hatte es in den letzten Jahren gegeben. Zuerst die Tatsache, dass Jayana an die Westküste gezogen war, um dort aufs College zu gehen, statt die hiesige Universität zu besuchen, wo Naveen lehrte. Als Jayana für die höheren Fachsemester zurück nach Madison gekommen war und wieder das Zimmer bezogen hatte, in dem sie aufgewachsen war, hatte Amithi sich gefreut, ihre Tochter wieder unter ihrem Dach zu haben – bis zu dem Tag, da Jayana verkündet hatte, sie werde in Kunstgeschichte promovieren.

Amithi hatte Jayana zu erklären versucht, warum sie sich Sorgen wegen ihres Studienziels machte: Sie wünschte sich einen guten Job für ihre Tochter, einen, der sie finanziell unabhängig machte. Amithi selbst hatte nie die Freiheit besessen, die es bedeutete, wenn man sein eigenes Geld verdiente. Als junge Frau in Indien war sie aufs College gegangen, um einen Bachelor-abschluss zu machen, war jedoch abgegangen, als sie nach Amerika gezogen war, und hatte sich nie wieder eingeschrieben. Und obwohl Amithi sich nie beklagte – sie war dankbar, dass sie gesund war und sie und Naveen sich ein erfolgreiches Leben aufgebaut hatten –, hatte sie doch das Gefühl, dass Jayana durchaus wusste, dass ihre Mutter im Leben keine große Wahl gehabt hatte. In den Zwanzigern und auch noch mit Anfang dreißig hatte Jayana ihren Eltern wiederholt erklärt, sie habe nicht die Absicht zu heiraten. Dann hatte sie Jack kennengelernt und nicht nur innerhalb weniger Monate geheiratet, sondern auch mit ihm zusammen eine Wohnung am anderen Ende der Stadt gekauft.

»Was hält Jack davon?«, fragte Amithi. »Hat er Lust, nach Indien zu reisen?«

»Oh, er fände es toll«, sagte Jayana. »Für ihn wäre es eine großartige Gelegenheit, ein paar Forschungen anzustellen. Ich habe ihm erklärt, dass er dafür keine Zeit hätte, weil er damit beschäftigt wäre, Verwandten vorgestellt zu werden, die ich nicht mal kenne. Er meinte, ich würde übertreiben.«

Amithi fand es seltsam, dass Jack seine Magisterarbeit in Politikwissenschaft über Warren Hastings schrieb, den ersten Generalgouverneur von Britisch-Ostindien. Als Naveen und Amithi noch miteinander gesprochen hatten, hatten sie manchmal gewitzelt, ob Jack wohl versuche, ihre Tochter zu kolonisieren.

Amithi fand das nicht lustig. Seit dem Tag, da ihr einziges Kind auf die Welt gekommen war – vor mehr als dreißig Jahren, eine Frühgeburt und eine schwierige Geburt obendrein, nach der die Ärzte gesagt hatten, Amithi dürfe keine weiteren Kinder bekommen –, hatte sie es beschützen wollen. Auch wenn Jayana später stark und gesund heranwuchs und ihre Altersgenossen mit wundersamer Geschwindigkeit einholte, sah Amithi sie immer noch vor sich, wie sie zur Welt gekommen war, ein winziges Baby mit blauem Gesicht, das pfeifend um Luft und Leben rang.

»Ich bitte dich doch nur darum, die Wünsche deiner Großeltern zu respektieren«, sagte sie. »Du weißt nicht, wie lange sie noch leben.«

»Ich weiß«, sagte Jayana. »Aber das heißt nicht, dass ich mir um den halben Globus herum mein Leben von ihnen diktieren lassen muss.«

Zornig schlug Amithi mit einer Hand aufs Lenkrad und löste unwillentlich die Hupe aus.

»Mom, was machst du da?«

Amithi atmete tief durch. »Ich habe dich nicht erzogen, dass du so über deine Großeltern sprichst. Ruf mich an, wenn du bereit bist, deiner Familie gegenüber ein wenig Respekt an den Tag zu legen.«

Sie legte auf. Ein hitziges Gespräch am Handy so zu beenden war nicht annähernd so befriedigend, wie bei einem alten Telefon früher den Hörer auf die Gabel zu knallen. Jetzt konnte sie bloß einen kleinen leuchtenden Knopf drücken.

Der Uhr am Armaturenbrett zufolge saß Amithi schon fünfzehn Minuten vor der Boutique im Wagen. Ihr ging auf, dass ihr Auto, ein silberner Honda, so ähnlich aussah wie das Auto des Zustellers vor ein paar Tagen. Hoffentlich hatte Violet sich nicht unnötig erschrocken, weil Amithi seit einer Viertelstunde hier parkte.

Auf dem Radweg neben dem parkenden Auto sauste eine junge Frau vorbei, im Fahrradkorb Gemüse und Blumen; wahrscheinlich war sie auf dem Heimweg vom Samstagsmarkt auf dem Capitol Square. Auf dem Prius vor Amithi klebte ein Aufkleber mit dem Spruch: WENN DU AUF EIN ZEICHEN AUS DEM UNIVERSUM WARTEST, DIES IST ES.

Amithi nahm ihre Einkaufstasche vom Beifahrersitz und ging in die Boutique.

Violet beriet eine Kundin, eine Frau in einem Trenchcoat mit Gürtel, doch als sie Amithi sah, lächelte sie.

Die Dame im Trenchcoat hielt ein rotes Kleid hoch. »Die Sachen hier sind alle *getragen*?«, fragte sie.

Amithi zuckte innerlich zusammen, als sie das hörte.

»Ich sage lieber ›bereits geliebt‹«, erwiderte Violet. »Wir nehmen schöne, qualitativ hochwertige Dinge und geben ihnen ein neues Leben. Wir erretten sie vor Verwahrlosung in einem muffigen Keller oder, noch schlimmer, auf einer Mülldeponie.«

Die Frau ließ das Kleid fallen, als krabbelten Läuse darauf herum, und rauschte an Amithi vorbei nach draußen, ohne sie anzusehen.

»Das war ganz schön unhöflich«, sagte Amithi, als die Frau fort war.

»Sie hat nicht mal einen Blick auf das Etikett geworfen.« Violet hob das Kleid auf und strich zärtlich darüber, bevor sie es aufhängte. »Ich meine, das ist ein Wickelkleid von Diane von Fürstenberg aus den siebziger Jahren, um Himmels willen. Wahrscheinlich eines der ersten, die sie je entworfen hat. So was schmeißt man doch nicht zu Boden. In jedem beliebigen Kaufhaus findet man ein halbes Dutzend Kopien dieses Stils, selbst heutzutage.«

»Manche Menschen schenken nur dem Beachtung, was neu und auffällig ist«, sagte Amithi. »Ich glaube, dabei übersehen sie sehr viel Schönes.«

Violet lächelte. »Freut mich, dass Sie wiedergekommen sind. Ich hatte gehofft, mit Ihnen darüber reden zu können, was neulich passiert ist.«

»Ich habe es niemandem gegenüber erwähnt, falls Sie sich darum sorgen.«

»Dafür bin ich Ihnen sehr dankbar.« Violet neigte den Kopf zur Seite. »Was haben Sie denn mitbekommen?«

Das Höflichste wäre wohl zu sagen, sie habe gar nichts gehört. Doch Violet kam Amithi nicht wie jemand vor, der sich mit so einer Antwort zufriedengeben würde, also sagte sie: »Ich habe gehört, dass Sie sagten, es habe etwas mit der Miete zu tun. Etwas über Räumung?«

»O Gott.« Violet ging mit ihren roten Hochhackigen auf den Holzdielen auf und ab. Sie schlug sich eine Hand auf den Mund. »Tut mir leid, das war wahrscheinlich sehr unprofessionell. Aber, na ja, der Laden ist mein Leben.«

Amithi nickte, auch wenn sie nie einen Laden gehabt hatte, ja nicht einmal einen bezahlten Job. Doch sie wusste, wie es war, sich mit ganzem Herzen einer Sache zu verschreiben und mit ansehen zu müssen, dass sie sich anders entwickelte als gehofft.

Violet blieb stehen. »Ich hoffe, Sie erwähnen das niemandem gegenüber. Mein Ruf im Viertel bedeutet mir alles. Als ich vor ein paar Jahren hierhergezogen bin, wusste niemand, wer ich bin. Ich musste hart arbeiten, um mir und meinem Laden einen Namen zu machen.«

»Natürlich. Von mir erfährt niemand etwas.« Amithi zupfte an den Falten ihrer Tunika. Sie hatte sie aus einem Blumenstoff genäht, den ihre Schwester ihr aus Indien geschickt hatte, und obwohl sie sie so zugeschnitten hatte, dass sie locker saß, schien sie um die Mitte herum zu spannen. Sie ermahnte sich, zu Hause zwischendurch nicht mehr so viel aus Langeweile zu essen.

»Danke«, sagte Violet.

»Nicht der Rede wert. Kann ich Ihnen irgendwie helfen?«

»Ich glaube nicht. Damit muss ich leider allein klarkommen«, sagte Violet. »Und was führt Sie heute zu mir?«

Amithi hob ihre Einkaufstasche hoch. »Ich habe noch ein paar Sachen gebracht, die Sie interessieren könnten.«

»Sie misten wohl gründlich aus, dass sie zweimal in einer Woche kommen«, bemerkte Violet.

»Ach. Ja.« Es stimmte zwar, dass sie Sachen aus ihrem Kleiderschrank aussortiert hatte, aber sie war hauptsächlich in den Laden gekommen, weil sie jemanden zum Reden brauchte, etwas, was ihrem Tag ein wenig Struktur gab. Amithi konnte sich noch gut erinnern, wie müde und erschöpft sie jeden Abend gewesen war, als Jayana noch klein gewesen war, und dass sie sich gewünscht hatte, der Tag hätte ein paar Stunden mehr. Jetzt hatte sie das Gefühl, dass er viel zu viele Stunden hatte, und oft sehnte sie sich nach dem Abend, weil er ein paar konkrete Pflichten mit sich brachte: Abendessen zubereiten, essen, Geschirr spülen und zu Bett gehen. Heute war Naveen schon vor Sonnenaufgang an die Uni gefahren. Amithi war erleichtert, dass er – und die gedämpfte Spannung zwischen ihnen – aus dem Haus war. Doch sie wusste nicht recht, wie sie die langen, einsamen Stunden des Tages füllen sollte.

»Dann schauen wir doch mal, was Sie mitgebracht haben«, sagte Violet.

»Wenn Sie die Sachen nicht gebrauchen können, dann sagen Sie es bitte. Ich bin nicht beleidigt.« Behutsam leerte Amithi den Inhalt der Tasche auf die Ladentheke.

Violet faltete eine orangefarbene Stoffbahn auseinander, gut sechs Meter lang.

»Ein Sari«, sagte Amithi. »Ich habe so viele, und ich trage sie kaum noch, also habe ich mal ein paar eingepackt. Aber der hat einen kleinen Fleck.«

Violet untersuchte den Fleck am Saum. »Den sieht man kaum.« Sie faltete den Stoff zusammen und nahm ein anderes Kleidungsstück zur Hand – eine kurze, ärmellose Bluse.

»Das ist die Bluse, die darunter getragen wird. Man nennt sie Choli.«

»Die Sachen sind wunderschön«, sagte Violet. »Ich kaufe Ihnen den orangefarbenen Sari hier ab, aber auf die anderen muss ich heute erst einmal verzichten. Ich will zuerst sehen, wie sich dieser verkauft. Ich habe noch nie etwas Ähnliches im Laden angeboten.«

»Und wenn ich sie zu etwas anderem umarbeiten würde?«, fragte Amithi. »Zu einem kürzeren Rock oder Kleid?«

»Sie wissen, wie man so etwas macht?«

»Sicher«, sagte Amithi. »Ich nähe gern.«

»Das könnte funktionieren«, sagte Violet. »Aber ich kann nicht garantieren, dass ich kaufe, was Sie machen. Was ich in den Bestand nehme, hängt sehr davon ab, was sich zum jeweiligen Zeitpunkt im Laden gut verkauft.«

Das Geld war Amithi egal, wenn sie nur etwas hatte, womit sie sich beschäftigen konnte. »Vielleicht mache ich ein oder zwei Teile und bringe sie her. Wenn Sie sie nicht kaufen können, bin ich nicht beleidigt.«

»Falls es für Sie keine zu große Mühe ist, wäre mir das recht.«

»Keineswegs. Es wird mir guttun, etwas Kreatives zu tun zu haben. Oh, das hätte ich beinahe vergessen: Ich habe noch etwas mitgebracht.« Amithi schob die Hand in ihre Handtasche und tastete nach der kleinen Samtschachtel, die sie seit ein paar Tagen mit sich herumtrug. Sie holte sie heraus und öffnete sie. Darin war ein Paar lange goldene Ohrringe. In der Mitte jedes Stücks funkelte ein ansehnlicher Stein unter dem Licht der Deckenlampen.

»Die sind allerdings echt«, sagte Amithi. »Kein Modeschmuck wie die Armreifen.«

»Das sehe ich.« Violet machte große Augen. »Sind das Rubine?«

»Ja. Ich habe das Schätzgutachten mitgebracht, falls Sie es sehen möchten.« Sie suchte in ihrer Handtasche danach.

Violet hob die Hand. »Nicht nötig. Ich muss nicht sehen, was sie wert sind, um zu wissen, dass ich Ihnen auch nicht annähernd einen fairen Preis dafür anbieten kann. Damit gehen Sie besser zu einem Juwelier.«

»Kennen Sie einen, der Vintage-Schmuck ankauft?«

»Sicher.« Violet notierte den Namen eines Juweliers auf der Rückseite einer Visitenkarte. »Dieser Laden im Westen der Stadt verkauft sehr viel Vintage-Schmuck. Wenn Sie möchten, rufe ich dort an und sage Bescheid, dass Sie kommen. Aber vorher muss ich Sie doch fragen: Sind Sie ganz sicher, dass Sie die verkaufen möchten?«

Amithi nickte. Seit ihre Tochter gesagt hatte, sie wolle die Ohrringe nicht bei ihrer Hochzeit tragen, hatte sie hin und her überlegt, ob sie sie verkaufen sollte. Amithi hatte Jayana angeboten, sie ihr trotzdem zu schenken, doch ihre Tochter hatte sie ausgeschlagen und behauptet, sie seien protzig. Sie hatte ihrer Mutter erklärt, statt Schmuck, den sie nie tragen würde, wäre ihr Geld lieber, mit dem sie Möbel für ihre und Jacks neue Wohnung kaufen könne. Amithi dachte an das Telefongespräch mit ihrer Tochter im Auto und beschloss, dem Juwelier die Ohrringe zu verkaufen und ihrer Tochter, wie gewünscht, das Geld zu geben.

20. Juni 1968

Vor einer Woche um diese Zeit hatte Amithi im Innenhof ihres Elternhauses gesessen und mit ihren Tanten im feuchten Schatten Pfefferminztee getrunken, um die Beklemmung zu vertreiben, die sie innerlich ergriffen hatte. Jetzt saß sie in einem klimatisierten Flugzeug neben einem Mann, den sie kaum kannte – bis auf die wenigen, kurzen Gespräche vor der Hochzeit, die Berührung ihrer Hände, als sie während des Hindu-Rituals um das heilige Feuer herumgegangen waren, und den schüchternen, doch aufdringlichen Sex in der Nacht zuvor.

Trotz des Kicherns und der Vorfreude war die ganze intime Episode nach wenigen schmerzhaften, aber nicht unangenehmen Minuten vorbei gewesen. Amithis ältere Freundinnen und Verwandte – ihre »Tanten« – hatten ihr vor der Hochzeit alle möglichen verführerischen Geheimnisse zugeflüstert, als sie sie in ihren perlenbestickten Hochzeitssari gehüllt und die karmesinroten Falten um ihre schlanke Taille gelegt hatten. Sie hatten so ein Theater um Sex gemacht, dass Amithi erwartet hatte, er sei entweder erbärmlich oder spektakulär. Doch sie war nicht enttäuscht, als er weder das eine war noch das andere. Danach hatte sie sich wie ein Kind eingekuschelt und in einem Nebel der Erschöpfung auf dem mit Blumen bestreuten Bett geschlafen, bis sie in der blauen Morgendämmerung aufgestanden war, um ein letztes Mal den Inhalt ihrer Koffer zu überprüfen.

Jetzt flogen sie an einen Ort, der Chicago hieß, wo Naveen, ihr Ehemann – das Wort sprang in ihrem Kopf herum wie ein Affe in einer Baumkrone –, seinen Doktor in Chemotechnik machen würde. Naveen war zwar der einzige indische Student in seinem Studiengang, doch er hatte Amithi versichert, sie werde sich in dem Vorort im Westen der Stadt rasch zu Hause fühlen. Nicht weit von ihrer Wohnung war ein indisches Lebensmittelgeschäft, hatte er ihr erklärt, wo sie, wie er behauptete, Fertig-Samosas kaufen konnten, die fast so gut schmeckten wie die seiner Mutter – eine Nachricht, die Amithi mit Erleichterung aufnahm. Sie hasste es, die dreieckigen, mit Kartoffeln gefüllten Teigtaschen zu frittieren. Am Ende hatte sie immer Fettflecken auf ihren Kleidern, dunkle Flecken, die sie beim Waschen nicht mehr rausbekam.

Den Blick durch die runden Fenster auf die Wolken gerichtet sinnierte Amithi darüber, wie schnell alles gegangen war. Im März hatte sie sich mit ihrer jüngeren Schwester Priya zusammen auf dem kleinen Fernseher der Familie die Beatles angesehen. Alle – vom Musiklehrer bis hin zu dem Mann, der an seinem Verkaufswagen an der Ecke pikante Chaats verkaufte – sprachen über die Ankunft der britischen Rockband in einem Aschram in Rishikesh. Es spielte keine Rolle, dass das fast fünfhundert Kilometer von Jaipur entfernt war. Das hinderte niemanden in der ganzen Stadt daran, über die berühmten Musiker zu klatschen. Amithi verstand nicht, warum diese Leute so weit flogen und einem grauhaarigen Mann Geld gaben, um das Meditieren zu lernen – etwas, was jeder kostenlos tun konnte, wenn er nur ein wenig Zeit und Disziplin aufbrachte.

In dem einen Augenblick hatte Amithi auf die Bandmitglieder und ihre blonden Frauen auf dem Schwarz-Weiß-Bildschirm gestarrt, und im nächsten Augenblick waren ihre Eltern ins Zimmer marschiert, hatten den Fernseher ausgeschaltet und verkündet, sie »haben im Club mit den Singhs gesprochen«. Der Sohn der Singhs war von seiner Universität in Amerika auf Besuch zu Hause, hatten sie gesagt, und die drei würden am Nachmittag zum Tee kommen.

Schon vor diesem Tag hatte Amithi sehr viel über die Singhs und ihren einzigen Sprössling, Naveen, gehört. Ihre Eltern fanden einen Weg, seinen Namen und seine Leistungen noch in das alltäglichste Gespräch einfließen zu lassen.

»Magst du den Panir, den ich für dieses Gericht gemacht habe, Liebster?«, hatte ihre Mutter eines Tages beim Abendessen gefragt. »Mrs Singh hat mir erklärt, wie sie ihn macht. Sie nimmt Zitronensaft statt Molke vom letzten Schwung. Dann wird er ein wenig fester.«

Ihr Vater hatte ein Stück von dem weißen Käse an die Lippen geführt. »O ja, meine Liebe. Sehr gut.«

»Mrs Singh sagt, es ist eines der Lieblingsgerichte ihres Sohnes.«

»Der Junge hat einen ausgezeichneten Geschmack.«

Da ihre Eltern so begeistert von dem jungen Mann sprachen, hatte Amithi, als sie schließlich an diesem Märznachmittag die Gelegenheit bekam, Naveen kennenzulernen, erwartet, einem modernen Gott gegenüberzustehen, einem goldenen Prinzen. Stattdessen trat ein schlaksiger Junge ins Wohnzimmer, mit schüchternen braunen Augen und verschwitzter Haut. Amithi hatte Mitleid mit ihm empfunden, dass er sich in Hitze und Staub mit seinen Eltern auf den Weg machen musste, während sie behaglich in ihrem Zimmer gesessen, ihr schwarzes Haar gekämmt und zusammen mit ihrer Mutter einen perfekten himmelblauen Sari ausgewählt hatte. Die Singhs wohnten nur ein paar Kilometer weiter, doch schon wenige Minuten in der feuchten Frühsommerhitze reichten aus, um die Kleider mit Schweiß zu durchtränken.

Bei diesem ersten Zusammentreffen hatten Amithi und Naveen kaum ein Wort miteinander gesprochen. Das hatten ihre Eltern übernommen, die einander über ihre Verwandtschaft ausgefragt hatten – wo sie lebten, was sie machten. Sie hatten von Nichten mit schönen, gesunden Kindern gesprochen und von Neffen, die Klassenbeste waren.

Mit ihren siebzehn Jahren hatte Amithi noch nie ein Vorstellungsgespräch geführt, doch sie malte sich aus, dass es ganz ähnlich sein musste wie dieses erste Zusammentreffen mit Naveens Eltern.

»Und du, Amithi? Was machst du gern?«, hatte Mrs Singh sie gefragt.

»Ich nähe und entwerfe gern Kleider«, sagte Amithi.

»Sie hat den Salwar Kamiz gemacht, den ich trage«, hatte ihre Mutter geprahlt und mit der Hand über das lockere Hemd und die Hose gestrichen. »Ich konnte noch nie gut mit Seide arbeiten, die ist so glatt, aber Amithi geht es leicht von der Hand.«

Mrs Singh nickte anerkennend. »Es ist gut, wenn man nähen kann. Eine Frau, die weiß, wie man etwas flickt, kann ihrem Mann sehr viel Geld sparen.«

Amithi hatte noch nie Männerkleidung geflickt und hatte auch kein großes Interesse daran. Sie zeichnete lieber kunstvolle Stickvorlagen und Kleider im Hollywood-Stil, doch das behielt sie für sich. Es war nur ein Hobby, das die Singhs vermutlich albern fanden.

Bei dieser ersten Begegnung hatte sie kaum Augenkontakt mit Naveen gesucht. Sie wollte nicht zu forsch erscheinen. Doch ab und zu hatte sie verstohlen einen Blick auf ihn geworfen, wenn er die Hand nach der Tasse ausstreckte oder seinen Tee umrührte. Er sah nicht übertrieben gut aus, fand sie, aber er war auch nicht hässlich. Darüber war sie froh. Sie hatte immer schon gefunden, es sei eine Bürde, wenn der Mann besser aussah als die Frau.

Erst bei ihrer Verlobungsfeier hatte Amithi Naveen wiedergesehen, wo sie Ringe getauscht hatten, während ein frommer Pandit auf Sanskrit sang und nach dem astrologischen Kalender das Hochzeitsdatum bestimmte.

Jetzt, im Flugzeug, lehnte Amithi sich auf ihrem Sitz zurück und legte sich ihren Schal um die Schultern. In den Wochen vor ihrer Abreise hatte sie sich große Sorgen wegen des Flugs gemacht. Jetzt sah sie, dass das Fliegen gar nicht so schlimm war. Der kalte, sterile Himmel bereitete ihr mehr Sorgen.

Amithi spürte eine warme Hand auf ihrem Arm, und eine Stewardess bot ihr eine Tasse Tee an. Amithi nahm sie an, doch als sie einen Schluck trinken wollte, verschüttete sie ein paar Tropfen auf ihren orangefarbenen Sari.

Naveen holte ein Taschentuch heraus und reichte es Amithi.

»Danke«, sagte sie, gerührt über diese kleine Geste. Es hieß, dass er es bemerkt hatte. »Deine Mutter hat mir gesagt, es wäre keine gute Idee, im Flugzeug einen Sari zu tragen, ich sollte etwas Praktischeres einpacken. Aber bei wichtigen Anlässen trage ich immer einen Sari, und heute ist einer.«

»Was meine Mutter sagt, ist nicht von Belang«, erwiderte Naveen. »Du siehst wunderschön aus.«

Amithi wurde rot, während sie an dem Fleck herumtupfte und hoffte, dass sie ihn wieder herausbekam. Sie hatte den Sari an einem Stand im Basar in der Nähe ihrer Eltern gekauft. Bei späteren Besuchen hatte sie den Stand dieses Verkäufers nicht mehr gefunden, und sie hatte auch nirgends sonst einen Seidenstoff in so einem leuchtenden, sonnigen Ton entdeckt. Er erinnerte sie an die Ringelblumen in den Blumenbeeten entlang der rosaroten Altstadtstraßen von Jaipur, der einzigen Heimat, die sie je gekannt hatte und die sie jetzt verließ.

Amithi schaute zu Naveen hinüber, der schon halb eingenickt

war. Sie musterte seine Hände, die in seinem Schoß lagen. Obwohl eine Woche lang zu ihren Ehren gefeiert worden war, hatte das Paar wenig Zeit zum Reden gehabt. Unablässig war Musik erklungen, waren Gebete gesprochen und Verwandte begrüßt worden. So fiel ihr jetzt auf, dass Naveen schlanke Finger hatte und sehr saubere Fingernägel – äußerst passend für jemanden, dessen Berufswahl Präzision erforderte.

Sie schaute hinunter auf die bleichen Muster aus Henna, die ihre eigenen Hände zierten, und berührte die Stelle zwischen Daumen und Zeigefinger, wo die Mehndi-Künstlerin Naveens Namen hingeschrieben hatte, verborgen zwischen Lotusblättern und verschlungenen Reben. Wie lange es wohl dauern würde, bis das Henna ganz ausblich? Am liebsten wäre Amithi gewesen, es würde nie die Farbe verlieren, denn sie fürchtete, damit würde auch ihre Verbindung zu Indien, ihrer Kindheit und ihrer Familie verblassen.

Sie durfte Naveen auf keinen Fall zeigen, dass ihr das Heimweh jetzt schon den Hals und die Brust zuschnürte. In den Tagen vor der Hochzeit, zwischen Puja-Gebetsritualen und aufwendigen Mahlzeiten, hatten ihre Tanten sie ermahnt, sich bei Naveen niemals darüber zu beklagen, dass sie ihre Familie vermisste. Die Singhs hatten Amithi auch deswegen als geeignete Frau für ihren Sohn akzeptiert, weil sie in dem Ruf stand, stark, vernünftig und belastbar zu sein. Naveens Doktoratsstudium erforderte es, dass er viele Stunden im Labor arbeitete, manchmal die ganze Nacht durch. Eine bedürftige junge Braut, die sich nach ihren Eltern und ihrer Heimat verzehrte, wäre keine gute Partnerin für ihn.

Amithi hatte zu den Ratschlägen ihrer Tanten genickt, sie jedoch weitgehend ignoriert. Berauscht von dem Duft der Jasminblüten in der Girlande um ihren Hals und geblendet vom Glanz des goldenen Schmuckes konnte sie die Zukunft nicht als etwas anderes sehen denn als ein schönes, nicht endendes Abenteuer. Und die Heirat mit Naveen war der schnellste Weg dorthin.

Damals hatte sie nicht begriffen, was ihr jetzt in dem brummenden Flugzeug klar wurde, nämlich dass sie ihre Familie sehr lange Zeit nicht wiedersehen würde. Sie fragte sich, wann sie das nächste Mal das Roti-Fladenbrot ihrer Mutter essen und über die Witze ihrer Schwester lachen würde.

Irgendetwas zog an Amithis Kopfhaut. Ein paar Strähnen hatten sich in einem der Rubin-Ohrringe verfangen, dem Hochzeitsgeschenk ihrer Mutter, die sie ihrerseits vor vielen Jahren von ihrer Mutter zur Hochzeit geschenkt bekommen hatte. Amithi bemühte sich, die Strähnen aus dem Ohrring zu befreien. Das kostbare Metall, das vorher im Licht getanzt hatte, war kalt und spitz unter ihrer Berührung.

Kapitel 4

INVENTARSTÜCK: Kostüm
JAHR: 1980er Jahre
ZUSTAND: ausgezeichnet
ARTIKELBESCHREIBUNG: schwarzes Kostüm aus leichter Sommerwolle. Taillierte Jacke mit Schulterpolstern. Schmal geschnittener Rock mit Gehschlitz hinten
HERKUNFT: von der ehemaligen Vorsitzenden der Handelskammer in Madison

VIOLET

Als Violet vor fünf Jahren nach Madison gezogen war, hatte sie gedacht, sie hätte das Schlimmste überstanden. Bent Creek war fast fünfhundert Kilometer weit weg und ihre Scheidung so gut wie durch, und so hatte sie gedacht, das Einzige, was noch zwischen ihr und ihrem Traum, eine erfolgreiche Vintage-Boutique zu führen, stünde, wäre ein wenig Startgeld und eine Menge harte Arbeit.

Sie hatte Madison gewählt, weil der Stadt der Ruf vorauseilte, ein Ort zu sein, wo es nicht nur akzeptiert wurde, anders zu sein, sondern geradezu gefeiert – wie in Austin oder Portland, aber mit mehr Schnee im Winter. In Bent Creek hatte Violet sich immer gefühlt wie eine Exzentrikerin. Während alle anderen Jeans und Carhartt-Jacken trugen, hatte Violet Hemdblusenkleider aus den vierziger Jahren oder am Bauch geknotete Rockabilly-Blusen und eine enge, wadenlange Hose getragen, wenn sie Besorgungen machte oder Tische bediente. In Madison mit seinen experimentellen Theatergruppen, Einradfahrern und politischen Protesten war es sehr leicht, sich selbst zum Ausdruck zu bringen, ohne zu sehr hervorzustechen. Das gefiel Violet.

Sie erinnerte sich noch gut, wie sie an dem Tag, an dem sie den Mietkaufvertrag unterschrieb, in dem holzgetäfelten Büro ihres Vermieters gesessen hatte, wie sie jede einzelne Seite mit ihren Initialen versehen und sie dann zu Ted Mortensen hinübergeschoben hatte, dem »& Sohn« von Mortensen & Sohn Properties Inc. Während sie darauf wartete, dass Teds Sekretärin ihr eine Kopie machte, hatte Violet an den perfekten Blauton gedacht, in dem sie die Wände des Ladens streichen würde, und an den Vintage-Chevron-Stoff in Gold und Weiß, aus dem sie Vorhänge für die Umkleidekabinen nähen wollte. In Gedanken arrangierte sie schon ihre wenigen Möbel in der Wohnung über dem Laden.

Violet war nicht davon ausgegangen, dass sie jetzt in demselben holzgetäfelten Büro sitzen und Ted anflehen würde, sie einen neuen Mietvertrag unterschreiben zu lassen oder ihr ein wenig mehr Zeit zu geben, um eine Anzahlung auf das Gebäude zu machen, um es zu kaufen, oder etwas, *irgendetwas*, um zu verhindern, dass sie ausziehen musste. Die Lage des Ladens war ideal, sowohl für Passanten als auch für die Art von Kundschaft, die sie brauchte, um sich ihren Lebensunterhalt zu verdienen.

Das Haus, das sie gemietet hatte, lag nur wenige Blocks von den Regierungs- und Bürogebäuden am Capitol Square entfernt, was hieß, dass berufstätige Frauen und gewählte Volksvertreterinnen, die Geld zum Ausgeben hatten, während der Mittagspause oder nach der Arbeit gern bei Hourglass Vintage vorbeischauten. Zudem stand das Haus am Rand des sich immer weiter ausdehnenden Campus der University of Wisconsin. Das hieß nicht nur, dass elegante Professorinnen zu ihren Stammkundinnen gehörten, sondern auch, dass die Boutique auf einen steten Zustrom von wenig getragener Designerkleidung von Studentinnen bauen konnte, die mit den Kreditkarten ihrer Eltern in New York und L. A. einkauften, wenn sie in den Semesterferien nach Hause fuhren.

Keine andere Straße in der Stadt lag so günstig wie diese – sowohl für den Ankauf als auch für den Verkauf an Violets breite Kundinnenschicht. In der Gegend wurden selten Läden neu vermietet, und wenn doch, dann zu horrenden Preisen. In den Jahren, seit sie ihren Mietkaufvertrag unterzeichnet hatte, waren die Immobilienpreise in der Gegend in die Höhe geschossen. Akademiker und junge Berufstätige schnappten sich die großen alten Häuser in den Blocks in der Umgebung zu überhöhten Preisen, was die Mietpreise weiter anheizte. Violet hatte Glück gehabt, ihren Vertrag zu guten Konditionen abzuschließen, kurz bevor der Markt Fahrt aufgenommen hatte. Wenn sie Ted nicht dazu bringen konnte, sich an das vertraglich Vereinbarte zu halten, hatte sie nicht die geringste Chance, für ihr Budget in der Gegend einen anderen Laden zu finden.

Violet beugte sich auf ihrem Stuhl vor. »Erzählen Sie mir, was los ist, Ted«, sagte sie. »Ich zahle regelmäßig meine Miete, warum steht also ein Zusteller mit der Kündigung vor meiner Tür?«

Das Neonlicht von der Decke spiegelte sich auf Teds Bürstenhaarschnitt, der mit jeder Menge Polyurethan in Form gebracht zu sein schien. Seine Krawatte hing auf einer Seite seines runden Bauches.

»Es stimmt, dass Sie Ihre Miete pünktlich gezahlt haben«, sagte er. »Aber Ihr Vertrag enthält eine Klausel, die besagt, dass wir den Vertrag jederzeit kündigen können, wenn wir das Gebäude verkaufen wollen.«

Violet machte sich im Geiste eine Notiz, noch einmal einen Blick in ihren Vertrag zu werfen oder ihn am besten gleich mit ihrer Freundin Karen, die Anwältin war, durchzugehen. »Ich wusste nicht, dass Sie vorhaben, das Gebäude zu verkaufen.«

Ted sah zum Bürofenster hinaus, das den Blick auf die Kuppel des Kapitols bot, gekrönt von einer goldenen Statue, die an eine griechische Göttin gemahnte.

»Sie wissen sicher, dass die Immobilienpreise in der Gegend gestiegen sind«, sagte Ted. »Was bemerkenswert ist, da sie fast überall sonst gesunken sind. Also stehen wir uns besser, wenn wir unseren Bestand in dem Viertel verkaufen und in anderen Gegenden reinvestieren.«

Violet zuckte zusammen, als er ihr Zuhause als »Bestand« bezeichnete.

»Ich dachte, ich hätte ein Vorkaufsrecht«, sagte sie.

»Das haben Sie auch«, erwiderte Ted. »Und wenn Sie das Geld aufbringen, um das Gebäude zum marktüblichen Preis zu kaufen, können Sie das gern tun. Aber in der Zwischenzeit erlaubt uns der Vertrag, das Gebäude aktiv zu vermarkten, bis Sie entweder von Ihrem Vorkaufsrecht Gebrauch machen oder darauf verzichten.«

»Wie hoch ist der Marktpreis? Ich meine, wofür bieten Sie es an?«, fragte Violet. »Ich bin durchaus daran interessiert, es zu kaufen.«

»Knapp unter einer Million.«

Violet blinzelte. »Ich hatte keine Ahnung, dass es *so* viel wert ist.«

»Das Gebäude steht auf der einzigen Doppelparzelle im ganzen Block, das macht es attraktiv für Bauunternehmer.«

»Ausgeschlossen, dass ich eine Hypothek über eine Million Dollar bekomme.«

»Genau genommen neunhundertneunundneunzigtausend«, sagte Ted.

»Oh. Also, in dem Fall …« Violet deutete ein schiefes Lächeln an, obwohl sie am liebsten geschrien hätte. »Warum haben Sie mir nicht einfach gesagt, dass Sie das Gebäude verkaufen möchten, sondern haben mir gleich einen Zusteller mit einer Räumungsverfügung geschickt?«

»Genau genommen ist es noch keine Räumungsverfügung«, sagte Ted. »Es ist nur eine Benachrichtigung, dass wir unser Recht ausüben, die gemietete Immobilie zu verkaufen. Zur Räumung kommt es erst, wenn Sie bis Ende August nicht ausgezogen sind.«

»Sofern ich das Gebäude bis dahin nicht gekauft habe«, sagte Violet.

»Richtig.« Ted grinste, als wüsste er genau wie Violet, dass es nahezu unmöglich war, dass sie genug Eigenkapital aufbrachte, um eine Hypothek über fast eine Million Dollar zu erhalten.

»Kann ich den Laden nicht einfach von dem neuen Besitzer mieten?«, fragte Violet.

»Das halte ich für unwahrscheinlich. Wir vermarkten es als Sanierungsobjekt«, sagte Ted. »Wenn der Laden darin ist und eine Mieterin, lässt sich das Gebäude nicht so gut vermarkten, also müssen Sie Ende des Sommers auf jeden Fall raus. Es sei denn, Sie kaufen es.« Er lehnte sich auf seinem Stuhl zurück und verschränkte die Arme.

»Ich bin mir nicht sicher, worauf Sie hinauswollen«, sagte Violet.

»Wir hoffen darauf, dass Sie freiwillig vor dem Ende des Sommers ausziehen und auf Ihr vertraglich zugesichertes Vorkaufsrecht verzichten. Dafür können wir Ihnen sogar einen kleinen Anreiz bieten.«

Sein Grinsen verunsicherte Violet. Trotzdem fragte sie: »Was für eine Art von Anreiz?«

»Ein wenig Startkapital für Ihren neuen Laden. Wir zahlen Ihnen die beiden letzten Monatsmieten zurück.«

Violet musste sich auf die Lippen beißen, um nicht lauthals zu lachen. Zwei Monatsmieten waren nicht nichts, doch gewiss nicht genug, um die höhere Miete auszugleichen, die sie woanders würde bezahlen müssen.

»Ich will meine letzten beiden Monatsmieten nicht zurück«,

erwiderte Violet. »Ich will auch nicht innerhalb von zwei Monaten aus meinem Laden *und* aus meiner Wohnung ausziehen müssen. Ich will das Gebäude kaufen. Ich dachte, mit dem Mietkaufvertrag hätte ich dafür die Weichen gestellt.«

»Denken Sie über unser Angebot nach«, sagte Ted. »Sie müssen sich nicht gleich entscheiden. Sie können gern wiederkommen, wenn Sie es sich anders überlegt haben.«

»Also, in dem Fall werde ich nicht wiederkommen«, sagte Violet.

Sie murmelte einen Gruß und verließ Teds Büro, und dabei ging ihr durch den Kopf, dass der schwarze Power Suit aus den achtziger Jahren, den sie extra zu diesem Anlass angezogen hatte, ihr überhaupt kein bisschen Power verliehen hatte. Ihre Pumps klackerten auf dem Marmorboden des Empfangsbereichs. Sie glaubte, aus dem Augenwinkel zu sehen, dass die Empfangsdame ihr mitfühlend zunickte.

Als Violet zu Hourglass Vintage zurückkam, stand Betsy Barrett, langjährige Kundin und Freundin, vor dem verschlossenen Laden.

»Betsy, schön, dich zu sehen.« Violet umarmte sie. »Ich hoffe, du wartest noch nicht zu lange. Komm rein.« Sie steckte den Schlüssel ins Schloss.

Betsy folgte Violet hinein. »Ich warte erst ein paar Minuten«, sagte sie. »Aber was machst du nur, dass du mitten am Tag den Laden schließt?«

Betsy zögerte nie zu sagen, was ihr durch den Kopf ging. Das liebte Violet besonders an ihr.

»Ich hatte einen Termin«, sagte Violet. Sie sah keinen Grund zu erwähnen, worum es dabei gegangen war. Je weniger Menschen von ihren Problemen mit dem Vermieter wussten, desto besser. Außerdem würde Betsy ihr wahrscheinlich helfen wollen, und Violet hatte eh schon das Gefühl, tief in ihrer Schuld zu stehen. Als sie den Laden eröffnet hatte, hatte Betsy im Vorstand einer Frauenorganisation gesessen, die Violet einen Gründungszuschuss gewährt hatte. Ohne diesen Zuschuss hätte Violet nicht genug Geld gehabt für Miete und Inventar und erst recht nichts übrig, um sich in den ersten Monaten das winzige Gehalt auszuzahlen, das sie brauchte, um über die Runden zu kommen.

»Findest du nicht, dass es allmählich Zeit wird, dir für den Laden eine Hilfe zu holen?«, fragte Betsy. Sie setzte sich auf einen der beiden orangefarbenen Eames Lounge Chairs vor den Umkleidekabinen – Schätze, die Violet bei einem Hausflohmarkt entdeckt und neu hatte polstern lassen.

»Ich komme zurecht«, sagte Violet.

»Also in den fünf Minuten, die ich gewartet habe, waren drei verschiedene Kundinnen an der Tür und sind wieder gegangen, als sie gesehen haben, dass zu war«, sagte Betsy. »Deine Kleider können so toll sein, wie sie wollen; wenn du nicht geöffnet hast, wenn die Leute sie kaufen wollen, hast du nicht viel davon.«

Violet nahm auf dem anderen Sessel Platz. Sie schob die Schuhe von den Füßen und grub die Zehen in den hochflorigen weißen Wollteppich. Wenn Betsy wüsste, wie viel Hilfe sie brauchte. Sie versuchte, das Thema zu wechseln. »Wie ich sehe, trägst du Seide, obwohl es in der letzten Zeit recht kühl war.«

Betsy senkte den Blick auf ihren Rock und ihre Jacke aus cremefarbener Schantungseide. »Ach, weißt du, ich pfeife drauf. In meinem Alter kommen nicht mehr so furchtbar viele Sommer, um meine Lieblingssommersachen zu tragen.«

Violet dachte nicht gern darüber nach, doch an dem, was Betsy sagte, mochte etwas Wahres dran sein. Betsy verriet niemals ihr genaues Alter, sondern sagte immer, sie sei »irgendwo auf dem Highway nördlich von siebzig und südlich von achtzig«. Sie ließ sich von ihrem Alter nicht davon abhalten, kleine Geschäfte wie das von Violet zu fördern sowie eine erkleckliche Anzahl kultureller Projekte und Einrichtungen in Madison. Von ihrer Villa in den Hügeln über dem Lake Mendota steuerte und finanzierte Betsy das Ballett, das Jugendsinfonieorchester und zahllose andere Künstlergruppen. Sie besaß mehr Energie als manch jüngerer Mensch. In gewisser Hinsicht erinnerte sie Violet darin an ihre Großmutter Lou – wenigstens wie sie vor ihrem Schlaganfall gewesen war.

»Hast du mir etwas zum Verkaufen mitgebracht?«, fragte Violet. »Du weißt, dass ich immer ganz begierig darauf bin, dass du deine Schränke durchforstest.«

»Nein«, antwortete Betsy. »Du musst mir einen Gefallen tun.«

Wenn Betsy sie um etwas bat, ging es meist um ein Kleidungsstück aus ihrem Laden für eine Wohltätigkeitstombola oder -auktion, und so einer Bitte kam Violet gern nach. Es war gute Werbung, und sie hatte das Gefühl, Betsy sehr viel mehr schuldig zu sein als das eine oder andere Vintage-Kleid oder antiquarische Poster. Wenn Betsy und ihre wohlhabenden Freundinnen nicht gewesen wären, die gern einmal seltene Vintage-Accessoires kauften, hätte der Laden die ersten beiden Jahre womöglich nicht überstanden.

»Alles«, sagte Violet. »Was kann ich für dich tun?«

»Ich möchte dich bitten, darüber nachzudenken, jemanden einzustellen.«

Na ja, fast alles, dachte Violet. »Ach, ich weiß nicht …«

»Bevor du es ablehnst«, fuhr Betsy fort, »lass mich noch kurz hinzufügen, dass es nicht für viele Stunden die Woche sein müsste und wahrscheinlich auch nur über den Sommer. Ich habe da eine junge Frau – unsere Stipendiatin in diesem Jahr – und, also, sie tut sich schwer. Ein wahres Ass in Mathe, aber ich glaube, ein wenig Struktur würde ihr guttun. Und da habe ich an dich gedacht, weil, also … weil ich weiß, dass du es auch nicht immer leicht hattest.«

Violet bezweifelte, dass eine problembeladene Achtzehnjährige ihr im Laden eine große Hilfe sein könnte, Mathe-Ass hin oder her. Sie hatte schon Collegestudentinnen eingestellt, hatte es aber wieder gelassen, weil sie sich nicht darauf verlassen konnte, dass sie die Dinge so machten, wie sie sie gern hatte. Ihre Aufmerksamkeitsspanne stieg und fiel mit dem akademischen Kalender, und Violet fand es nahezu unmöglich, jemanden zu finden, der den Laden an einem Footballsamstag oder in einer Prüfungswoche öffnete. Am Ende hatte sie immer den Eindruck gehabt, die Aushilfen machten ihr mehr Arbeit, als sie ihr abnahmen.

»Betsy, es schmeichelt mir, dass du an mich gedacht hast«, sagte sie, »aber ich glaube nicht, dass ich mir im Augenblick jemanden leisten kann. Ich spare jeden Penny für eine Anzahlung auf das Haus hier.«

»Oh, mach dir darum keine Sorgen«, erwiderte Betsy. »Du warst die Erste auf meiner Liste, aber ich kann auch noch ein paar andere fragen. Ich finde schon jemanden.« Das Aufstehen kostete sie sichtlich Mühe. »Oh, und ich komme bald wieder und bringe dir ein paar Sachen für den Laden. Ich mache ein wenig Frühjahrsputz. Du kannst dir nicht vorstellen, wie viel Zeug ich habe, nachdem ich vierzig Jahre im selben Haus gewohnt habe.«

Sobald Betsy sich verabschiedet hatte, holte Violet die juristischen Schriftsätze aus ihrer Handtasche. Es war bereits eine Woche her, dass sie ihr zugestellt worden waren, und sie hatte sich darauf verlassen, die Sache klären zu können, wenn sie Ted persönlich aufsuchte. Doch so einfach war es anscheinend nicht. Sie brauchte einen Anwalt, doch sie konnte sich keine happigen Anwaltshonorare leisten.

Sie hob den Hörer ihres blauen Telefons mit Wählscheibe ab und wählte die Nummer der einzigen Anwältin, die sie kannte, die im Naturalientausch Kleider gegen juristischen Rat annehmen würde – ihre Freundin Karen Young.

»Hallo, Violet«, sagte Karen, als sie abhob. »Tut mir leid, dass ich mich so lange nicht gemeldet habe.«

»Kein Problem. Du hast einen guten Grund. Wie geht es deiner süßen Kleinen?«, fragte Violet und versuchte, sich ihren Neid nicht anmerken zu lassen.

»Ach, Edith ist einfach unglaublich«, sagte Karen. »Aber ich will nicht über Babys reden. Ich sehnte mich nach einem Gespräch unter Erwachsenen. Vielleicht könnten wir ja mal abends ausgehen, so wie früher?«

»Klar«, antwortete Violet, auch wenn sie bezweifelte, dass sie noch die Energie hatten, von einer Bar zur anderen zu ziehen und sich Varietévorstellungen anzusehen, wie sie es vor Karens Heirat getan hatten.

»Hattest du in letzter Zeit mal eine Verabredung?«, fragte Karen. »Wenn ja, dann lass keine Einzelheit aus. Ich bin ganz heiß auf ein paar Abenteuer aus zweiter Hand.«

»Ich habe mich mit einem Computerfritzen auf einen Kaffee getroffen, den ich über eine lokale Dating-Website kennengelernt habe«, sagte Violet.

»Warte, wie sieht sein Profil aus? Ich schau gleich mal nach.«

»Er hat kein Profil«, sagte Violet. »Ich wusste nicht, wo ich mein Foto hochladen konnte, und da war ein Kästchen, in dem stand: ›Technische Unterstützung rund um die Uhr‹. Also habe ich es angeklickt. Während er mir half, sind wir ins Gespräch gekommen, und dann hat er mich auf einen Kaffee eingeladen. Er war nett, also habe ich zugesagt.«

»Das ist ja mal wieder absolut typisch für dich, Violet.« Karen lachte. »Auch wenn ich mir sicher bin, dass ihr euch damit über sämtliche Nutzungsbedingungen der Seite hinweggesetzt habt. Ganz zu schweigen von seinem Arbeitsvertrag.«

»Ach, warum musst du gleich die Anwaltsbrille aufsetzen? Egal, jedenfalls war er persönlich sehr viel weniger unterhaltsam als am Telefon. Er hat mir kaum in die Augen gesehen. Ich brauche wohl nicht zu erwähnen, dass das unsere erste und letzte Verabredung war.«

»Das war's?«, fragte Karen. »Sonst hast du nichts für diese arme, ans Haus gefesselte Mutter?«

»Leider nicht.«

Obwohl Violet gelegentlich mit Männern ausging, verbrachte sie doch die Abende in letzter Zeit entweder mit Inventarlisten und Rechnungen, oder sie machte es sich mit Miles auf dem Sofa bequem und sah sich Musical-Filme aus den vierziger und fünfziger Jahren an. Sicher, so würde sie nie jemanden kennenlernen, aber sie würde auch nicht verletzt werden, sie musste nicht die schwierige Entscheidung treffen, jemanden zu verlassen, und würde nicht verlassen werden. Und auch nicht die Unabhängigkeit aufgeben, an die sie sich gewöhnt hatte. Abgesehen davon war Violet sich ziemlich sicher, dass kein heterosexueller Mann es tolerierte, dass sie sich so oft *Jahrmarkt der Liebe* und *Carousel* ansah, wie sie es tat. Bei Gott, sie liebte die eng taillierten Kleider und das Technicolor-Make-up der Musical-Sternchen.

»Egal«, sagte Violet, »ich war eh ziemlich beschäftigt mit ein paar Sachen, die den Laden betreffen. Deswegen rufe ich auch an. Ich wollte dich fragen, ob ich vorbeikommen könnte, um einige rechtliche Fragen zu besprechen. Ich belästige dich nur ungern im Mutterschaftsurlaub und so, aber ich brauche wirklich deinen Rat. Ich kann dich nicht bezahlen, aber du darfst den Laden plündern, wenn du magst.«

»Zum Teufel, ja«, sagte Karen. »Ich brauche unbedingt neue Klamotten. Meine VE-Sachen passen mir alle nicht mehr.«

»VE?«

»Vor Edith.«

Violet lachte. »Okay, wann kann ich kommen?«

»Wann du willst. Ich bin ja ziemlich ans Haus gebunden. Wie wäre es am Freitagabend? Ich besorge uns einen Wein.«

»Freitag ist gut. Aber wenn du siehst, womit ich es zu tun habe, willst du vielleicht lieber einen Whiskey.«

Obwohl es schon nach acht war, war der Himmel noch hell, als

Violet am Freitagabend zu Karen fuhr. Bald war Sommersonnenwende, die in Madison jedes Jahr mit einem Freudenfeuer in der Nähe des Botanischen Gartens gefeiert wurde. Althippies und Familien, deren Kinder in Stoffwindeln steckten, versammelten sich, um zu trommeln und mit Seidentüchern zu winken und so den längsten Tag des Jahres zu feiern.

Die Sonne legte ein rosafarbenes Band über die kräftigen Reihen Mais und Sojabohnen, die den zweispurigen Highway außerhalb der Stadtgrenzen von Madison säumten. Obwohl alles so geordnet scheint, dachte Violet, ist das Leben alles andere als vorhersehbar. Sie war in einer Kleinstadt aufgewachsen, hatte jung geheiratet und war davon ausgegangen, dass sie einmal viele Kinder haben würde. Jetzt lebte Violet allein in einer vielbefahrenen Straße in der Innenstadt, während Karen, die geschworen hatte, sie werde nie eine Familie gründen, draußen in einem Vorort lebte.

Als Violet an Karens und Toms großem Haus klingelte, wurde sie weder von Hundegebell begrüßt noch von Pfotengetrappel. Wenn ich je wieder auf dem Land lebe, dachte Violet, dann adoptiere ich noch einen zweiten Hund – einen Spielkameraden für Miles. Er wurde alt, und ein jüngerer Hund zur Gesellschaft könnte ihm guttun.

Karen öffnete die Tür, ihre Tochter mit roten Wangen auf dem Arm. Edith hatte eine kleine Faust fest um eine rote Haarsträhne ihrer Mutter geschlossen. »Autsch«, sagte Karen und befreite ihre Locken aus dem Griff ihrer Tochter. »Komm rein.«

»Danke, dass du dir Zeit für mich nimmst. Schön, dich zu sehen.« Violet trat ins Haus und umarmte ihre Freundin, behutsam darauf bedacht, das Baby nicht zu erdrücken. »Oh, mein Gott, Edith ist aber groß geworden.«

Ein stolzes Lächeln erhellte Karens Gesicht. »Willst du sie mal nehmen? Du musst nicht, wenn du nicht willst. Ich war früher immer genervt, wenn die Leute automatisch davon ausgingen, ich wollte kleine Kinder auf den Arm nehmen, nur weil ich in einem gewissen Alter war.«

Violet streckte die Arme aus. »Ich würde sie unglaublich gern mal halten.« Sie nahm Karen das warme Bündel ab. Ediths faltige weiße Ärmchen und Beinchen klebten an Violets feuchter Haut, was eigentlich unangenehm hätte sein müssen, was sich in Wirklichkeit aber himmlisch anfühlte. Sie schnupperte am flaumigen Haar der Kleinen und drückte ihr einen Kuss auf den Kopf. »Hallo, Süße«, sagte sie mit einem Anflug von Sehnsucht.

Die Trennung von Jed war ein wichtiges Kapitel in Violets Geschichte, doch die Möglichkeit, nie eine Edith zu haben, war der Preis, den sie für ihre Unabhängigkeit und den Neuanfang bezahlt hatte. Es ärgerte sie wirklich, dass es immer unwahrscheinlicher wurde, je älter sie wurde. Sicher, Karen hatte mit fast vierzig noch ein Kind bekommen, doch da war sie bereits verheiratet gewesen, nachdem sie zwei Jahre mit Tom zusammen gewesen war. Falls Violet nicht auf einen sorgfältig kalkulierten One-Night-Stand oder den Besuch einer Samenbank ausweichen wollte, rechnete sie sich aus, dass sie sehr weit davon entfernt war, je schwanger zu werden, selbst wenn sie am nächsten Tag dem Mann ihrer Träume begegnen würde.

»Willst du was? Ein Glas Weißwein? Wasser? Tiefgefrorene Muttermilch?«, fragte Karen.

Violet zuckte zurück. »Wein klingt gut. Danke. Wo ist Tom?«

»Auf Dienstreise, wie üblich. Ich komme mir im Augenblick vor wie eine Alleinerziehende. Komm, wir gehen in die Küche.«

Mit dem Baby auf dem Arm folgte Violet ihrer Freundin in die riesige Küche mit ihren Geräten von Restoration Hardware und den künstlich gealterten Schränken im Landhausstil. Violet begriff nicht recht, warum Menschen neue Häuser bauten, um sie dann innen auf alt zu trimmen. Sie setzte sich an den Tisch. Karen holte eine halb volle Weinflasche aus dem Kühlschrank, schenkte ein Glas ein und stellte es vor Violet hin.

»Die habe ich vor zwei Tagen aufgemacht«, sagte sie. »Tut mir leid, wenn er schon ein bisschen abgestanden ist. Wein verschwindet hier nicht mehr so schnell wie früher.«

»Schmeckt gut«, sagte Violet, nachdem sie einen Schluck getrunken hatte. Sie bemerkte, dass im Fuß des Glases eine Strandszene eingraviert war. »Hey, wir haben ein paar Waterford-Kelchgläser im Laden, genau wie das hier. Meine Freundin Betsy hat sie gebracht. Seit wann bist du so vornehm?«

»Wir haben sie zur Hochzeit geschenkt bekommen. Ich dachte, wir könnten sie genauso gut auch benutzen.«

»Trinkst du keinen?«, fragte Violet.

»Vielleicht später. Ich muss Edith bald stillen.« Karen nahm Violet gegenüber auf einem Stuhl Platz und stützte die Ellbogen auf den Tisch. »Also, worum geht's?«

Violet kramte in ihrer Handtasche nach den Papieren, die sie mitgebracht hatte, und schob sie Karen hin. »Das hat mir ein Zusteller gebracht. Und hier ist auch eine Kopie meines Mietvertrags.«

Karen senkte den Kopf und blätterte in den Dokumenten, während Violet Edith in den Armen wiegte.

Als Karen fertig gelesen hatte, hob sie den Kopf. »Es sieht so aus, als müsstest du entweder ausziehen oder von deinem Vorkaufsrecht Gebrauch machen. Bist du in der Lage, das Gebäude zu kaufen?«

»Sie bringen es für fast eine Million auf den Markt.«

»Dann lautet die Antwort vermutlich Nein, es sei denn, du hast irgendwo einen großen Haufen Geld gehortet, von dem ich nichts weiß«, sagte Karen. »Hattest du schon die Gelegenheit, mit deinem Vermieter zu sprechen?«

»Ja, aber ...«

»Raus damit«, sagte Karen. »Vor seiner Anwältin sollte man keine Geheimnisse haben.«

»Okay, ja. Er hat mir ein Angebot gemacht.«

Karen beugte sich vor. »Was meinst du mit ›Angebot‹? Wie genau lauteten die Bedingungen?«

Violet wiederholte, was Ted ihr gesagt hatte, und war überrascht, als Karen nickte.

»Warte mal, findest du etwa, ich soll mich drauf einlassen?«, fragte Violet, als sie mit ihren Ausführungen fertig war.

Karen zuckte die Achseln. »Na ja, es geht wahrscheinlich gegen deine Intuition, aber das Angebot ist womöglich gar keine so schlechte Option.«

»Wie das denn? Der Betrag, den sie mir als ›Anreiz‹ bieten, ist doch ein Witz.«

»Wir könnten verhandeln und versuchen, mehr rauszuschlagen.«

Violet schüttelte den Kopf. »Selbst wenn sie das Angebot verdoppeln, würde es nicht reichen, um die Umzugskosten zu decken, geschweige denn die höhere Miete, die ich sicher bezahlen muss, wenn ich überhaupt einen Laden in dem Viertel finde. Ich habe schon ein bisschen in den Kleinanzeigen recherchiert, und die zwei Läden, die im Augenblick angeboten werden, sind viel teurer, als ich es mir leisten kann, wenn ich nicht im Dunkeln hocken will. Ich begreife nicht, wie das, was sie mir da anbieten, eine gute Option sein soll.«

»Dich darauf einzulassen ist das kleinere Risiko«, sagte Karen. »Schau, wenn du das Gebäude nicht kaufen kannst und nicht zum gesetzten Termin ausziehst, kannst du darauf wetten, dass Mortensen & Sohn dich vor Gericht schleifen. Und wenn sie gewinnen, hast du obendrein auch noch ihre Anwaltsrechnung und die Gerichtskosten am Hals. Der Name ihres Anwalts auf der letzten Seite des Mietvertrags verrät mir, dass er von einer sehr teuren Kanzlei in der Stadt aufgesetzt wurde. Es könnte dich am Ende Tausende kosten, wenn du dich wehrst und verlierst. Und soweit ich das hier sehe, sind die Klauseln alle zugunsten deines Vermieters.«

»Das ist nicht fair«, sagte Violet. »Es kommt mir hinterhältig vor.«

»Hinterhältig schon, aber das heißt nicht, dass es nicht rechtens ist.«

Violet schüttelte den Kopf. »Das kann nicht dein Ernst sein.«

»Du hast mich um juristischen Rat gebeten, Violet, nicht darum, die Cheerleaderin für dich zu spielen.«

Wie um die Spannung zu lösen, hob Edith eine winzige Hand an Violets Gesicht und berührte ihre Lippen. Dann fing sie an, zu quengeln und zu zappeln, und Karen nahm Violet die Kleine ab, um sie zu stillen. Obwohl es ein warmer Abend war, fröstelte es Violet ohne den kleinen warmen Körper in den Armen, und sie überkam ein Gefühl des Verlustes.

»Kommt nicht in die Tüte, das Angebot anzunehmen«, sagte sie. »Ich weigere mich, die Schlüssel auszuhändigen, wenn ich mir im Viertel nichts anderes leisten kann und damit meine Kundschaft verliere.«

Karen schob ihre Bluse hoch und legte die Kleine an ihre Brust. Edith gurrte und schmatzte. Karen sah Violet an. »Es stört dich doch nicht, oder?«

»Natürlich nicht«, sagte Violet. »Komm schon, wir waren schon zusammen in Striplokalen. Glaubst du, ich würde mich an ein bisschen Stillen stören?«

»Also, wenn du an dem Angebot nicht interessiert bist, dann ist es das Beste, Zeit zu schinden«, sagte Karen.

»Im Ernst? Mehr Möglichkeiten habe ich nicht?«

»Es ist die einzige Möglichkeit, die du hast, wenn du weder auf den Handel eingehen noch ausziehen willst. Wir müssen so viel Zeit wie möglich gewinnen, damit du einen Weg finden kannst, ein bisschen Geld aufzutreiben, um dich in eine bessere Position für eine Hypothek zu bringen oder dir woanders im Viertel eine höhere Miete leisten zu können.«

»Und wie soll ich das machen?«, fragte Violet.

»Was, Geld auftreiben? Zum Teufel, wenn ich das wüsste. Wenn ich wüsste, wie man aus dem Nichts Geld herbeizaubert, würde ich, darauf kannst du wetten, nicht in der Kanzlei für einen Haufen grauhaariger Männer arbeiten.«

»Nein, wie gewinnen wir Zeit?«

»Oh«, sagte Karen. »Ach das. Also damit kenne ich mich aus. Einen Abschluss in Jura macht man nicht, ohne zu lernen, wie man so ein juristisches Geplänkel in die Länge zieht.«

An diesem Abend saß Violet mit einem Notizblock auf dem Sofa, während Miles mit seinem faltigen Gesicht in ihrem Schoß schnarchte. Sie lauschte seinen rasselnden Atemzügen und dachte darüber nach, wie sie zu Geld kam, und zwar schnell. Sie konnte die Preise anheben, doch sie fürchtete, das könnte die unerwünschte Folge haben, ihre treue Kundschaft zu vertreiben. Sie konnte einige ihrer teureren Kleider im Internet versteigern, doch der Gedanke, die von den Leuten einst geliebten Kleider einfach irgendwelchen Fremden zu schicken, behagte ihr nicht.

Als um halb elf das Telefon klingelte, sprang Miles vom Sofa und knurrte.

Violet tätschelte dem Pitbull den Kopf. »Es ist alles gut«, sagte sie, obwohl so spät eigentlich niemand mehr bei ihr anrief. Sie hob ab. »Hallo?«

»Violet, es tut mir leid, dich so spät noch zu stören«, sagte eine vertraute Stimme.

»Betsy? Ist alles in Ordnung?« Violet richtete sich kerzengerade auf. Sie hatte Betsy einmal gesagt, sie könne jederzeit anrufen, wenn sie Hilfe brauche. Sie machte sich Sorgen um ihre Freundin, allein in dem großen Haus. Betsy war gesund und munter, aber trotzdem … in ihrem Alter konnte ein Sturz auf dem Travertinboden oder der polierten Treppe katastrophal enden.

»Ja, ja, mir geht es gut«, sagte Betsy. »Du kannst den Krankenwagen wieder abbestellen.«

Violet wollte lachen, doch es kam als trockenes Husten heraus. Es war zu nah an der Wahrheit, um lustig zu sein. »Was gibt es?«, fragte sie.

»Nachdem ich neulich von dir weggegangen bin, habe ich darüber nachgedacht, was du gesagt hast: dass du es dir nicht leisten kannst, unsere Stipendiatin einzustellen.«

Violets Puls beschleunigte sich, und sie überlegte fieberhaft, ob Betsy irgendwie erfahren hatte, dass sie in Gefahr war, ihre Wohnung und ihren Laden zu verlieren. Wenn die gute Betsy es wusste, wusste es bald die ganze Stadt, vom Gouverneur bis zu dem Mann mit dem orange gefärbten Bart, der in der State Street Piccoloflöte spielte.

»Mhm«, meinte Violet, die nicht wusste, was sie darauf sagen sollte.

»Ich hätte wohl jemand anderen anrufen können, um ihr einen Job zu suchen, aber ich hatte mein Herz daran gesetzt, dass sie bei *dir* arbeitet. Sie hat kürzlich ihre Mutter verloren, und als wäre das nicht schon genug, ist sie auch noch schwanger.«

Gütiger Himmel, dachte Violet. Die junge Frau tat ihr leid, doch sie hatte das Gefühl, was auch immer Betsy im Sinn hatte, konnte zu einer echten Katastrophe ausarten. Violet hatte im Augenblick zu viele eigene Probleme und kein großes Vertrauen darin, jemandem eine gute Mentorin sein zu können.

»Ich dachte, ein Praktikum wäre die Lösung«, sagte Betsy.

»Du meinst, sie würde umsonst arbeiten? Ich weiß nicht, ob ich mich damit wohlfühle«, sagte Violet. »Ich glaube, ich hätte das Gefühl, eine schwangere Teenagerin auszunutzen.«

»Nicht umsonst. Sie würde Credit Points dafür bekommen, was ihr sehr zupasskäme, denn wenn im Herbst das Kind kommt, wird sie sicher einige Kurse versäumen. Ich habe schon ein paar von meinen Kontakten an der Uni angerufen – Walt war im Kuratorium, weißt du, bevor er starb –, und es sind noch einige Formulare auszufüllen, bevor wir alles unter Dach und Fach haben, aber ich glaube, es wäre eine wunderbare Gelegenheit, für dich wie für April.«

»Verzeihung, hast du April gesagt?«, fragte Violet.

»Ja, April Morgan. Sie war dieses Jahr im Abschlussjahrgang an der East High. Aber sie geht nicht mehr zum Unterricht, sie hat stattdessen ihren Studierfähigkeitstest abgelegt. Kennst du sie?«

Violet rief sich die blonde junge Frau vor Augen, die vor dem Laden gestanden hatte, in den Händen das Brautkleid, das im Wind flatterte.

»Ich bin mir nicht sicher. Wie alt ist sie noch?«, fragte Violet.

»Achtzehn.«

Violet dachte daran, wie sie in dem Alter gewesen war. Ihr Leben war durch zwei Dinge bestimmt worden, die sie liebte: Mode und Jed Cline. In dem Provinznest, in dem sie zu Hause war, hatte sie wenig Zugang zu dem einen gehabt und viel zu viel Zugang zu dem anderen. Jed hatte Violet erwählt, als sie im zweiten Highschooljahr gewesen war und er im Abschlussjahrgang der Bent Creek High. Er hatte sie aus den Reihen der Bauernkinder und Heavy-Metal-Fans geholt, die beim Mittagessen irgendwo am Rand saßen, und sie in den Stand von »Jeds Freundin« erhoben. Jeds Freundin zu sein bedeutete vieles. Es bedeutete, dass Violet von da an neben ihm mitten in der Mensa saß, im Kreis seiner Kontaktsport ausübenden Freunde mit ihrem kieferorthopädisch gerichteten Lächeln und ihren Autoschlüsseln. Es bedeutete, ihre Jungfräulichkeit mitten in einem Kornfeld zu verlieren, auf der Ladefläche von Jeds Ford-Pick-up unter einem endlosen Junihimmel. Und es bedeutete, bei ihrer Highschoolabschlussparty seinen Heiratsantrag anzunehmen und sich in einem Community College vor Ort einzuschreiben, statt zum Studieren woanders hinzugehen, wie es viele ihrer Klassenkameraden taten.

Doch damals hatte all das keine Rolle gespielt. Violet hatte ihre Entscheidungen nicht als Opfer betrachtet. Das Ziel war Jed gewesen – ein Ziel, das sie erreicht hatte, ohne sich groß Mühe zu geben; und wenn etwas, was alle anderen als begehrenswert erachteten, einem so mühelos zuflog, war ihr nicht in den Sinn gekommen, es zu hinterfragen. Nicht beim Hochzeitsempfang in der Turnhalle der Grundschule, wo sie in einem seligen Nebel aus Tüll und frisch gezapftem Bier getanzt hatte, in Großmutter Lous Brautkleid aus Satin aus den vierziger Jahren. Und auch nicht in der gemieteten Doppelhaushälfte hinter der Tankstelle, wo Jed und sie die anderthalb Jahrzehnte ihrer Ehe verbracht hatten – oder zumindest erst ganz zum Schluss.

Großmutter Lou hatte nicht gewollt, dass Violet so jung heiratete. Das hatte sie gesagt, als Jed und Violet sich verlobten, und wenige Minuten bevor Violet den Mittelgang hinunterging, hatte sie es in dem winzigen Nebenraum der Kirche noch einmal wiederholt.

»Bist du dir auch ganz sicher, Schatz?«, hatte Großmutter Lou gefragt, während Violets Mutter ihrer Tochter den langen Schleier im Haar feststeckte.

Violet hatte in den Spiegel gesehen und ihre Lippen nachgezogen. »Mhm.«

»Denn wenn nicht, dann sag's einfach«, hatte Großmutter Lou gesagt. »Dann klettern wir beide in meinen Buick und fahren, bis du sagst, wann es genug ist.«

»Mom, mach keinen Ärger«, hatte Violets Mutter gesagt. »Da draußen in den Bänken sitzt halb Bent Creek. Violets Vater steht schon an der Kirchentür und wartet darauf, sie den Mittelgang hinaufzuführen.«

»Ich sage doch nur, dass du nicht festsitzt.« Großmutter Lou hatte sich vorgebeugt und Violet ins Ohr geflüstert: »Du sitzt nie fest, vergiss das nicht.«

Doch Großmutter Lou hatte nie versprochen, dass sich zu lösen leicht wäre oder schnell ginge. Violet hatte lange gebraucht, um sich von den Entscheidungen, die sie in den kritischen Jahren des frühen Erwachsenseins getroffen hatte, frei zu machen. Das wusste auch Betsy. Sie hatte sich Violets ganze Geschichte angehört, als sie sich wegen der Anschubfinanzierung für Hourglass Vintage mit ihr unterhalten hatte. Betsy hatte Violet gesagt, sie sei »scharf auf zweite Chancen«, und hatte die anderen Vorstandsmitglieder dazu ermuntert, ihr den Gründungszuschuss zu gewähren.

Und jetzt bat Betsy sie, jemand anderem eine ähnliche Chance zu geben.

Violet konnte unmöglich Nein sagen.

Kapitel 5

INVENTARSTÜCK: Koffer
JAHR: 1950er Jahre
ZUSTAND: gut, keine Kratzer oder Schrammen
ARTIKELBESCHREIBUNG: gelber Samsonite-Koffer mit elfenbeinfarbenem, gestepptem Futter
HERKUNFT: Lucille Rollins. Nicht zum Verkauf

VIOLET

Die Ladenglocke bimmelte, und Violet erhaschte durch die Scheibe einen Blick auf ihre neue Praktikantin. Sie hatte sie erst frühestens in einer halben Stunde erwartet, und in dieser Zeit hatte sie eigentlich noch den Stapel juristischer Informationen lesen wollen, den Karen ihr ausgedruckt hatte, damit sie besser verstand, was es mit der Kündigung ihres Mietvertrags auf sich hatte. Sie zog die Schublade unter der Ladentheke auf und schob die Papiere hinein.

April kam zur Kasse. Sie trug ein marineblaues Kleid mit gerafften Ärmeln und Bubikragen (aus den fünfziger Jahren, tippte Violet), dazu lohbraune Cowboystiefel und ein klobiges, türkisfarbenes Armband. Obwohl das Kleid von der Empire-Taille locker fiel, bemerkte Violet mit einem Anflug von Neid, dass Aprils Bauch runder war als vor zwei Wochen, als sie sie das letzte Mal gesehen hatte.

»Hallo«, sagte April. »Ich bin ein bisschen früh, ich hoffe, das ist in Ordnung. Ich wollte am ersten Tag auf keinen Fall zu spät kommen.«

»Nein, das ist okay«, sagte Violet. »Wenn Sie mit dem Auto

herkommen, können Sie hinter dem Laden parken. Auf der Johnson Street darf man nur zwei Stunden stehen, und die Polizei ist sehr aufmerksam und verteilt gern Strafzettel.«

»Ich brauche keinen Parkplatz, ich wohne ja nur ein Stück die Straße runter. Außerdem fahre ich nicht.« April umklammerte den Riemen ihrer braunen Schultasche.

»Sie meinen … also, Sie haben keinen Führerschein?«

»Doch, ich fahre bloß nicht gern.«

Violet bemerkte eine abwehrende Schärfe in Aprils Stimme und beschloss, es dabei zu belassen. Was war schon dabei, wenn die junge Frau nicht Auto fahren wollte? Violet hatte selbst ein paar Macken.

»Erinnern Sie sich an mich?«, fragte April.

»Selbstverständlich«, sagte Violet. *Es kommt nicht jeden Tag eine junge Frau, um ein Brautkleid zu kaufen, und erst recht nicht, um es ein paar Wochen später zurückzubringen*, dachte sie. Sie wusste nicht recht, was sie machen sollte. Auf der einen Seite hätte sie April gern ihr Geld zurückgegeben, denn es tat ihr leid, dass sie es nicht gleich getan hatte. Auf der anderen Seite fürchtete sie, wenn sie von dem Kleid sprach, würde sie April nur daran erinnern, warum sie es zurückgebracht hatte, und aufregen wollte Violet sie auch nicht.

»Ganz schön warm heute draußen«, sagte Violet, um das Schweigen zu brechen. »Es ist schön, dass es endlich ein bisschen wärmer wird.«

»Ja«, meinte April und zog ihre Haare nach vorn. »Also, ich möchte mich bedanken, dass Sie mich hier ein Praktikum machen lassen. Ich weiß, dass es nicht Ihre Idee war, auch wenn Betsy so tut.«

Das wird peinlich, dachte Violet. Doch für einen Rückzieher war es zu spät. Sie hatte bereits die Unterlagen unterschrieben, die die Universität ihr geschickt hatte, um das Praktikum offiziell zu bestätigen.

April nahm ihre Schultasche und stellte sie auf die Ladentheke.

»Oh, ich zeige Ihnen im Hinterzimmer, wo Sie Ihre Tasche hintun können.« Violet hoffte, sie klang nicht zu steif. Sie hatte Jahre damit verbracht, ihrem Laden den richtigen Look zu geben, von der Farbpalette in Orange und Blau bis hin zu den vergoldeten Spiegeln und Acrylhockern in den Umkleidekabinen. Sie hatte nicht unbedingt etwas gegen Unordnung – ein gewisses Maß an Unordnung machte den Charme ihres Ladens aus –, solange es *ihre* Unordnung war, sorgfältig inszeniert.

Violet führte April in den Lagerraum im hinteren Teil des Ladens und zeigte ihr die Haken, wo sie ihren Mantel und ihre persönlichen Sachen aufhängen konnte.

»Und wie kamen Sie darauf, hier zu arbeiten?«, fragte Violet. »Ich meine, ich weiß, dass Betsy die Verbindung hergestellt hat, aber sie kennt noch viele andere Geschäftsleute in der Stadt. Sie hätten wahrscheinlich in einer Designerboutique auf der Monroe Street arbeiten können oder in einem der trendigen Läden in der State Street, wo die Studierenden einkaufen. Warum wollten Sie in einem Vintage-Laden arbeiten?«

April zuckte die Achseln. »Ich glaube, ich finde Vintage-Sachen einfach interessanter. In einen der großen Läden gehen und den gleichen Pullover kaufen, den alle Freundinnen haben, kann jeder. Aber die Sachen haben keine Geschichte.«

»Stimmt«, sagte Violet. In ihren Augen repräsentierten Vintage-Kleider auch andere Lebenswege, andere Entscheidungen, sie lenkten Violet von ihrem eigenen Leben, ihren eigenen Entscheidungen ab.

April wies mit dem Kopf auf eine Wand voller Regale, auf denen sich unzählige stoffbezogene Kartons stapelten. »Wow, Sie haben aber viele Sachen hier hinten.«

»Hier habe ich die Saisonware, die im Augenblick nicht gebraucht wird, oder Sachen, die nicht in die Auslage passen. Alles ist nach Jahrzehnten sortiert.«

April zeigte auf einen Karton, der mit *1990er* beschriftet war. »Gelten Sachen aus den Neunzigern wirklich als Vintage?«

»Klar«, sagte Violet. »Besonders die frühen Neunziger.« Sie holte den Karton vom Regal, nahm den Deckel ab und schlug eine Lage Seidenpapier zur Seite. Darin war ein schwarzes Kleid mit Dreiecken in einem knalligen Pink.

»Okay, also, das sieht auf jeden Fall nach Vintage aus«, sagte April. »Ich war noch ein kleines Mädchen, als die Neunziger zu Ende gingen, also erinnere ich mich nicht an die Mode aus der Zeit – höchstens an ein paar Sachen, die meine Mutter getragen hat. Sieht so aus, als hätte ich nicht viel verpasst.«

»Vorsicht«, erwiderte Violet mit einem Lächeln. »So was hier geht im Augenblick richtig gut.«

Violet erinnerte sich, wie sie von Bent Creek fünfzig Kilometer zur nächsten J.-C.-Penney-Filiale gefahren war, um ein ähnliches Kleid mit Neonmuster zu kaufen, das sie bei ihrem ersten Klassentreffen mit Jed tragen wollte. Als er ihr einen Schluck aus einem Flachmann anbot, den er zum Tanz geschmuggelt hatte, war sie aus Angst, von einer Aufsichtsperson erwischt zu werden, so nervös, dass sie sich von oben bis unten damit vollkleckerte. Da sie unmöglich in einem nach Pfirsichschnaps stinkenden Kleid nach Hause gehen konnte, musste sie es in der Damentoilette mit Flüssigseife auswaschen und in Unterwäsche und BH unter den Händetrockner halten.

»Warum ist alles in Seidenpapier eingewickelt?«, fragte April.

»Das ist säurefreies Papier.« Violet schloss den Deckel wieder. »Einige Stoffe nehmen Schaden oder verblassen mit der Zeit, wenn sie in Kontakt mit anderen Materialien kommen.«

»Meine Mutter wollte einen professionellen Aufräumservice gründen«, sagte April. »Sie wäre begeistert gewesen, wenn sie sehen könnte, wie ordentlich hier hinten alles ist.«

Violet erinnerte sich daran, dass Betsy gesagt hatte, April habe kürzlich ihre Mutter verloren. Sie überlegte, was passiert war, wollte jedoch nicht fragen. Daher fuhr sie fort: »Man könnte wohl behaupten, was meine Ware angeht, bin ich ein wenig zwanghaft. Aber mein Laden ist mein Baby. Neben meinem Hund Miles.«

Violet stellte den Karton wieder ins Regal.

»Bringen Sie Miles mit in den Laden?«, fragte April. »Ich liebe Ladenhunde. Der Filialleiter des Baumarkts die Straße runter, wo ich wohne, hat einen Labrador. Der Hund ist immer da, wenn ich reingehe, um irgendetwas für das Haus zu kaufen.«

»Ich würde Miles gern mitbringen, aber er ist ein Pitbull, und da haben doch manche Leute Angst.« Violet machte eine Pause. »Haben Sie gesagt, Sie renovieren gerade ein Haus?«

»Nur Kleinigkeiten hier und da. Es ist der kleine grüne Bungalow einen Block östlich von hier, neben dem Naturkostladen.«

»Oh, ja, ich kenne das Haus. Es ist wunderschön.«

»Ja, aber es ist ewig viel dran zu tun. Wovon ich nichts verstehe, aber Geld, um jemanden dafür zu bezahlen, habe ich auch nicht. Meine Mutter hat es mir hinterlassen, als sie starb.«

»Das mit Ihrer Mutter tut mir leid.« Violet wusste nicht, was sie sonst noch sagen sollte.

»Ja. Mir auch.« April ließ die Schultern hängen. »Das Haus ist auf dem Markt, und ich hoffe, es verkauft sich bald. Der Makler hat schon jede Menge Leute durchgeführt, aber bis jetzt hat noch niemand ein Angebot gemacht. Das kann man wohl keinem vorwerfen. Warum sollte jemand ein hundert Jahre altes Haus kaufen, wenn er ein Stück die Straße runter eine nagelneue Wohnung kriegen kann?«

»Wenn Sie das Haus geerbt haben, dann heißt das wohl, dass Ihr Vater keine Rolle spielt, oder?«, fragte Violet.

»Meine Eltern haben sich scheiden lassen, als ich zwei war. Er lebt mit seiner zweiten Frau und ihren Kindern in Ohio. Als ich noch kleiner war, hat er mich zweimal im Jahr besucht, aber ich habe ihn lange nicht gesehen. Und wenn ich ehrlich bin, ist es auch okay so. Es war immer irgendwie komisch, wenn er zu Besuch war.« April wandte sich den Regalen zu. »Also, *Sie* wissen, wo alles hingehört, aber wie soll ich dahinterkommen? Ich meine, ein Blick auf ein Kleid verrät mir nicht, unter welchem Jahrzehnt es verwahrt werden soll.«

Violet war sich durchaus bewusst, dass ihr perfektes System nur für *sie* perfekt war; sie hatte es absichtlich so organisiert. Sie vertraute ihren Aushilfen nur so weit, Kleider zu falten und Verkäufe in die Kasse einzutippen.

»Wenn Sie etwas von hier hinten brauchen, dann fragen Sie mich einfach, und ich zeige Ihnen, wo es ist«, sagte Violet.

»Und wenn Sie nicht da sind?«

»Ich bin fast *immer* hier«, versetzte Violet.

»Was ist das alles?« April nickte in Richtung eines Klapptisches mit diversen Papierbergen.

Violet stieß ein nervöses Lachen aus. Natürlich musste April der eine Bereich im Laden ins Auge fallen, den sie nicht unter Kontrolle hatte. »Noch mehr Unterlagen, die ich nicht brauche, die ich aber für die Steuer und so weiter aufheben muss. Ich lege die Sachen da hin, um sie später abzuheften, aber irgendwie komme ich nie dazu.«

»Haben Sie mal überlegt, alles einzuscannen, um es elektronisch zu verwahren?«, fragte April.

»Klar, aber dazu finde ich einfach nicht die Zeit.«

»Sind Praktikantinnen nicht für so was da?«

»Alles in den Computer einzugeben ist erst der erste kleine Schritt«, sagte Violet. »Dann müsste ich lernen, wie man alles wiederfindet.«

»Das könnte ich Ihnen zeigen. Haben Sie auch eine Art Lagerhaltungssystem?«

»O ja, einen Moment.« Violet ging zum Tisch und holte ihr in Leder gebundenes Inventarbuch. Voller Stolz fuhr sie mit den Händen über den abgewetzten Einband, dann reichte sie es

April. »Darin führe ich Buch über alle Waren, die in den Laden kommen, wo sie herstammen und in welchem Zustand sie sind.«

April kniff die Augen zusammen, als sie Violets schwungvolle Handschrift betrachtete. »Okay, also, diese Informationen könnten wir auch alle eingeben. Sie haben doch einen Computer, oder?«

»Oben in meiner Wohnung«, sagte Violet. »Für E-Mails und andere Sachen. Und manchmal schaue ich auch online nach Vintage-Ware für den Laden.«

»Wenn Sie ihn runterholen, kann ich alles für Sie einrichten, damit Sie sich nicht mehr mit den ganzen Quittungen und Notizbüchern und allem herumschlagen müssen.«

Violet nahm ihr das Inventarbuch wieder ab. »Ich weiß nicht, ob das wirklich nötig ist. Ich meine, es mag ja ein wenig desorganisiert wirken, aber ob Sie es glauben oder nicht, ich weiß, wo alles ist.« Sie machte einen Schritt zur Tür, denn sie wollte dieses Gespräch über Papiere und Technik unbedingt beenden. »Kommen Sie, gehen wir nach vorn, dann zeige ich Ihnen, wie die Kasse funktioniert.«

Im Laden ergötzte Violet sich an den ordentlichen runden Kleiderständern und den Schuhen und Handtaschen in allen Regenbogenfarben in den Regalen. Hier gefiel es ihr viel besser als im Hinterzimmer des Ladens. Es beruhigte sie stets, von schönen Dingen umgeben zu sein, wie etwa die Stapel mit Hohlsaum versehener Tischdecken aus irischem Leinen, die sie am Morgen gefaltet und auf dem großen Tisch mitten im Laden platziert hatte. Schöne Dinge lenkten sie von den hässlicheren Bereichen des Lebens ab, jenen Bereichen, die von Scheidung und Enttäuschungen geprägt waren.

»Haben Sie nur die eine Kasse?« April beugte sich über das klotzige Gerät mit der Rolle Quittungspapier und der wie ein Korkenzieher gedrehten Rutsche für das Wechselgeld.

»Ja«, antwortete Violet. »Sie ist ein bisschen eigen, aber das kriegen Sie schon hin. Mit diesen Tasten geht sie auf.« Sie tippte eine Tastenkombination, und die Geldschublade sprang auf. In den Fächern lagen ein paar dünne Geldscheinstapel. Wie alles andere im Laden war auch die Kasse ein antikes Stück.

»Manchmal klemmt die Quittungspapierrolle, und wenn das passiert, können Sie mit diesem Hightechinstrument das Ende der Rolle rausfriemeln.« Violet hielt eine Haarklammer hoch, die neben der Kasse lag. »Ich empfehle auch ausführliches Fluchen. Scheint zu helfen.«

»Was ist, wenn jemand etwas zurückbringt?«, fragte April.

»Wir nehmen nichts zurück.«

»Oh, stimmt ja.« Für eine Sekunde huschte Traurigkeit über Aprils Gesicht. »Das Brautkleid.«

»Darüber …« Während die Kasse noch offen war, zählte Violet einige Scheine ab und reichte sie April. »Das ist für Sie, für das Kleid.«

April betrachtete das Geld in ihrer Hand. »Aber was ist mit Ihren Geschäftsbedingungen?«

Violet lächelte. »Für meine Praktikantin kann ich doch mal eine Ausnahme machen.«

April sah Violet in die Augen, gerührt über die Geste. »Danke«, sagte sie. »Ich erzähl's niemandem.«

Die Glocke über der Tür klingelte, und eine Frau kam barfuß herein, in der einen Hand einen Plastikbesen, in der anderen eine brennende Zigarette. Ihr Gesicht war hinter langem weißem Haar verborgen, doch Violet musste nur einen Blick auf die nackten Füße der Frau werfen, um zu wissen, dass es Erma war, die ihre Runden durchs Viertel zog.

»Erma, ich habe Ihnen schon mal gesagt, dass Sie hier drin nicht rauchen dürfen«, sagte Violet. »Das Gesetz verbietet es.«

Die alte Frau murmelte im Hinausgehen etwas von wegen Faschismus.

»Kennen Sie die Dame?«, fragte April.

»Die kennt hier jeder. Jemand, der keine Schuhe trägt, fällt auf, besonders im Winter.«

»Weiß man, wie es dazu kam?«

»Nein. Manche behaupten, sie sei eine Hexe.« Violet schaute aus dem Fenster, wo Erma auf dem Gehweg stand und ihre Zigarette zu Ende rauchte. »Sie kommt her, seit ich eröffnet habe. Manchmal bringt sie mir Pilze oder Kräuter, die essbar sind, wie sie behauptet … Sie bezeichnet sich selbst als städtische Nahrungssucherin. Sie kauft nie etwas zu essen, sondern isst nur, was sie findet.«

»Dann ist sie obdachlos.«

Violet schüttelte den Kopf. »Nein, sie sagt, sie hat eine Wohnung.«

»Haben Sie mal was von dem probiert, was sie Ihnen gebracht hat?«, fragte April.

»Machen Sie Witze? Davor habe ich viel zu viel Angst. Ich habe Erma schon ziemlich neben der Spur erlebt. Schwer zu sagen, ob es von dem Zeug kommt, das sie isst, oder ob sie einfach so ist.«

»Sind die Leute nicht genervt, wenn sie so rumhängt?«

»Ich glaube, viele haben Angst vor ihr.«

Als hätte sie sie gehört, hielt die alte Frau das Gesicht vor die Fensterscheibe und schaute in den Laden. Erma schielte mit einem Auge, deswegen konnte Violet nicht sagen, wen oder was sie betrachtete. Dann drückte Erma ihre Zigarette auf dem Gehweg aus und kam wieder herein.

»Was können wir für Sie tun?«, fragte Violet.

Erma hob eine knorrige Hand. »Da haben Sie was falsch verstanden, Schätzchen. Die alte Erma ist hier, um *Ihnen* zu helfen.« Sie zeigte mit den Borsten ihres Besens an die Decke, schritt den Laden der Länge und Breite nach ab und summte dabei etwas vor sich hin. Als sie an der Ladenkasse vorbeiging, wurde das Summen lauter. Sie blieb stehen und schaukelte ruckhaft vor und zurück.

»Was macht sie?«, flüsterte April.

Violet zuckte die Achseln.

Aus der Tasche ihres Männerhemds fischte Erma einen Flachmann und nahm einen kräftigen Schluck. »Ich reinige die Energie. Sie ist sehr, sehr schlecht.« Erma schraubte ihren Flachmann wieder zu. »Sie wissen, dass der Laden, der hier vorher drin war, es nicht geschafft hat.«

Violet nickte. Das hatte sie gewusst, bevor sie den Mietvertrag unterschrieben hatte, und möglichst nicht darüber nachgedacht. Sie war einmal in dem Laden gewesen, der vorher hier gewesen war, einem Bekleidungsgeschäft, das Kleidung aus umweltfreundlichen Textilien wie Hanf und Biobaumwolle anbot. Die Idee an sich hatte Violet überzeugt, bis sie tatsächlich einmal in den Laden ging und sah, dass »umweltfreundlich« zumindest in diesem Fall gleichzusetzen war mit »formlos, sackartig und unverschämt teuer«. Sie hatte gehofft, Hourglass Vintage, das auf seine ganz eigene Art umweltfreundlich war, würde besser laufen. Doch jetzt fragte sie sich, ob Erma recht hatte und in dem Ladenlokal schlechte Energie herrschte.

Erma kam näher und hielt ihr Gesicht wenige Zentimeter vor Violets. »Bei Ihnen gab es eine unerfreuliche Wendung der Dinge, nicht wahr?«

Violet antwortete nicht. Mit Ermas Worten schlug ihr Alkohol entgegen.

»Ich muss noch mal wiederkommen«, sagte Erma. »Zu viele Rückstände. Ich bin müde.« Kopfschüttelnd verließ sie den Laden und zog den Besen über den Holzboden.

»Was war das denn?«, fragte April.

Violet zögerte. Eigentlich hätte sie sich April gern anvertraut und ihr von der Kündigung oder der Räumungsverfügung oder der Räumungsandrohung, oder wie auch immer sich das genau nannte, erzählt. Doch damit hätte sie der armen jungen Frau an ihrem ersten Tag schrecklich viel aufgebürdet, und selbst wenn nicht, war Violet zu stolz, um zuzugeben, dass es etwas gab, womit sie nicht zurechtkam. Also zuckte sie nur die Achseln. »Bei Erma weiß man das nie so genau.«

April schien sich damit zufriedenzugeben. Sie zeigte an die Wand. »Hey, ist das echt?«

Violet drehte sich um und betrachtete das Hirschgeweih, das sie weiß gestrichen und zum Schmuckständer umfunktioniert hatte. »Ja«, antwortete sie. »Mein Ex war Jäger. Das stammt von einem stattlichen Bock, den er einmal geschossen hat. Bei der Scheidung habe ich es mir unter den Nagel gerissen, nur um ihn zu ärgern. Geld war keins zu holen, denn wir hatten keines. Was er in der Kartonagenfabrik verdiente, haute er am Zahltag in Vern's Tavern auf den Kopf.«

»Ist das die Kneipe, aus der Sie den coolen Krug für schwarzgebrannten Schnaps haben? Den Sie mir beim letzten Mal gezeigt haben?«, fragte April.

»Ja. Ich glaube, der Wirt hatte das Gefühl, er war mir was schuldig, schließlich hat mein Ex unser Geld an seinem Tresen versoffen. Er meinte, er wüsste, dass ich alte Sachen mag.« Violet betrachtete die Halsketten, die an dem Geweih hingen, und ihr fiel auf, dass einige sich verheddert hatten. Sie holte sie herunter. »Hey, meinen Sie, Sie könnten die für mich entwirren?«, fragte sie.

April nahm die Halsketten. »Klar. Haben Sie was dagegen, wenn ich mich setze? Die Füße tun mir ganz schön weh.«

»Oh, klar. Ich habe nicht daran gedacht … dass Sie …« Violets Wangen brannten. »Ich war nie schwanger, also bin ich nicht auf die Idee gekommen, dass Sie sich nicht gut fühlen könnten.«

»Normalerweise komme ich zurecht, aber heute ist es so warm, dass meine Füße ziemlich geschwollen sind.« April setzte sich in einen der orangefarbenen Sessel vor den Umkleidekabinen.

Violet nahm in dem anderen Sessel Platz. »Ich sollte Sie wohl fragen, was Sie von dem Praktikum erwarten, damit ich sicher bin, dass wir am selben Strang ziehen.«

April runzelte die Stirn, während sie die verhedderten Ketten entwirrte. »Also, Betsy sagte, ich soll was über praktische Anwendungen von Mathe lernen … also Buchführung und so was. Um die Sache mit den Credit Points fürs College zu rechtfertigen. Ich muss am Ende des Sommers einen Bericht darüber schreiben und bei einem Professor einreichen, der mein Studienberater sein wird. Also hatte ich gehofft, ich könnte Ihnen dabei helfen, Ihre Unterlagen zu sortieren, dabei gleich etwas über Ihre Buchführung lernen.«

Als Violet sich einverstanden erklärt hatte, eine Praktikantin zu nehmen, hatte sie sich eine junge Frau vorgestellt, die bereit wäre, Kleider aufzuhängen und mit einem Lächeln Regale abzustauben. Sie hatte nicht damit gerechnet, von einer Teenagerin gesagt zu bekommen, wie sie ihr Geschäft zu führen hatte.

»Also«, sagte Violet, »Sie wollen Erfahrungen sammeln. Das kann ich gut nachvollziehen. Und das werden Sie hier auch. Aber können wir einen Gang zurückschalten? Es ist eine Weile her, seit ich jemanden beschäftigt habe, und ich kann ein wenig … *eigen* sein, was die Art und Weise betrifft, wie ich Dinge tue. Ich brauche also ein bisschen, um mich an die neue Situation zu gewöhnen, okay?«

»Okay.« April machte große Augen. »Tut mir leid, ich … ich weiß nicht, ich kann, glaube ich, für mein Alter ganz schön penetrant sein. Meine Mutter war viel krank, dadurch bin ich früh selbstständig geworden.«

»Ich wusste nicht, dass Ihre Mutter krank war. Ich meine, ich weiß, dass sie gestorben ist, aber …« Violet unterbrach sich, denn sie war sich nicht sicher, ob April und sie sich schon gut genug kannten, um so ein Gespräch zu führen. »Es tut mir leid.«

April fuhr mit der Hand durch die Luft. »Kein Problem. Sie war nicht, also … sie war nicht körperlich krank, Krebs oder so. Sie hatte wohl eher psychische Probleme. Aber sie ist bei einem Autounfall ums Leben gekommen.«

Violet hatte wohl ein schockiertes Gesicht gemacht, denn

April fügte rasch hinzu: »Ich weiß, was Sie denken, aber das stimmt nicht. Sie hat sich nicht umgebracht. Es ist bei Eisregen passiert, Anfang November. Ihr Auto ist von einer Überführung gestürzt. Sie war tot, bevor der Krankenwagen dort war.«

Das erklärt die Angst vor dem Autofahren, dachte Violet. »Gütiger Himmel.«

»Ja.« April senkte den Blick auf ihre Cowboystiefel. »Daher war ich die letzten Monate auf mich gestellt, aber auch schon vorher manchmal, wenn meine Mutter eine schlechte Phase hatte. Ich habe mir angewöhnt, die Dinge auf meine Art zu tun, weil ich auf niemanden zählen konnte.«

Violet lehnte sich in ihrem Sessel zurück. »Da haben wir doch etwas gemeinsam.«

Während April die Halsketten entwirrte, beschloss Violet, der jungen Frau zu helfen, auch wenn sie alle Hände voll damit zu tun hatte, sich selbst zu helfen.

Vor fünf Jahren

Violet stapfte durch den Schnee zum Briefkasten. Sie ging zurück ins Haus, klopfte die Stiefel auf der Fußmatte ab und öffnete einen Brief von dem Studierendensekretariat des Bent Creek Community College, das sie davon in Kenntnis setzte, dass ihr Scheck für die Unterrichtsgebühr für Kurs Nummer 405: Grundlagen des Textileinzelhandels nicht gedeckt war.

Miles sprang an ihr hoch und legte die Pfoten auf ihre Oberschenkel. Jed und sie hatten den Pitbullwelpen vor ein paar Monaten aus dem Tierheim geholt, und er musste noch lernen, wie er sich im Haus zu benehmen hatte.

»Runter, Miles«, sagte Violet. Sie stellte die Pfoten des Hundes auf den Boden und lief zu Jed, der auf dem Sofa lag und sich ein Footballspiel der Collegemannschaften ansah. Auf dem Couchtisch bildeten leere Bierdosen einen Miniaturmüllberg. Mit dem Brief in der Hand trat sie zwischen Jed und den Fernseher.

»Hier steht, dass mein Scheck für die Kursgebühr geplatzt ist, und deswegen hat das Studierendensekretariat meinen Platz in dem Kurs jemandem von der Warteliste gegeben.«

»Oh.« Jed reckte den Hals, um an ihr vorbei auf den Fernseher zu schauen.

Violet machte einen Schritt zur Seite, um ihm weiterhin die Sicht zu versperren. Ihre Stiefel hinterließen schmutzige Pfützen auf dem Teppich.

»Am Montag, als ich den Scheck ausgestellt habe, war genug Geld auf dem Konto.« Violet stemmte die Hände in die Hüften. »Und ich habe seither nur einmal getankt. Das Benzin hat sicher keine achthundert Dollar gekostet, so viel war nämlich auf unserem Konto, als ich den Scheck weggeschickt habe.«

Jed schob sich auf die andere Seite des Sofas, und Violet machte wieder einen Schritt, um ihm die Sicht zu versperren.

»Der Kurs kostet fünfhundert Dollar, also müsste der Scheck eigentlich gedeckt sein«, sagte sie. »Wo ist das Geld?«

»Ich weiß nicht«, murmelte Jed.

»Ehrlich? Dann muss ich wohl die Bank anrufen, um es herauszufinden.«

»Wart mal 'ne Minute, lass mich überlegen.« Jed verzog sein vom Alkohol schlaffes Gesicht, als müsste er sich auf eine physikalische Gleichung konzentrieren und nicht auf eine simple Frage. »Montag war Smithys Geburtstag, und wir sind nach der Arbeit in die Bar.«

»Und da hast du achthundert Dollar ausgegeben? Wie ist das überhaupt möglich? Das Bier kostet da zwei Dollar. Wofür hast du es noch ausgegeben?«

Jed kratzte sein stoppeliges Kinn. »Ich erinnere mich nicht mehr genau. Ich hatte ziemlich einen im Tee und hab 'nen Blackout. Vielleicht sind wir von der Bar noch woanders hin, es ist alles verschwommen.«

»Wenn alles verschwommen ist, dann kann die Bank mir sicher weiterhelfen. Die können mir bestimmt sagen, wo du was mit Karte bezahlt hast.« Violet machte ein paar Schritte zum Telefon.

»Warte mal, so langsam dämmert's mir.«

Violet drehte sich zu Jed um. »Wie praktisch.«

»Wir waren bei Chubby's Bunnies.« Er senkte den Blick zu Boden.

»Du hast mein Kursgeld im Stripclub auf den Kopf gehauen?« Violet grub die Finger in die Handflächen, um bloß nichts nach ihm zu werfen.

»Sei nicht sauer, Vi. Smithy ist mein bester Freund.«

»Oh, verstehe«, sagte Violet trocken. »Ein besonderer Anlass.«

Jed nickte, der Sarkasmus entging ihm.

»Ich will dir sagen, was ein besonderer Anlass ist.« Violet knallte den Umschlag mit solcher Wucht hin, dass er über den Couchtisch schlitterte und eine Bierdose umwarf. »Ein besonderer Anlass ist es, wenn die einzige höhere Bildungseinrichtung in dieser gottverdammten Stadt einmal einen Kurs anbietet, der mich interessiert. Der etwas zum Thema hat, was ich tun will, und das ist, falls du es vergessen hast, einen Vintage-Laden eröffnen.«

»Ja, ich weiß, dass du gesagt hast, das wär dein Traum und so, aber ich dachte, das wär's eben, ein Traum.«

»Weißt du, manche Menschen unternehmen tatsächlich etwas, um ihre Träume zu verwirklichen«, versetzte Violet. »Und das habe ich versucht, indem ich mich zu diesem Kurs angemeldet habe. Glaubst du, ich sammel all die alten Kleider und Sachen in der Garage für einen Traum, den ich niemals zu realisieren gedenke?«

»Kannst du den Kurs nicht nächstes Semester besuchen?«

»Klar, vielleicht wenn wir, sagen wir mal, in Madison wohnen würden, wo sie eine Schwarte so dick wie ein Telefonbuch brauchen, um alle Kurse in einem einzigen Fachbereich der Universität aufzulisten. Aber am Community College hier wird der Kurs nur ein einziges Mal angeboten, von einem Gastdozenten.«

Jed schnaubte. »Du meinst wirklich, du wärst was Besseres, was? Du meinst echt, für manche wär Bent Creek okay, aber nicht für dich, weil du was Besonderes bist oder so. Du willst einen Laden eröffnen? Du willst woanders leben? Tu's doch. Ich halt dich nicht auf.«

Eigentlich hätte Violet fuchsteufelswild sein müssen, doch das Prickeln, das sie durchfuhr, war kein Zorn. Es war Taubheit. Jed und sie hatten sich diesen Winter nicht einmal etwas zu Weihnachten geschenkt. Als Violet erfahren hatte, dass ein leitender Mitarbeiter von einer bekannten Einzelhandelskette den Modekurs am Community College halten würde, hatte sie einen Teil ihres Trinkgelds dafür beiseitegelegt. Weil sie befürchtet hatte, dass so etwas wie das hier passieren könnte, hatte sie das Geld in ihrer Unterwäscheschublade versteckt und erst am Montagmorgen auf ihr gemeinsames Konto eingezahlt – an dem Tag, an dem sie den Scheck ausgestellt hatte. Jed hatte keine vierundzwanzig Stunden gebraucht, um ihren Traum zunichtezumachen.

Violet ging ins Schlafzimmer, ohne auf Jeds halbherzige Entschuldigung zu achten, die übertönt wurde von den Moderatoren, die über ein Foul debattierten. Sie öffnete einen Koffer – einen gelben Samsonite-Koffer aus den fünfziger Jahren, den ihre Großmutter ihr geschenkt hatte, als Violet das letzte Mal bei ihr gewesen war, »für alle Fälle« – und fing an zu packen.

Kapitel 6

INVENTARSTÜCK: Halskette
JAHR: 1970
ZUSTAND: einigermaßen; ein paar Strasssteine fehlen
ARTIKELBESCHREIBUNG: vergoldete Halskette mit einem ovalen Anhänger, der mit Strass besetzt ist
HERKUNFT: Amithi Singh

Amithi

An einem sonnigen Freitag im Mai, einen Monat bevor sie das erste Mal Hourglass Vintage betrat, hatte Amithi ihren Mann anlässlich einer Konferenz über Bioverfahrenstechnik nach Chicago begleitet. Naveen hatte ein Hotelzimmer in Oak Park reserviert, einem Vorort im Westen der Stadt. Die Reise war zwar eine Dienstreise, aber sie sollte auch eine kleine Erholungspause für sie beide sein. In den ersten Jahren ihrer Ehe hatten Amithi und Naveen in Oak Park gelebt, und beide hatten schöne Erinnerungen an den Ort – an die historischen Viertel, durch die sie spaziert waren, wenn ihnen ihre winzige Wohnung zu eng wurde, sie aber kein Geld ausgeben konnten, und an die Ecklokale, die nicht herausragend waren, aber billig und die sie ab und zu aufsuchten, damit Amithi nicht jeden Tag kochen musste.

Doch als sie an diesem Freitag von der Fernstraße abfuhren, fiel Amithis Blick durch die Windschutzscheibe nur auf Einkaufszentren und Tankstellen. Die Straßen sahen jetzt ganz anders aus als zu der Zeit, da sie vor vielen Jahren hier gelebt hatten. Verschwunden waren die meisten kleineren Restaurants und Läden, abgelöst von Fast-Food-Ablegern und Einzelhandelsketten.

Naveen lenkte den Wagen durch die Innenstadt, und beim Anblick des Lake Theatre mit seinen Art-déco-Säulen und der blauen Neonschrift stieg Amithis Laune. Wenigstens dies war unverändert. Wenn Naveen an Wochentagen abends nicht im Labor war, hatten sie sich hier Filme angesehen: *Der weiße Hai*, *Der Pate*, den neuesten James Bond. Auch wenn sie immer so getan hatte, als empörte sie sich über die Gewalt und die Nacktheit in amerikanischen Filmen, hatte Amithi diese Stunden im Dunkeln genossen, in denen sie sich in Gefahren und Abenteuer stürzen konnte, ohne die Folgen auf sich nehmen zu müssen.

Nachdem sie ihr Zimmer im Hotel bezogen hatten, duschte Naveen, während sich Amithi in einen lilafarbenen Sari mit winzigen silbernen Spiegeln hüllte. Je mehr sie sich im Laufe der Jahre an die amerikanische Lebensart gewöhnt hatte, desto seltener hatte sie Gelegenheit gefunden, einen Sari zu tragen. Eine Baumwollhose mit einer Bluse oder ein weit geschnittener, zweiteiliger Salwar Kamiz waren viel bequemer für die Hausarbeit, das Kochen und Erledigungen. Doch zu besonderen Gelegenheiten empfand sie die weiblichen Falten und die sechs Meter Seide eines Saris immer noch am passendsten.

Amithi wickelte sich den Sari aus reiner lilafarbener Seide um, dann holte sie eine Halskette aus ihrem Koffer, kein kostbarer Schmuck, nur eine vergoldete Kette mit einem großen Anhänger aus Strass, doch Naveen hatte sie in einem Modeschmuckladen in der Devon Avenue für sie gekauft, als sie frisch verheiratet gewesen waren. Sie trug sie heute, um sich daran zu erinnern, wie weit sie es gebracht hatten. Als sie Chicago vor Jahren verlassen hatten, mussten sie mit wenig auskommen. Während Naveen auf der Graduiertenfakultät war und als Lehrassistent arbeitete, hatten sie von einem mageren Gehaltsscheck zum nächsten gelebt.

Seither hatten sie etwas erreicht, was sie beide hochschätzten: Sicherheit, sowohl finanziell als auch in dem vertrauten Rhythmus ihrer Beziehung.

Naveen kam aus dem Bad und rieb sich mit einem Handtuch trocken. Amithi bemerkte, dass seine Brust nicht mehr glatt und fest war wie früher. Die Haut hing ihm um die Rippen, und das Brusthaar, das einst dunkel und dicht gewesen war, war jetzt grau und schütter. Trotzdem empfand sie bei seinem Anblick eine große Zärtlichkeit.

»Heute Abend ist der Empfang für die Konferenzteilnehmer. Hast du daran gedacht, das Programm einzupacken, das sie geschickt haben?«, fragte er, während er sein Hemd zuknöpfte.

»Er findet irgendwo in der Innenstadt statt, glaube ich.« Amithi holte eine Karte aus ihrer Handtasche. Sie war überzeugt, wenn sie nicht wäre, würde Naveen nie irgendwohin finden. »Hier steht, er ist im Signature Room in der Michigan Avenue und fängt um sieben Uhr an.«

Sie nahmen sich ein Taxi in die Innenstadt zu dem hoch aufragenden, trapezförmigen Hancock Building und fuhren mit dem Aufzug in den 95. Stock. Der Oberkellner führte sie in einen privaten Bankettsaal, wo Männer in Anzügen und Frauen in schwarzen Cocktailkleidern um eine Bar und einen langen, mit Horsd'œuvres beladenen Tisch herumstanden. Deckenhohe Fenster gewährten einen weiten Blick über die Stadt und den veilchenblauen Abendhimmel. Amithi trat ans Fenster, um den Ausblick zu genießen. Nebelschwaden wogten um die funkelnden Lichter benachbarter Wolkenkratzer, und die Autos auf den Straßen unten sahen aus wie Spielzeug.

Amithi wandte sich vom Fenster ab und folgte Naveen, als dieser sich durch den Raum bewegte und Leuten die Hand schüttelte. Wenn er sich jemandem näherte, sagte Naveen jedes Mal: »Sie erinnern sich gewiss an meine Frau Amithi.« Die Augen des Angesprochenen leuchteten auf vor Wiedererkennen. Wahrscheinlich erinnerten sich die Leute an sie, weil sie mit ihrer dunklen Haut und den bunten Gewändern, die sie zu solchen Anlässen gewöhnlich trug, in der Menge auffiel. Sie blickte an dem lilafarbenen Sari hinunter und überlegte, ob sie etwas anderes hätte wählen sollen, etwas Westlicheres, um zwischen der dunklen Kleidung der anderen Gäste nicht so hervorzustechen.

Mochten Naveens Kollegen sich auch an Amithi erinnern, umgekehrt war dem nicht so. Mehrere Konferenzteilnehmer waren Studienkollegen von Naveen, doch in ihrem Kopf verschwammen ihre Namen miteinander: Kevin, Carl, Kent. Noch schwerer auseinanderzuhalten waren ihre Ehefrauen. Viele hatten denselben graublonden Haarton, und sämtliche Gespräche ähnelten einander – endlose Diskussionen darüber, wer wo wohnte, woran arbeitete, sich von wem scheiden ließ.

Zum Abendessen setzten Amithi und Naveen sich an einen Tisch in der Nähe des Fensters. Zwei Männer gesellten sich zu ihnen, und Amithi erinnerte sich vage, dass sie zu Naveens engerem Freundeskreis an der Universität gehört hatten. Einer – ein lauter Mann mit rundem Gesicht, den die anderen »Mel« nannten – war inzwischen ein berühmter Forscher eines Pharmaunternehmens. Sie saßen kaum fünf Minuten, da erzählte er schon, wie viele Patente er besaß (fünf) und wie viele Ferienhäuser (drei).

Nach der Vorspeise entschuldigte Amithi sich, um zur Toilette zu gehen, dankbar, eine Pause von der ganzen Prahlerei zu haben. Als sie zurückkam, war Mel immer noch am Reden. Er hatte Amithi den Rücken zugekehrt und sagte gerade an Naveen gewandt: »Übrigens, auf der Konferenz im Frühjahr in Miami bin ich Paula Sorensen über den Weg gelaufen. Junge, die sieht gut aus. Aber das weißt du wahrscheinlich besser als ich, was, Naveen?«

Naveen, der mit dem Gesicht zu ihr saß, sah sie und sagte: »Da bist du ja, Schatz.«

Seine Reaktion weckte ihr Misstrauen. Im Privaten benutzten Naveen und sie manchmal Kosenamen, doch niemals in der Öffentlichkeit.

»Bitte unterbrecht euer Gespräch nicht meinetwegen«, sagte sie und setzte sich wieder. »Ich glaube, ihr habt gerade über eine Paula Soundso gesprochen?«

»Eine ehemalige Kommilitonin«, erklärte Naveen.

»Für Naveen war sie mehr als das«, warf Mel mit einem rüpelhaften Lachen ein.

»Ich weiß nicht, wovon du sprichst.« Naveen schaute in seinen Scotch und ließ die schmelzenden Eiswürfel kreisen.

Amithi hatte gewusst, dass Naveen vor ihrer Verlobung mit einer jungen Amerikanerin aus seinem Kurs ausgegangen war. Das hatte er ihr vor der Hochzeit erzählt. Vielleicht war das diese Paula, von der sie sprachen. Doch Amithi verstand nicht, warum Mel das Gespräch jetzt auf sie brachte. Sie wollte – musste – Naveen so viele Fragen stellen, doch das musste warten. Persönliche Angelegenheiten wurden nicht in der Öffentlichkeit besprochen.

Beim Hauptgang aß Amithi wenig von dem wunderbaren Essen auf ihrem Teller: gebratener Heilbutt mit Zitronenbutter, Kartoffelpüree und zarter Spargel. Auch Naveen wirkte geistesabwesend, und das bereitete ihr Sorgen. Sie redete sich gut zu, sich nicht aufzuregen, wer auch immer diese Paula sei, sie sei Vergangenheit. Naveen und Amithi waren seit über vierzig Jahren verheiratet. Sie versuchte, sich zu entspannen, und genoss die Schokoladentorte, die der Kellner ihr servierte.

Auf der Taxifahrt zurück in ihr Hotel plauderte Naveen unaufhörlich über die Menschen, die sie gesehen hatten. Er brachte seine Überraschung über die zum Ausdruck, die trotz mittelmäßiger Abschlüsse beruflich erfolgreich waren, und seine Enttäuschung über solche wie Mel, die ihr Talent seiner Meinung nach für schnelles Geld bei großen Firmen verschleuderten, statt etwas zur wissenschaftlichen Lehre beizutragen.

Kaum machte er in seiner Hetztirade eine Pause, warf Amithi ein: »Und was ist mit Paula?«

Naveen wandte sich ihr zu. Die Scheinwerfer eines vorbeifahrenden Autos erhellten nur eine Hälfte seines Gesichts, doch Amithi sah seine Überraschung. »Was soll mit ihr sein?«

»Warum hat Mel heute Abend von ihr gesprochen? Ist sie die Frau, mit der du vor unserer Verlobung ausgegangen bist?«

Er machte eine Pause, bevor er antwortete: »Ja. Ich habe dir von ihr erzählt, erinnerst du dich? Es war nie etwas Ernstes. Ich wusste, dass ich sie nicht heiraten konnte.«

»Weil sie Amerikanerin war?«

»Nicht nur das. Sie war eine Radikale, die sich immer wieder in irgendeinen politischen Kampf stürzte. Man könnte sie wohl als Hippie bezeichnen. Meine Familie hätte sie niemals akzeptiert, und das hätte ich ihr auch niemals zugemutet. Ich habe, so weit weg von zu Hause, wohl ein wenig rebelliert. Aber es war nie mehr als ein Flirt.«

Ein Flirt. Amithi runzelte die Stirn. Sie konnte sich ihren Ehemann, den ernsten Professor, nur schwer bei einem Flirt vorstellen. Tausend Gedanken schossen ihr durch den Kopf. Sie war so schüchtern und unerfahren gewesen, als Naveen und sie geheiratet hatten. War Paula, das radikale Hippie-Mädchen, besser im Bett gewesen? Sie überlegte, ob Naveen immer noch an sie dachte. Oder – schlimmer noch – sich immer noch mit ihr traf.

»Hast du noch Kontakt zu ihr?«, fragte Amithi.

»Ich sehe sie gelegentlich auf solchen Konferenzen.« Naveen legte Amithi den Arm um die Schultern. »Ich weiß, was du denkst, aber du musst dir keine Sorgen machen. Sie ist eine Kollegin, mehr nicht.«

Amithis Schultern verspannten sich bei seiner Berührung. »Bei Mel klang das so, als würdest du sie immer noch sehr gut kennen.«

Naveen legte seine Hand zurück in seinen Schoß. »Mel übertreibt gern, falls dir das noch nicht aufgefallen ist.«

»Da hast du wohl recht. Aber warum hast du Paula mir gegenüber nie erwähnt? Also, seit damals, meine ich.«

»Weil es kaum der Rede wert schien«, sagte Naveen und begegnete ihrem Blick.

Amithi suchte in den braunen Augen, denen sie vertraute, seit sie siebzehn Jahre alt war, und fand darin nichts, was sie anzweifeln musste. »Dann hast du mir alles erzählt?«

»Mehr gibt es nicht zu erzählen.«

Im Hotel merkte Amithi, dass sie sehr erschöpft war von den Sorgen und dem Smalltalk des Abends. Vermutlich hatte ihre Müdigkeit viel damit zu tun, wie sie auf Mels grobe Bemerkungen reagiert hatte. Sie ging ins Bett und schloss die Augen, während Naveen sich, noch angezogen, im Kissen zurücklehnte und eine wissenschaftliche Zeitschrift las.

Kurz bevor Amithi eindöste, fiel ihr ein, dass sie noch die Halskette mit dem Strassanhänger trug. Sie öffnete den Verschluss und legte die Kette auf den Nachttisch. Dabei legte sich eine heiße Hand auf ihren Arm.

»Was ist?«, fragte sie und wandte sich Naveen zu. Er hielt sich die Brust und zuckte zusammen, als hätte er Schmerzen. »Bist du krank?«

»Ich fühle mich schrecklich«, sagte er. »Aber ich bin nicht krank.«

Da ging Amithi auf, dass Naveen ihr wohl doch nicht alles erzählt hatte.

»Paula«, sagte sie.

Naveen nickte. Sein Gesicht war so verzerrt, dass jede einzelne Falte deutlich hervortrat – Falten, die er in den Jahren ihrer Ehe bekommen hatte.

»Ich wusste es.« Amithi sprang aus dem Bett, als würde sie sich verbrennen, wenn sie auf demselben Laken lag wie Naveen. »Wie lange geht das schon?«

»Es ist vorbei«, sagte Naveen. »Deswegen bin ich dieses Jahr nicht zu der Konferenz nach Miami geflogen. Ich wollte sie nicht sehen.«

Zorn und Tränen, die sie nicht vergießen wollte, schnürten Amithi die Kehle zu. Sie erinnerte sich, dass es ihr seltsam vorgekommen war, dass Naveen im Frühjahr nicht zu dem jährlichen Biochemie-Symposion nach Miami geflogen war, an dem er immer teilnahm. Sie erinnerte sich auch, dass sie ihm in der Hoffnung auf eine kleine sonnige Flucht vom Frühling in Wisconsin, der oft recht kühl ausfiel, immer angeboten hatte, ihn dorthin zu begleiten. Jahr für Jahr hatte Naveen ihr Angebot ausgeschlagen mit der Begründung, er habe viel zu tun, sie würde sich nur langweilen.

Jetzt wusste Amithi, warum er dort so wenig Zeit für sie gehabt hätte. Er hatte seine Zeit dort nicht bei Vorträgen und Zusammenkünften verbracht, sondern mit einer anderen Frau.

»Du hast meine Frage nicht beantwortet«, sagte sie, überrascht, wie kalt ihre Stimme klang trotz des heißen Zorns, der in ihr brodelte. »Wie lange geht das schon?«

Naveen atmete aus. »Erinnerst du dich noch daran, wie du mit Jayana, als sie noch klein war, nach Indien geflogen bist, und ich bin zu Hause geblieben, um …«

»Um zu dem Symposion nach Miami zu fliegen«, beendete Amithi den Satz für ihn. »Du hast gesagt, du würdest einen Vortrag halten.«

»Das habe ich auch«, sagte er. »Danach kam Paula zu mir, um mir zu meinen Forschungsergebnissen zu gratulieren. Ich hatte sie einige Jahre nicht gesehen, und wir sind etwas trinken gegangen, um uns zu erzählen, wie es uns inzwischen ergangen war, und …«

»Das reicht. Ich kann mir vorstellen, was danach passiert ist.« Amithi legte eine Hand auf ihren Magen, der ihr in die Knie zu rutschen schien.

Sie erinnerte sich an die Reise nach Indien, von der Naveen

sprach. Jayana war ein Jahr alt gewesen. Sie hatte das quengelnde Kleinkind vom Haus eines Verwandten, nicht nur von ihrer, sondern auch von Naveens Seite, zum nächsten geschleppt. Sie hatte in den Gästezimmern entfernter Onkel und Cousins wach gelegen. Geduldig hatte sie sich ihre Erziehungsratschläge angehört und ihre ermüdenden, immergleichen Fragen beantwortet. Und zur selben Zeit hatte Naveen sie betrogen. Nicht mit irgendeiner Frau, sondern mit jemandem, der ihm in Ausbildung und beruflichem Status ebenbürtig war. Amithi fragte sich, ob Naveen fand, sie sei dumm. Sie hatte nie ihren Bachelorabschluss gemacht, geschweige denn promoviert.

»Dann habt ihr über dreißig Jahre was miteinander gehabt?« Die Worte kamen Amithi nur schwer über die Lippen.

»Nein!«, fuhr Naveen auf. »Nein. Nach dem einen Mal ist Paula mehrere Jahre nicht mehr zu dem Symposion in Miami gekommen, obwohl sie in Florida lebt. Wir haben uns beide schrecklich gefühlt wegen dem, was passiert war, und waren uns einig, dass es nie wieder passieren dürfte. Doch als sie die Festanstellung in Gainesville bekam, kam sie wieder zu der Tagung. Ich glaube, sie stand von Seiten ihrer Fakultät ziemlich unter Druck hinzufahren und ...«

Amithi konnte es nicht fassen. Naveen suchte Ausflüchte, nicht nur für sich, sondern auch für Paula. »Nur weil sie *da* war, Naveen, musstest du doch nicht zwingend mit ihr ins Bett gehen.«

»Ich weiß«, sagte er fast unhörbar. »Das war ungefähr vor zehn Jahren, und seither haben wir uns jedes Jahr gesehen, bis ich ihr vor ein paar Monaten gesagt habe, es sei vorbei und ich würde nicht kommen.«

Amithi hatte Angst, die nächste Frage zu stellen, doch jetzt hatte sie so viel gehört, dass sie die ganze Geschichte erfahren musste. »Habt ihr euch nur in Miami gesehen oder auch zu anderen Zeiten, an anderen Orten?«

»Ich schäme mich, es zuzugeben, aber es gab auch andere Gelegenheiten. Manchmal ist sie nach Chicago gekommen, wenn ich beruflich dort war. Einmal war sie sogar in Madison. Sie musste vor einem Gremium sprechen und hat in einem Hotel übernachtet …«

Amithi keuchte auf. »Wie konntest du nur?«, schrie sie. »Schlimm genug, dass du mich betrogen hast … *und über so lange Zeit*. Aber dass du mit ihr in unserem Zuhause …«

Naveen schüttelte den Kopf. »Ich habe sie nie mit in unser Haus gebracht.«

»Es spielt keine Rolle«, sagte Amithi. »Madison ist unser Zuhause. Wir haben unser Leben dort aufgebaut. Was mich angeht, hast du sie in unser Heim gebracht.«

Amithi schoss der Gedanke durch den Kopf, dass andere Hotelgäste sie womöglich hörten. Normalerweise wäre ihr das äußerst unangenehm gewesen, doch nicht in dieser Nacht.

»Ich weiß, es ist schrecklich. Unverzeihlich.« Naveen schüttelte so heftig den Kopf, dass er Amithi an einen Hund erinnerte, der sich das Wasser aus dem Fell schüttelt. Wenn es doch nur so leicht wäre, die Vergangenheit abzuschütteln.

»Warum hast du es mir nie gesagt?«, fragte sie. Sie umklammerte die Falten ihres Nachthemds, als könnte sie, indem sie sich an etwas Greifbarem festhielt, verhindern, dass ihr ganzes Leben sich auflöste. »Hast du gedacht, ich wäre zu schwer von Begriff, um hinter die Wahrheit zu kommen?«

Jetzt liefen Naveen Tränen über die Wangen. Amithi empfand kein Mitleid mit ihm. Dieser gebrochene, wimmernde Mann hatte keine Ähnlichkeit mit dem Mann, den sie zu lieben geglaubt hatte.

»Ich wusste die ganze Zeit, dass es falsch war«, sagte er.

»Aber du hättest nach dem ersten Mal damit aufhören können.« Sie kniff die Lippen zusammen, ein dünner Strich gegen den Zorn, der in ihr tobte.

Der Laut, der aus Naveens Mund kam, war eine Mischung aus einem Schrei und einem Flüstern. »Ja.«

Die unbestreitbare Endgültigkeit dieses kleinen Wortes klingelte in Amithis Ohren.

»Wie konntest du all die Jahre so ein Geheimnis wahren?«

»Weil ich feige war.« Er sah ihr nicht in die Augen.

Amithi ging zur Tür des Hotelzimmers und öffnete sie. »Geh.«

»Wohin?«

»Das ist mir egal. Nimm dir ein Zimmer. Oder schlaf im Auto. Aber geh.«

Naveen stand auf und schlurfte mit gesenktem Kopf zur Tür. Bevor er in den Flur trat, hob er den Blick und sah Amithi an. »Glaubst du, du kannst mir je verzeihen?«

Amithi schloss die Tür und verriegelte sie, ohne zu antworten. Sie ging nicht zurück ins Bett. Sie schaltete das Licht aus und setzte sich auf einen gepolsterten Stuhl am Fenster, ohne die Vorhänge aufzuziehen. Sie wollte weinen, doch sie konnte nicht. Irgendwann konnte sie nicht mehr länger dort sitzen, also verließ sie das Hotelzimmer. Sie ging den leeren Flur hinunter und nahm den Aufzug in die Tiefgarage.

Als sie in den dunklen frühen Morgenstunden auf der I-90 nach Westen in Richtung Madison fuhr, spulten sich in ihrem Kopf mit hoher Geschwindigkeit Erinnerungen an ihre Ehe ab: die Urlaube, die Geburtstage, die endlosen Hemden, die sie gebügelt, die zahllosen Mahlzeiten, die sie zubereitet hatte.

Es war eine einzige große Lüge gewesen.

Kapitel 7

INVENTARSTÜCK: elegante Abendschuhe
JAHR: 1960er Jahre
ZUSTAND: einigermaßen, leichte Abnutzungsspuren an Sohlen und Einlegesohlen
ARTIKELBESCHREIBUNG: rote Satin-Pumps von d'Orsay mit geschlossener Ferse und Zeh
HERKUNFT: von einer Juraprofessorin an der Universität

April

An einem Junimorgen in der zweiten Woche ihres Praktikums reichte Violet April den Schlüssel für den Jeep.

»Meinen Sie, Sie könnten im Norden der Stadt etwas für mich abholen?«, fragte sie. »Eine Dame hilft ihrer Mutter beim Umzug in ein Altenheim, und sie hat auf Craigslist Fotos von einer ganzen Schachtel mit fantastischem Schmuck eingestellt, den sie loswerden möchte – emaillierte Broschen und große bunte Perlen. Ich habe sie angerufen, und die Dame sagte, wir können ihn umsonst haben, wenn wir ihn heute abholen.«

»Sehr gern, aber wäre es okay, wenn ich den Bus nehme?«, fragte April, der es peinlich war, Violet an ihre Angst vor dem Autofahren zu erinnern.

»Oh.« Jetzt war es an Violet, verlegen dreinzuschauen. »Es tut mir leid, ich habe vergessen, dass Sie nicht Auto fahren.« Sie nahm den Schlüssel wieder an sich. »Vergessen Sie es. Ich fahre selbst. Können Sie eine halbe Stunde oder so hier die Stellung halten, während ich weg bin?«

»Selbstverständlich«, sagte April, froh, endlich etwas anderes anvertraut zu bekommen, als altes Silber zu polieren oder Faltenröcke zu bügeln.

Während Violet fort war, kam eine Frau mittleren Alters in Yogahose und einer pinkfarbenen Sweatshirtjacke in den Laden und kämpfte sich mit einem Berg Samt und Pailletten in den Armen zur Kasse durch. Mit einem übertriebenen Aufatmen legte sie alles auf die Ladentheke.

»Guten Tag. Was kann ich für Sie tun?«, fragte April.

»Ich brauche mehr Platz im Kleiderschrank.« Die Frau schob eine blond gefärbte Strähne nach hinten, die sich aus ihrem Pferdeschwanz gelöst hatte. »Es wird Zeit, mich endlich von meinen alten Theatersachen zu trennen.«

April hielt ein Kleid hoch, das zuoberst auf dem Haufen lag – ein burgunderrotes Kleid mit Empire-Taille und Goldbesatz am Oberteil.

»Darin habe ich die Julia gespielt«, sagte die Frau wehmütig.

»Sie sind Schauspielerin?« April versuchte, sie sich auf der Bühne vorzustellen, wo sie die Aufmerksamkeit des gesamten Publikums auf sich zu lenken suchte. Es fiel ihr schwer.

»War«, erwiderte die Frau. »In New York, in meinen Zwanzigern. Dann habe ich geheiratet und bin nach Madison gezogen. Mein Mann hat eine befristete Stelle bekommen, um Geschichte zu lehren. Es war das einzige Angebot, das er bekam, wir konnten es unmöglich ausschlagen.«

»Und die Kostüme durften Sie behalten?«

»Normalerweise nicht.« Die Frau fuhr mit der Hand über den hauchdünnen Rock von etwas, das wie ein Tanzkostüm aussah. »Aber ich war mit der Kostümbildnerin befreundet, und sie hat die Geschäftsführung der Theatertruppe überredet, mir, als ich New York verließ, ein paar Teile als Abschiedsgeschenk zu überlassen.«

Die Wehmut in den Augen der Frau rührte April. Sie hätte ihr gern ein paar fröhliche und aufmunternde Worte gesagt, aber sie wusste nicht, was. »Wir haben ein paar anständige Theatergruppen in der Stadt«, sagte sie nach einer Pause. »Haben Sie je in einem ihrer Stücke mitgespielt?«

»Ich habe für ein paar Stücke vorgesprochen, nachdem ich hergezogen war, und habe in einer Produktion von *Pygmalion* sogar die Rolle der Eliza Doolittle bekommen. Gott, das wäre lustig geworden.« Die Frau schüttelte den Kopf. »Aber ich musste darauf verzichten, weil mein Jüngster endlos viele Infekte hatte, als er klein war, und ich wegen Arztterminen und Besuchen in der Notaufnahme zu viele Proben verpasst habe. Es war den anderen Mitgliedern der Truppe gegenüber nicht fair, und so habe ich abgesagt.«

April überlegte, warum der Universitätsprofessor nicht ab und zu mit seinem Sohn zum Arzt gehen konnte, doch sie sagte nichts. Kundinnen zu beleidigen, indem man über ihre Ehemänner herzog, war wahrscheinlich nicht gut fürs Geschäft. »Sie möchten diese Sachen also verkaufen?«

»Mhm. Ich habe sie aufgehoben, damit meine Kinder eines Tages damit Verkleiden spielen können. Aber meine drei Söhne zeigen kein Interesse daran. Im Moment nehmen die Sachen mir nur kostbaren Platz im Schrank weg.«

»Ich brauche wahrscheinlich eine Weile, um mir alles in Ruhe anzusehen. Ich bin zum ersten Mal ohne meine Chefin allein im Laden. Soll ich Sie anrufen, damit Sie wiederkommen können, wenn ich fertig bin?«

»Oh, ich bleibe und sehe mich einfach ein bisschen um. Mein Mann kümmert sich zur Abwechslung mal um die Kinder, und das will ich ausnutzen, so gut es geht. Wenn ich nach Hause gehe, muss irgendeiner irgendwohin gefahren werden oder möchte, dass ich ihm ein Sandwich schmiere oder ein Baseballtrikot wasche. Wenn ich schon mal frei habe, bleibe ich lieber hier.«

»Ich müsste auch einen Blick auf Ihren Ausweis werfen«, sagte April. »Wir müssen uns der Identität dessen versichern, dem wir für den Laden etwas abkaufen, so viel weiß ich schon.«

Die Frau kramte in ihrer Stoffeinkaufstasche nach ihrer prall gefüllten Vinylgeldbörse, holte ihren Führerschein heraus und legte ihn mit einem übertriebenen Seufzer auf die Ladentheke. »Ich hasse das Foto. Ich wünschte, ich hätte noch ein Team für Haare und Make-up wie damals für die Vorstellungen.«

April schaute von dem Foto auf die Frau und wieder auf das Foto und las den Namen: Lane Lawton. Sie notierte Lanes Namen, die Führerscheinnummer und das Geburtsdatum. Das Foto zeigte trotz des zu grellen Blitzlichts eine Frau mit einem selbstbewussten, eindrucksvollen Lächeln, in dem April einen Hinweis auf die dramatische Diva sah, die in der Rolle der entnervten Mutter, die Lane im Augenblick spielte, nicht recht rüberkam.

April gab der Frau ihren Führerschein zurück. »Danke. Wenn Sie sich ein bisschen umschauen möchten … Ich rufe Sie, sobald ich alles durchgesehen habe.«

Lane ging in den hinteren Bereich des Ladens, um sich Handtaschen und Schuhe anzusehen. April legte die Hand auf ihren wachsenden Bauch, um das ängstliche Flattern, das sich darin breitmachte, zu beruhigen. Vielleicht war es auch das Kind. So oder so fragte April sich, was das Muttersein mit ihr anstellen würde, wenn eine New Yorker Schauspielerin dafür die Bühne verließ, um Sandwiches zu schmieren und die Kinder durch die Gegend zu kutschieren.

Außer dass April kein Auto fuhr. Es war ihr peinlich, dass ihre Angst dazu geführt hatte, dass sie am Morgen nicht ihren Pflichten nachkommen konnte. Irgendwann musste sie sich wieder hinters Steuer setzen, wahrscheinlich noch bevor ihr Kind zur Welt kam. Doch jedes Mal wenn sie sich in den Toyota ihrer Mutter setzte, der in der Garage parkte – den Wagen, den ihre Mutter nicht zu Schrott gefahren hatte –, zitterten ihre Hände, und sie bekam keine Luft.

Sie betrachtete Lanes Kostüme. Sie umspannten viele Orte und Zeiten. Darunter waren ein Jeanskleid, das an ein Cowgirl erinnerte, und ein blaues Ballkleid mit Petticoats, das Erinnerungen an den Bürgerkrieg heraufbeschwor. Wieder überlegte April, wie Lane die Schauspielerei nur hatte aufgeben können. Was für eine Begabung, in die Haut eines anderen schlüpfen zu können, wenn auch nur für ein paar Stunden unter heißen Scheinwerfern.

April ging auf, dass Violet ihr nicht viel über die Preisgestaltung erzählt hatte. Sie suchte Violets ledergebundenes Inventarbuch, um einschätzen zu können, wie viel sie Lane für ihre Kleider zahlen sollte. Sie entdeckte es auf der Ladentheke, wo es einem roten marokkanischen Teeglas, halb voll mit Wasser, als Untersetzer diente. April stellte das Glas zur Seite und blätterte in den Einträgen, bis sie in etwa eine Idee hatte, wie viel sie für die Kostüme bezahlen konnte.

»Lane?«, sagte sie.

Die Frau sah auf. »Ja?«

»Ich habe alles durchgesehen und wäre so weit, wenn Sie so weit sind. Tut mir leid, dass es so lange gedauert hat. Ich arbeite erst eine Woche hier.«

»Kein Problem. Wirklich. Es war die friedlichste halbe Stunde seit Langem. Ich sollte öfter herkommen.« Lane lächelte. »Oh, und ich habe die gefunden.« Sie ließ ein Paar rote Pumps von d'Orsay an zwei Fingern baumeln.

»Die sind toll«, sagte April. »Violet, meine Chefin, sagte, sie haben einer Professorin an der juristischen Fakultät gehört, die einen Schrank voller schwarzer Kostüme hat und Hunderte Paar abgefahrene Schuhe. Sie haben Glück, dass Sie dieselbe Schuhgröße haben wie sie. Wenn Sie in ein paar Wochen noch mal kommen, haben wir wahrscheinlich mehr. Ich nehme an, die Dame geht am Ende jedes Semesters ihre Sammlung durch und bringt die her, die sie nicht mehr will.«

»Keine Ahnung, ob ich sie je tragen werde«, sagte Lane. »Solche Absätze eignen sich nicht gerade für Vorschulausflüge zum Bauernhof, aber wenn es sein muss, schaffe ich eine Gelegenheit.«

Lane war einverstanden, für ihre Kostüme statt Geld einen

Einkaufsgutschein für den Laden zu nehmen. Mit einem Teil davon kaufte sie die Schuhe und sagte, sie werde bald wiederkommen, um den Rest auszugeben. »Ich habe noch sehr viele Kostüme zu Hause«, sagte sie. »Sie können mich also gern anrufen, wenn Sie etwas Spezielles brauchen.«

Lane schrieb April ihre Telefonnummer und Adresse auf und verließ den Laden, eine orangefarbene Papiertüte mit dem Aufdruck HOURGLASS VINTAGE schwingend.

April war stolz auf sich, dass sie ihren ersten Ankauf selbstständig über die Bühne gebracht hatte, und konnte es kaum erwarten, dass Violet wiederkam, um ihr davon zu erzählen.

Doch als Violet von ihrer Besorgung zurückkehrte, betrachtete sie die Kostüme auf der Ladentheke mit kritischem Blick. »Was ist damit?«

»Eine Dame, die mal Schauspielerin war, hat ein paar ihrer alten Kostüme vorbeigebracht. Sehen Sie sich das an.« April hielt einen glänzenden roten Gymnastikanzug hoch, der aussah, als könnte er einst ein Zirkuskostüm gewesen sein. Sie fuhr mit dem Finger über das funkelnde Band um den Halsausschnitt.

Mit gerunzelter Stirn sah Violet die Kleider durch. »Warten Sie mal, das sind *alles* Kostüme? Wir führen keine Kostüme.«

»Oh«, sagte April und kam sich vor wie eine Idiotin. »Also … vielleicht sollten Sie … wenigstens ein paar, für Halloween. Um Kundschaft anzulocken, die sonst womöglich nicht in einem Secondhandladen kaufen würde.«

Violet war skeptisch. »Interessanter Gedanke, aber ich bin mir nicht sicher, was meine Kundinnen davon halten würden, wenn sie etwas, was sie zu einem bedeutenden Anlass wie einer Hochzeit oder einem Ball getragen haben, auf einem Kleiderständer zusammen mit den Kostümen sehen würden.«

»Es tut mir leid. Ich hätte wohl warten sollen, bis Sie wieder da sind, bevor ich Sachen ankaufe«, sagte April.

»Sie können mich immer anrufen, wenn ich nicht hier bin und

Sie eine Frage haben.« Sie sah die Kostüme noch einmal durch und seufzte. »Ich werde Ihrem Vorschlag folgen und sie bis Halloween behalten. Mal sehen, ob wir sie verkauft kriegen.«

April hatte das Gefühl, sie hatte versucht, sich gegenüber Violet zu beweisen, und hatte es vergeigt. Sie musste es wieder wettmachen.

»Wissen Sie«, sagte sie, »als ich in dem Inventarbuch geblättert habe, fand ich es richtig schwierig, die Informationen zu finden, die ich gebraucht habe. Wenn es Ihnen nichts ausmacht, könnte ich doch mal schauen, ob ich eine Möglichkeit finde, die Informationen besser zu organisieren. Wenn wir alle Unterlagen in den Computer eingeben, wie wir es besprochen haben, könnte man die Einträge elektronisch durchsuchen. Es würde mir ehrlich nichts ausmachen, mich um so etwas zu kümmern.«

Violet warf die Hände in die Luft. »Okay, okay, Sie Datengenie. Probieren Sie's.«

An diesem Abend saß April an dem alten Schreibtisch ihrer Mutter und blätterte in dem Inventarbuch und den Aktenordnern, die sie von der Boutique mit nach Hause geschleppt hatte. Je tiefer sie in Violets Warenbestandsinventar eindrang, desto mehr war sie davon überzeugt, dass ihr sicher ein besseres System einfiele, um alle Zahlen und Informationen zu verwahren und zu verwalten.

Sie hörte ein *Pling* und öffnete wie auf Reflex das E-Mail-Programm. In ihrem Posteingang war eine neue Nachricht von Charlie mit dem Betreff *In Boston zur Orientierung*. April spürte tief irgendwo in ihrem Bauch einen leichten Tritt und senkte den Blick darauf. »E-Mail von Papa«, sagte sie. Traurigkeit packte ihre Brust, und sie löschte die Nachricht, ohne sie zu lesen.

In den Wochen nach Aprils und Charlies Verlobung hatte sich Judy Cabot geweigert, April zu sehen, geschweige denn mit ihr zu reden. Das führte dazu, dass auch Trip kein Wort zu April sprach. Charlie fungierte als Mittler, er flehte seine Eltern an, seine Verlobte und das Kind, das sie bald bekommen würden, zu akzeptieren.

An einem Samstag hatte April dann einen Anruf von Judy bekommen, die sie bat, ohne Charlie vorbeizukommen. Kaum betrat April das Heim der Cabots, drückte ihr Judy den Hochzeitsleitfaden von Emily Post in die Hände und führte sie ins Wohnzimmer, wo eine übereifrige Brünette in einem Twinset stand, eine weiße Heftmappe unter dem Arm.

»April, das ist Lila«, hatte Judy gesagt. »Sie ist die beste Hochzeitsplanerin in ganz Madison.«

»Ähm, hi.« April hatte Judy fragend angesehen.

Judy hatte Aprils Blick erwidert. »Diese … *Situation*« – dabei blickte sie auf Aprils noch schlanke, sich aber allmählich rundende Taille – »ist ganz und gar nicht so, wie ich es mir gewünscht hätte. Aber wenigstens die Hochzeit wird auf meine Art gefeiert.«

April wusste immer noch nicht, was schlimmer gewesen war – das eisige Schweigen, auf das sie zunächst gestoßen war, oder stundenlang dabeizusitzen, während Judy und Lila über Monogrammschriften und Knopflochsträußchen debattierten. All das zählte jetzt eh nicht mehr, denn die Hochzeit war abgesagt worden.

Obwohl Charlie und sie nicht mehr zusammen waren, gefiel April der Gedanke nicht, dass er im August in den Osten zog. Sie hatte gehofft, er könnte sein Kind regelmäßig sehen. Doch Charlie war nur von einer der medizinischen Hochschulen angenommen worden, an denen er sich beworben hatte. In der Uni seiner Wahl, der University of Wisconsin, war er auf der Warteliste gelandet, und zwar, wie die Zulassungsstelle ihm mitteilte, ziemlich weit hinten.

Sie versuchte, sich darauf zu konzentrieren, die Daten von den Belegen und Umsatzzahlen aus dem Laden in ihren Computer einzugeben. Im Gegensatz zu Aprils Vergangenheit ergaben Zahlen normalerweise einen Sinn. Doch heute war es frustrierend, die vielen Einzelteile zusammenzufügen, denn ihre Gedanken wanderten immer wieder zu Charlie und dem, was passiert war.

Sie würde lügen, wenn sie ihm schriebe, sie wollte ihn nicht sehen. Sie wollte ihn sehen. Sie wusste nicht, ob das daran lag, dass sie ihn immer noch liebte, oder ob es die Schwangerschaftshormone waren, doch sie sehnte sich nach seinem Lächeln, nach seiner Umarmung und danach, dass sie einander ohne viele Worte verstanden.

Vor drei Monaten

»Hey, wach auf. Es ist alles gut. Dir kann nichts passieren.«

Wie von ganz weit weg drang Charlies Stimme an Aprils Ohr. Sie spürte seine Arme, die sie umfingen, seine Lippen, die ihre Stirn küssten, ihre Schläfen.

Sie schlug die Augen auf, und er wischte mit dem Zipfel der Bettdecke ihre feuchten Wangen ab. Vor den Fenstern seiner Wohnung rüttelte der Februarwind an den kahlen Bäumen, die dürre Schatten an die Wand warfen.

»Du hast wieder im Schlaf geweint«, sagte er.

Als ihr dämmerte, dass ihre Mutter tot war, schloss Charlie sie noch fester in die Arme. April sehnte sich nach dem Tag, an dem sie nicht mehr mitten in der Nacht aufwachte und überlegte, ob der Unfall ihrer Mutter ein Alptraum gewesen war. Nach dem Tag, an dem sie lächeln konnte, ohne das Gefühl zu haben, unter ihrer Haut könnte etwas reißen.

April drehte sich zu Charlie und schmiegte sich an ihn, sodass ihre Arme, ihr Bauch und ihre Beine sich berührten und sie einander umschlangen. In solchen Augenblicken war das Einzige, was intuitiver, greifbarer war als ihre Trauer, ihr überwältigendes Begehren für Charlie und seines für sie. Überall um sie herum war Dunkelheit, überall um sie herum war Tod. Doch hier, unter den Falten seiner Bettdecke, unter dem Gewicht seines Körpers – und in ihrem wachsenden Bauch – war Leben.

Kapitel 8

INVENTARSTÜCK: Hut
JAHR: 1949
ZUSTAND: ausgezeichnet
ARTIKELBESCHREIBUNG: glockenförmiger Hut aus lindgrünem Filz, mit einem schwarzen Ripsband und einer Pfauenfeder verziert
HERKUNFT: Lucille Rollins. Nicht zum Verkauf

Violet

»Verzeihung, haben Sie auch eine Herrenabteilung?«, fragte eine Männerstimme.

Violet schaute von dem Pendleton-Pullover auf, den sie gerade faltete. In der Tür stand ein Mann in einem Flanellhemd. Er kam ihr vage vertraut vor, doch sie konnte nicht sagen, woher. Es waren wohl die braunen Augen, die breiten Schultern und die robuste Statur. Er sah aus, als käme er aus dem Mittleren Westen.

»Nein, tut mir leid«, antwortete sie. »Ich hatte einige Sachen für Männer, aber sie sind nicht so gut gegangen, dass es sich gelohnt hätte, dabei zu bleiben, also habe ich es aufgegeben. Suchen Sie etwas Spezielles? Vielleicht kann ich Ihnen einen Laden empfehlen, der so etwas führt.«

»Ich brauche einen Hut«, sagte er. »Es ist die letzte Semesterwoche. Ich habe meinen Studierenden versprochen, wenn keiner aus meinen sieben Kursen beim Abschlussexamen durchfällt, würde ich am letzten Tag vor den Ferien einen lächerlichen Hut tragen. Sie haben ihren Teil der Abmachung erfüllt, jetzt bin ich dran.«

»Was unterrichten Sie?«, fragte Violet.

»Biologie und Geowissenschaften«, sagte er. »Erstes und zweites Studienjahr.«

»Also ein paar von unseren Hüten könnten als unisex durchgehen. Und wenn Sie *richtig* lächerlich aussehen möchten, könnten Sie sich einen unserer Damenhüte aussuchen. Kommen Sie, ich zeige Ihnen, was wir haben.«

Violet führte ihn in eine Ecke des Ladens, wo auf einem runden Ständer Vintage-Hüte aus Filz, Seide, Stroh und Samt arrangiert waren.

Es kamen nicht oft Männer in den Laden, und erst recht keine gut aussehenden. Er sah gut aus, aber nicht auf auffällige Art. Er trug einen kurzen Bart, der wohl eher nicht das Ergebnis einer bewussten Entscheidung war, sondern nur die Folge dessen, dass er sich ein paar Tage nicht rasiert hatte.

Er setzte einen Hut aus weichem Wollfilz mit einer Feder an der Krempe auf. »Was halten Sie davon?«

»Ich finde, er sieht toll aus. Ich kann Ihnen einen Spiegel holen, wenn Sie selbst schauen möchten.«

»Danke. Hey, ich bin übrigens Sam Lewis.« Der Mann streckte ihr die Hand hin und lächelte. Um seine Augen bildeten sich kleine Fältchen.

»Freut mich, Sie kennenzulernen. Ich bin Violet Turner.« Sie schüttelte ihm die Hand, und dabei fiel ihr auf, dass er an der linken Hand keinen Ehering trug.

»Ich wusste es«, sagte Sam.

»Was?«

»Sie sind aus Bent Creek, richtig? Wir waren zusammen auf der Highschool. Sie waren einen Jahrgang unter mir.«

»Ich dachte mir schon, dass ich Sie von irgendwoher kenne«, sagte Violet, holte einen versilberten Handspiegel von einem Tisch und reichte ihn Sam.

Er betrachtete sein Spiegelbild und schob sich den Fedora

schräg auf den Kopf. »Hmmm. Ich glaube, die Kids werden enttäuscht sein, wenn ich etwas trage, was zu normal ist.«

»Es ist sehr Fünfziger-Jahre-Wall-Street.«

Sam tat den Hut zurück auf den Ständer und setzte sich ein rotes Barett auf. »Es ist okay, wenn Sie sich aus der Schulzeit nicht an mich erinnern.«

»Vielleicht würde ich mich erinnern, wenn Sie das Barett getragen hätten«, witzelte Violet.

»Ich erinnere mich nur an Sie, weil ... na ja, Sie waren mit Jed Cline zusammen, richtig?«, fragte Sam. »Er war in meiner Klasse.«

Violet konnte es nicht ausstehen, dass diese Tatsache sie in den Köpfen einiger Menschen selbst nach so langer Zeit noch definierte.

»Ich habe ihn sogar geheiratet«, sagte sie.

»Dann sind Sie beide hergezogen? Wann?«

»Oh, wir sind nicht mehr verheiratet. Ich bin vor ein paar Jahren allein hergezogen, um diesen Laden aufzumachen und einen Abschluss in Textileinzelhandel zu machen, womit ich dort im Community College schon angefangen hatte.«

»Beides gleichzeitig? Ich bin beeindruckt.«

»Ich hatte schon jahrelang geplant, einen Laden zu eröffnen, also hatte ich schon viel vorgearbeitet. Zudem hatte ich für einen Menschen, der keinen Laden eröffnen will, viel zu viele Vintage-Sachen angehäuft. Zuerst hatte ich überlegt, es in Bent Creek zu machen, aber der Ort ist einfach nicht groß genug für eine Edelboutique. Außerdem hatte ich alle Hände voll damit zu tun, mich um Jed zu kümmern. Er brauchte mich, und für lange Zeit schien es das Wichtigste in der Welt zu sein, gebraucht zu werden.«

»Ja, ich habe gehört, dass er ein Alkoholproblem hatte. Aber bei Kleinstadtklatsch weiß man nie, ob was dran ist oder nicht.« Sam setzte das Barett ab.

»Wohl wahr.« Violet mochte gar nicht darüber nachdenken,

was für Gerüchte nach ihrer Scheidung die Runde gemacht hatten. Kleinstädte hatten ein sehr selektives Gedächtnis, und Jed konnte zwar grausam und herrisch sein, besonders wenn er trank, aber er war geblieben. Es gab die, die in Bent Creek blieben, und die, die weggingen. Violet wusste, dass sie sich in den Augen mancher allein dadurch verdächtig gemacht hatte, dass sie fortgegangen war. Selbst ihre Eltern waren ihrer Entscheidung mit Argwohn begegnet. Sie wussten, dass Jed und Violet ihre Probleme hatten, aber sie verstanden nicht, warum sie wegziehen musste. Im Gegensatz zu Großmutter Lou verstanden sie nicht, dass Violet ihr Leben nicht ändern konnte, wenn die Menschen in ihrer Umgebung sie auf eine bestimmte festgelegte Art sahen.

»Wurzeln sind wichtig, Schatz«, hatte Großmutter Lou gesagt, als Violet ihr erzählte, sie überlege wegzuziehen. »Aber manchmal wächst eine Pflanze auch aus ihrem Topf heraus.«

Sam nahm einen hellblauen Pillbox-Hut und setzte ihn auf. Er zog sich den Netzschleier vors Gesicht und klimperte mit den Wimpern. »Was meinen Sie?«, fragte er.

Violet lachte. »Wenn Sie lächerlich aussehen wollen, haben Sie das Richtige gefunden.«

Sam nahm den versilberten Spiegel und betrachtete sein Konterfei. »Der ist perfekt. Meine Studenten werden ihren Spaß haben.«

»Die haben Glück, dass sie einen Dozenten haben, der bereit ist, sich um ihrer Bildung willen zum Narren zu machen.«

»Hey, wenn's funktioniert.« Sam setzte den Hut ab und fuhr sich mit einer Hand durch sein dichtes, braunes Haar, in das sich erstes Grau mischte. Violet überlegte, warum er ihr in der Highschool nicht aufgefallen war, doch dann fiel ihr ein, dass sie damals den Tunnelblick gehabt hatte, allein Jed im Visier.

Sam sah sich im Laden um. »Ich interessiere mich nicht besonders für Mode oder Design oder so, aber Sie haben hier einen ziemlich coolen Laden. Arbeiten Sie allein hier?«

»Ich habe eine Praktikantin, aber sie ist unterwegs zu einem Termin«, sagte Violet. »Also, jetzt habe ich Ihnen erzählt, wie *ich* hier gelandet bin. Und was hat *Sie* nach Madison geführt?«

»Ich war hier auf dem College und habe mich, wie so viele, in die Stadt verliebt und wollte nicht mehr weg. Wenn ich mit dem Fahrrad zur Arbeit fahre, begegne ich einem Typ mit einer Sechzig-Zentimeter-Irokesenfrisur, der seinen Dackel in einem Kinderwagen auf dem Radweg spazieren fährt. Am Montagabend trifft sich bei der Kneipe in meiner Nachbarschaft eine Stelzengängergruppe. Wo sonst gibt es so viel Unterhaltung?«

»Im Zirkus?«

Sam lächelte. »Aber auch wenn ich sehr gern hier bin, ist es schön, jemanden von zu Hause zu treffen.«

Violet erwiderte sein Lächeln und überlegte, warum ihr in der Highschool nicht aufgefallen war, wie süß er war.

»Also, ich muss zurück zur Arbeit«, sagte Sam. »Ich bin in der Mittagspause.«

»Selbstverständlich«, sagte Violet enttäuscht. »Kommen Sie, ich kassiere das eben ab.« Sie nahm den Hut und trug ihn zur Kasse.

Sam reichte ihr eine Kreditkarte. »Ich würde unser Gespräch gern irgendwann fortsetzen.«

»Klingt toll.« Violet zog die Karte durch und druckte eine Quittung. Sie steckte den blauen Hut in eine Einkaufstüte und reichte sie ihm. Ihre Hände berührten sich kurz, und über ihre nackten Arme in dem ärmellosen Kleid lief eine Gänsehaut.

»Danke«, sagte Sam. »Hübsche Tätowierung.«

Violet wurde rot und hoffte, dass er die Gänsehaut nicht bemerkte. Vielleicht hoffte sie aber auch, dass er sie sah.

»Wenn Sie mir Ihre Nummer geben, kann ich sie gleich in meinem Handy speichern«, sagte er.

Violet zog eine Schublade auf und kramte in einem Schuhkarton mit alten Schwarz-Weiß-Fotos – Bilder, die sie in Gebrauchtwarenläden und bei Hausflohmärkten gesammelt hatte, von Menschen, die sie nicht kannte: Babys in Spitzenhäubchen und Soldaten in Uniform, Frauen auf Pferderücken und Kinder auf dem Jahrmarkt. Violet wusste nicht, warum sie sie gekauft hatte, abgesehen davon, dass sie gern einen Augenblick aus der Geschichte dieser Menschen bewahren wollte.

Violet kramte in dem Karton, bis sie gefunden hatte, wonach sie suchte – das Foto einer Frau hinter einem Schleier, ganz ähnlich dem, den Sam gekauft hatte. Sie drehte das vergilbte Foto um und schrieb ihre Telefonnummer auf die Rückseite.

Sam lachte, als er das Foto sah. »Ich muss sagen, auf diese Art hat mir noch niemand seine Nummer gegeben.«

Violet grinste. »Ich tue die Dinge gern auf meine Art.«

»Hey, wie kommt es, dass Sie mir *den* nicht zum Anprobieren gegeben haben?« Sam zeigte auf die orangerote Wand hinter der Kasse. Unter den Buchstaben aus gehämmertem Metall, die den Schriftzug »Hourglass Vintage« bildeten, hing ein grüner, mit einer Pfauenfeder geschmückter Filzhut.

»Weil der etwas ganz Besonderes ist«, sagte Violet.

Vor einem Jahr

Während ihre Verwandten sich bei Kaffee und Keksen in der Küche unterhielten, schlich Violet den mit Teppichboden ausgelegten Flur hinunter in Großmutter Lous Schlafzimmer. Sie ging in den begehbaren Kleiderschrank, setzte sich auf den Boden zwischen die Stangen mit Kleidern und atmete den Geruch nach Zigaretten und White-Shoulders-Parfum ein. Den Duft ihrer Großmutter.

Sie wusste nicht, wie lange sie dort gesessen hatte, als die Stimme ihrer Mutter an ihr Ohr drang. »Violet, wo bist du?«

»Hier drin«, rief Violet.

Celeste Turner tauchte in der Tür zum Schrank auf, eine Hand in die Hüfte gestemmt. Violet fand, dass ihre Mutter mit ihrer schwarzen Bundfaltenhose und ihrem formlosen Pullover in Großmutter Lous Schrank mit seinen Pailletten und Seidenstoffen fehl am Platze war. Celeste kleidete sich praktisch. Sie teilte nicht die Begeisterung ihrer Mutter für Mode. Wie es schien, hatte diese eine Generation übersprungen und war erst bei Violet wieder durchgeschlagen.

»Was machst du hier?«, fragte Celeste.

Violet strich über ein schwarz lackiertes Schmuckkästchen. »Ich verabschiede mich.«

Celeste traten Tränen in die Augen. »Ich weiß. Ich vermisse sie auch.«

Großmutter Lou war vor sechs Wochen nach einem Schlaganfall ins Krankenhaus gekommen und hatte seither im Koma gelegen. Violets Mutter hatte aufgrund der Patientenverfügung ihrer Mutter die schwere Entscheidung treffen müssen, die Herz-Lungen-Maschine abzuschalten.

Violet trat in ein Paar hochhackige Schuhe ihrer Großmutter. »Was machst du mit ihren Sachen?«

»Ich weiß nicht.« Ihre Mutter seufzte. »Vermutlich geben wir alles an die Wohlfahrt, wie alles andere. Wenn deine Tanten und Onkel ein paar Tage bleiben würden, um zu helfen, würde ich sagen, sie könnten sich ein paar Möbel oder Erinnerungsstücke aussuchen, die sie behalten können. Aber sie reisen alle morgen schon wieder ab. Außerdem haben sie gesagt, sie hätten schon genug Kram und hätten keinen Platz für noch mehr.«

»Das ist kein Kram«, sagte Violet und fasste an den Saum eines schwarzen, mit Satin gefütterten Samtcapes – einen »Opernumhang« hatte Großmutter Lou es genannt. Es spielte keine Rolle, dass Bent Creek nicht einmal ein Kino besaß, geschweige denn ein Opernhaus. Das Cape war wunderschön.

Die Züge ihrer Mutter wurden weicher. »Du hast recht. Ich bin nur überfordert, weil ich das Haus verkaufen muss.«

Violet wünschte, sie könnte etwas tun, damit ihre Mutter nicht so gestresst war, nicht so abgespannt. Sie schmiegte die Wange an den Fuchspelzkragen eines Mantels. »Kann ich ein paar von den Sachen hier haben, wenn sie sonst niemand will?«

»Sicher«, antwortete ihre Mutter. »Du kannst sie ja vielleicht in deinem Laden verkaufen. Ich weiß nicht, wieso ich nicht gleich darauf gekommen bin.«

»Ich will sie nicht *verkaufen*, Mom. Himmel. Ich will nur ein paar Sachen als Erinnerung an sie.«

Ihre Mutter zuckte die Achseln. »Ich meine ja nur. Es wird sowieso alles gespendet, also würde es sicher keinen stören, wenn du die Sachen verkaufst.«

Verärgert über den Vorschlag schüttelte Violet den Kopf.

»Egal, ich bin sowieso nur hergekommen, weil sie mich da draußen mit Fragen nach dir bestürmen«, sagte Celeste. »Und ich weiß nicht, was ich antworten soll.«

Violet ging auf, dass das ihre eigene Schuld war. Seit sie Jed verlassen hatte, war sie so selten wie möglich nach Bent Creek gekommen, und ihre Eltern waren noch nie nach Madison gefahren, um sie zu besuchen. Ihre Mutter fuhr nicht gern auf mehrspurigen Fernstraßen, und da sie in einem Gebiet lebte, das von einem Gewirr verlassener Landstraßen durchzogen war, hatte sie sich ihren Ängsten nie stellen müssen. Violets Vater, der einen Landmaschinenhandel betrieb, konnte ihr aus denselben Gründen keinen Besuch abstatten, aus denen Violet nicht oft nach Bent Creek fuhr – er wollte den Laden nicht jemand anderem anvertrauen.

»Okay«, sagte Violet zu ihrer Mutter. »Gib mir noch zwei Minuten.«

Nachdem ihre Mutter hinausgegangen war, holte Violet eine gestreifte Hutschachtel vom Regal. Wenn sie da rausmusste, um ein Dutzend Fragen zu beantworten, was aus ihrer Ehe geworden war und ob sie in Madison »jemand Speziellen« hatte, brauchte sie Hilfe von ihrer Großmutter – ein kleines Stück von Großmutter Lous Kraft und von ihrem Stil.

Sie öffnete die Hutschachtel und fand darin einen lindgrünen, mit Ripsband und einer schillernden Pfauenfeder geschmückten Glockenhut. Sie nahm den Hut aus dem gelblichen Seidenpapier und setzte ihn auf.

Sie trat an den Schminktisch ihrer Großmutter und schob Make-up-Paletten und einen Kristallaschenbecher zur Seite, um sich dicht an den Spiegel zu beugen. Mit seiner kräftigen Farbe bildete der Hut einen fröhlichen Kontrast zu ihrer schwarzen Schößchenjacke und dem Bleistiftrock. Violet hätte schwören können, dass sie mit dem Hut auf dem Kopf ein wenig aussah wie ihre Großmutter auf Fotos aus ihrer Jugend.

Violet schaltete das Licht in dem begehbaren Schrank aus und verließ das Zimmer. Den Hut auf ihrem Kopf würden ihre Tanten und Onkel – und wahrscheinlich auch ihre Eltern – sicher mit hochgezogenen Augenbrauen quittieren, doch das war ihr egal. Großmutter Lou hätte es gefallen.

Kapitel 9

INVENTARSTÜCK: Pelzmantel
JAHR: 1950
ZUSTAND: einigermaßen
ARTIKELBESCHREIBUNG: heller, hüftlanger Nerzmantel. Rosafarbenes Seidenfutter, einige blanke Stellen an den Ellbogen
HERKUNFT: Hausflohmarkt

Violet

Am nächsten Abend beugte sich Violet zum Badezimmerspiegel, um roten Lippenstift aufzulegen. Dabei summte sie die Songs eines Bluegrass-Albums mit. Heute Abend würde sie wie versprochen mit Karen in die Stadt gehen.

Als Karen noch in einer Wohnung die Straße runter gewohnt hatte, war sie oft auf dem Heimweg von der Arbeit auf einen Sprung in die Boutique gekommen. Normalerweise wusste sie, was abends los war, ob irgendwo ein neues Restaurant eröffnet wurde oder gerade ein Independent-Film-Festival stattfand. Manchmal waren sie auch nur in ihr Lieblingsbistro in der Machinery Row gegangen und hatten sich eine halbe Karaffe Cabernet geteilt. Manchmal hatten sie bis zur Morgendämmerung zur Musik einer Funk-Band getanzt oder mit Fremden in einer überfüllten Bar geschwitzt.

An solchen Abenden waren auch oft Männer dabei, entweder Männer, die sie kennenlernten, oder solche, mit denen sie sich verabredet hatten. Karen mit ihren langen, blassen Gliedern und feuerroten Haaren erregte überall Bewunderung. Doch Violet nahm es ihr nicht übel. Ja, meistens war sie sogar dankbar, dass die Aufmerksamkeit nicht ihr galt. In der ersten Zeit nach ihrer Scheidung wollte Violet nicht mehr als ihre neue Freiheit genießen. Wenn sie dabei ein paar interessante Männer traf, wunderbar, aber darum ging es ihr nicht. Seit Karen geheiratet und mit Tom am Stadtrand ein Haus gebaut hatte, waren Violet und sie nicht mehr so häufig ausgegangen, und als Karen bald schwanger geworden war, hatten sie es so gut wie ganz aufgegeben. Violet konnte es ihrer Freundin nicht verübeln. Sie waren nicht mehr die Jüngsten, und an Karens Stelle hätte sie auch keine Zeit vergeudet, eine Familie zu gründen.

Nachdem sie die stets schwierige Aufgabe gemeistert hatte, aus ihrem zum Platzen vollen Kleiderschrank etwas zum Anziehen für den Abend auszuwählen, blieb Violet sogar noch etwas Zeit, bis Karen kam. Sie hatte sich für einen schwarzen Hosenanzug und ein Oberteil mit Nackenträger aus den siebziger Jahren entschieden. Dazu silberne Perlenohrringe, die eine Kundin gemacht hatte, die Schmuck verkaufte, und fertig war sie.

Während sie auf Karen wartete, zog sie einen Karton unter ihrem Bett hervor und nahm den Deckel ab. Darin befanden sich, seit Jahren unberührt, Erinnerungsstücke an Bent Creek. Sie holte das vertrocknete, geschrumpelte Nelkenanstecksträußchen heraus, das Jed ihr bei dem Tanz auf dem Klassentreffen geschenkt hatte, bei dem sie sich Schnaps übers Kleid geschüttet hatte, und einen Teddybären, den sie als Kind überall mit hingeschleppt hatte, sowie den schlichten goldenen Ring, der ihr als Verlobungs- und Ehering gedient hatte. Diese Dinge legte sie auf dem Teppich zur Seite. Ganz unten im Karton fand sie ihre Jahrbücher. Sie holte sie heraus und machte es sich mit Miles auf dem Sofa gemütlich, um darin zu blättern.

In dem Buch aus ihrer zehnten Klasse schlug sie das Register auf und fuhr mit dem Finger über die Liste der Namen, bis sie auf Sam Lewis stieß: Seite 39 und Seite 94. Aus Neugier sah sie auch unter ihrem eigenen Namen nach. Drei Zeilen waren erforderlich, um all die Seiten aufzuzählen, auf denen Fotos von ihr waren.

Sie schlug Seite 39 auf, wo sie das Foto von Sams elfter Klasse fand. Er lächelte mit seiner Zahnspange, das Gesicht voll Akne. Jetzt erinnerte sie sich auch wieder daran, wer er war, nämlich einer von denen, auf denen Jed und seine Kumpel ewig herumgehackt hatten.

Sie blätterte weiter zu Seite 94, wo sie ein Foto von Sam mit der Band oder dem Schachclub oder irgendeiner anderen außerlehrplanmäßigen Aktivität erwartete. Doch das zweite Foto von Sam im Jahrbuch war eine Szene aus dem Speisesaal: Eine Gruppe von Jugendlichen posierte Arm in Arm dicht gedrängt um einen Tisch. Sam war nicht darunter, er saß im Hintergrund, an einem unübersehbar leeren Tisch, ein Stück Pizza halb im Mund. Sie betrachtete den unbeholfenen Teenager und dachte: *Halt durch. In zwanzig Jahren siehst du richtig gut aus.*

Es klopfte, Miles bellte, und seine Krallen klackerten über den Holzboden.

»Hallo?«, rief Karen.

»Ich bin hier.« Violet trat ins Wohnzimmer, wo sie auf ihre Freundin traf, zwei große Einkaufstaschen in den Händen. Karens rotes Haar, das sich um ihr Gesicht lockte, kämpfte mit den Kissen im Leoparddruck und den Ethno-Stoffen im Zimmer um Aufmerksamkeit. Sie stellte ihre Taschen ab und zog ihren Trenchcoat aus, unter dem ein grünes T-Shirt mit Spaghettiträgern und eine enge schwarze Hose zum Vorschein kamen.

»Wow, Mama«, sagte Violet und umarmte ihre Freundin. »Du siehst gut aus.«

»Du solltest wirklich die Haustür abschließen«, versetzte Karen.

»Normalerweise denke ich dran abzuschließen, wenn ich das Haus verlasse, aber wenn ich zu Hause bin, schließe ich nie ab.

Außer wenn ich schlafen gehe. Egal, das Viertel ist sicherer als früher. Hast du nicht die trendigen neuen Restaurants überall in der Straße gesehen? Den Hundesalon?«

»Also, als ich während des Studiums hier in der Gegend gewohnt habe, hat ein leerstehendes Haus an der Ecke Drogendealern als Treffpunkt gedient, und die Typen saßen jeden Tag auf ihrer Veranda und hingen an ihren Literflaschen Bier. Tut mir leid, wenn ich ein bisschen paranoid bin.«

»Die Zeiten sind längst vorbei. Jetzt wohnen hier Professoren und Hipster. Ich wette, der Getränkemarkt führt nicht mal mehr Literflaschen. Die sind viel zu sehr damit beschäftigt, Sixpacks von Kleinbrauereien mit biologisch angebautem Hopfen zu verkaufen.« Violet schenkte ihrer Freundin ein frotzelndes Lächeln. »Das Viertel hat sich sehr verändert, seit du auf dein Landgut gezogen bist.«

»Apropos Landgut, Taxis fahren da nicht raus, also schlafe ich heute Abend bei dir.«

»Was ist mit Edith?«

»Tom kümmert sich um sie. Es tut mir sicher gut, mal eine Nacht woanders zu verbringen.«

»Wenn du Angst hast, dich nach ein paar Gläsern hinters Steuer zu setzen, kann ich dich auch bringen. Ich muss nicht unbedingt was trinken.«

Karen schüttelte den Kopf. »Ich brauche eine Saufkumpanin. Und unbedingt ein bisschen Spaß. Hast du eine Ahnung, wie es ist, wenn einem den größten Teil des Tages so ein kleiner Mensch am Schürzenbändel hängt?«

»Kann ich nicht behaupten«, antwortete Violet und fügte dann in wehmütigem Tonfall hinzu: »Und werde ich wohl auch nie behaupten können.«

»Also, leicht ist es nicht.« Karen ging in den offenen Küchenbereich, der sich an das Wohnzimmer anschloss, und holte die Whiskeyflasche, die auf Violets Kühlschrank stand. Mit der Vertrautheit von jemandem, der schon oft in der Wohnung gewesen war, öffnete sie einen Schrank und entnahm ihm zwei Kristallgläser. Ohne Violet zu fragen, ob sie welchen wollte, schenkte sie zwei Fingerbreit in jedes Glas. »Eis?« Sie öffnete den Gefrierschrank.

»Oh, Mist, ich hab vergessen, welches zu machen«, sagte Violet.

»Macht nichts, ich mag meinen eh lieber pur.« Karen trank einen kräftigen Schluck aus ihrem Glas und runzelte dann die Stirn, die ohnehin schon faltiger war, als Violet von ihrem letzten Treffen in Erinnerung hatte. »Wie kann man vergessen, Eiswürfel zu machen? Man füllt einfach den Behälter wieder mit Wasser.«

Violet zuckte die Achseln. »Ist keiner da, der sich beschweren würde.«

Karen reichte ihr ein Glas, und Violet trank einen Schluck, der ihr warm die Kehle hinunterrann. Sie nahm auf dem Sofa Platz und klopfte einladend auf das Kissen neben sich, Karen solle sich auch setzen. Miles, der die Geste falsch verstand, sprang hoch und machte es sich neben Violet bequem. Sie rieb seine samtigen Ohren.

»Wie macht sich Edith?«, fragte Violet. »Sie ist so süß.«

Karen setzte sich ans andere Ende des Sofas. »Du willst doch sicher nicht den ganzen doofen Babykram hören, oder?«

Violet war ein wenig eingeschnappt, dass Karen annahm, sie wollte nichts über Edith hören, nur weil sie selbst keine Kinder hatte. Doch sie wusste auch, dass ihre Freundin nur rücksichtsvoll sein wollte. In der Zeit vor Edith hatten Karen und Violet bei Geschenkpartys für werdende Mütter oft in der Ecke herumgestanden, Sekt mit O-Saft getrunken und die Augen verdreht. Doch das war hauptsächlich Karen gewesen. Violet liebte Babys. Was sie nicht mochte, waren der ganze Druck und die Sorgen drumherum.

Karen schlug ihre langen Beine übereinander. »Hast du noch mal was von deinem Vermieter gehört?«

»Nichts Neues«, sagte Violet. »Soweit ich weiß, muss ich immer noch Ende August raus sein, sonst besorgen sie sich eine richterliche Räumungsverfügung und schmeißen mich raus. Sind dir in deinem klugen Juristenkopf noch ein paar fantastische Ideen gekommen, seit wir uns das letzte Mal unterhalten haben?«

Karen ging in die Küche, schenkte sich Whiskey nach und hielt die Flasche hoch. »Das ist die Strategie, die die Seniorpartner in meiner Kanzlei in besonders harten Fällen immer fahren.«

»Musst du nicht stillen?«

»Ein bisschen Spaß muss sein, oder? Ich kann an einer Hand abzählen, wie oft ich im letzten Jahr was getrunken habe. Und heute Abend muss ich's eh abpumpen und wegschütten.«

Violet hob die Hände. »Ich will dir keine Vorschriften machen, ich bin nur neugierig. Wie auch immer, tut mir leid, dass ich dich mit diesem juristischen Kram nerve. Das reicht für heute. Du hast gesagt, du musst unter die Leute und Spaß haben, und ich wette, dabei hat dir nicht vorgeschwebt, den ganzen Abend über meine Probleme mit meinem Vermieter zu diskutieren. Also, was machen wir jetzt?«

»Im King Club gibt's eine Dragshow, die wir uns ansehen könnten«, sagte Karen. »Sie nennt sich ›Queens im King‹.«

»Ich dachte, wir könnten uns einen alten Marilyn-Monroe-Film ansehen und Kekse machen – hauptsächlich, um den Teig zu essen. Chancen, dass ich dich überreden kann?«

»Nein. Aber Marilyn kriegen wir vielleicht trotzdem zu sehen.«

Und tatsächlich sahen Violet und Karen im Laufe des Abends auf der blau ausgeleuchteten Bühne eine ein Meter achtzig große, vollbusige Blondine, die »Happy Birthday, Mr President« schmetterte, während ein Schlagzeuger, der als Rita Hayworth verkleidet war, sich am Becken ausließ und mit einem »Badump-bump«-Rahmenschlag endete. Der Höhepunkt der Vorstellung war eine Luxusmodenschau, bei der schmollende Dragqueens in Versace aus den neunziger und Pucci aus den sechziger Jahren auf der Bühne auf und ab spazierten.

Eine trug sogar einen Nerzmantel, bei dem Violet hätte schwören können, sie habe ihn bei Hourglass Vintage gekauft. Sie erinnerte sich an das pfirsichfarbene Futter, das das Model aufblitzen ließ, als es den Mantel öffnete, um das hautenge Kleid aus violettem Samt darunter zu zeigen.

Beim Anblick eines Kleidungsstücks aus ihrem Laden auf der Bühne kam Violet eine Idee, wie sie vielleicht ein wenig Geld für eine Anzahlung zusammenkriegen konnte, um eine Bank davon zu überzeugen, ihr den Rest zu leihen, damit sie das Haus kaufen konnte.

Als nach der Vorstellung das Licht wieder anging, wandte Violet sich an Karen. »Hey, mir hüpft da eine Idee im Kopf herum. Magst du sie hören?«

»Bei mir hüpft heutzutage auch alles.« Karen kniff sich in den Bauch und bekam tatsächlich ein wenig Haut zu greifen, wo einst alles ganz flach, ja sogar konkav gewesen war.

»Du bist immer noch weniger hüpfig als ich, und ich habe keine Schwangerschaft hinter mir«, widersprach Violet.

Karen neigte den Kopf zur Seite und sah Violet mit halb geschlossenen Augen an. »Glaubst du, du wirst das je nachholen?«

»In Anbetracht dessen, dass der Gedanke, wieder zu heiraten, mich in Angst und Schrecken versetzt und dass ich nicht mal eine Beziehung habe, stehen die Chancen eher schlecht.«

»Du brauchst dafür keinen Mann, weißt du?«, sagte Karen.

»Ganz richtig, Schätzchen«, warf eine breitschultrige Dragqueen ein, die gerade vorüberging.

Violet hatte einen Kloß im Hals und mochte nicht antworten,

weil sie nicht preisgeben wollte, wie sehr sie ihre Freundin beneidete. Doch Karen hatte einen Schwips, und die beiden waren immer offen zueinander. Sie kramten in den ins Unreine formulierten, spontan geäußerten Worten der anderen und suchten nach der Wahrheit darunter, als würden sie Gold schürfen.

»Ich weiß nicht.« Violet senkte den Blick auf ihr Glas, in dem Whiskey Soda gewesen war, in dem jetzt aber nur noch Eiswürfel schwammen. »Ich dachte immer, Kinder würden zu meinem Leben dazugehören, aber in zwei Jahren werde ich vierzig. Ich muss realistisch sein.«

»Und niemand in Sicht?«, fragte Karen. »Ich meine, nicht unbedingt gleich zum Kinderzeugen, aber wenigstens zum Ausgehen?«

Violet dachte an Sam. »Diese Woche war tatsächlich ein interessanter Typ im Laden. Ich habe ihm meine Telefonnummer gegeben, aber er hat sich noch nicht gemeldet. Schauen wir mal.«

»Oh?« Karen zog die Augenbrauen hoch. »Erzähl.«

Violet schüttelte den Kopf. »Ich habe ihn gerade mal kennengelernt, und ich will es nicht verderben. Außerdem kann es gut sein, dass ich nichts mehr von ihm höre.«

»Okay. Gut«, meinte Karen schmollend und trank einen Schluck von ihrem Cocktail. »Und was war das für eine Idee, die dir im Kopf rumhüpft?«

Violet zeigte zur Bühne. »Ich habe überlegt, ob ich nicht so etwas machen könnte, um Geld für den Laden zusammenzukriegen.«

»Eine Dragshow?«

»Eher eine Modenschau, aber klar, wir könnten auch Dragqueens laufen lassen. Es wäre eine gute Möglichkeit, ein paar meiner teureren Kleider zu zeigen und den Verkauf ein wenig anzukurbeln. Was meinst du?«

»Ich finde, das klingt toll«, sagte Karen und verbarg ein Gähnen hinter ihrer Hand.

»Ja, du fällst gleich vom Stuhl vor Begeisterung.«

»Ehrlich, ich glaube, es könnte funktionieren. Aber ich bin vollkommen platt. Ich habe seit Monaten keine Nacht länger als vier Stunden am Stück geschlafen. Vergiss, was ich übers Kinderkriegen gesagt habe. Du kannst meins haben.«

Kapitel 10

INVENTARSTÜCK: Abendkleid
JAHR: 1970er Jahre
ZUSTAND: ausgezeichnet
ARTIKELBESCHREIBUNG: schulterfreies Brautjungfernkleid. Hellgrüner Polyester und weiße Spitze mit passendem Cape
HERKUNFT: von Karens Mutter

April

Als April am letzten Samstag im Juni zur Arbeit ging, beneidete sie die Kunden, die das Café neben Hourglass Vintage verließen. Sehnsüchtig betrachtete sie die Pappbecher mit fair gehandeltem Kaffee aus Peru oder in Guatemala im Schatten gewachsen oder was auch immer die Röstung des Tages war, und wünschte, sie hätte ihre eine Tasse Kaffee am Tag nicht schon getrunken, bevor sie das Haus verlassen hatte. Nach einer schlaflosen Nacht, in der sie versucht hatte, eine behagliche Schlafposition auf der Seite zu finden – wie die Ärztin es ihr für die Schwangerschaft empfohlen hatte –, war sie müde. Sie lag lieber auf dem Bauch, doch das ging einfach nicht mehr. Die Tatsache, dass dieser Samstag ihr Hochzeitstag hätte sein sollen, war einer erholsamen Nachtruhe auch nicht förderlich gewesen.

Es war einen Monat her, dass Charlie und sie das letzte Mal miteinander gesprochen hatten, und zwei Wochen, dass er die Hochzeit abgesagt hatte, ohne überhaupt mit ihr darüber zu sprechen. April ging davon aus, dass Charlies Eltern ihm in den Wochen, seit sie getrennt waren, schon andere Mädchen vorgestellt hatten, die ihren Platz einnehmen sollten: schöne, wohlerzogene junge Frauen ohne psychische Krankheiten in der Familie.

Als April Hourglass Vintage betrat, beugte Violet sich gerade über die Registrierkasse und schrieb mit konzentrierter Miene etwas in ein Notizbuch.

»Hi«, sagte April. Es war endlich wärmer geworden, und sie wischte sich einen Schweißtropfen von der Stirn. Damit versuchte sie auch, jegliche Spuren des Schmerzes, den sie empfand, fortzuwischen. Sie zählte darauf, dass die Arbeit sie ablenken würde.

»Ich bin froh, dass Sie hier sind.« Violet setzte ihren Becher ab. »Ich habe eine Idee. Sie kam mir, als ich gestern Abend mit meiner Freundin im King Club war. Ich dachte, was wäre, wenn wir eine Modenschau organisierten, um Geld zusammenzukriegen?« Sie sah April erwartungsvoll an. »Wir könnten sie die Hourglass Revue nennen und Frauen oder Dragqueens bitten, für uns zu modeln, und sie Kleider aus dem Laden vorführen lassen.«

»Hmmm«, meinte April. Der Teil ihres Gehirns, der sich mit Zahlen auskannte, rechnete bereits, wie viel es kosten würde, so ein Vorhaben in die Tat umzusetzen.

»Sie wirken nicht besonders begeistert«, meinte Violet.

»Nein. Ich meine, doch. Klingt, als könnte es lustig werden. Es ist nur … also, wie wollen Sie damit Geld verdienen? Würden nicht erst einmal hohe Kosten auf Sie zukommen?«

»Sicher, aber die könnten wir durch Kartenverkauf wieder reinholen und hoffentlich einen Profit machen, indem wir die Kleider und Accessoires, die wir auf dem Laufsteg präsentieren, versteigern«, sagte Violet. »Ich habe hinten ein paar sehr hochwertige Sachen, die ich nicht alle auf einmal im Laden präsentiere, weil die Leute sie nicht kaufen. Madison ist eine sehr lässige Stadt, und die meisten Leute sind zufrieden, Chaco-Sandalen zu tragen statt ein Paar Hochhackige von Louboutin. Es ist selten, dass jemand in den Laden kommt und achthundert Dollar für einen Pelzmantel oder zweitausend für eine Vintage-Tasche von Hermès ausgibt.«

»Tut mir leid, aber haben Sie gerade gesagt, zweitausend für eine Handtasche?«, fragte April blinzelnd.

Violet nickte. »Eine fantastische Tasche. Glänzendes rotes Leder mit hellblauem Wildleder gefüttert. Erinnern Sie mich daran, dass ich sie bei Gelegenheit mal raushole und Ihnen zeige. Wie auch immer, zweitausend ist nichts. Manche Vintage-Taschen von Hermès kosten zehntausend und mehr.«

Während Violet aufgeregt über die Auswahl der Models und das Anmieten eines Theaters sprach, richtete April einen Stapel Konzert-T-Shirts auf einem Tisch ordentlich aus. Sobald Violet eine Pause machte, um einen Schluck Kaffee zu trinken, meldete sie sich zu Wort. »Verzeihung«, sagte April. »Aber haben Sie gerade etwas von Dragqueens gesagt? Wo wollen wir die denn auftreiben?«

»Oh, meine Liebe, wenn wir Dragqueens brauchen, dann besorge ich uns welche. Und gute obendrein, keine von der Billige-Perücke-und-ausgestopfter-BH-Sorte.«

April spürte einen Tritt im Bauch und legte die Hand darauf. »O Gott, es hat gerade getreten. Ich meine, ich hab ja hier und da schon kleinere Bewegungen gespürt und so, aber nicht so was.« Sie sah Violet an. »Wollen Sie mal fühlen?«

Violet zögerte einen Augenblick, bevor sie mit ausgestreckter Hand einen Schritt vortrat. April legte Violets Hand seitlich auf ihren Bauch und fragte: »Spüren Sie das?«

Violet nickte, und April glaubte zu sehen, wie sich ihre Augen trübten.

Doch dann nahm Violet die Hand fort und sagte: »Selbst *sie* findet, dass die Hourglass Revue eine gute Idee ist.«

»Ich weiß nicht, ob es eine Sie ist. Ich hatte vor ein paar Wochen eine Ultraschalluntersuchung, bei der ich es hätte erfahren können, aber ich wollte nicht.«

»Ultraschall? Gab es Probleme?«

»Nein«, antwortete April. »Ich glaube, das machen die routinemäßig. Aber mehr kriege ich nicht. Ich habe Anspruch auf staatliche Krankenversicherung, aber die deckt nur einen Ultraschall ab, es sei denn, es gibt Komplikationen.«

Violet betrachtete Aprils Bauch. »Also *ich* glaube, es wird ein Mädchen.«

»Wieso?«

»Ich habe so ein Gefühl.«

»Wir werden sehen«, sagte April und wandte sich wieder Violets Plänen zu. »Okay, also, wenn wir diese Modenschau machen wollen, müssen wir ein Budget aufstellen, Kostenvoranschläge einholen, was Werbung betrifft, den Druck von Programmen …«

»Vielleicht könnten wir die Schauspielerin, die vor einer Weile mit den Kostümen hier war, fragen, ob sie Lust hat zu helfen. Ich meine, jemand, der tonnenweise Theaterkostüme im Schrank hat, weiß doch sicher das eine oder andere darüber, wie man eine Show auf die Beine stellt. Zumindest mehr als wir. Wie hieß sie noch?«, fragte Violet.

»Lane«, antwortete April. »An ihren Nachnamen erinnere ich mich nicht, aber wir haben ja ihre Adresse. Ich habe sie aufgeschrieben für den Fall, dass wir noch mehr Kostüme kaufen wollten. Und, nur fürs Protokoll, ich finde immer noch, es wäre eine gute Idee, wenn wir im Laden Kostüme verkaufen würden.«

Violet schien die Bemerkung über die Kostüme zu ignorieren. »Klar, ich rufe sie an«, sagte sie. »Als Models hätte ich gern Frauen verschiedenen Alters. Nicht nur junge Mädchen. Junge Mädchen haben nicht das Geld, wertvolle Kleider zu ersteigern. Die älteren Frauen sollen sich vorstellen können, die Sachen auf der Bühne zu tragen, und das geht nur, wenn sie von Frauen ihres Alters präsentiert werden.«

April runzelte die Stirn. »Die können sich sicher auch nicht vorstellen, etwas zu tragen, was eine Dragqueen vorführt.«

»Oh, die sind nur zum Spaß dabei. Von denen passen eh nicht viele in unsere Größen. Bei ihren Outfits müssen wir ein wenig improvisieren. Wir gehen alle Sachen im Hinterzimmer durch. Außerdem ist das ein guter Grund, meine Warenbestandsverzeichnisse zu aktualisieren.«

»Apropos …« April sah die Gelegenheit, über den Fortschritt zu sprechen, den sie mit Violets Zahlen und Aufzeichnungen gemacht hatte, und holte ihren Laptop aus ihrer ledernen Schultasche. »Ich habe mir eine Buchhaltungs-und-Inventar-Software auf den Laptop geladen, von der ich glaube, dass sie Ihnen hier im Laden sehr nützlich sein könnte.«

Violet öffnete den Mund und schloss ihn wieder. »Sie müssen nichts für den Laden kaufen«, sagte sie. »Ich bezahle Sie nicht mal, und das Baby wird auch einiges verschlingen …«

»Ehrlich, das ist okay.« April fuhr mit der Hand durch die Luft. »Die Software war kostenlos. Außerdem kann sie das Leben sehr erleichtern. Ihre Inventarlisten auf Papier stressen mich ungeheuer. Ich brauche ewig, um darin etwas zu finden. Und, wissen Sie, meine Ärztin sagt, Stress ist nicht gut für das Baby.«

»Wie könnte ich da widersprechen?« Violets Augen wurden ein wenig sanfter, doch sie sagte mit spitzen Lippen: »Danke. Aber Sie müssen mir zeigen, wie man damit umgeht. Und ich werde wohl meinen Computer hier unten hinstellen müssen, falls ich noch weiß, wie man alles wieder zusammenstöpselt, wenn es mal auseinandergenommen ist.«

»Dabei kann ich Ihnen später helfen«, sagte April. »Vorerst können wir meinen Laptop benutzen.«

»Hätten Sie Lust, die Sachen mit mir durchzugehen?«, fragte Violet.

April nickte und folgte ihr ins Hinterzimmer, wo sie sich auf den Boden setzten. Der Berg leerer, stoffbezogener Kartons wuchs rasch immer höher, als die beiden den Inhalt begutachteten – chinesische Roben in satten Rot- und Rosatönen, One-

Shoulder-Kleider von Halston und Tellerröcke aus pastellfarbenen Baumwollstoffen aus den Fünfzigern. Von den Zedernholztäfelchen und Lavendelsäckchen, die Violet in den Kartons verwahrte, um Motten fernzuhalten, hing ein holziger Duft in den Kleidern.

»Was ist das?« April zog eine Bahn mitternachtsblauen Tafts aus einer Schachtel. Sie stand auf und hob das Kleid hoch, doch der Stoff hörte und hörte nicht auf.

»Das ist ein Abendkleid von Dior«, antwortete Violet.

Sorgfältig breitete April den kühlen, knittrigen Stoff auf Violets Arbeitstisch aus und strich die Falten glatt. Der Taft hatte ein eingewebtes Blumenmuster, schwarze Samt- und Silberfäden umrissen die Ränder jedes einzelnen Blattes. Eine riesige, plastische Schleife zierte das trägerlose Oberteil.

»Wo haben Sie das her?«, fragte April. »Und warum hängt es nicht im Laden?«

»Das hat es eine Weile. Ich hatte es einer Schaufensterpuppe übergezogen«, sagte Violet. »Aber niemand hat es gekauft, also habe ich es weggepackt. Es stammt von der Frau eines ehemaligen Kongressabgeordneten. Sie hat es 1953 auf dem Ball anlässlich von Eisenhowers erster Amtseinführung getragen.«

»Warum trennt sie sich denn von so etwas?«

»Im Grunde ist es eine ziemlich lustige Geschichte. Ihr Mann war eine einflussreiche Persönlichkeit in der Republikanischen Partei, und sie war eine standhafte Demokratin. Als ich das Kleid von ihr kaufte und sie fragte, warum sie sich davon trennen wolle, sagte sie: ›Weil ich Stevenson gewählt habe.‹«

»Es ist jedenfalls wunderschön.« April hielt sich das Kleid vor. »Nicht dass ich in diese winzige Taille passen würde, besonders jetzt nicht. Ich bin nur schockiert, dass niemand es gekauft hat. Vielleicht müssen die Leute es an jemandem sehen, nicht nur an einer Schaufensterpuppe. Wir sollten es auf jeden Fall bei der Schau vorführen.«

»Da müssten noch die dazu passenden schwarzen Handschuhe drin sein.«

»Oh.« April holte ein Paar langer Seidenhandschuhe aus der Schachtel. Sie beugte sich über ihren Laptop und tippte eine Beschreibung des Kleids und der Handschuhe in ihr Inventurprogramm. Dann wandte sie sich der nächsten Schachtel zu, aus der sie ein luftiges, mit weißer Spitze gesäumtes, minzgrünes Kleid holte sowie ein zweites, fast identisches in Rosa. »Was haben die für eine Geschichte? Nachthemden?«

»Brautjungfernkleider aus den späten Siebzigern. Karens Mutter hat sie gebracht, ob Sie es glauben oder nicht. Zu dem grünen gehört noch ein passendes Cape mit Kapuze.«

»Wollen Sie mich auf den Arm nehmen?« April holte das Polyestercape heraus und band es sich um den Hals. Sie ging zu dem hohen Spiegel mit dem goldenen Rahmen und runzelte die Stirn. »Ich möchte behaupten, Capes eignen sich nicht als Umstandsmode. Ich sehe aus wie ein Nilpferd, das unter einer riesigen Plane feststeckt.«

»Das tun Sie nicht«, sagte Violet. »Sie werden es nicht glauben, aber Karens Mutter hat die Kleider bei zwei verschiedenen Hochzeiten derselben Freundin getragen.«

»Ich hoffe, ihre Freundin hatte bei Ehemännern einen besseren Geschmack als bei Brautjungfernkleidern.«

»Ich glaube nicht«, versetzte Violet. »Sie hat mir erzählt, beide Ehen hätten mit der Scheidung geendet. Die Kleider hat sie auf dem Speicher gefunden.«

In dem Augenblick vibrierte Aprils Handy in ihrer Tasche. Sie holte es heraus und schaute auf das Display. Es war Charlie. Sie senkte den Blick auf die Brautjungfernkleider in ihrem Schoß und dachte an ihre eigene abgesagte Hochzeit. Der Schmerz machte sich pochend in ihrer Brust bemerkbar, und plötzlich war ihr schwindlig. Das Handy fest umklammert lief sie ins Bad und schloss die Tür. Sie setzte sich auf die Toilette und steckte den Kopf zwischen die Knie – sie versuchte es zumindest. Ganz runter kam sie nicht, denn ihr Bauch war im Weg, also beugte sie sich nur vor und ließ Schultern und Kopf hängen.

Ihr Handy vibrierte wieder, was anzeigte, dass auf der Mailbox eine neue Nachricht eingegangen war. Sie wusste, dass es sie sehr aufwühlen würde, wenn sie sie sich anhörte, doch ihre Hand bewegte sich aus eigenem Willen, drückte auf den richtigen Knopf und hob das Handy ans Ohr.

»Hey, ich bin's«, sagte die vertraute Stimme. »Ich bin in der Stadt und wollte fragen, ob du Lust hast, dich mit mir zu treffen. Ich hab dir vor einer Weile eine E-Mail geschickt. Vielleicht hast du die nicht bekommen? Vielleicht bist du auch noch sauer auf mich. Wie auch immer, ich muss unbedingt mit dir reden. Ich denke die ganze Zeit daran, was heute gewesen wäre … also, wie auch immer, ruf mich an. Tschüss.«

Sie hatte nicht auf Charlies E-Mail reagiert. Sie wusste, dass er in der Stadt war – sie hatte die ganze Woche daran gedacht und teils wohl gehofft, sie würde ihm zufällig über den Weg laufen, teils war sie immer noch verletzt und zornig.

April atmete aus und versuchte, ihren rasenden Puls zu beruhigen. Bei ihrer letzten Vorsorgeuntersuchung hatte die Ärztin sie gewarnt, welche Auswirkungen das Stresshormon Cortisol auf den Fötus haben konnte: Das Hormon passierte die Plazentaschranke und erhöhte auch das Stressniveau des Ungeborenen.

»Versuchen Sie, stressige Situationen so gut wie möglich zu vermeiden«, hatte Dr. Hong gesagt. »Und wenn Sie sich in einer stressigen Situation wiederfinden, verlassen Sie, wenn es nötig ist, den Raum, oder stellen Sie sich vor, Sie seien woanders.«

Das Problem mit Dr. Hongs Rat war, dass sie sich, sooft sie sich vorstellte, sie sei woanders, vorstellte, sie sei mit Charlie zusammen, sicher in seinem Arm geborgen. Dieses Bild verstärkte ihren Kummer nur noch.

Sie hörte ein Klopfen.

»Ist alles okay?«, fragte Violet.

April öffnete die Tür und nickte, ihre emotionale Reaktion war ihr peinlich. Sie war schließlich auf der Arbeit und wollte unbedingt, dass Violet sie ernst nahm.

Violet neigte den Kopf zur Seite. »Möchten Sie über etwas reden? Es gehört zu diesem Job dazu, sich die Geschichten der Menschen anzuhören. Ich kann das ziemlich gut.«

»Das war Charlie.« April war erleichtert, dass Violet sich nicht an ihrem Gefühlsausbruch störte.

»Der, wegen dem Sie Ihr Brautkleid zurückgebracht haben?«

»Ja, der. Heute war eigentlich unser Hochzeitstermin.« April nahm sich ein Papiertaschentuch vom Tisch und zupfte an den Rändern. »Ich wollte nicht mal eine schicke Hochzeit. Am liebsten hätte ich irgendwo in einem Park geheiratet. Und hinterher ein Barbecue, zu dem wir ein paar Freunde eingeladen hätten. Ich konnte meinen Highschoolfreundinnen ja wohl kaum formelle Hochzeitseinladungen schicken. Ich meine, das wäre doch schräg gewesen, oder? Und meinen Vater habe ich seit Jahren nicht gesehen, *dem* wollte ich auf keinen Fall eine Einladung schicken. Aber Charlies Eltern haben eine Hochzeitsplanerin engagiert, den Ballsaal ihres Country Club reserviert und hundert Freunde eingeladen.«

»Ja, Hochzeiten können mächtig außer Kontrolle geraten«, sagte Violet. »Wenn meine Eltern das Geld gehabt hätten, hätten sie bei meiner Hochzeit damals wahrscheinlich die ganze Stadt eingeladen. Aber es ist wichtig, das zu tun, was für Sie richtig ist. Waren Charlies Eltern enttäuscht, als es nicht geklappt hat?«

April schüttelte den Kopf. »Das ist es ja. Die mögen mich nicht mal. Sie wollten nicht, dass wir heiraten. Aber irgendwie ging es ihnen bei der Hochzeit gar nicht um Charlie oder um mich, sondern nur darum, mit ihrem Geld zu protzen.« Sie schaute auf ihr Handy, das sie noch in der Hand hielt, und drückte einen Knopf, um Charlies Nachricht zu löschen. »Egal, ich habe seinen

Anruf nicht angenommen. Er will mich sehen, aber ich glaube, das kann ich nicht.«

April war überrascht, als Violet, die normalerweise so zurückhaltend war, näher trat und sie in die Arme nahm.

Vor einem Monat

Charlie betrachtete den Antrag auf ein Studiendarlehen, der sich auf seinem Computerbildschirm öffnete. »Ich habe ehrlich keine Ahnung, wie ich die ganzen Schulden je zurückzahlen will.«

»Wir müssen einen Weg finden.« April stützte die Ellbogen auf den Küchentisch und dachte mit einem Anflug von Trauer daran, wie oft ihre Mutter an diesem Tisch gesessen, überfällige Rechnungen durchgeblättert und vordatierte Schecks ausgestellt hatte. April und ihre Mutter hatten nie viel mehr gehabt als das Haus, das ihr bei der Scheidung zugefallen war, und einander. Ihre Bindung war, um es in mathematische Begriffe zu fassen, eine der wenigen Konstanten in einer Gleichung mit vielen Variablen gewesen.

Doch Charlie hatte nie über Geld nachdenken müssen – bis jetzt. April machte sich Sorgen, wie es sich auf ihn auswirken würde, auf ihre Beziehung, zusätzlich zu den Bedürfnissen eines Neugeborenen und den Härten des Medizinstudiums.

»Sag mir noch mal, wie hoch die Zinssätze für die Darlehen sind«, sagte April und nahm sich von dem Teller, der vor ihr stand, einen Cracker und ein Stück Käse. Sie hatte in letzter Zeit andauernd Hunger. Und sie war vergesslich. Die Tatsache, dass sie schlecht schlief und nachts mehrfach auf die Toilette musste, war ihrem Denkvermögen auch nicht gerade zuträglich.

»Versuch gar nicht erst, alles in deinem Rechenmaschinengehirn zu addieren.« Ein Lächeln zog sich über Charlies angespanntes Gesicht. »Vertrau mir, das willst du gar nicht wissen.«

Er legte eine Hand auf ihre Oberschenkel, und April spürte durch die Leggins ihre Wärme. »Komm, lass uns den Antrag fertig ausfüllen, danach können wir … was *Schöneres* machen.«

Mit einem zögerlichen Seufzer legte er beide Hände wieder auf die Tastatur. »Ich verstehe einfach nicht, warum meine Eltern mir nicht mit den Studiengebühren helfen. Sie haben Geld wie Heu, und das Einzige, wofür sie es ausgeben, ist Golf.«

Die Erwähnung von Charlies Eltern erstickte das warme Summen, das durch Aprils Körper gelaufen war. »*Ich* weiß, warum sie dich nicht unterstützen«, sagte sie. »Deine Mutter hat zwar die Hochzeitsplanerin angeheuert und so weiter, aber im Grunde ihres Herzens sind sie immer noch nicht begeistert, dass wir heiraten.«

Charlie verzog die Lippen. »Ich glaube nicht, dass es mit dir persönlich zu tun hat. Aber eine schwangere, achtzehnjährige Freundin kollidiert mit ihren Träumen, dass ich eine pferdenärrische, tennisspielende, blaublütige Absolventin von Wellesley oder Mount Holyoke heirate.«

April biss in den Cracker. Normalerweise fasste sie das schwierige Thema ihrer unterschiedlichen sozialen Herkunft mit Samthandschuhen an. Doch heute war sie so fertig, dass sie das Gespräch weiter trieb als sonst. Sie lehnte sich auf ihrem Stuhl zurück. »Ich wette, wenn du dich von mir trennen würdest, würden deine Eltern dir einen Scheck für die Studiengebühren ausstellen, und es bliebe noch was übrig.«

»Es ist mir egal, was meine Eltern wollen«, murmelte Charlie.

»Warte mal, haben sie dir das tatsächlich angeboten?« April wusste nicht, warum sie fragte. Sie war sich ziemlich sicher, die Antwort zu kennen.

»Ich will nicht darüber reden. Lass uns das Formular fertig ausfüllen.«

April wusste, dass sie Öl ins Feuer goss, doch sie konnte nicht aufhören. Sie wusste nicht, ob es an den Schwangerschaftshormonen lag oder am Schlafmangel, doch der Filter, der normalerweise verhinderte, dass sie ausrastete, funktionierte nicht mehr.

»Jetzt red schon«, sagte sie. »Wenn wir heiraten wollen, dürfen wir so etwas nicht voreinander verheimlichen.«

Charlie klappte seinen Laptop zu. »Schön. Ja. Meine Eltern haben gesagt, wenn ich mit dir Schluss mache, kommen sie für meine Studiengebühren auf. Okay? Hilft es dir irgendwie, das zu wissen?«

Natürlich nicht. Obwohl April vermutet hatte, dass es so war, tat es weh, dass ihr Verdacht sich bestätigt hatte. Sie wusste, dass Charlies Eltern alles andere als begeistert waren über ihre Verlobung, doch in der letzten Zeit hatte sie den Eindruck gehabt, sie fanden sich allmählich damit ab. Sie würde ihre Beziehung zu den Cabots nicht unbedingt als *herzlich* bezeichnen, aber Judy sah nicht mehr so aus, als würde sie gleich in Tränen ausbrechen, sobald ihr Blick auf April fiel.

»Wow.« April atmete geräuschvoll aus. »Und dabei haben deine Mutter und ich am letzten Samstag den ganzen Nachmittag Kuchen probiert und Sachen für den Geschenketisch ausgesucht.«

»Überrascht dich das wirklich? Meine Eltern versuchen immer, Menschen mit ihrem Geld zu kontrollieren.« Charlie schüttelte den Kopf. »Manchmal vergesse ich wohl einfach, wie jung du bist. Du hattest noch nicht die Gelegenheit herauszufinden, was für Arschlöcher manche Menschen sein können.«

»Oh, das lerne ich gerade.« Aprils Wangen brannten. »Ich weiß, dass ich jung bin, aber ich musste schon mit Problemen klarkommen, von denen du keine Ahnung hast. Ich wüsste nicht, was das Alter damit zu tun hat.«

»Komm, lass uns nicht das ›Meine Probleme sind größer als deine‹-Spiel spielen. Das gewinnst du ch, okay?« Charlie kniff die Augen zusammen und zog an den langen rötlich blonden Strähnen, die ihm über die Ohren hingen.

Er muss sich die Haare schneiden lassen, dachte April. Beide waren in der letzten Zeit so überfordert – mit Plänen fürs College, für die Uni, das Baby, die Hochzeit –, dass selbst ganz alltägliche Dinge ein Riesenkraftakt waren.

»Wir sind beide gestresst«, sagte Charlie, als könnte er ihre Gedanken lesen. »Lass uns auf das konzentrieren, was wirklich wichtig ist, und das ist, dass wir zusammen sind, richtig?«

»Ja.« Aprils Schultern entspannten sich ein wenig. Sie hatte gar nicht gemerkt, wie starr sie gewesen waren.

»Ich nehme ein Studiendarlehen auf«, sagte er. »Das machen viele. Eines Tages verdiene ich hoffentlich genug, um es zurückzuzahlen. Es wird alles gut.«

April nickte. »Weißt du, ich dachte, wenn das Haus hier mal verkauft ist und die Schulden meiner Mutter beglichen sind, können wir das, was übrig ist, für dein Studium verwenden.«

»Und *deine* Studiengebühren?«

»Ich hab doch mein Stipendium.«

»Ja, aber nur, wenn du auf die hiesige Uni gehst. Was ist, wenn du nach Boston wechselst, um in meiner Nähe zu sein, wie wir es besprochen haben? Dann brauchst du auch ein Darlehen.« Charlie neigte den Kopf zu einer Seite. »Jedenfalls klingt es, als würde vom Verkauf des Hauses, wenn überhaupt, nicht viel übrig bleiben, wenn die Schulden deiner Mutter beglichen sind.«

»Ja, aber es gibt auch noch ein bisschen Geld aus einer Lebensversicherung.«

Charlie runzelte die Stirn. »Ich glaube, darauf solltest du dich nicht verlassen. Hast du nicht gesagt, die Versicherungsgesellschaft wartet noch auf Papiere von der Rechtsmedizin?«

»Ja. Das Ergebnis der Autopsie war nicht eindeutig.« Aprils Schultern verspannten sich wieder. »Das Auto war dermaßen zertrümmert, dass der Rechtsmediziner sich nicht auf eine klare Todesursache festlegen konnte.«

Sie wusste, was Charlie andeutete – dass es womöglich kein Unfall gewesen war, als das Auto ihrer Mutter von der vereisten Straße geschlittert und über die Leitplanke geschossen war. April hatte diese Möglichkeit auch in Erwägung gezogen. Sie konnte nicht anders. Wenn sie nachts nicht schlafen konnte, war es schwer, nicht das Schlimmste zu denken. Doch denken war *eine* Sache. Sie glaubte nicht, dass sie es ertragen würde, wenn der einzige Mensch, der sie so liebte, wie ihre Mutter sie geliebt hatte, es laut aussprach.

»Ich meine nur, dass die Versicherung vielleicht nicht zahlt«, sagte Charlie. »Mehr nicht.«

»Wenn du meinst, sie würde nicht zahlen, weil du glaubst, meine Mutter hätte Selbstmord begangen, also, darüber habe ich auch schon nachgedacht.« Aprils Stimme war schrill, defensiv. »Aber ich weiß, dass sie das nie getan hätte. Sie mag ihre Probleme gehabt haben, aber sie wäre niemals so weit gegangen. Ausgeschlossen.«

Charlie zuckte die Achseln. »Okay.«

»Du glaubst mir nicht, oder?«

»Was ich glaube, spielt keine Rolle.«

»Selbstverständlich tut es das. Für mich spielt es eine Rolle.« April stand vom Tisch auf und ging im Zimmer auf und ab. Die kalten Fliesen unter ihren nackten Füßen ließen sie frösteln. Nicht zu wissen, was in der Nacht passiert war, als ihre Mutter den Unfall gehabt hatte, hielt sie in einem Strudel aus Trauer und Fragen gefangen, der sie einsaugte und wieder ausspuckte, egal wie sehr sie sich anstrengte, ihm schwimmend zu entkommen. Im vierten Monat schwanger zu sein schien obendrein sämtliche Gefühle zu verstärken.

»Ich hätte nicht davon anfangen sollen.« Charlie legte den Kopf in die Hände. Als er wieder aufblickte, sagte er: »Wie kann ich es wiedergutmachen?«

Siehst du, genau das ist das Problem, dachte April. Charlie stammte aus einer begüterten Welt, wo die Unterschrift unter einem Scheck oder einem Auszahlungsschein die meisten Wunden heilen konnte. Er wusste nicht, wie es war, wenn man als Kind nicht wusste, ob das Telefon wieder abgestellt werden würde, oder wenn man am Morgen wach wurde und nicht wusste, ob es ein guter Tag werden würde oder ein schlechter Tag, je nach den Stimmungsschwankungen der Mutter.

»Wenn du glaubst, es gibt eine einfache Lösung – Geld oder ein paar Zauberworte, die all unsere Probleme aus der Welt schaffen –, dann bist du deinen Eltern ähnlicher, als ich gedacht hatte«, sagte sie.

Jetzt stand Charlie auf. »Ich bin *überhaupt nicht* wie die. Und nur weil meine Eltern keine Schwierigkeiten hatten, ihre Rechnungen zu begleichen, heißt das noch lange nicht, dass es in meiner Familie keine Probleme gab. Manchmal denke ich jedenfalls, mit Geld aufzuwachsen kann noch schlimmer sein.«

»Das sagt sich leicht, wenn man welches hatte. Wir werden ja sehen, was du sagst, wenn wir Probleme kriegen, die Miete aufzubringen.«

»Was willst du damit eigentlich sagen?« Charlie verschränkte die Arme vor der Brust. »Dass ich es nicht geregelt kriege, wenn Mommy und Daddy nicht die Rechnungen bezahlen?«

»Ich sage, dass in vier Jahren Medizinstudium ganz schön was zusammenkommt. Und da du dir nie Gedanken über Geld machen musstest, bin ich mir nicht sicher, ob du *wirklich* gut darüber nachgedacht hast, was es bedeutet, so einen Betrag auszuschlagen.«

»Ich *musste* nicht darüber nachdenken«, versetzte Charlie. »Keine einzige Sekunde habe ich darüber nachgedacht.«

»Und genau das bereitet mir Sorgen«, sagte April. »Im Augenblick ist es ja süß und romantisch, deinen Eltern zu sagen, sie sollen sich verpissen. Ganz Sonny und Cher und … wie geht noch das alte Lied? ›I got you babe.‹ Wir werden ja sehen, was passiert, wenn's mal hart auf hart kommt. Ich will nicht, dass du mir eines Tages deswegen Vorwürfe machst.«

»Weißt du, vielleicht sind *dir* ja Zweifel gekommen, und deswegen bringst du das alles aufs Tapet.« Charlie kniff die Lippen zusammen. »Vielleicht hatten meine Eltern ja recht.«

»Womit?«

»Na ja, vielleicht kannst du dich ja nicht binden, genau wie deine Mutter. Sie konnte sich nicht an deinen Vater binden, genauso wenig wie an eine dieser verrückten Geschäftsideen, die ihr durch den Kopf gespukt sind.«

»Sie war krank, Charlie«, sagte April mit zusammengebissenen Zähnen.

Er ließ die Arme an den Seiten hängen. »Ja, und woher weiß ich, dass du nicht eines Tages auch krank wirst?«

Sie fühlte sich, als hätte Charlie sie gerade in ihren schwangeren Bauch geboxt. Bis zu diesem Punkt war es bei ihrem Streit um ihre Familien gegangen, ihre Lebensumstände. Jetzt hatte Charlie es zu etwas Persönlichem gemacht. Wie ihre Mutter zu enden war Aprils größte Angst, und es konnte jederzeit passieren. Die bipolare Störung ihrer Mutter war erst mit über zwanzig diagnostiziert worden.

»Du hast recht«, sagte sie mit eisiger Stimme. »Das weißt du nicht. Und vermutlich hast du keine Lust dazubleiben und es herauszufinden.«

»Das habe ich nicht …«

»Oh, ich weiß, was du meinst«, versetzte April, deren Ohren vor Zorn klingelten. »Zum Teufel, unser Kind wird vielleicht eines Tages auch verrückt.«

»*Verdammt.*« Charlie schlug mit der flachen Hand auf den Tisch. »Können wir dieses Gespräch nicht einfach löschen? So tun, als hätte es es nie gegeben?«, fragte er mit einer Stimme hart am Rande der Verzweiflung.

»Ich glaube nicht. Jetzt da ich weiß, was du wirklich denkst …« April verschwamm die Sicht, denn ihre Augen füllten sich mit Tränen. »Ich will nicht für den Rest meines Lebens Tag für Tag das Gefühl haben, dass du mich beobachtest und überlegst, ob dies der Tag ist, an dem ich den Verstand verliere. Vielleicht hatten deine Eltern ja doch recht. Vielleicht solltest du der Sache ein Ende bereiten und mit dem weitermachen, was sie für dich geplant haben.«

April erwartete, dass Charlie protestierte, doch das tat er nicht. Er stand nur da, traurig und ohne sich zu rühren, als begriffe er nicht, was da gerade geschah. Er öffnete den Mund – vielleicht um sich zu entschuldigen –, doch es kam kein Laut heraus, um die bestürzende Leere, die sich zwischen ihnen erstreckte, zu füllen.

Charlie schlurfte zum Tisch und nahm seinen Laptop. Ausdruckslos begegnete er Aprils Blick und hielt ihn ein paar lange, kummervolle Sekunden. Dann stürzte er wie benommen zur Tür hinaus.

Kaum war er fort, nahm April ihren Teller vom Tisch und knallte ihn zu Boden. Glasscherben und zerbrochene Cracker schlitterten über die Fliesen. In dem Augenblick ging ihr auf, dass ihre Eltern sich vermutlich auch in dieser Küche gestritten hatten, doch sie war zu klein gewesen, als sie sich getrennt hatten, um sich an Einzelheiten zu erinnern. Sie erinnerte sich wohl daran, dass sie in dem Gefühl aufgewachsen war, dass familiäre Bindungen etwas Fragiles waren und für manche Menschen, wie etwa für ihren Vater, ersetzbar.

In der Nacht legte sie das Telefon neben das Bett und rollte sich schlaflos von einer Seite zur anderen. April wusste natürlich, dass sie Charlie anrufen konnte. Doch damit hätte sie zugegeben, dass sie mehr im Unrecht gewesen war als er. Irgendwann in den frühen Morgenstunden, vor Sonnenaufgang, beschloss sie, ihn nicht anzurufen.

Das hier war ein Test. Ein Test, um zu sehen, ob Charlie der Aufgabe gewachsen war, sie bedingungslos zu lieben, trotz Genetik, Geld und einer toten Mutter. Es war ein Test, und sie wünschte sich nichts sehnlicher, als dass er ihn bestand, doch das musste er allein hinkriegen.

Als es am nächsten Tag an der Tür läutete, blieb beinahe ihr

Herz stehen. April konnte ihre Enttäuschung nicht verbergen, als sie die Tür öffnete und vor ihr ein Stimmenwerber stand, der Prospekte für den Kandidaten der Grünen in den Vorwahlen zum Senat in der Hand hielt. Sie hätte dem armen Kerl beinahe die Tür vor der Nase zugeknallt, genauso wie dem UPS-Fahrer und irgendwann im Laufe der Woche den Jugendlichen eines Spielmannszuges, die Schokoriegel verkauften. Alle lächelten sie an und ahnten doch nicht, dass sie nicht das waren, was sie wollte. Was sie wollte, war die Chance auf eine normale Familie, und mit jedem quälenden Tag, der ohne ein Wort von Charlie verstrich, wurde diese Chance kleiner.

April hasste das Warten, vor allem das Gefühl der Machtlosigkeit, das damit einherging. Doch noch mehr als das Warten hasste sie die Schlussfolgerung, die sie daraus zog: dass Charlie genauso unzuverlässig war wie die anderen Menschen in ihrem Leben, die sie je geliebt hatte.

April hörte auf zu warten, als sie exakt zwei Wochen nach ihrem Streit mit Charlie den Briefkasten öffnete und zwischen den Werbeblättchen und den an ihre Mutter adressierten Mahnungen der Schuldeneintreiber einen elfenbeinfarbenen, mit der Hand beschrifteten Briefumschlag entdeckte. Der Absender lautete »Mr und Mrs Charles Cabot III«. Sie riss ihn auf und holte ein dickes, steifes Blatt Papier heraus. Dort, in schwarzer Tinte auf Baumwollpapier von Strathmore, stand die Ankündigung, dass die Hochzeit abgesagt worden war.

Kapitel 11

INVENTARSTÜCK: Handtasche
JAHR: 1950er
ZUSTAND: einigermaßen
ARTIKELBESCHREIBUNG: Handtasche aus Stroh, mit Kunstblumen verziert. Am Boden der Tasche einige lose Strohfasern
HERKUNFT: von einer Freundin von Betsy Barrett erworben

VIOLET

Als Violet am nächsten Tag in den Laden kam, fiel ihr auf, dass April müde aussah. Violet beneidete die junge Frau nicht um ihr gebrochenes Herz. Trotzdem fiel ihr mit einem Anflug von Neid auf, dass Aprils Bauch zwar täglich runder wurde, sie aber ansonsten zu den glücklichen Schwangeren zählte, die sonst nirgends ansetzten.

Betsy Barrett winkte Violet von einem der orangefarbenen Sessel vor den Umkleidekabinen zu, wo sie in einer Zeitschrift blätterte.

»Hi, Betsy«, sagte Violet. »Was führt dich heute zu uns?«

Betsy packte die Armlehnen mit ihren arthritisknubbeligen Händen und drückte sich hoch.

»Bleib doch sitzen«, sagte Violet und ging zu ihr hinüber. »Ich hoffe, du wartest noch nicht lange.«

»Unsinn, ich habe mich gut unterhalten.« Betsy zeigte auf das Bild einer jungen Frau in einer Parfümwerbung, die eine kunstvolle maritime Tätowierung über den Schulterblättern hatte, komplett mit Meerjungfrauen und einem Schiff, das unter vollen Segeln auf einem Meer aus Haut mit sich kräuselnden grünen Wellen segelt. »Wenn ich die hätte, wäre das Schiff schon vor Jahren untergegangen.«

Violet lachte und klemmte sich mit einer strassbesetzten Haarklammer eine schwer zu bändigende dunkle Strähne hinters Ohr. »Also, was führt dich heute her?«

»Ich habe ein paar Sachen für dich im Auto, aber ich bräuchte Hilfe, sie reinzuholen. April hat sich erboten, aber ich fand, in ihrem Zustand sollte sie keine schweren Taschen schleppen.«

»Sicher. Ich kann sie holen«, sagte Violet. »April, ich bin gleich wieder da.«

Betsy gab ihr den Schlüssel und sagte: »Ich stehe an einer Parkuhr vor dem Laden.«

Als Violet hinaus in die Sommersonne trat, hörte sie das Näseln sich duellierender Geigen von den Straßenmusikanten an der Ecke. Ein Mann, der Mundharmonika spielte, tippte sich an den Hut, und sie winkte.

Betsys silberner Mercedes parkte vor dem Fahrradladen nebenan, Solidarity Cycles. Durch das Heckfenster sah sie, dass auf der Rückbank mehrere Einkaufstaschen standen. Sie öffnete die Tür, und als sie sich hineinbeugte, um die Taschen herauszuholen, fiel ihr Blick auf einen Zettel auf der Konsole zwischen den Vordersitzen. Er sah aus wie eine Rechnung, und in den obersten Zeilen stand *Turtle-Bay-Krebszentrum*. Tränen traten Violet in die Augen, als sie die Taschen nahm und auf den Gehweg stellte.

Sie tupfte mit dem Ärmel ihre Augen trocken und überlegte, ob sie Betsy sagen sollte, dass sie den Zettel zufällig gesehen hatte. Sie wollte nicht taktlos erscheinen, andererseits hatte Betsy ihn offen daliegen lassen und sie allein nach draußen zum Auto geschickt. Violet war sich nicht sicher, was sich in so einer Situation gehörte und was nicht. Einerseits würde es ihr schwerfallen, so zu tun, als wüsste sie nichts. Andererseits wollte sie auch die Privatsphäre ihrer Freundin respektieren.

Sie nahm die Einkaufstaschen und schleppte sie in den Laden. April staubte Glaswaren in der Auslage ab, während Betsy plauderte.

»… also habe ich ihnen gesagt, wenn sie keine Regel aufstellten, die Eltern verbot, beim Vorsprechen anwesend zu sein, würde ich keinen Cent mehr für das Young-Shakespeare-Programm geben.« Betsy schüttelte den Kopf. »Ehrlich, so wie diese Eltern sich aufführen, könnte man denken, es wäre der Broadway.«

Violet schnürte es die Kehle zu, als sie die Stimme ihrer Freundin hörte. Betsy sah aus, als ginge es ihr gut – vielleicht ein wenig hager, aber dünn war sie immer schon gewesen.

April stellte eine preiselbeerrote Glasvase ab und legte die Hände auf ihren Bauch. »Wenn das Kleine hier anfängt, sich bei außerlehrplanmäßigen Aktivitäten zu engagieren, sollte ich mir also tunlichst auf die Zunge beißen.«

»Wollen wir mal sehen, was wir hier haben?« Violet stellte Betsys Taschen auf die Ladentheke und ging den Inhalt durch.

»Oh, lass dir damit ruhig Zeit«, sagte Betsy. »Ich komme nachher wieder. Ich habe noch einen Termin.«

Bei der Erwähnung eines Termins sorgte sich Violet noch mehr um ihre Freundin. Sie umarmte Betsy zum Abschied ein wenig fester als sonst. »Es war schön, dich mal wiederzusehen.«

Nachdem Betsy fort war, kam April zur Kasse. »Es könnte sein, dass ich bald mal einen Tag frei machen muss. Ist das okay?«

»Klar. Irgendwas Schönes vor?«

»Leider nicht. Ich muss die alten Sachen meiner Mutter durchgehen. Ich wollte es eigentlich nach der Arbeit machen, aber wenn ich abends nach Hause komme, bin ich meistens so müde, dass ich früh ins Bett gehe. Mein Makler sagt, das ganze Durcheinander schreckt die potenziellen Käufer ab, die sich das Haus bisher angesehen haben.«

»Brauchen Sie Hilfe?«, fragte Violet.

»Das meiste ist Kram, den ich wahrscheinlich Goodwill überlasse.«

»Das hat meine Mutter auch gesagt, als meine Großmutter gestorben ist. Aber Kram ist es nur, wenn man nicht weiß, wonach man sucht. Und wenn schwere Sachen zu schleppen sind, kann ich auf jeden Fall helfen. Sie sollten nichts Schweres heben.«

»Jetzt fangen Sie auch noch damit an«, sagte April. »Sie hören sich an wie meine Ärztin.«

»Ja, also, ich weiß, dass Sie sehr vieles allein bewältigen. Aber ab und zu Hilfe anzunehmen ist auch okay.«

April stemmte die Hände in die Hüften. »Sie sollten auf Ihren Rat hören, wissen Sie?«

»Ich arbeite dran.«

Sam Lewis rief Violet am vierten Juli an, um zu berichten, dass der blaue Hut mit dem Schleier bei seinen Studentinnen und Studenten ein Volltreffer gewesen war. Und er fragte, ob Violet Lust habe, sich mit ihm zusammen am Abend das Feuerwerk anzusehen. Sie nahm die Einladung an und erinnerte sich an die Gänsehaut, als ihre Hände sich im Laden kurz berührt hatten. Seither waren zwei Wochen vergangen, und Violet war inzwischen davon ausgegangen, dass er sich nicht mehr melden würde. Sie war froh, dass sie sich getäuscht hatte.

Nachdem sie an diesem Abend die Ladentür abgeschlossen hatte, lief Violet nach oben und probierte verschiedene Outfits für ihre Verabredung an. Eines nach dem anderen landete auf dem Bett, wo sie bald einen kleinen Berg bildeten. Miles, leicht verärgert über diese Invasion an seinem bevorzugten Ruheplatz, stieß einen kehligen Seufzer aus und verzog sich auf die Couch im Wohnzimmer. Violet entschied sich schließlich für ein Outfit, das ein wenig retro war und ein wenig patriotisch – ein blau-weiß gestreiftes Kleid mit eng anliegendem Oberteil und weitem

Rock. Es hatte kurze Ärmel, sodass die Tätowierung an ihrem Oberarm gut zur Geltung kam. Ein roter Ledergürtel, der ihre Kurven betonte, gab dem Ganzen ein wenig Pfiff.

Bis Sam kam, um sie abzuholen, war sie ein einziges sirrendes Nervenbündel. Sie wusste gar nicht, warum sie so nervös war. In den Jahren seit ihrer Scheidung war sie oft mit Männern ausgegangen, meistens aufgrund von Verabredungen auf Dating-Webseiten oder auf Vermittlung von Freundinnen. Die durch Freundinnen arrangierten Treffen hatten sich durchweg als Enttäuschungen erwiesen. Violet machte sich immer wieder große Hoffnungen, doch sie hatte die Formulierung »Ich habe da einen Freund, der ist Single« zu fürchten gelernt. Gewöhnlich bedeutete es, dass der fragliche Mann neben Violet der einzige Single war, den diese Freundin kannte.

Trotzdem, Violet hatte mit Männern Kaffee getrunken und Alkohol, manchmal gegessen und zuweilen sogar Sex gehabt. Sie hatte Intellektuelle kennengelernt und Weltreisende. Männer, die langweilig waren oder rüpelhaft oder beides. Männer mit Hochschulabschlüssen, Männer mit Neurosen, Männer mit Kindern. Doch es war lange her, dass sie sich wirklich für einen interessiert hatte. Dass sie einen überraschenden Ansturm von Gefühlen erlebt hatte wie den, der sie bei Sams Anruf überkam. Trotzdem zögerte sie. Sie war sich nicht sicher, ob es der richtige Zeitpunkt war, sich auf eine neue Romanze einzulassen. Der Laden erforderte im Augenblick ihre volle Aufmerksamkeit. Und im Gegensatz zu den anderen Verabredungen war diese weder von einem Computeralgorithmus noch von einer wohlmeinenden Freundin arrangiert worden. Wenn es nicht gut lief, konnte sie nur sich selbst die Schuld daran geben.

Es klopfte, und Miles jagte bellend zur Tür. Als Violet öffnete, stand Sam vor ihr, in Jeans und einem weichen Hemd mit Button-down-Kragen. In einer Hand hielt er einen Strauß Sonnenblumen.

»Hallo.« Mit einem Lächeln reichte Sam ihr die Blumen.

»Danke. Wie schön.« Violet hoffte, dass der Schweiß, den sie in den Achseln spürte, nicht durch ihr Baumwollkleid sickerte.

»Fertig?«

»Ja. Ich will nur schnell meine Handtasche holen. Komm ruhig rein.«

Sam folgte ihr in die Küche, wo Violet die Blumen in eine antike Kristallglasvase stellte, bevor sie ins Schlafzimmer lief, um die Handtasche aus Stroh zu holen, für die sie sich entschieden hatte. Sie schüttete den Inhalt ihrer Alltagshandtasche hinein, schnappte sich eine Strickjacke und folgte Sam dann hinunter zum Parkplatz hinter dem Haus, wo er seinen Wagen abgestellt hatte, einen Subaru-Kombi mit Fahrradgestell obendrauf.

Violet bevorzugte Muscle-Cars, Vintage-Roadster und Cadillacs mit Heckflossen, doch sie musste zugeben, dass Sams Auto zu ihm passte. Es war stark, aber nicht zu ruppig und machte den Eindruck, viele schwierige Situationen meistern zu können.

Sie stiegen ein, und Sam lenkte den Wagen auf die Johnson Street. »Also, ich dachte, wir könnten irgendwo etwas zu essen holen und zum Feuerwerk mitnehmen.«

»Klar«, sagte Violet. »Klingt toll.«

Sam fuhr zum Capitol Square in der Innenstadt, wo Musik aus Bars drang und Menschen im schwindenden Licht auf den Terrassen der Cafés speisten. Violet und Sam gingen in einen Gourmet-Käseladen, wo sie jeder ein halbes Dutzend Sorten probierten, bevor sie sich entscheiden konnten, was sie kauften. Sam neigte zu frischem Ziegenkäse und cremigem Brie, Violet liebte reifere Sorten, blau geäderten Stilton und Gorgonzola. Nach dem Probieren steckte sie sich rasch ein Pfefferminz in den Mund, schließlich wollte sie die Verabredung nicht mit schlechtem Atem beginnen.

Obwohl sie ihr ganzes Leben lang in Wisconsin gelebt hatte, war sie noch nie in einem Käseladen gewesen. Doch es war gut, sich auf etwas Konkretes konzentrieren zu können, statt einander über einen Restauranttisch hinweg nur anzusehen und sich verlegen zu unterhalten. Violet lachte, als Sam über stinkendem Limburger die Nase rümpfte und bekloppte Sachen sagte wie: »Ah ja. Ich schmecke den Klee, den diese Schafe gefressen haben.«

Nach einer intensiven Debatte einigten sie sich auf einen reifen Gruyère, einen weichen Ziegenkäse und einen frischen Gouda mit Bockshornklee. Eine Verkäuferin mit französischem Akzent half ihnen, eine Flasche Wein und ein paar Cracker auszusuchen, Oliven und eine kleine Schachtel mit handgefertigter Schokolade, die zum Käse passte.

Als sie mit ihrem Picknick zum Auto zurückkehrten, war Violet viel entspannter als vorher, als Sam sie abgeholt hatte.

»Das war lustig«, sagte sie. »Nicht zu fassen, dass ich da noch nie drin war.«

»Ich dachte, es wäre gut, etwas Konkretes zu tun zu haben, also, da kommt weniger Verlegenheit auf und so«, sagte Sam. »Es ist eine Weile her, seit ich mit einer Frau aus war.«

Violet war beeindruckt, dass Sam sich etwas für ihre Verabredung überlegt hatte, damit sie beide sich wohlfühlten. »Gute Idee. Sehr aufmerksam.«

»Oh, ich würde gern noch was machen, bevor wir zum Feuerwerk gehen.«

»Was?«

Sam beugte sich über den Beifahrersitz und küsste Violet, langsam und zärtlich, bevor er sich wieder löste und den Motor anwarf.

Im ersten Moment brachte Violet keinen Ton heraus. Als ihr Körper und ihr Gehirn so weit aufhörten zu summen, dass sie ihre Stimme wiederfand, sagte sie: »Wow. Das kommt normalerweise erst am Ende der ersten Verabredung.«

»Ich konnte nicht mehr warten.« Sam sah ihr einen Moment

in die Augen, dann richtete er den Blick wieder auf die Straße. »Ich hätte gleich am nächsten Tag angerufen, nachdem wir uns im Laden gesehen haben, aber da bin ich mit einem Kumpel vom College zu einer Rucksacktour in den Westen aufgebrochen. Ich war die letzten zwei Wochen sozusagen ›abgetaucht‹.«

»Kein Problem«, sagte Violet. »Das Warten hat sich gelohnt.«

Am Winnequah Park, wo das Feuerwerk gezündet wurde, sah der Rasen bereits aus wie ein riesiger Wolldecken-Quilt. Kinder winkten mit Wunderkerzen und bettelten ihre Eltern um Wassereis von den Verkäufern an, die sich zwischen Gartenstühlen und Kühltaschen hindurchschlängelten. Als Violet und Sam über den Rasen gingen und nach einem Platz zum Hinsetzen suchten, stiegen vom Boden Glühwürmchen auf wie Funken.

»Wie wär's hier?«, fragte Sam und blieb auf einem kleinen Hügel ein paar Schritte abseits der Menschenmenge stehen.

»Perfekt.« Innerlich war Violet noch ganz warm von dem unerwarteten Kuss. Sie setzten sich mit untergeschlagenen Beinen auf eine Decke, die Sam mitgebracht hatte, tranken Wein und warteten auf die Dunkelheit.

»Dann erinnerst du dich nur aus Bent Creek an mich«, sagte Violet, »weil ich mit Jed zusammen war?«

»Nein … also, ja. Jed kannte jeder. Aber du warst irgendwie anders. Du hast dich zum Beispiel nicht wie die anderen beliebten Kids gekleidet.«

Violet lachte. »Ja, ich war die Einzige, die im Pelzmantel ihrer Großmutter zur Schule ging. Bevor ich mit Jed zusammen war, wurde ich deswegen oft aufgezogen. Dann haben die Leute den Mund gehalten.«

»Und warum hast du die Stadt verlassen?« Sam strich Ziegenkäse auf ein Stück Brot und reichte es Violet. »In der Highschool hast du immer so glücklich und selbstbewusst gewirkt.«

»Ehrlich? War ich gar nicht. Ich glaube, das Problem war, dass ich etwas wollte, was, wie ich glaubte, den Erwartungen entsprach, ohne darüber nachzudenken, was mich wirklich glücklich machen würde. Deswegen bin ich wohl auch so lange mit Jed zusammengeblieben. Mich um ihn zu kümmern hat mir eine Aufgabe gegeben, und ich wusste nicht, wer ich ohne die war.«

»Weißt du es jetzt?«, fragte Sam. »Ich meine, was dich glücklich macht?«

»Unabhängigkeit. Ich arbeite gern für mich, habe mein eigenes Geschäft. Obwohl ich wünschte, in manchen Bereichen wäre ich besser.«

»Zum Beispiel?«

Sams Fragen waren so fließend, seine Miene war so verständnisvoll, dass Violet alle Vorsicht aufgab, als sie antwortete. »Bei Sachen, die ich langweilig finde. Computer und Buchführung zum Beispiel. Oh, und rechtlicher Kram. Ich habe ein paar Probleme mit meinem Vermieter, die mich im Augenblick ganz schön stressen.« Sie hielt inne und biss in das Brot. »Himmel, ich verkaufe mich nicht gerade gut, was?«

»Du musst dich mir nicht verkaufen, ich habe *dich* um eine Verabredung gebeten, schon vergessen?« Sam stützte sich nach hinten auf die Ellbogen und streckte seine langen Beine aus.

»Violet, bist du das?«

Violet drehte den Kopf und sah Karen und Tom auf sie zukommen. Karen hatte Edith vor dem Bauch in einem Tragetuch.

»Hey«, sagte Violet und winkte ihnen herüberzukommen. »Karen, Tom, das ist Sam.«

Karens Blick wanderte über Sam. »Freut mich, dich kennenzulernen. Das ist unsere Tochter Edith.«

»Apropos Edith, gib sie mir mal«, sagte Violet und reckte die Arme.

Karen holte die Kleine aus dem Tragetuch und legte sie Violet in die Arme. Edith reckte sich genüsslich und schlief dann weiter.

»Ganz schön mutig, die Kleine mit zum Feuerwerk zu bringen«, sagte Violet. »Habt ihr keine Angst, dass sie wach wird?«

»Oh, wir sind schon wieder auf dem Heimweg«, sagte Tom. »Wir wollten nur ein bisschen durch den Park spazieren. Ab und zu müssen wir mal vor die Tür.«

Sam hielt die Weinflasche hoch. »Wollt ihr einen Schluck?«

»Nein«, antwortete Karen. »Wir sollten uns auf den Weg machen, bevor sie die Dinger in die Luft schießen und das Biest wecken.«

Violet streichelte die kleinen geballten Fäuste. »Im Augenblick kommt sie mir gar nicht biestig vor.«

»Deswegen müssen wir auch unbedingt dafür sorgen, dass sie weiterschläft.« Karen nahm Edith aus Violets Armen und steckte sie wieder in das Tragetuch, alles mit so ruhigen Bewegungen, dass die Kleine sich nicht rührte. »Viel Spaß euch beiden.«

»Tschüss«, sagte Sam. »Hat mich gefreut.«

Nachdem sie außer Hörweite waren, fragte Sam: »Du magst Babys, was?«

So eine Frage war bei einer ersten Verabredung eher ungewöhnlich. Die meisten von Violets Internetbekanntschaften wollten darüber reden, wie viel Geld sie verdienten oder dass sie normalerweise nicht mit Frauen ausgingen, die sie online kennenlernten, was beides nicht der Wahrheit entsprach. Bei der Frage nach Kindern kam Violet sich vor wie auf dem Prüfstand, und sie wusste nicht, welche Antwort sie wählen, welches Kästchen sie mit ihrem Bleistift Stärke HB ankreuzen sollte. Wenn sie sagte, sie würde Babys nicht mögen, würde sie lügen. Wenn sie Ja sagte, fürchtete sie, Sam zu verschrecken.

»Nein«, sagte sie schließlich. »Ich mag auch keine Welpen.«

Sam lachte. »Ja, und kleine Katzen sind auch abscheulich.«

Violet riss eine Handvoll Gras aus und ließ es durch die Finger rieseln. »Es ist verrückt, Karen mit einem Kind zu sehen. Wie Edith wohl mal ist, wenn sie anfängt zu laufen und zu reden und so?«

»Ich hoffe, sie hat es leichter als ich als Kind.«

»Was meinst du damit?«

»Wenn du dich aus der Highschool an mich erinnerst, weißt du, dass ich ein echter Blödspaten war. Ich war ein absoluter Science-Fiction- und *Star-Wars*-Fanatiker und wusste nicht das Geringste darüber, wie man mit Mädchen umgeht.«

Sie neigte den Kopf und betrachtete sein gut aussehendes Gesicht im schwindenden Licht. »Ja, ich erinnere mich«, sagte sie. »Als du neulich im Laden warst, wusste ich nichts mit dir anzufangen, aber danach habe ich die Jahrbücher rausgekramt.«

»Das waren ein paar harte Jahre.« Sam verschränkte die Arme, und seine Augen wurden so dunkel wie der Julihimmel.

Über ihren Köpfen explodierten die ersten Feuerwerkskörper – nur ein paar Testraketen –, und die Zuschauer machten »Oh« und »Ah« und verstummten. Violet dachte daran, mit was für Leuten sie in der Highschool ihre Zeit verbracht hatte und wie viel Spaß es ihnen gemacht hatte, denen, die nicht mit gutem Aussehen, sportlichen Leistungen oder irgendeinem anderen Cool-Faktor gesegnet waren, das Leben schwer zu machen.

»Ich weiß, dass Jed zu denen gehörte, die auf dir rumgehackt haben«, sagte Violet. »Tut mir leid, dass ich nicht dazwischengegangen bin.«

»Kein Problem«, sagte Sam. »Außerdem erinnere ich mich nicht, dass du dich je daran beteiligt hättest. Du schienst immer ein bisschen hinter der Herde herzuzockeln.«

»Ja, aber das Denken habe ich weitgehend anderen überlassen. Egal, es tut mir jedenfalls leid, dass du es damals so schwer hattest.«

»Ich hab mich doch ganz gut gemacht, also braucht es dir nicht leidzutun«, sagte Sam. »Es sei denn, es heißt, dass du mit mir schlafen willst, und in dem Fall kann es dir so leidtun, wie es will.«

Während sie dasaß und sich das Feuerwerk ansah, überlegte Violet, ob sie Bent Creek jemals hinter sich lassen würde. Sosehr sie sich auch bemühte, ein neues Kapitel aufzuschlagen, tauchten doch immer wieder Dinge oder Menschen auf, die sie daran erinnerten – wie wenn der Frost im Frühling Steine durch den weichen Boden nach oben drückt. Sie ging weiter, lebte ihr Leben, und plötzlich stolperte sie über einen.

Im flackernden Licht richtete Violet den Blick auf Sam und überlegte noch einmal, wie schon im Laden, warum sie in der Highschool seine freundlichen Augen und sein ansteckendes Lächeln nicht bemerkt hatte. Sie war zu sehr damit beschäftigt gewesen, sich in der Anerkennung zu sonnen, die damit einherging, zur angesagten Clique dazuzugehören. Sie hatte Jahre gebraucht, den Mut aufzubringen, um herauszufinden, wer sie ohne sie war.

Als in einem farbenprächtigen, ohrenbetäubenden Prunk am Himmel das große Finale explodierte, war so viel Rauch in der Luft, dass Violet kaum noch etwas sehen konnte.

Sam spürte wohl ihren Stimmungswechsel, denn als er sie nach Hause fuhr, fragte er: »Alles in Ordnung?«

Violet nickte. »Das Reden über Bent Creek hat wohl ein paar Erinnerungen an nicht so gute Dinge hochgebracht.«

»Also, Bent Creek haben wir jetzt viele Kilometer – und Jahre – hinter uns gelassen«, sagte er, als er den Wagen auf den Parkplatz hinter ihrem Haus lenkte. »Lass uns auf den Augenblick konzentrieren, was meinst du?«

»Wie macht man das?«, fragte sie.

»Was?«

»Sich auf den Augenblick zu konzentrieren und sich weder von den Gedanken an das Schlechte, das hinter einem liegt, einfangen zu lassen noch sich Sorgen um die Zukunft zu machen.«

Sam drehte den Motor ab. »Also, zuerst macht man das.« Er beugte sich zum Beifahrersitz hinüber und küsste ihren Hals.

Ein warmes Zittern schoss durch Violets Körper. »Mmhmm«, sagte sie. »Und dann?«

»Das.« Er küsste die andere Seite ihres Halses, dann verweilte er bei ihren Lippen. Die Sommernacht war still und warm, und Violet musste sich schwer beherrschen, um nicht auf den Fahrersitz zu klettern und die Beine um Sam zu schlingen.

»Ich habe immer noch Mühe, mich zu konzentrieren«, sagte sie und setzte ihr einladendstes Lächeln auf. »Willst du mit hochkommen und mir noch ein bisschen helfen?«

Sam öffnete seine Tür.

In ihrem Zimmer, auf den gewagten grünen Blüten ihrer Marimekko-Tagesdecke, öffnete Sam den Reißverschluss des gestreiften Kleids, das Violet am Abend so sorgfältig ausgewählt hatte. Sie zog an den Trägern ihres BHs und umklammerte Sams Schultern, um ihn noch näher zu ziehen, so begierig war sie, ihn zu spüren. Doch Sam bremste sie und küsste jede einzelne Sommersprosse auf ihrer Haut, wenn er sie enthüllt hatte.

Violet hatte schon andere Männer mit in ihre Wohnung genommen, aber noch nie bei einer ersten Verabredung. Doch bei Sam empfand sie eine Dringlichkeit, die sie bei anderen nicht empfunden hatte. Sie hatte das Gefühl, sie hatte schon zu viel Zeit mit ihm versäumt, zu viele Jahre vergeudet auf der Jagd nach dem, was sie wollen sollte, statt nach dem, was *sie* wirklich wollte. Und in diesem Augenblick gab es nicht den geringsten Zweifel, was das war.

Für andere Männer war Sex wie ein Actionfilm, den sie sich mit ihr ansehen wollten und den sie mit einem gewissen Hunger in Angriff nahmen und dabei hofften, dass Violet – quasi als positiver Nebeneffekt – auch Spaß daran hatte. Sam widmete sich der Sache eher wie der genüsslichen Lektüre eines langen, schönen Romans, bei der er genauso viel Freude aus dem zog, was noch zu enthüllen war, wie aus dem, was offen vor ihm auf der Seite lag. Und nachdem sie das befriedigende Ende erreicht hatten, bei dem Violet atemlos in Sams Armen lag, kehrten sie zum Anfang zurück und fingen noch einmal von vorn an.

Kapitel 12

INVENTARSTÜCK: Blazer
JAHR: frühe 1980er
ZUSTAND: ausgezeichnet
ARTIKELBESCHREIBUNG: TWA-Uniformjacke. Marineblauer zweireihiger Blazer mit Schulterpolstern. Flügel-Abzeichen am linken Revers
HERKUNFT: ehemalige Flugbegleiterin

AMITHI

Mit einem zum Bersten vollen Müllbeutel in jeder Hand stand Amithi vor der Kasse. Seit etwa einem Monat – seit jener schrecklichen Reise nach Chicago – kam sie mindestens einmal die Woche zu Hourglass Vintage, und jedes Mal brachte sie mehr Sachen mit, als könnte das Ausmisten ihres Kleiderschranks ihr helfen, ihre Vergangenheit von allen Geheimnissen und Lügen zu befreien.

Violet stand hinter der Theke und summte vor sich hin, während sie Rosen in einer Kristallvase arrangierte. Sie schaute auf und lächelte Amithi an. »Hi. Schön, Sie zu sehen.«

»Was für wunderschöne Blumen«, sagte Amithi. »Haben Sie sie von jemand Besonderem bekommen?«

»Mhm.« Violet stellte die Vase auf eine Ecke der Ladentheke. »Alles noch ziemlich frisch.«

Amithi beneidete Violet um die Weichheit um ihre Augen. Sie hätte alles gegeben, um noch einmal das hoffnungsfrohe Gefühl zu empfinden, das sie aus ihrer ersten Zeit mit Naveen kannte. Mit Violets Hilfe hievte sie die Tüten auf die Theke.

»Für die Müllbeutel möchte ich mich entschuldigen«, sagte sie. »Aber diesmal war es so viel, dass ich nichts anderes hatte, um alles einzupacken. Normalerweise hätte ich die Sachen auch ein wenig ordentlicher gefaltet.«

Doch seit sie und Naveen aus Chicago zurückgekommen waren – sie mit dem Auto und er wegen ihrer Sturheit mit dem Bus –, hatte Amithi keine große Lust mehr, irgendetwas so zu machen wie normalerweise. Am Abend zuvor hatte sie sich im Fernsehzimmer eingeschlossen, um Fernsehen zu schauen. Doch am Ende hatte sie Alben mit Familienfotos durchgeblättert, und zuerst hatte sie darüber geweint, und dann war ihr übel geworden vor Wut. Auf sämtlichen Fotos, egal von welchem Anlass, ob bei der Party zu Jayanas erstem Geburtstag, ob am Strand oder beim Dinner anlässlich von Naveens Festanstellung, sah Amithi hinter dem Lächeln ihres Mannes jetzt den Betrug.

Als Naveen an die Tür geklopft hatte, um Amithi nach dem Abendessen zu fragen, hatte sie nicht reagiert. Sie wusste nicht, was er gegessen hatte, und es war ihr egal. Später hatte sie neben der Spüle eine leere Cornflakes-Schachtel gefunden und hatte sich köstlich amüsiert über die Vorstellung, dass er zum Abendessen Cornflakes aß.

Violet zog ein Bündel Kopftücher aus einem Beutel. Amithi half ihr, die glänzende Seide auf der Ladentheke auszubreiten, und bewunderte, wie die Farben miteinander kontrastierten: dunkles Lila, Ocker und Smaragdgrün. Einige waren mit Goldfaden in Paisleymustern bestickt, andere mit Weinreben oder Vögeln.

Violet strich über den glatten Stoff eines roten Kopftuchs. »Sind die aus Indien?«

»Die Seide schon. Die Stickereien habe ich vor Jahren selbst angefertigt.«

»Mit der Hand?« Violet fuhr mit dem Finger ein kompliziertes Blattmuster nach.

»Selbstverständlich. Ich weiß, dass es dafür Maschinen gibt, aber ich habe keine, außerdem ist Seide heikel. Das sind schöne Dinge oft.«

»Warum verkaufen Sie plötzlich so viele Sachen? Räumen Sie Ihren Schrank auf?«

»Ich räume mein Leben auf.«

»Ist alles in Ordnung?«, fragte Violet.

Amithi legte sehr viel Wert auf ihre Privatsphäre. Es ging ihr gegen die Natur, andere Menschen mit ihren Sorgen zu belästigen.

»Mir geht es gut«, antwortete sie.

Violet zog die Augenbrauen hoch. »Ehrlich? Das glaube ich Ihnen nicht recht.«

Amithi seufzte. »Jemand, der mir sehr nahesteht, hat mich betrogen.«

Kaum waren die Worte über ihre Lippen, hob sich das Gewicht ihrer Traurigkeit für einen kurzen Augenblick.

»Das tut mir sehr leid«, sagte Violet. »Ihr Mann?«

Amithi zögerte eine Sekunde, doch dann nickte sie. Sie fürchtete, Violet könnte sie verurteilen, weil sie immer noch mit Naveen unter einem Dach lebte. Viele Frauen hätten ihre Sachen gepackt und wären gegangen, sobald sie von der Affäre erfuhren. Amithi hatte es in Betracht gezogen. Wenn sie ihrer Tochter erzählte, was los war, würde Jayana sie wahrscheinlich einladen, zu ihr zu kommen. Ein halbes Dutzend Mal hatte Amithi sogar schon ihren Koffer herausgeholt, nur um ihn ein paar Stunden später wieder in den Schrank zu stellen, ohne ein einziges Kleidungsstück einzupacken.

Sie hasste Naveen für das, was er ihr angetan und was er mit dem Leben angerichtet hatte, das sie, wie sie gedacht hatte, zusammen aufgebaut hatten. Doch ohne dieses Leben verlor Amithi jegliche Orientierung. Sie fühlte sich wie ein kaputter Drachen, der im Sturm trudelte.

»Möchten Sie darüber reden?«, fragte Violet.

Amithi hatte ohnehin schon das Gefühl, sie habe ihren Brustkorb zur Untersuchung aufgerissen. Darin wohnten alle ihre tiefsten Ängste. Vielleicht liebte Naveen Paula auf eine Art, wie er sie, Amithi, nie geliebt hatte. Schließlich hatte er Paula aus eigenem Antrieb gewählt, während Amithi von seinen Eltern für ihn ausgesucht worden war. Er war Paula in einer Zeit begegnet, in der er fieberte vor sexuellem und politischem Aufbegehren. Mit so einer Leidenschaft im Hintergrund war ihm seine Ehe mit Amithi wahrscheinlich wie langweilige Pflichterfüllung vorgekommen. Amithi konnte nicht umhin, sich zu fragen, ob Naveen sich wünschte, er hätte Paula geheiratet.

Obwohl all diese Zweifel und Fragen in ihrem Kopf miteinander rangen, brachte Amithi nur ein »Vielleicht ein andermal« heraus.

Violet spähte in einen Müllbeutel. »Wollen Sie die Sachen wirklich alle loswerden? Ganz sicher? Wollen Sie nicht warten, bis Sie mehr …«

»Ich brauche sie nicht«, sagte Amithi. »Ich habe so viele Kopftücher und Saris … Das hier ist nur ein Bruchteil. Ich habe immer noch Dutzende im Schrank. Meine Tochter will sie auch nicht. Ich habe ihr erklärt, die Tücher wären wunderschön, auch zu den Jeans, die sie dauernd trägt, aber sie meinte, es sei nicht ihr Stil.«

Violet hielt ein Tuch hoch, um sich anzusehen, wie groß es war. »Die sind groß genug, um sie auch als Schals zu tragen. Die bunten würden toll aussehen zu einem kleinen Schwarzen.« Sie klopfte auf einen Müllbeutel. »Es wird wahrscheinlich ein Weilchen dauern, bis ich alles durchgesehen habe.«

»Das macht nichts. Lassen Sie sich ruhig Zeit«, erwiderte Amithi. Im Augenblick war ihr jeder Vorwand recht, das Haus zu verlassen und der häuslichen Existenz zu entkommen, die ihr jetzt so bedeutungslos erschien. Was hatte es für einen Sinn, das Haus sauber zu halten und frische Mahlzeiten zuzubereiten, wenn niemand da war, um sich daran zu erfreuen? Jayana war erwachsen, sie wollte nicht mehr von Amithi umsorgt werden. Und Naveen hatte es nicht verdient.

»Sie sind sehr begabt, wissen Sie das?«, sagte Violet, als sie ein Tuch zusammenfaltete und zur Seite legte. »Ich wünschte, ich könnte so nähen.«

»Oh, nähen ist nicht schwer. Wie bei vielem anderen auch muss man nur Geduld aufbringen.«

»Ich kann ein paar einfache Sachen nähen, Säume zum Beispiel, oder Sachen enger machen, aber selbst für die simpelsten Dinge brauche ich ewig«, sagte Violet. »In ein paar Wochen will ich eine Modenschau veranstalten, um Geld für den Laden aufzubringen, und da wird es eine Menge Änderungen in letzter Minute geben, damit den Models alles so passt, wie ich es gern hätte. In der Nacht vor der Modenschau bin ich wahrscheinlich die ganze Nacht auf.«

»Vielleicht kann ich Ihnen ja helfen«, sagte Amithi. Eine Modenschau klang nach einer guten Ablenkung von ihrer katastrophalen Situation. Außerdem würde Naveen so etwas nur als albern bezeichnen, weshalb sie es umso lieber tat.

»Ich kann mir Sie wahrscheinlich nicht leisten«, sagte Violet.

»Sie müssen mich nicht bezahlen. Für mich ist das ein Hobby. Ich mache das aus Spaß.«

»Ich weiß nicht, ob es wirklich so ein großer Spaß wird. Wahrscheinlich ist sehr viel auszumessen, und es sind kleinere Anpassungen vorzunehmen. Besonders knifflig ist, dass alle Änderungen nur provisorisch sein dürfen. Die ursprüngliche Größe der Kleider soll so bleiben. Sie sollen nur auf dem Laufsteg gut aussehen.«

»Ich glaube, das kriege ich hin. Ich musste meine eigenen Sachen endlos oft einnähen und wieder auslassen, weil ich immer zu- und wieder abgenommen habe. Ich schneide nie etwas ab oder ändere etwas endgültig, weil ich nie weiß, ob ich nicht wieder dicker werde.« Amithi stieß ein bitteres Lachen aus. Vielleicht würde sie absichtlich dick werden. Wenn sie Naveen nicht an sich binden konnte, als sie jung und schlank war und glatte Haut hatte, warum sollte sie sich jetzt noch Mühe geben?

»Wenn es Ihnen wirklich nichts ausmacht, also, ich könnte Ihre Hilfe sicher gut gebrauchen.« Violet musterte ein blaues Kopftuch mit einem gestickten Muster aus Federn am Rand. »Sind das Pfauenfedern?«

Amithi nickte. »Er ist der Nationalvogel von Indien.«

»Ich liebe Pfauen«, sagte Violet und zeigte auf den grünen Hut an der Wand, den eine schillernde Pfauenfeder schmückte.

»Manchmal denke ich, Indiens Nationalvogel sollte kein Vogel sein, sondern ein Flugzeug. Ich kenne unglaublich viele Inder, die sehr viel Zeit in Flugzeugen verbringen.« Amithi strich über das blaue Tuch. »Wenn ich es mir recht überlege, behalte ich das hier vielleicht doch.«

20. Juni 1979

Amithi spürte die genervten Blicke, die in ihre Richtung geworfen wurden, als sie die weinende Jayana beruhigen wollte und sie bat, doch endlich einzuschlafen. Auf der ersten Teilstrecke ihrer Reise, auf dem Flug von Chicago nach London, war die Kleine sehr brav gewesen. Jetzt, auf dieser letzten Strecke vom Flughafen Heathrow nach Delhi, wollte Jayana nicht aufhören zu weinen, ja zuweilen schrie sie so kräftig, dass ihre Stimme brach und sich anhörte wie ein Maschinengewehr. Selbst die unablässig lächelnde Flugbegleiterin in ihrer maßgeschneiderten Jacke und weißen Bluse wirkte allmählich geschlaucht. Es war, als würde sich die in Amerika geborene Jayana der Reise zu ihren Wurzeln widersetzen.

Amithi hatte diese Reise seit der Geburt ihrer Tochter im Juli des vergangenen Jahres aufgeschoben. Doch die Anrufe und Briefe von ihren und Naveens Eltern waren so beharrlich gewesen, dass sie die Reise nach Indien irgendwann nicht länger aufschieben konnte. Die Großeltern wollten ihr Enkelkind sehen. Sie begriffen nicht, warum Naveen und Amithi zehn Jahre gewartet hatten, um Kinder zu bekommen. Sie wussten nicht, dass sie es jahrelang versucht hatten, dass es Amithi Monat für Monat das Herz gebrochen hatte, wenn ihre Blutung kam wie ein unwillkommener Besucher. Sie wussten nicht, wie schwer die Geburt gewesen war und dass Mutter und Kind die erste Zeit danach sehr schwach gewesen waren.

Inzwischen waren die Großeltern mehr als ungeduldig, geradezu aufgebracht, dass Jayana fast ein Jahr alt war und sie sie noch nicht gesehen hatten. Da sie keinen Termin fanden, zu dem Naveen weder unterrichten noch an Konferenzen teilnehmen musste, hatte Amithi sich einverstanden erklärt, allein mit ihrer Tochter nach Indien zu reisen.

Die Vorbereitungen für die Reise mit einem elf Monate alten Säugling hatten sie sehr gefordert. Sie hätte ihren Mann um Hilfe bitten können, doch sie wusste, dass er wichtige Arbeit zu erledigen hatte, während sie fort war. Er musste einen Forschungsbericht fertig schreiben und dann auf einer Konferenz in Florida präsentieren, an der Dutzende von berühmten Wissenschaftlern teilnehmen würden. Auch wenn sie enttäuscht war, dass er sie nicht begleitete, konnte Amithi ihrem Mann doch keine Vorwürfe machen, dass er so hart arbeitete. Er war schließlich der Ernährer ihrer kleinen Familie.

Der schwierigste Teil der Reisevorbereitungen war für Amithi nicht das Packen oder der Flugplan gewesen, sondern die Aufgabe, ihrer kleinen Tochter Ohrlöcher stechen zu lassen. Amithi hätte es lieber nicht getan, doch sie wusste, dass man dem Mädchen bei den Pujas, den Gebetsritualen, die ihre Eltern und Schwiegereltern in Indien für das Kind abhalten würden, Schmuck schenken würde. Und Amithi wollte nicht, dass die Leute sich schlecht fühlten, wenn sie mit Ohrringen für die Kleine ankamen, was einige gewiss tun würden. Ohrringe waren ein beliebtes Geschenk zu solchen Gelegenheiten.

Eine Woche vor dem Abflugtermin ließ Amithi ihrer Tochter also Ohrlöcher stechen, auch wenn sie es nicht im Rahmen einer traditionellen Karnavedha tat. Sie wollte keine große Schar von Menschen in ihr Haus einladen, um zuzusehen, wie ihre Tochter vor Schmerzen weinte. Sie bat einfach ihre Nachbarin Lalita vorbeizukommen und die Aufgabe zu übernehmen. Auntie Lalita, deren Kinder alle erwachsen waren, hatte die Nadel sterilisiert und Amithi ein Glas von Naveens Scotch eingeschenkt. Amithi hatte geweint, als die Nadel in die weiche Haut der Kleinen stieß, doch Jayana tat keinen Mucks, so fasziniert war sie von Auntie Lalitas freundlichem Gesicht und ihrem leisen Gesang.

Obwohl Amithi seit ihrer Hochzeit nicht in Indien gewesen war, wusste sie doch, dass es bei dieser Reise nicht um sie ging. Sie würde sich durch den Monsun zu Tempeln und den Häusern entfernter Verwandter schleppen, denen sie noch nie begegnet war oder an die sie sich nicht erinnerte. Es ging darum, dass ihre und Naveens Eltern, die Singhs, mit Jayana sowie mit Amithis und Naveens Erfolg in Amerika angeben konnten.

Amithi senkte den Blick auf das hochrote Gesicht ihrer Tochter. Sie beugte sich über Jayana und drückte ihr einen Kuss auf die schwarzen, verschwitzten Locken. Amithi wünschte, Naveen wäre bei ihr, um ihr einen Teil der Verantwortung für die giftigen Blicke der anderen Fluggäste abzunehmen. Ihre Tochter weinte derweil immer lauter, bis sie nach einigen keuchenden Schluchzern endlich einschlief.

Amithi legte sich das schlafende Kind in den Schoß, um die Hände frei zu haben, und holte ihr Nähzeug heraus. Sie machte ein Kopftuch, um Jayana während der Mundan Sanskar – dem Ritual anlässlich des ersten Haarschnitts – darin einzuwickeln. Sie war fast fertig. Sie musste das Federnmuster nur noch mit Goldfaden umranden. Sie hatte ein Pfauenfedernmuster ausgewählt, weil der Vogel Indien symbolisierte und sie wusste, dass die Geste ihre Verwandten rühren würde. Der Pfau symbolisierte auch Leben und Liebe, und sie konnte sich keine passendere Metaphorik für ihre Tochter vorstellen.

Amithi hielt den glänzenden Stoff hoch und flüsterte Jayana zu: »Schau, Schatz, schau, was deine Mama für dich gemacht hat.«

Jayana schlug die Augen auf und verzog das Gesicht. Sie packte den Stoff, warf ihn neben die Füße ihrer Mutter auf den Boden und weinte.

Kapitel 13

INVENTARSTÜCK: Stiefel
JAHR: Ende der 1970er Jahre
ZUSTAND: leidlich
ARTIKELBESCHREIBUNG: Stiefel von Frye, wadenhoch, Größe 7. Karamellfarbenes Leder mit einigen Abschürfungen an den Zehen. Schichtabsatz
HERKUNFT: aus dem Haus von Katherine Morgan

VIOLET

An einem Samstagabend Mitte Juli klingelte Violet an einem Bungalow im Craftsman Style, einen Block von Hourglass Vintage entfernt. Während sie wartete, bewunderte sie die Lilien, die in den Beeten vor dem Haus blühten. Sam hatte am Nachmittag einen Strauß ähnlicher Blumen für Violet in den Laden gebracht, zusammen mit einem Karton frischer Erdbeeren vom Bauernmarkt. Die Lilien hatten den ganzen Laden mit dem klebrig-süßen Duft des Sommers erfüllt. Violet hatte Sam in neckendem Tonfall gesagt, wenn er nicht aufhöre, mit Blumen vorbeizukommen, würde sie sich noch daran gewöhnen. Er hatte erwidert, das könne sie ruhig.

In Yogahose und weitem T-Shirt öffnete April ihr die Tür. Dunkle Schatten lagen unter ihren Augen.

»Danke, dass Sie gekommen sind«, sagte April. »Betreten auf eigene Gefahr.«

»Ihre Blumenbeete sind wunderschön«, sagte Violet und trat in den gefliesten Flur.

»Das ist alles das Werk meiner Mutter«, sagte April. »Sie hat sie vor Ewigkeiten gepflanzt.«

»Das Haus ist hinreißend.« Violet betrachtete die Buntglasfenster auf beiden Seiten der Tür und die Schnitzereien an der Treppe. »Und das Durcheinander ist doch gar nicht so groß. Es klang, als wäre überall Zeug.«

»Sie hätten es gestern sehen sollen. Ich arbeite schon den ganzen Nachmittag daran. Ich komme mir vor wie bei einer archäologischen Ausgrabung. Wie war der Rest vom Tag im Laden?«

»Ich habe ein paar Theater und Bars wegen der Modenschau angerufen. Das Majestic Theatre hat mir einen sehr guten Preis angeboten für einen Abend Mitte August, also denke ich, wir sollten es dort machen.«

»August klingt gut. Ich hoffe nur, dieses Baby kommt nicht zu früh.« April tätschelte ihren Bauch.

Im selben Maß, wie Aprils Bauch wuchs, wuchs auch Violets Sehnsucht. Sie wusste, wie lächerlich es war, neidisch zu sein. April hatte kein leichtes Leben gehabt und würde es auch in Zukunft nicht leicht haben. Trotzdem war sie in letzter Zeit von einem Strahlen erfüllt, einem stillen Selbstbewusstsein. Violet hatte es auch in Karens Gesicht wahrgenommen, als diese mit Edith schwanger gewesen war, und sie fürchtete, dieses Gefühl selbst nie zu erleben.

Sie sah aus dem Fenster. »In dieser Gegend hier kommt nur selten ein Haus auf den Markt«, sagte Violet. »Warum verkaufen Sie es?«

»Meine Mutter hat mir einen Berg Schulden hinterlassen, die ich von dem Verkaufserlös begleichen will. Außerdem brauche ich nicht so viel Platz, und es ist sehr viel Arbeit und verschlingt viel Geld, sich um ein ganzes Haus zu kümmern. Können Sie sich vorstellen, in so einem Haus zu leben, wenn Sie so alt wären wie ich?«, fragte April.

Das konnte Violet nicht, aber nur, weil in dem Haus, in dem

sie gelebt hatte, Eichhörnchen in den Wänden herumgelaufen waren. »Meine Liebe, als ich so alt war wie Sie, war ich verheiratet und lebte zur Miete hinter einer Tankstelle.«

»Dann haben Sie auch nicht das Leben einer durchschnittlichen Achtzehnjährigen gelebt.«

»In meiner Heimatstadt war das leider ziemlich durchschnittlich.« Begierig loszulegen, stemmte Violet die Hände in die Hüften. Sie war gekommen, um April zu helfen, den nächsten Schritt zu tun, und nicht, um über ihre Vergangenheit zu sinnieren. »Also, was kann ich tun?«

»Ich habe einfach versucht, Sachen auszumisten, Stück für Stück«, sagte April.

Violet betrachtete die gerahmten Kunstwerke an den terrakottafarbenen Wänden, die Mischung aus antiken und neuen Möbeln – Spuren von jemandem, der über Jahre Dinge angesammelt hatte. *Ein bisschen wie bei mir*, dachte sie.

»Im Zimmer meiner Mutter sind sehr viele Kleider, die ich sortieren müsste«, sagte April.

»Sind Sie sich sicher, dass Sie das heute machen wollen?«, fragte Violet. »Ich kann auch gern ein andermal wiederkommen, wenn es Ihnen im Augenblick zu viel ist. Ich weiß, dass Sie in letzter Zeit sehr viel Stress hatten, mit Ihrem Ex und so.«

April schüttelte den Kopf. »Ich muss herausfinden, was sich aufzuheben lohnt und wovon ich mich trennen kann.«

»Auf dem Gebiet bin ich zufällig Expertin.«

»Dann kommen Sie mit rauf.« April bedeutete Violet mit einer Geste, ihr zu folgen.

In der Ecke von Katherine Morgans Schlafzimmer unter der Dachschräge entdeckte Violet eine sechzig Zentimeter große Lampe in Form einer Gans. »Nicht zu fassen, dass Sie so eine haben«, sagte sie.

»Was, die grässliche Lampe?«, fragte April. »Ich habe keine Ahnung, wo meine Mutter die herhatte, aber sie hat sie geliebt.«

»Es ist Gladys die Gans.« Violet kniete sich auf den Boden, um sie genauer zu betrachten. »Sie ist so süß. Ich habe noch nie eine in echt gesehen. Um diese Lampen gibt es einen regelrechten Kult, zumindest in meiner verschrobenen, kleinen Vintage-Welt. Die Firma, die sie entworfen hat, stellt sie nicht mehr her.«

April sah sie verdutzt an. »Die können Sie haben.«

»Ich würde sie sehr gern haben«, sagte Violet, »aber ich bin mir sicher, dass sie Ihrer Mutter etwas bedeutet hat, also käme es mir nicht richtig vor. So etwas kauft niemand, wenn er es nicht ganz besonders schätzt.«

»Ja, also, ich finde sie trotzdem hässlich.«

Violet legte der Gans die Hände an den Kopf, wie um ihr die Ohren zuzuhalten. »Pst, sie könnte Sie hören.«

»Ich bin froh, dass Sie gekommen sind, denn wie Sie sehen, habe ich keine Ahnung, was einen Wert hat und was nicht«, sagte April.

Violet wandte sich dem Bett zu, auf dem sich Taschen voller Kleider türmten. »Sind das die Sachen, die ich durchsehen soll?«

»Ja. Mir ist es schwergefallen, denn ich sehe meine Mutter immer noch in den Kleidern vor mir, und dann werde ich traurig.«

Violet machte sich daran, die Kleider durchzusehen. In den Taschen waren hauptsächlich Pullover von Lands' End, unbestimmbare Polohemden und Khakihosen. Sie hielt einen langen jeansblauen Pullover hoch.

»Ziemlich unelegant, was?«, meinte April. »Ich glaube, den hat sie immer mit einem Rollkragenpullover drunter getragen.«

»Wie es aussieht, war Ihre Mutter bezüglich ihrer Kleidung nicht so kreativ wie bei der Ausstattung des Hauses.«

»Kann sein. Obwohl ich mir nicht mal sicher bin, ob sie das Haus bewusst eingerichtet hat. Sie hat einfach Sachen gekauft, die ihr gefielen, selbst wenn sie sonst niemand mochte und sie nicht zu dem Rest des Hauses passten. Sie war ziemlich impulsiv.«

Aus einer Tasche wählte Violet zwei zerknitterte Partykleider aus den Achtzigern, eines aus stahlblauem Taft und das andere aus Samt. Aus einer anderen Tasche zog sie ein Paar gelbbraune Stiefel mit Schichtabsätzen. Sie spähte in den Schaft und stellte sie auf den Tisch. »Stiefel von Frye. *Die* würden sich sicher gut verkaufen.«

»Ich bin mir ziemlich sicher, dass meine Mutter die schon hatte, bevor ich auf die Welt kam.« April strich über das abgestoßene Leder an einem Stiefel. »Ich kann mich erinnern, dass ich als kleines Mädchen ihre Hand gehalten und mir ihre Beine angesehen habe. Die hat sie immer getragen.«

Violet schob die Stiefel zu ihr hinüber. »Wollen Sie sie?«

»Meine Füße sind zu groß.«

»Vielleicht sollten Sie sie trotzdem behalten.«

»Was will ich denn mit einem Paar Stiefel, das mir nicht passt?«, fragte April.

Violet sah auf Aprils Bauch. »Geben Sie sie Ihrer Tochter.«

»Ich weiß nicht, wie Sie sich so sicher sein können, dass ich ein Mädchen bekomme. Wie auch immer, so lange will ich die Stiefel nicht behalten. Wenn Sie glauben, dass sie sich verkaufen, sollten sie in den Laden. Mir wäre es lieber, eine andere Frau trägt sie, als dass sie jahrelang im Schrank stehen.«

»Ich bezahle sie natürlich«, sagte Violet. »Ganz sicher?«

»Ja, wenn sie nicht zu ramponiert sind für den Laden. Ich dachte immer, bei Schuhen wäre es besser, wenn sie nicht so getragen aussehen.«

»Manchmal«, sagte Violet. »Aber robuste Stiefel wie Fryes oder Cowboystiefel dürfen ruhig ein bisschen abgewetzt sein.«

Als Violet die letzte Tasche mit Kleidern durchsah, fiel ihr ein gelber Zettel auf, der aus der Tasche einer Jeans ragte. Sie zog ihn heraus und reichte ihn April.

»Das ist bestimmt eine To-do-Liste«, sagte April und faltete den Zettel auseinander. »Meine Mutter war berüchtigt dafür, eine Liste anzufangen, ein oder zwei Sachen darauf zu erledigen und den Rest zu vergessen. Solche Zettel habe ich überall im Haus gefunden.« Sie schaute darauf. »Ja. Hier steht: ›Auto waschen. Recyclingmüll rausstellen. Und …‹« April hielt inne und wurde blass.

»Und was?«, fragte Violet.

»Ich bin gleich wieder da.« Mit dem gelben Zettel in der Hand hastete April aus dem Zimmer.

Violet hörte den Flur runter ein Poltern und Rascheln, dann Stille. Sie wartete ein paar Augenblicke, faltete die Sachen, die sie für den Laden ausgewählt hatte, ein ums andere Mal. Allmählich machte sie sich Sorgen.

Sie steckte den Kopf in den Flur. »April?«

Keine Antwort. Violet ging den Flur hinunter und schaute in jedes Zimmer. Sie kam an zwei Schlafzimmern mit einer Mischung aus Antiquitäten vorbei – von Nachttischchen aus den fünfziger Jahren bis hin zu einem Mission-Style-Bett und einer Kuckucksuhr. In einem kleinen Büro am Ende des Flurs fand sie April. Sie saß in einem Wust von Papieren auf dem Holzboden.

»Ist alles in Ordnung?«, fragte Violet.

April blickte auf. Ihr Gesicht war gerötet und nass vor Tränen.

Violet setzte sich neben sie. »Was ist los?«

»Ich kann's nicht glauben.« April schüttelte den Kopf. »Vielleicht hatte Charlie ja recht.«

»Womit?«

April hielt ein Dokument hoch, auf dem mit grünem Textmarker etwas angestrichen war.

Violet kniff die Augen zusammen, um die winzige Schrift zu entziffern. »Was ist das?«

April wischte sich mit dem Handrücken die Augen. »Moms Lebensversicherungspolice. Ich wusste, dass sie eine hatte – ich erwarte jeden Tag einen Scheck mit der Post –, aber ich habe sie mir nie genauer angesehen.«

Das verstand Violet nicht. »Also, wenn Sie Geld von der Versicherung bekommen, das ist doch gut, oder?«

Vom Boden hob April die Liste auf, die Violet gefunden hatte. »Aber sehen Sie doch. Der dritte Punkt.«

Violet nahm die Liste. »Das verstehe ich nicht. Da steht, ›Lebensversicherungspolice checken‹.«

»Genau. Und als ich die Police rausgekramt habe …« Aprils Stimme brach, als sie auf das Blatt zeigte. »Sehen Sie. Die Klausel über Selbstmord ist angestrichen.«

Das verstand Violet immer noch nicht. »Aber Sie haben doch gesagt, Sie erwarten einen Scheck. Ich habe immer gedacht, bei Selbstmord zahlt die Versicherung nicht.«

April schüttelte den Kopf. »Das habe ich auch gedacht. Aber so funktioniert es nicht. Hier steht, dass die Versicherungssumme ausgezahlt wird, falls die versicherte Person nicht innerhalb von zwei Jahren nach Unterzeichnung des Vertrags Selbstmord begeht. Diese Versicherung wurde vor fünf Jahren abgeschlossen. Also schließt die Tatsache, dass die Versicherungsgesellschaft mir einen Scheck ausstellt, nicht aus, dass sie womöglich doch …« April schlug die Hände vors Gesicht.

Ihre nächsten Worte formulierte Violet sehr sorgfältig. »Bereitet Ihnen das wirklich Sorge? Dass Ihre Mutter sich umgebracht haben könnte? Sie haben nie was erwähnt.«

»Sie war manisch-depressiv. Die meiste Zeit hatte sie es unter Kontrolle, aber ab und zu hat sie ihre Medikamente nicht genommen, und dann ist sie ganz schön neben der Spur gewesen. Manchmal war sie so deprimiert, dass sie nicht mal was gegessen hat. Und dann hat sie ihre Stelle als Sekretärin aufgegeben und ihr ganzes Geld in ihre Agentur für professionelles Aufräumen, oder was auch immer es war, gesteckt, aber sie ist nicht lange genug dabei geblieben, um irgendetwas damit zu verdienen.« April legte die Arme um den Bauch und schaukelte auf den Fersen vor und zurück. »Charlie glaubt, dass sie es getan hat. Wir hatten einen Riesenstreit deswegen, der gewissermaßen der Auslöser für unsere Trennung war. Obwohl es natürlich komplizierter ist. Wir haben beide ein paar schreckliche Dinge gesagt. Aber ich war felsenfest davon überzeugt, dass meine Mutter niemals so weit gegangen wäre. Jetzt, wo ich das gesehen habe, bin ich mir nicht mehr so sicher.«

»Okay«, sagte Violet. »Aber alles, was Sie gefunden haben, sind eine To-do-Liste und eine markierte Kopie ihrer Versicherungspolice. Kann doch sein, dass die beiden Dinge gar nichts miteinander zu tun haben.«

»Warum sollte jemand die Suizidklausel mit Leuchtstift markieren, wenn er nicht über Selbstmord nachdenkt?«

»Sicher.« Violet legte April eine Hand auf die Schulter. »Es ist möglich. Aber es ist auch möglich, dass sie diesen Abschnitt vor langer Zeit angestrichen hat und dass die Liste gar nichts damit zu tun hatte.«

»Sehr optimistische Betrachtungsweise.«

»Ja, aber das heißt nicht, dass es nicht so gewesen sein kann.«

April sammelte die Papiere zusammen und schob sie in eine Schublade.

Violet wünschte, sie hätte die Liste nie gefunden. Sie hatte immer schon das Gefühl gehabt, was die Vergangenheit anging, ließ man einige Dinge besser für immer ruhen.

Kapitel 14

INVENTARSTÜCK: Strumpfhose
JAHR: 1945–1950
ZUSTAND: ausgezeichnet
ARTIKELBESCHREIBUNG: Nylon, Feinstrumpfhose in Schwarz mit Rücknaht
HERKUNFT: Online-Vintage-Händler

April

April versuchte, sich auf die dunkelhaarige Dragqueen zu konzentrieren, die über die Bühne des Majestic Theatre in der Innenstadt schritt, einen Block vom Kapitol entfernt. Die Dragqueen wirbelte und posierte in einem roten, einteiligen Hosenanzug, während aus den Lautsprechern ein Diana-Ross-Dance-Remix dröhnte. Trotz der ausgelassenen Musik und des aufgeregten Geplauders der Models, die sich für die Modenschau bewarben, hätte Aprils Stimmung nicht düsterer sein können.

»Ich glaube, die nehmen wir«, sagte Violet.

»Definitiv«, fügte Lane hinzu und kritzelte etwas auf einen der Bewertungsbögen, die sie erstellt und zum Model-Casting mitgebracht hatte.

»Ich bin so froh, dass Sie uns helfen«, sagte Violet. »Ich hatte fast befürchtet, Sie hätten schon vergessen, wer wir sind.«

»Selbstverständlich erinnere ich mich«, sagte Lane. »Ich bekomme tonnenweise Komplimente für die roten Schuhe, die ich bei Ihnen im Laden gekauft habe. Ich stelle ganze Outfits um die Schuhe herum zusammen. Selbst meinem Mann sind sie aufgefallen, und der hat für so etwas normalerweise kein Auge.«

Sie lächelte. »Er sagt, ich sähe darin aus wie ein Pin-up-Girl aus den Fünfzigern.«

Violet wandte sich April zu. »Was halten *Sie* von diesem Model?«

»Oh, ähm, gut«, antwortete April und kringelte wahllos eine Nummer auf ihrem Bewertungsbogen ein. Zum ersten Mal schienen Zahlen für sie jede Bedeutung verloren zu haben. Sie versuchte, sich auf das zu konzentrieren, was auf der Bühne los war, doch ihre Gedanken kreisten unablässig um ihre Mutter. Das helle Licht und die plaudernden Models auf der Bühne unterstrichen ihre Verwirrung und ihren Kummer nur noch.

Seit sie die Versicherungspolice gesehen hatte und den Zettel, den Violet gefunden hatte, durchforstete April unermüdlich ihre Erinnerungen nach einem Zeichen, das ihr – so oder so – verraten würde, ob ihre Mutter den Freitod gewählt hatte oder nicht. Wenn sie an glückliche Zeiten dachte, zum Beispiel wenn sie mit dem Fahrrad durch das Arboretum gefahren waren oder nach ihrem geheimen Familienrezept Karottenkuchen gebacken hatten, war sie sich ganz sicher, dass ihre Mutter sie niemals verlassen hätte. Doch dann kamen ihr auch wieder schlechte Zeiten in den Sinn, Tage, an denen ihre Mutter sich im Bett verkrochen hatte, bei ausgeschaltetem Licht und geschlossenen Rollos, oder Wochen, in denen sie nächtelang wach geblieben war, um ihren nächsten kruden Plan auszutüfteln, schnelles Geld zu machen. Oft konnte April diese Phasen vorhersagen. Vor einer Periode der Depression war ihr in der Miene ihrer Mutter eine Schwere aufgefallen, und ihre Stimme war flach gewesen. Das waren Anhaltspunkte. Vor einer manischen Phase war in ihren Augen eine beängstigende, rastlose Energie gewesen.

Während sie darauf warteten, dass das nächste Model auf die Bühne ging, fragte Violet: »Ist alles okay?«

»Ja«, antwortete April und sah Lane an. Sie wollte vor dieser Frau, die sie kaum kannte, nicht über ihre Mutter sprechen. Sie fuhr mit der Hand durch die Luft. »Ich bin wohl nur ein bisschen niedergeschlagen. Müssen die Schwangerschaftshormone sein oder so.«

Lane grinste. »Ich dachte mir doch, dass Sie schwanger sind, als ich neulich mit den Kostümen bei Ihnen war, aber ich weiß ja, dass man nicht fragen soll. Wann ist es denn so weit?«

»Labor Day«, sagte April und versuchte sich an einem Lächeln. Angesichts dessen, dass ihre Mutter ihr Leben aller Wahrscheinlichkeit nach unerträglich gefunden hatte, fiel es ihr schwer, sich darauf zu freuen, ein neues Leben zur Welt zu bringen.

»Ich habe drei Jungen zu Hause, wenn Sie also jemanden brauchen, um über Kinder zu reden, können Sie mich gern anrufen«, sagte Lane.

Es war nett von Lane, ihr Unterstützung anzubieten. Auf ihre Highschoolfreundinnen konnte April nicht zählen. Sie hatten sich von ihr zurückgezogen, seit sie schwanger war. Während April arbeitete, sich mit dem Makler ihrer Mutter traf und Bücher mit Babynamen las, stibitzten ihre Freundinnen Bier aus dem elterlichen Kühlschrank und himmelten ihren neuesten Schwarm an. Es war nicht so, als würde April es nicht verstehen – unter anderen Umständen hätte sie wahrscheinlich dasselbe getan –, doch sie konnte nicht erwarten, dass ihre Klassenkameradinnen begriffen, wie sehr sich ihr Leben in kürzester Zeit verändert hatte.

»Ich mein's ernst. Rufen Sie mich an, jederzeit.« Lane musterte April mit ernster Miene. »Geben Sie mir Ihr Handy. Ich tippe Ihnen meine Nummer ein.«

April kramte in ihrer Handtasche und reichte Lane das Handy.

»Ich weiß noch gut, wie hart es war, als meine klein waren«, sagte Lane, während sie die Tasten drückte. »Wir waren gerade hergezogen, also kannte ich kaum jemanden, und mein Mann hat die ganze Zeit gearbeitet. Ich hatte das Gefühl, keine Unterstützung zu haben. Das wünsche ich niemandem, also scheuen

Sie sich nicht, mich anzurufen, wenn Sie mich brauchen.« Sie gab April das Handy zurück.

Violet beugte sich auf ihrem Sitz vor. »Viele von diesen Mädchen sind zu dünn«, sagte sie. »Lane, wie viele Models auf Ihrer ›Ja‹-Liste tragen Größe vierzig oder größer?«

Lane fuhr mit dem Finger über ihr Klemmbrett. »Zwei, nein, drei. Ohne die Dragqueens, die größenmäßig alle Maße sprengen.«

»Wir brauchen mehr Models, die richtige Kurven haben«, sagte Violet. »Meine Kundinnen sollen bei der Modenschau nicht nur Collegestudentinnen in Größe vierunddreißig sehen, die auf der Bühne herumstolzieren. Abgesehen davon sind die besten Kleider, die April und ich zusammengestellt haben, in größeren Größen.«

»Alles klar«, sagte Lane, stand von ihrem wackligen Klappstuhl auf und pfiff auf den Fingern. »Entschuldigen Sie bitte, meine Damen, könnte ich einen Augenblick um Ihre Aufmerksamkeit bitten?«

Das Geplauder im Raum erstarb innerhalb von Sekunden.

»Wenn Sie eine kleinere Größe tragen als vierzig, können Sie jetzt gehen. Vielen Dank, dass Sie gekommen sind, aber wir brauchen jetzt nur noch Models Größe vierzig und größer. Ich wiederhole, wer eine kleinere Größe als vierzig trägt, kann gehen. Danke. Wir hoffen natürlich, dass Sie sich die Modenschau trotzdem ansehen kommen.«

Leicht verärgertes Gemurmel erhob sich im Raum, als die dünneren Frauen ihre Sachen zusammensuchten und den Raum verließen.

Beeindruckt davon, wie mühelos Lane Aufmerksamkeit eingefordert hatte, überlegte April, dass sie vielleicht zu hart über sie geurteilt und sie zu schnell als genervte Familienmutter abgestempelt hatte. Im Theater, wo alle Blicke auf sie gerichtet waren, wirkte sie zu Hause.

Ein paar Tage später wurde April am Morgen in der Boutique nicht von Violet an ihrem gewohnten Platz mit ihrem Becher Kaffee begrüßt, sondern von einem Zettel an der Registrierkasse, laut dem sie einen Termin habe, April müsse den Laden selbstständig öffnen.

Dankbar für das Zeichen, dass Violet ihr allmählich mehr zutraute, riss April den Zettel ab.

Sie sah nach der Post, schloss die Tür auf, zählte das Kleingeld in der Kasse und versuchte, den Kopf frei zu kriegen. Wenn ihre Gedanken nicht unmittelbar mit etwas beschäftigt waren, konnte April es in letzter Zeit nicht verhindern, dass vor ihrem geistigen Auge ein Bild ihrer Mutter auftauchte, wie sie, die Hände mit den pfirsichfarben lackierten Fingernägeln auf dem Lenkrad, vorsichtig auf einer vereisten Straße fuhr, bis sie das Steuer plötzlich mit einem Ruck vorsätzlich herumriss. Ihre Mutter hatte zuweilen tagelang nicht geduscht, doch ihre Fingernägel hatte sie nie vernachlässigt. Als würde die Kontrolle über diesen kleinen Teil ihres Körpers es wettmachen, dass sie keine Kontrolle darüber hatte, was in ihrem Kopf vor sich ging.

Um dieses Bild zu vertreiben, machte sich April daran, die Kleiderständer aufzuräumen. Mit den Röcken in allen Längen fing sie an, vom superkurzen Mini bis bodenlang. Sie überzeugte sich, dass sie der Größe nach sortiert waren und dass kein Vierunddreißiger zwischen den Vierundvierzigern hing. Nicht dass sie die eine oder andere Größe noch hätte tragen können.

Vor dem Schaufenster blieb eine Frau mittleren Alters stehen und las das Schild mit den Öffnungszeiten. April kannte sie nicht, hoffte aber, dass sie hereinkam. Selbst wenn diese Dame sich als unhöflich erweisen sollte oder zu den Kundinnen gehörte, die Kleider auf dem Boden der Umkleidekabinen liegen ließen, fand April es besser, als mit der dröhnenden Stille ihrer eigenen Gedanken allein zu sein.

Die Frau kam tatsächlich herein und sagte sofort: »Ich bin

froh, dass jemand in dieser Stadt sich noch an normale Ladenöffnungszeiten hält. Ich laufe schon eine Weile herum und schaue, ob irgendwo was auf ist, aber die meisten Läden öffnen erst um elf.«

»Wir nicht«, sagte April. »Wir haben an den Wochentagen von zehn bis sieben geöffnet.«

»Gott sei Dank. Bei einem Laden hing ein Schild im Fenster, auf dem stand, dass jeden Dienstag, Mittwoch und Donnerstag bis sechs geöffnet ist und die restliche Woche nur bis vier, außer montags, da ist ganz zu. Wie soll man sich denn so was merken?«

Die Stimme der Frau hatte einen leicht nasalen Anklang und einen Akzent, der die Vokale in die Länge zog. *Ostküste vielleicht?*, dachte April. »Ich weiß genau, was Sie meinen«, antwortete sie. »Meine Lieblingsbäckerei ändert dauernd die Öffnungszeiten. Ich frage mich, ob die das absichtlich machen, um mich darauf hinzuweisen, dass ich nicht noch ein Scone mit Schokoladenstückchen brauche.«

»Also, da, wo ich herkomme, sind die Läden geöffnet, wenn es praktisch ist für die Kunden, nicht umgekehrt.«

»Dann sind Sie nicht aus Madison?«

Die Frau schüttelte ihren Kopf mit den kurzen, dichten Locken. »Boston. Ich bin übrigens Monica.«

»Ich heiße April. Kann ich Ihnen irgendwie behilflich sein? Suchen Sie etwas Spezielles?«

»Ich suche etwas, was ich heute Nachmittag auf der Abschlussfeier meines Neffen tragen kann. Mein Koffer ist auf dem Flug verlorengegangen.«

»Hat Ihr Neffe die Highschool oder das College abgeschlossen?«

»Das College.«

»Die meisten Abschlussfeiern hier in der Gegend sind ziemlich locker.« April betrachtete die schwarze Caprihose und das ärmellose Poloshirt der Frau. »Wahrscheinlich könnten Sie problemlos in dem gehen, was Sie anhaben.« Da ihr aufging, dass das keine gute Verkaufsstrategie war, fügte sie hinzu: »Wir könnten es mit ein paar Accessoires aufpeppen. Vielleicht mit ein wenig Schmuck und ein paar kleidsameren Schuhen.«

Monica schürzte die Lippen. »Ich glaube, ich brauche ein Kleid. Meine Schwester und ihr Mann sind recht konservativ. Die Party ist im Country Club.«

»Sicher. Welche Größe tragen Sie?«

»Achtunddreißig.«

April ging zu einer Kleiderstange an der Wand, an der die Tageskleider hingen. »Wir haben gerade ein paar sehr schöne Sachen von Lilly Pulitzer reinbekommen, die zu der Gelegenheit passen.« Sie hielt ein weißes Kleid mit kleinen gelben und grünen Ananas hoch. Der in fröhlichen Farben bedruckte Stoff schien über ihre Stimmung zu spotten, die trotz der Ablenkung durch die neue Kundin weiter sank.

Monica verzog mürrisch das Gesicht. »Nichts für ungut, Schätzchen, aber die einzigen Pulitzer, die mich interessieren, sind die, die man gewinnen kann.«

April hängte das Kleid wieder weg. »Okay, also keine Ananas. Wie wäre es damit?« April zeigte ihr ein marineblaues Hängekleid aus Baumwolle. »Wir haben ein Set aus einer absolut coolen Vintage-Halskette und Ohrringen, das wunderbar dazu passen würde. Golden mit großen grünen Perlen.«

»Klingt gut«, sagte Monica. »Ich probier's mal an.«

»Die Umkleidekabinen sind dort.« April zeigte auf die beiden Kabinen.

Monica verschwand, immer noch plaudernd, in einer. »Dieses Kleid ist viel eher mein Stil.«

»Wenn ich ganz ehrlich bin, mag ich das Ananaskleid auch nicht«, sagte April. »Ich habe mir nur vorgestellt, was die Frauen zu so einer Gelegenheit tragen. Die Mutter meines Exfreunds trägt solche Sachen.«

»Meine Schwester Judy auch«, sagte Monica hinter dem Vorhang ihrer Umkleidekabine. »Ja, wer weiß? Vielleicht stammt das Kleid sogar aus ihrem Schrank. Wäre das nicht peinlich, wenn ich in einem von ihren abgelegten Kleidern da auftauchen würde?«

April schnappte so heftig nach Luft, dass sie fast an ihrer eigenen Spucke erstickte. »Verzeihung, haben Sie Judy gesagt?«

»Ja, das ist meine Schwester. Miss Perfekt. Ich bin froh, dass mein Neffe in Boston Medizin studieren will. Ich freue mich schon darauf, ein bisschen Zeit mit ihm zu verbringen, ohne dass seine Mutter dabei ist. Verstehen Sie mich nicht falsch, ich liebe meine Schwester, und sie hat sicher harte Zeiten hinter sich, also sollte ich nachsichtig mit ihr sein. Aber manchmal geht sie einfach ein bisschen zu weit.«

Monica kam aus der Umkleidekabine, um das Kleid in dem dreiteiligen Spiegel zu begutachten.

April starrte sie an und überlegte, wieso ihr Monicas schlanke Figur, das hellbraune Haar und die hohen Wangenknochen nicht gleich aufgefallen waren: genau wie Charlies Mutter.

»Ich glaube, das tut's.« Monica stemmte die Hände in die Hüften, während sie ihr Spiegelbild betrachtete. Im Spiegel begegnete sie Aprils Blick.

»Entschuldigen Sie, heißt Ihre Schwester zufällig Judy Cabot?«, fragte April.

»Ja, warum? Kennen Sie sie?«

April wurde schwindlig. »Judys Sohn ist mein Exverlobter.«

Monica drehte sich um, richtete den Blick auf Aprils runden Bauch und zog die Augenbrauen hoch. »Sie sind vermutlich nicht zu der Abschlussfeier eingeladen.«

April schüttelte den Kopf.

Monica runzelte die Stirn. »Oh, Charlie.«

Nachdem Monica sich verabschiedet hatte, waren Aprils Nerven so angespannt, dass sie summten wie Geigensaiten. Um sich zu beruhigen, wandte sie sich den Zahlen zu. In all dem Durcheinander und der Unsicherheit ihrer gegenwärtigen Situation sehnte April sich danach, irgendwo Ordnung zu schaffen. Sie klappte ihren Laptop auf, um sich das Buchhaltungsprogramm anzusehen, das sie für den Laden installiert hatte. Der Anblick von Tabellen und Zellen beruhigte ihre Atmung, aber nicht viel. Als Violet um die Mittagszeit kam, brannte April darauf, mit jemandem zu reden.

»Danke, dass Sie sich den ganzen Vormittag hier um alles gekümmert haben«, sagte Violet.

»Wie war Ihr Termin?«, fragte April.

»Gut, aber in ein paar Minuten habe ich noch einen, mit meinem Vermieter. Würde es Ihnen etwas ausmachen, hier noch ein bisschen die Stellung zu halten?« Violet stellte ihre rote Beuteltasche ab.

April nickte, denn sie fürchtete, wenn sie nur den Mund aufmachte, würde sich ein Strom an Gefühlen daraus ergießen.

Die Ladenglöckchen klingelten, und April hob den Blick. Ein Mann mit Igelfrisur, dessen Bauch größer war als ihrer, schob die Ladentür auf. Das spacige Muster seiner Krawatte erinnerte April an die Teppichmuster in Kinos.

»Hi, Ted«, sagte Violet und zeigte auf April. »Darf ich Ihnen meine neue Mitarbeiterin vorstellen, April. April, das ist Ted Mortensen. Seine Firma besitzt das Haus hier.«

Das Eau de Cologne des Mannes schnürte April so die Kehle zu, dass ihr übel wurde, doch sie zwang sich zu einem Lächeln. »Freut mich, Sie kennenzulernen.«

Ted erwiderte ihr Lächeln nicht. »Violet, wenn es Ihnen nichts ausmacht, würde ich mich gern mit Ihnen hinsetzen und ein paar Sachen durchgehen.«

»Sicher. Gehen wir ins Hinterzimmer, da sind wir ungestört, falls Kundschaft kommt«, sagte Violet und ging voraus.

April blickte ihnen hinterher und wünschte sich, Violet hätte sie gebeten, sich zu ihnen zu gesellen. Nachdem sie erfahren hatte, dass sie nicht zu Charlies Abschlussfeier eingeladen worden war, wünschte sie sich nichts sehnlicher, als bei *irgendetwas* erwünscht zu sein.

Sekunden dehnten sich zu Minuten und Minuten zu einer halben Stunde. Wie benommen beriet April eine junge Frau, kaum älter als sie, die ein Kleid für eine Verabredung suchte. Einer anderen Kundin, die aussah, als könnte sie im Alter ihrer Mutter sein, half sie bei der Auswahl einer Designerjeans. Als die Kundinnen bezahlt hatten und gegangen waren, war fast eine Stunde vergangen. April überlegte, wieso Violet und Ted so lange brauchten.

Sie beschloss, es herauszufinden.

Im Hinterzimmer stand Violet an ihrem Arbeitstisch und blätterte in einem Stapel Unterlagen, während Ted mit verschränkten Armen auf einem Klappstuhl saß. April verharrte in der Tür und versuchte dahinterzukommen, worüber sie sprachen.

»Ich weiß, dass ich meine Auszüge mit den Mietzahlungen hier irgendwo habe«, sagte Violet. »Aber auch ohne sie weiß ich, dass ich nie eine Zahlung versäumt habe.«

»Ehrlich, es ist okay«, sagte Ted. »Ich glaube Ihnen, aber es ändert nichts.«

»Ich schwöre Ihnen, die waren hier«, sagte Violet und nahm einen Stapel Papier.

April verspürte einen gewaltigen Adrenalinstoß. »Wenn Sie die ganzen Unterlagen von Anfang an elektronisch archiviert hätten«, platzte es aus ihr heraus, »würden Sie vielleicht auch finden, wonach Sie suchen.«

Violets und Teds Köpfe schossen herum, und April wusste, dass sie zu weit gegangen war. Doch sie fühlte sich so losgelöst, so klein und abgewiesen, dass sie nach allem griff, was ihr nur das leiseste Gefühl gab, wichtig zu sein.

April ging zur Kasse und kam mit ihrem Laptop zurück. Ohne

auf Violets flehende Blicke zu achten, setzte sie sich zu ihr und Ted an den Tisch.

»Wonach suchen Sie denn genau?«, fragte April und stellte den Computer auf den Tisch. »Vielleicht habe ich es ja schon eingegeben.«

Ted legte die Hand auf den Laptop, bevor April ihn aufklappen konnte. »Sie müssen die Mietzahlungen nicht finden. Es spielt keine Rolle.« Er sah Violet an. »Ich weiß zu schätzen, dass Sie sich große Mühe geben, gründlich zu sein und das alles mit mir zu besprechen, aber ich habe Ihnen schon gesagt, dass wir, ungeachtet dessen, wie gewissenhaft Sie als Mieterin waren, möchten, dass Sie bis Ende August ausgezogen sind, sonst werden wir eine Räumungsverfügung erwirken. Es ist nun einmal so, dass dieses Gebäude um einiges profitabler ist, wenn wir es verkaufen.«

»Was für eine Räumungsverfügung?«, fragte April.

Violets geschlagene Miene sagte ihr alles, was sie wissen musste.

Ted räusperte sich. »Ich lasse Sie jetzt arbeiten.« Er stand auf. »Denken Sie über mein Angebot nach.«

April folgte Violet, als diese aufstand und Ted zur Tür brachte. Sie schaute aus dem Fenster und wartete ab, bis Ted in seinen glänzenden schwarzen Sedan gestiegen war, bevor sie loslegte.

»Warum haben Sie mir nichts von einer drohenden Räumung gesagt?«, wollte April wissen.

»*Ich* bin hier ja wohl diejenige, die Fragen stellen sollte.« Violet stemmte die Hände in die Hüften. »Erstens, warum haben Sie mein vertrauliches Gespräch belauscht?«

Dafür hatte April keine gute Erklärung, außer dass sie Geheimnisse nicht ausstehen konnte. Ihre Mutter war geheimnistuerisch gewesen, und mit ihrem Tod waren aus diesen Geheimnissen Fragen geworden, auf die es nie Antworten geben würde.

»Keine Ahnung«, antwortete April.

»Und wenn Sie schon lauschen, warum konnten Sie es nicht

dabei belassen? Sie hatten nicht das Recht, sich in mein Gespräch einzumischen und meine Autorität zu untergraben vor jemandem, bei dem ich es mir im Augenblick nicht leisten kann, die geringste Schwäche zu zeigen.«

»Aber warum droht er mit Räumung?«, fragte April. »Zahlen Sie Ihre Miete nicht?«

»Ich zahle meine Miete. Ich kann zwar nicht gut mit Computern umgehen und bin auch kein Mathegenie wie Sie, aber ich bin nicht dumm.« Violets Stimme bebte vor Zorn. »Nein, sie wollen mich rausschmeißen, damit sie das Haus verkaufen können.«

April kniff die Augen zusammen. »Nicht zu fassen, dass Sie jeden Tag in den Laden kommen und so tun, als wäre alles in Ordnung. Für Sie ist das wohl keine große Sache.«

Violet knöpfte den obersten Knopf ihres Hemdblusenkleids zu, als könnte sie damit ihre Gefühle in Schach halten. »Es ist für mich durchaus eine große Sache. Darum ging es doch heute Morgen bei meinem Termin: Ich habe mich mit Karen getroffen, um darüber zu sprechen.«

»Sie hätten mich miteinbeziehen können. Ich habe das Recht zu wissen, was mit dem Laden los ist.« April traute ihren Ohren nicht, was sie da sagte, doch sie konnte einfach nicht die Klappe halten. Es war, als wäre sie das ganze letzte Jahr – angefangen mit dem Tod ihrer Mutter, über die Schwangerschaft bis hin zu ihrer Trennung – vor einer Flutwelle davongelaufen. Sie war so schnell gerannt, wie sie konnte, doch sie war immer dicht hinter ihr, schoss schon über ihren Kopf und drohte, sie fortzuspülen. Gerade als sie gedacht hatte, sie hätte einen anständigen Vorsprung herausgeholt, sich eine kleine Atempause verschafft, hatte die Begegnung mit Monica sie ins Straucheln gebracht. Und die Welle, die ihr dicht auf den Fersen war, hatte sie schließlich eingeholt.

»April, ich weiß durchaus anzuerkennen, dass Sie bereit sind, sich weit über das hinaus zu engagieren, was man von einer Praktikantin erwartet, aber es ist immer noch mein Laden. Ich habe das Recht, mich unter vier Augen mit meiner Anwältin und meinem Vermieter zu treffen. Und zu entscheiden, was ich Ihnen erzähle und was ich für mich behalte.« Mit sanfterer Stimme sprach sie weiter. »Sehen Sie, ich weiß, dass Sie in der letzten Zeit sehr unter Stress stehen, wo Sie sich um das Haus Ihrer Mutter kümmern müssen und die Trennung zu verkraften haben. Vielleicht sollten Sie ein bisschen frei nehmen.«

»Werfen Sie mich raus?«, fragte April.

»Das habe ich nicht gesagt. Aber ich halte es für keine gute Idee, dass Sie mit Kundinnen zu tun haben, wenn Sie so emotional sind.«

Wenn Sie so emotional sind, dachte April. Ihrer Erfahrung nach war »emotional« ein Codewort für »verrückt«. Genau wie ihre Mutter.

»Ich mache es Ihnen leichter und komme gar nicht erst wieder«, versetzte sie.

»Wollen Sie das wirklich?«, fragte Violet.

»Ja«, antwortete April. Vielleicht stimmte es ja.

Sie wusste, dass sie zu weit gegangen war. Jetzt wäre es an der Zeit, sich zu entschuldigen und Schadensbegrenzung zu betreiben. Doch Zorn und Bestürzung waren so in ihr hochgekocht – selbst als die eiskalte Flutwelle sie unter sich begraben hatte –, dass ihre Ohren unter dem anwachsenden Druck klopften, bis über dem Getöse kein rationaler Gedanke mehr zu hören war.

April zog die Tür auf und marschierte aus dem Laden.

Kapitel 15

INVENTARSTÜCK: Schuhe
JAHR: Ende der 1980er Jahre
ZUSTAND: einigermaßen
ARTIKELBESCHREIBUNG: pinkfarbene hohe Stoffturnschuhe von Converse. Um die Metallösen für die Schnürsenkel herum ist der Stoff ausgefranst
HERKUNFT: Amithi Singh

Amithi

Amithi lehnte sich an die steifen Lederkissen auf dem modernen Sofa ihrer Tochter. Wie alles andere in Jayanas und Jacks Wohnung schien ihr das Sofa eher unter ästhetischen Gesichtspunkten ausgewählt worden zu sein als um der Behaglichkeit willen.

»Soll ich den für dich wegstellen?«, fragte Jack und hob Amithis schwarzen Koffer hoch.

»Danke, Jack«, sagte Amithi und nickte.

Nachdem Naveen am Morgen zur Arbeit gefahren war, hatte Amithi, wie schon mehrfach zuvor, ihren Koffer aus dem Schrank geholt. Doch diesmal hatte sie ihn gepackt und neben die Haustür gestellt, wo sie den ganzen Tag daran vorbeigegangen war, während sie die Fußböden putzte, unter den Teppichen staubsaugte und Wäsche die Treppe hinauf- und hinuntertrug. Als sie die Hausarbeit schließlich erledigt hatte und die Sommersonne tief am Himmel stand, nahm sie den Koffer auf, verließ ihr geräumiges, makelloses Zuhause und fuhr zu der beengten Wohnung ihrer Tochter im trendigen Osten der Stadt.

Jack verschwand mit Amithis Koffer den kurzen Flur hinunter.

»Möchtest du etwas trinken, Mom?«, fragte Jayana. »Vielleicht eine Tasse Tee?«

Amithi richtete den Blick auf das rote Stielglas in Jayanas Hand. »Ich hätte gern ein Glas von dem Rotwein, den du trinkst, falls es nicht zu viel Mühe macht.«

Jayana zog die Augenbrauen hoch. »Aber du trinkst doch sonst nie was«, sagte sie. »Und du trägst ein kurzes Kleid … also, jedenfalls für deine Verhältnisse. Wer bist du, und was hast du mit meiner Mutter gemacht?«

Das letzte Mal, als Amithi bei Hourglass Vintage gewesen war, hatte sie einige von den Einkaufsgutscheinen eingelöst, die sie für ihre Sachen bekommen hatte. Unter den – jedenfalls für sie – neuen Kleidern, die sie gekauft hatte, war das marineblaue Wickelkleid, das sie jetzt trug. Ihre Knie kamen ihr nackt vor unter dem knielangen Saum, doch es gefiel ihr, wie kühl es sich in der Sommerhitze anfühlte.

Jayana ging in die Küche, kehrte mit einem Glas Wein wieder und reichte es Amithi. Jack kam ins Wohnzimmer zurück und setzte sich neben Jayana auf das kleine Ledersofa, sodass ihre Beine sich berührten.

Amithi zuckte zusammen, denn es erinnerte sie an die Zeit, als sie frisch verheiratet gewesen war, vor dem Betrug und der Verzweiflung. Sie trank einen Schluck Wein und spitzte die Lippen, als sie den Alkohol schmeckte. Doch der Wein war gut, kräftig und warm in ihrem Mund. Sie nahm noch einen Schluck.

»Erzählst du mir jetzt endlich, was los ist?«, fragte Jayana und beugte sich vor.

Jack wollte aufstehen. »Wenn ihr unter vier Augen reden wollt …«

Jayana legte ihm die Hand aufs Knie. »Nein, bleib. Das ist doch okay, Mom, oder? Ich meine, ich erzähle ihm eh alles.«

Amithi sah ihren Schwiegersohn an und fand Mitgefühl in

seinen blauen Augen. »Du kannst gern bleiben.« Sie senkte die Stimme und wandte sich an ihre Tochter. »Dein Vater hatte eine Affäre.«

»Was? *Dad?*« Jayana machte große Augen. »Wann? Mit wem?«

Amithi erzählte ihr, was sie wusste. Während Jayana zuhörte, wurde ihr Gesicht ganz rot vor Zorn.

»Du ziehst also aus?«, fragte sie, als Amithi fertig war.

»Ich weiß nicht. Ich habe deinem Vater nur mitgeteilt, dass ich eine Weile zu euch gehen würde. Das heißt, falls es euch nichts ausmacht.«

»Natürlich nicht«, sagte Jack. »Du kannst bei uns bleiben, so lange du willst.«

»Was hat Dad gesagt, als du ihm erzählt hast, dass du gehst?«

»Keine Ahnung«, antwortete Amithi. »Ich habe ihm zusammen mit ein paar vorgekochten Mahlzeiten und einer Anleitung, wie man die Mikrowelle bedient, einen Zettel in den Kühlschrank gelegt.«

»Gütiger Himmel, der Mann hat einen Doktortitel und kann sich nicht mal selbst was zu essen machen. Ein Wunder, dass er in den Jahren, als er vor eurer Heirat in Chicago lebte, nicht verhungert ist.« Jayana seufzte. »Sieht so aus, als müsstest du dich auf die Suche nach einer eigenen Wohnung machen. Und du brauchst einen Anwalt. Ich hör mich gerne mal um, ob jemand einen empfehlen kann. Jack, wie hieß noch der Scheidungsanwalt deiner Kollegin? Sie war doch zufrieden mit dem Ergebnis, oder?«

Amithi starrte ihre Tochter an, schockiert über ihre methodische Reaktion. Keine Tränen … nur scharfer, produktiver Zorn.

Jack wandte sich an Jayana. »Es kann doch sein, dass sie noch nicht so weit ist, solche weitreichenden Entscheidungen zu treffen.« Und zu Amithi sagte er: »Wie ich schon sagte, du kannst gern so lange bleiben, wie du willst.«

»Danke«, sagte Amithi. »Ich muss über vieles nachdenken.«

Trotz ihrer Vorbehalte gegen Jack musste sie sich eingestehen, dass er freundlich war. Und er hatte eindeutig ein wärmeres Naturell als ihre rechthaberische Tochter.

Jayana trank ihr Glas leer und schenkte sich nach. »Ich verstehe nicht, was es da noch zu überlegen gibt.«

»Eine Menge. Dein Vater und ich sind seit über vierzig Jahren verheiratet.«

»Genau. Du hast ihm dein ganzes Leben gewidmet, seit du ihn als Teenager geheiratet hast. Und er hat alles einfach durch den Dreck gezogen.«

»Jayana, bitte. Wie redest du denn?«

Amithi hätte es nicht so formuliert wie Jayana, doch ihre Tochter hatte recht. Das Glück ihrer Familie war Amithi immer das Wichtigste gewesen. Sie hatte immer das Gefühl gehabt, ein gutes Leben zu führen, und war davon ausgegangen, dass es Naveen ebenso ging. Doch wie es schien, war »gut« für Naveen nicht gut genug gewesen. Warum sollte es also gut genug für sie sein? Es war Amithi nie in den Sinn gekommen, dass mehr als gut überhaupt eine Option war.

Amithi hörte ein gedämpftes Klingeln, das aus ihrer Handtasche kam. Sie kramte das Handy heraus und sah Naveens Nummer auf dem Display.

»Ist es Dad?«, fragte Jayana.

Amithi nickte.

»Willst du rangehen?«

»Ich habe ihm nichts zu sagen.« Sie blickte auf das Telefon, während es in ihrer Hand schrillte. Sobald es verstummte, fing ein anderes Telefon, diesmal lauter, an zu läuten.

»Jetzt ruft er hier an«, sagte Jayana.

Jack sah von seiner Frau zu seiner Schwiegermutter. »Soll ich rangehen?«

Jayana schüttelte den Kopf, doch Amithi sagte: »Er ist dein Vater, Jayana.«

Amithi freute sich, dass ihre Tochter ihr gegenüber so loyal war, es tat ihr gut, aber sie war auch hin- und hergerissen. Respekt vor den Eltern – selbst in Zeiten von Unstimmigkeiten – war als Wert tief in ihr verwurzelt, und Amithi hätte sich nicht mehr in die Augen sehen können, wenn sie es versäumt hätte, ihrer Tochter diesen Wert zu vermitteln.

Jack nahm den Anruf entgegen. »Hallo? … Ja, sie sind beide hier. Einen Augenblick bitte.« Er hielt Jayana das Telefon hin.

Jayana verschränkte die Arme. »Sag ihm, ich will nicht mit ihm sprechen. Ich werde ihn erst dann wieder respektieren, wenn er Mom mit Respekt behandelt.«

Jack hob das Telefon wieder ans Ohr. »Naveen? Jayana sagt, sie ruft dich später an … Ja, das sage ich ihnen. Tschüss.« Er legte auf und sah Amithi an. »Ich soll euch sagen, dass es ihm leidtut und dass er euch liebt.«

In Amithis Ohren klangen die Worte leerer als das stille Haus, das sie am Nachmittag abgeschlossen und verlassen hatte.

»Gibt es etwas, was du gern gemacht hättest, aber wegen Dad nie gemacht hast? Orte, die du besuchen wolltest?« Jayana zwang sich zu einem angedeuteten Lächeln.

Amithi war ihr dankbar dafür. Sie sah es nicht gern, wenn ihre Tochter sich aufregte, selbst um ihretwillen. »Natürlich«, sagte sie. »Eine Beziehung verlangt immer Opfer.«

»Das hat Dad nicht daran gehindert, dich zu betrügen, also solltest du die Gelegenheit nutzen, endlich das zu tun, wonach dir der Sinn steht, und Dad vergessen.«

»Ich werde alt, Jayana. Es ist zu spät für große Veränderungen.«

Amithi konnte sich nicht daran erinnern, wann sie das letzte Mal jemand gefragt hatte, was sie wolle. Als sie jünger war, hatte sie vermutlich Ziele gehabt, die sie erreichen, und Orte, die sie besuchen wollte. Doch es war so lange her, dass sie daran gedacht hatte, dass sie sich nicht daran erinnern konnte. Irgendwo zwischen jetzt und ihrer Verlobung vor vielen Jahren hatte sich das, was sie wollte, auf das verlagert, was Naveen wollte, was Jayana wollte, was das Beste für die Familie war.

Jayana schüttelte den Kopf. »Dir fällt überhaupt nichts ein, nicht wahr?«

Jack legte seiner Frau die Hand auf den Arm. »Lass deine Mutter doch erst einmal zu Atem kommen, Ana. Sie hat in den letzten zwei Wochen ganz schön was durchgemacht.«

Amithi schenkte Jack ein dankbares Lächeln. Sie musste das Thema wechseln. »Habe ich euch schon erzählt, dass ich bei einer Modenschau mitwirke?«

»Oh, die im indischen Gemeindezentrum?«, fragte Jayana. »Ich glaube, ich habe ein Plakat gesehen.«

»Nein, für eine Vintage-Boutique. Ich mache die Änderungen. Viele Kleider stammen aus den vierziger und fünfziger Jahren, die sind ganz anders geschnitten als heutzutage, und ich kümmere mich darum, dass sie den Models richtig sitzen.«

»Also, die *Kleider* der Fünfziger kommen ja vielleicht wieder in Mode«, erwiderte Jayana, »aber jemand sollte Dad mal darüber aufklären, dass die chauvinistische Haltung aus der Zeit wirklich out ist.«

»Freut mich für dich, Amithi«, sagte Jack mit einer Begeisterung, die gezwungen klang. »Tut dir sicher gut, ein kreatives Betätigungsfeld gefunden zu haben.«

»Änderungen sind nicht unbedingt kreativ«, sagte Amithi. »Aber es macht Spaß, wieder zu nähen.«

Wenn ich bloß auch mein Leben wieder flicken könnte, dachte sie.

1. Dezember 1990

Über ihren Stickrahmen gebeugt lauschte Amithi der Stimme ihrer Schwester am Telefon. Solange sie weiter die Nadel durch den Stoff führte, hin und her, hin und her, musste sie nicht daran denken, dass Priya in Indien in einem Krankenhausbett lag, wo sie sich von einem Notkaiserschnitt erholte. Das Kind – ein kleines Mädchen, Priyas erstes Kind – hatten die Ärzte nicht retten können. Alles, was Priya nach neun Monaten Schwangerschaft geblieben war, war eine lange Narbe quer über dem Bauch.

Priya brachte kaum über die Lippen, was passiert war; sie wiederholte nur immer wieder: »Das Baby, das Baby.« Über die Einzelheiten hatte ihr Schwager Amithi in Kenntnis gesetzt.

»Er wiederholt immer wieder, alles wird gut«, sagte Priya über die vielen Tausend Kilometer Telefonkabel. »Aber es wird nicht gut, und ich weiß nicht, wie er so etwas behaupten kann, und solange er sich nichts anderes einfallen lässt, rede ich nicht mit ihm.«

Amithi wünschte, sie könnte bei ihrer Schwester im Krankenhaus sein. Sie würde sich zu ihr ins Bett legen und mit ihrem Haar spielen, wie sie es als kleine Mädchen getan hatten. Amithi fragte, ob sie für ein paar Wochen nach Indien kommen solle, um Priya im Haushalt zu helfen. Jayana konnte auch mitkommen. Sie war inzwischen fast ein Teenager und konnte sich nützlich machen.

Priya lehnte ab; Amithi mit ihrer Tochter zu sehen wäre zu schmerzlich.

»Dann komme ich allein«, sagte Amithi.

»Nein, *didi*, ich bin zu neidisch. Zu neidisch, dass deine Tochter gesund und stark ist und meine bald Asche sein wird.«

Da blieb Amithi nichts anderes übrig, als abzuwarten, und es war kein besonders schönes Warten. Auf gute Nachrichten zu warten war leicht – die Geburt eines Kindes, eine Beförderung. Sicher, auch da war man ungeduldig, doch in der Luft lag das Versprechen von etwas Gutem. Dieses Warten, das schrittweise Warten, erwies sich als sehr viel schwieriger. Amithi wusste, dass es keinen Wundertag geben würde, ab dem es ihrer Schwester wieder besser ginge. Von etwas wie dem Tod eines Kindes erholte man sich nicht. Alles, worauf Amithi hoffen konnte, waren allmähliche, kaum wahrnehmbare Verbesserungen, war der Tag, an dem ihre Schwester wieder lachen und sich, wenn auch nur für einen kurzen Augenblick, vergessen konnte.

Es ist, wie wenn auf dem Lake Mendota das Eis schmilzt, dachte Amithi. Es fing immer damit an, dass sich auf der Oberfläche des Eises kleine Pfützen bildeten. Die Pfützen wurden größer, je mehr Kraft die Sonne gewann, und schließlich brachen große Eisbrocken ab und wurden vom See verschlungen.

Da sie fürchtete, verrückt zu werden, wenn ihre Hände nicht beschäftigt waren, arbeitete Amithi, nachdem sie das Telefon aufgelegt hatte, mit besessener Konzentration daran, eine Decke für ihre Schwester zu besticken. Auf den leichten, weichen Wollstoff stickte sie ein Samsara-Muster, das hinduistische Rad des Lebens. Sie hoffte, die Decke würde Priya wärmen und ihr ein wenig Trost spenden, während sie darauf wartete, dass ihr Herz die Winterstarre ablegte.

Jayana kam ins Zimmer, in der Hand ein dickes Taschenbuch. Sie setzte sich zu ihrer Mutter aufs Sofa, zog die Knie an die Brust und fing an zu lesen. Nach ein paar Minuten blickte sie von ihrem Buch auf und fragte: »Was machst du da?«

»Eine Decke für Tante Priya.«

Jayana nickte. »Um sie ein wenig aufzumuntern wegen des Babys?«

»Ich glaube nicht, dass irgendetwas sie aufmuntern kann, aber ich will ihr wenigstens zeigen, dass ich an sie denke.«

»Warum kaufst du nicht einfach eine Decke? Das ginge doch viel schneller.«

»Eine Decke mit diesem Symbol darauf gibt es nirgends zu kaufen.« Amithi zeigte auf das Kreismuster, das sie gestickt hatte. »Siehst du? Es ist ein altes hinduistisches Symbol. Das Rad steht für Leben, Tod und Wiedergeburt. Wenn du willst, kann ich dir beibringen, wie man so etwas stickt, *beti*.«

»Nee.« Jayana senkte wieder den Kopf, die Handarbeit ihrer

Mutter interessierte sie nicht. Nach ein paar Augenblicken sah sie wieder hoch. »Warum verbringst du so viel Zeit damit, zu nähen und Sachen zu machen? Du gehst nie irgendwohin und unternimmst nie was.«

»Ich mache gern Sachen. Wenn ich jemandem etwas Selbstgemachtes schenke, ist immer auch ein Stück von mir darin. Als ich in deinem Alter war, wollte ich Modedesignerin werden.«

»Und warum bist du es nicht geworden?«, fragte Jayana. Sie streckte die Beine auf dem Sofa aus, bis ihre Füße in den lila Socken nur wenige Zentimeter von ihrer Mutter entfernt waren. Sie trug gern Socken übereinander und schlug sie über ihre hohen Turnschuhe um. Amithi staunte, wie groß ihre Tochter war, und erinnerte sich daran, als Jayanas Beine kurz und knubbelig aus ihrer Windel geschaut hatten.

»Ach, das war nur ein kindischer Traum«, sagte Amithi.

Jayana runzelte die Stirn. »Wenn ich älter bin, will ich weder kochen noch nähen oder sonst was von dem machen, was du machst.«

Schock und Schmerz schossen durch Amithis Brust. Ihre Tochter war immer willensstark gewesen, doch als Jayana jünger gewesen war, waren ihre Bemerkungen über Amithi harmlos gewesen, fast albern, und hatten gewöhnlich mit »Kopf« geendet, etwa »Affen-Kopf« oder »Geiz-Kopf«. Jetzt waren die Beleidigungen subtiler, aber spitzer – und umso schmerzlicher.

»Kochen und Nähen sind nützliche Fertigkeiten, *beti*«, sagte Amithi, bemüht, sich ihre Enttäuschung nicht anmerken zu lassen. Wenn sie ihre Enttäuschung zeigte, hatte sie verloren.

»Vielleicht für dich«, erwiderte Jayana. »Aber ich will keine Hausfrau werden wie du. Ich will in einem Museum arbeiten.«

»In was für einem Museum?«

»In einem Kunstmuseum. Damit ich berühmte Künstler kennenlernen kann wie Picasso. Ich habe in Kunstgeschichte etwas über ihn gelernt.«

»Also, das könnte schwierig werden, denn Picasso ist tot«, sagte Amithi, froh, dass sie doch in einem Bereich noch ein wenig Autorität besaß.

Jayana verdrehte die Augen. »Das weiß ich. Ich habe gesagt, Künstler *wie* Picasso.«

»Verstehe.« Amithi senkte den Blick auf ihre Stickerei. »Weißt du, Nähen ist wie Kunst. Man macht etwas. Einige Künstler arbeiten sogar mit Textilien.«

»Ich weiß, Mom, aber es ist nicht dasselbe wie das, was du machst.«

»Warum nicht?«

»Weil deine Arbeit nicht in einem Museum hängt. Niemand sieht sie.«

»Du und dein Vater, ihr seht sie. Und die Menschen, denen ich die Sachen schenke.«

»Ja, aber wir zählen nicht.«

Amithi hatte sich immer als weltgewandt betrachtet, schließlich hatte sie auf zwei Kontinenten gelebt. Und doch konnte eine Heranwachsende eine klare Grenze um Amithis Welt ziehen und sie mit wenigen Sätzen ganz klein machen.

Kapitel 16

INVENTARSTÜCK: Nachthemd
JAHR: 1975
ZUSTAND: ausgezeichnet
ARTIKELBESCHREIBUNG: weißes Nachthemd, an dem noch das Etikett ist. Flatterärmel. Rosenknospenstickerei am rechteckigen Halsausschnitt
HERKUNFT: Tauschbörse

April

In Dr. Hongs Praxis legte eine Arzthelferin April eine Manschette um den Oberarm und pumpte sie mit ein paar kräftigen Bewegungen mit der Hand auf.

Die Schwester schaute auf die Skala. »Ist Ihr Blutdruck immer so hoch?«

April schüttelte den Kopf. »Ich hatte noch nie Probleme damit.«

»Und Sie haben gesagt, Sie hatten Krämpfe?«

»Immer mal wieder die Nacht über und heute«, sagte April.

»Hmmm.«

So etwas wollte April in einer Arztpraxis nicht hören. Zum tausendsten Mal, seit sie erfahren hatte, dass sie schwanger war, war sie dankbar, dass sie einen Anspruch auf die staatliche Krankenversicherung hatte. Sie konnte sich nicht vorstellen, was die ganzen Arztbesuche sie sonst gekostet hätten.

»Wenn Sie mich kurz entschuldigen, ich werfe mal einen Blick in Ihre Krankenakte und bespreche mich mit Dr. Hong.« Die

Clogs der Arzthelferin quietschten über den Fliesenboden, als sie den Raum verließ.

Wenn ihr Blutdruck vor einer Minute hoch gewesen war, dann war April überzeugt, dass er jetzt noch höher war. Sie versuchte erfolglos, den Wasserfall an Katastrophengedanken zu stoppen, der durch ihren überfüllten Kopf schoss und im Kreis trudelte wie Kleider in einer Waschmaschine. Vielleicht hatte sie Präeklampsie oder eine dieser anderen Krankheiten mit den schrecklichen Namen, von denen sie in den Schwangerschaftsbüchern gelesen hatte. Wenn sie so recht darüber nachdachte, konnte sie sich auch nicht daran erinnern, wann sie das letzte Mal die Bewegungen des Kindes gespürt hatte.

Statt der Arzthelferin kam Dr. Hong mit einer zweiten Frau im Schlepptau durch die Tür. Jetzt bekam April regelrecht Panik. Wenn alles gut wäre, hätte die Arzthelferin keinen Grund gehabt, für etwas Simples wie Vitalwerte die Ärztin zu belästigen.

»Habe ich eine Fehlgeburt?«, fragte April.

»April, das ist unsere Radiologieassistentin«, sagte Dr. Hong, als die andere Frau ein Ultraschallgerät ans Bett rollte. »Wir wollen mal einen Blick auf den Fötus werfen.«

April fiel auf, dass Dr. Hong ihre Frage nicht beantwortet hatte, was sie als schlechtes Zeichen nahm.

Dr. Hong schob Aprils Krankenhauskittel zur Seite und drückte Gel auf ihren Bauch. Die Radiologieassistentin schob die kalte Sonde über ihre Haut, und April schloss die Augen.

»Ich höre nichts«, sagte April. »Müsste ich nicht etwas hören?«

»Wir versuchen nur, den Fötus zu lokalisieren«, sagte Dr. Hong.

April konnte sich nicht erinnern, dass es beim letzten Ultraschall so lange gedauert hatte. »Geht es meinem Kind gut?«

Bitte, bitte, lass es meinem Kind gut gehen.

»Das wollen wir gerade herausfinden«, sagte Dr. Hong. »Und so wie es aussieht, geht es ihm oder ihr gut. Warum machen Sie nicht die Augen auf? Ich glaube, das würden Sie gern sehen.«

April richtete den Blick auf den Bildschirm des Ultraschallgeräts, wo ein kleines, an einen Schössling erinnerndes Ding mit einem großen Kopf mit zwei winzigen Armen und zwei winzigen Beinen winkte.

»Oh, Gott sei Dank«, flüsterte April.

Die Assistentin drückte auf einige Tasten an dem Gerät. »Ich nehme nur ein paar Maße«, sagte sie. »Aber so weit sieht alles normal aus.«

April starrte voller Staunen auf das Kind – *ihr* Kind – und wünschte, Charlie wäre in diesem Augenblick bei ihr. Und ihre Mutter.

»Die Notizen meiner Helferin besagen, dass Ihr Blutdruck hoch ist«, sagte die Ärztin. »Hatten Sie in letzter Zeit viel Stress?«

»Das könnte man so sagen.«

Die Assistentin war mit dem Maßnehmen fertig und druckte ein Schwarz-Weiß-Bild aus und reichte es April. »Von jetzt an schalten Sie ein wenig runter.«

Die Assistentin verließ den Raum, und Dr. Hong setzte sich an den kleinen Computertisch. Sie tippte etwas ein und holte sich Aprils Daten auf den Bildschirm. Normalerweise wären die vielen Zahlen für April ein tröstlicher Anblick gewesen, doch heute sahen sie nur unheilvoll und wirr aus wie eine Sprache, die sie nicht lesen konnte. Sie war erleichtert, dass es dem Kind gut ging, doch es konnte immer noch alles Mögliche schiefgehen.

»Habe ich Präeklampsie?«, fragte sie.

»Ich glaube nicht, aber ganz ausschließen können wir es noch nicht«, antwortete die Ärztin. »Die Proteinmenge in Ihrem Urin ist normal, und Sie haben keine Schwellungen …«

»Wollen Sie mich auf den Arm nehmen?« April zeigte auf ihren Bauch.

Dr. Hong lachte. »Ich meine ungewöhnliche Schwellungen, etwa im Gesicht oder an Armen und Beinen. Die Schwellung des Bauches ist, wie Sie wissen, vollkommen normal. Abgesehen von dem hohen Blutdruck haben Sie keinerlei Anzeichen von Präeklampsie. Aber um ganz sicherzugehen, verordne ich Ihnen leichte Bettruhe. Vermutlich ist der hohe Blutdruck auf den Stress zurückzuführen und geht von selbst wieder runter, aber wenn Sie Ruhe halten, geht es schneller.«

»Was meinen Sie mit leichter Bettruhe?«, fragte April. »Muss ich die ganze Zeit im Bett liegen?« Sie stellte sich vor, wie sie herumlag und ihre Muskeln und ihr Verstand schrumpften, während ihre Schwangerschaft voranschritt.

»Nein. Sie können auf dem Sofa sitzen und die Füße hochlegen, und Sie können ins Bad gehen oder duschen, aber ich will nicht, dass Sie etwas Schwereres heben als fünf Pfund. Ich will nicht, dass Sie das Haus verlassen oder Besorgungen erledigen oder zur Arbeit gehen oder so. Und kein Sex.«

»Also, Arbeit und Sex machen keine Probleme«, sagte April. »Aber das Haus meiner Mutter steht zum Verkauf, und ich muss es ausräumen.«

»Sie müssen jemanden bitten oder beauftragen, das für Sie zu tun. Brauchen Sie eine Bescheinigung für Ihren Arbeitgeber?«

»Das ist nicht nötig. Ich habe mein Sommerpraktikum verloren, weil ich meiner Chefin gegenüber ausgerastet bin.«

»Mhm.« Dr. Hong tippte etwas ein. »Und wie würden Sie Ihre Stimmung in letzter Zeit beschreiben?«

Diese Frage wollte April nicht beantworten.

»Darauf gibt es keine richtige oder falsche Antwort.« Um Dr. Hongs Augen bildeten sich Fältchen, und sie sah sie mitfühlend an. »Antworten Sie einfach ganz ehrlich.«

April wusste, was los war. Hier ging es um Depressionen oder andere psychische Erkrankungen. Wie bei ihrer Mutter. Bei jedem Arztbesuch stellte man ihr dieselben Fragen. Normalerweise antwortete sie mit einem nichtssagenden »Ein bisschen müde, aber sonst okay«. Doch in letzter Zeit hatte April das Gefühl, ihr Leben sei ein Ballon an einer Schnur, die ihr trotz ihrer sorgfältigen Berechnungen irgendwie entglitten war. Sie sah, wie der Ballon davonschwebte, und sie musste hochspringen und die Schnur schnappen, bevor er zu weit weg war.

»April?«

Sie konzentrierte sich auf Dr. Hongs Gesicht, doch ihre Stimme kam von ganz weit weg.

April drückte den dünnen Baumwollstoff an ihren Körper. Sie zitterte, fühlte sich ungeschützt.

»Ihre Reaktion bedeutet vermutlich ›nicht gut‹«, sagte Dr. Hong und setzte die Brille ab. »Die Gefahr einer postpartalen Depression besteht bei allen Frauen, doch vor dem Hintergrund Ihrer Familiengeschichte ist das Risiko, wie Sie wissen, größer, nicht nur nach der Geburt, sondern auch jetzt. Nur um extra vorsichtig zu sein.«

April dachte an den Zettel, den Violet in der Hosentasche ihrer Mutter gefunden hatte. »Woher soll ich denn wissen, ob wirklich etwas nicht stimmt oder ob es nur die Hormone sind?«, fragte sie.

»Das ist eine gute Frage. Die Hormonproduktion läuft während der Schwangerschaft auf jeden Fall auf Hochtouren, daher sind emotionale Schwankungen zu erwarten. Aber wenn Sie das Gefühl haben, Ihre Stimmungen führen dazu, dass Sie Ihren Alltag nicht mehr bewältigt bekommen, dann sagen Sie mir bitte Bescheid.«

»Sie meinen zum Beispiel, gegenüber meiner Chefin auszuflippen?«

»Lassen Sie uns aus einem einzelnen Vorfall keine voreiligen Schlüsse ziehen.« Dr. Hong schenkte April ein kleines Lächeln. »Machen Sie sich wegen dem, was da passiert ist, keine allzu großen Vorwürfe. Viele Schwangere haben Augenblicke, in denen sie wie neben sich stehen. Vielleicht lohnt es sich, mit Ihrer Chefin zu sprechen.«

April respektierte Dr. Hong, doch sie bezweifelte, dass es etwas nützen würde, mit Violet zu sprechen. Wenn sie ihr Praktikum fortführen wollte, musste sie auf irgendeine Art Buße tun, um das zerstörte Vertrauen wiederherzustellen. Mit einer Entschuldigung war das nicht getan.

Als sie nach Hause kam, kramte April in der Küche ein paar Kleinigkeiten zu essen zusammen und legte sie in Reichweite, damit sie nicht andauernd aufstehen musste. Da ihre eigenen Schlafanzüge ihr nicht mehr passten, zog sie eines der weiten Nachthemden mit passendem Morgenmantel ihrer Mutter an und ließ sich mit dem Laptop auf dem Sofa nieder. Dabei versuchte sie, nicht darüber nachzudenken, wie viele Stunden sie am selben Fleck verbringen würde.

Sie schaute nach ihren E-Mails und sah, dass im Posteingang eine Nachricht von Charlie war. Sie wusste, dass sie ihn nur bitten musste, dann würde er vorbeikommen. Wahrscheinlich hätte er Mitleid mit ihr, und das könnte sie vermutlich ausnutzen. Es wäre schön, ihn zu sehen, und noch schöner, sich von ihm umsorgen zu lassen. Doch Charlie zu sehen würde es nur noch schwerer machen, wenn er im Herbst nach Boston ging. Außerdem war sie nicht bereit, ihm die Dinge zu verzeihen, die er gesagt hatte, und dass er die Hochzeit abgesagt hatte, ohne sie anzurufen, um ihr Bescheid zu sagen, dass die Karten mit der Hochzeitsabsage in der Post waren. Sie erinnerte sich an Dr. Hongs Rat, Stress nach Möglichkeit zu vermeiden, und drückte auf Löschen, ohne die Nachricht zu öffnen.

Die nächsten Tage verstrichen in einem matten Nebel. April hatte es bald satt, im Internet zu surfen und Fernsehen zu schauen, und sie hatte nichts Gutes zu lesen da. Entweder schlief sie aus lauter Langeweile oder sezierte ihre Probleme wie zappelnde Präparate auf einem Objektträger. Sämtliche Pläne, die sie in den letzten Monaten gemacht hatte, waren fehlgeschlagen. Die Hochzeit, ihre Ideen für den Laden … ja, in gewisser Weise hatte sie sogar das Gefühl, ihrem Ungeborenen gegenüber versagt zu haben. Sie wusste, wie schwer es für ihre Mutter als Alleinerziehende gewesen war, sie aufzuziehen. Jetzt standen ihr dieselben Herausforderungen bevor, und sie war sogar noch jünger als ihre Mutter damals.

Sie wünschte sich, dass Charlie am Leben des Kindes teilhaben würde. Wenn sie ganz ehrlich war, hoffte sie sogar, dass doch noch eine Chance bestand, dass sie drei zusammen sein konnten, als Familie. Doch wenn Charlie erst einmal nach Boston gezogen war, würde es nicht lange dauern, bis er sich ein von ihr unabhängiges Leben aufgebaut hatte. Bei ihrem Vater war es auch so gewesen. Der Kontakt zu ihm war im Laufe des Jahres immer spärlicher geworden, bis er sich gar nicht mehr gemeldet hatte.

Am Anfang würde Charlie sie in den Semesterferien vielleicht noch besuchen. Wahrscheinlich kam er auch zum ersten Geburtstag des Kindes. Und natürlich war er rechtlich verpflichtet, Unterhalt für das Kind zu zahlen, obwohl sie davon ausging, dass es nicht viel sein würde, schließlich war er Student. Doch für die alltäglichen Dinge – Arztbesuche, Gutenachtgeschichten, die ersten Schritte – war Charlie viel zu weit weg. Und das brach ihr das Herz.

So langsam und ereignislos verstrich die Zeit der verordneten Bettruhe, dass April nicht einmal wusste, was für ein Wochentag es war, als Lane Lawton sie anrief. Sie las den Namen auf dem Display und überlegte, ob sie rangehen sollte oder nicht. Sie wollte Lane nicht erklären müssen, dass sie, seit sie sich das letzte Mal gesprochen hatten, nicht nur ihren Job verloren hatte, sondern so langsam wohl auch den Verstand verlor. Dann dachte sie an ihre Mutter und daran, dass sie Menschen ausgeschlossen hatte, wenn sie sie am nötigsten gebraucht hätte.

Sie nahm den Anruf entgegen.

Lanes Stimme klang besorgt. »April? Ich habe Sie nicht bei den Proben für die Modenschau gesehen, und als ich Violet nach Ihnen gefragt habe, hat sie gesagt, Sie wären nicht mehr als Praktikantin im Laden. Ist alles in Ordnung? Wie geht es dem Kind?«

»Dem Kind geht's gut, aber ich muss Bettruhe halten.«

»Oh, Sie armes … Danny, geh sofort da runter … tut mir leid, was ich sagen wollte, war, Sie armes Ding. Bei meinem Dritten musste ich auch eine Weile liegen, also weiß ich, dass das kein Zuckerschlecken ist. Soll ich was zu essen vorbeibringen oder so?«

April schaute an ihrem ungewaschenen Nachthemd hinunter und wollte das Angebot schon ausschlagen, doch wieder dachte sie an ihre Mutter und sagte: »Das wäre toll.«

»Ich kann heute Abend kommen, wenn meine … Hände aus der Butterdose! Danke, und jetzt geh zur Spüle und wasch sie dir.«

»Wenn es nicht gut passt, kann ich Sie auch gern zurückrufen.«

»Nein, es ist okay, ein ganz normaler Nachmittag. Ich komme heute Abend vorbei, wenn meine Kinder im Bett sind.«

Am Abend kam Lane herein, ohne zu klingeln, obwohl sie noch nie bei April zu Hause gewesen war. Sie brachte eine Tupperdose mit und reichte April einen Stapel Hochglanzzeitschriften.

»O mein Gott«, sagte April, als ihr Blick auf das streitende Promipaar auf der Titelseite einer Zeitschrift fiel. »Woher haben Sie gewusst, was ich brauche, ohne dass ich danach gefragt habe?«

»Ich musste wie gesagt während meiner letzten Schwangerschaft auch liegen. Das Einzige, womit ich verhindern konnte, dass ich miesepetrig wurde, war, mich am Elend anderer Leute zu ergötzen«, sagte Lane. »Haben Sie etwas dagegen, wenn ich die Schränke aufmache, um Geschirr zu suchen? Ich habe Ihnen etwas zum Abendessen mitgebracht.«

»Nein, Teller sind im Schrank neben dem Kühlschrank.«

April hörte Geklapper aus der Küche, und Lane kam mit einer Schüssel voll Nudelsalat und einer Gabel zurück. Sie reichte sie April. »Es ist mir egal, ob Sie Hunger haben oder nicht. Das Kind hat garantiert Hunger.«

»Danke.« April nahm einen Bissen. »Das ist die erste Mahlzeit in dieser Woche, die nicht aus Erdnussbutter und Sandwiches besteht.«

»Für meine Jungs muss ich sowieso Berge von Essen kochen, also ist es kein Problem, ein bisschen mehr zu machen«, sagte Lane. »Und jetzt erzählen Sie mir, was los ist.«

In Lanes Anwesenheit war April plötzlich entspannter als seit Wochen.

Zwischen großen Bissen Nudelsalat spuckte sie ihre Geschichte aus, angefangen beim möglichen Selbstmord ihrer Mutter bis hin zu ihrem letzten Besuch bei Dr. Hong.

»Wenn meine Mutter sich umgebracht hat, haben wir dann überhaupt je glückliche Zeiten zusammen erlebt, oder habe ich sie nur so in Erinnerung, weil ich nicht wusste, was mit ihr los war?«, sagte sie.

Lane tätschelte ihr den Arm. »Ich bin mir sicher, dass auch sie glückliche Zeiten hatte.«

»Wenn ich versuche dahinterzukommen, was wirklich passiert ist, wandern meine Gedanken im Kreis. Und die einzige Schlussfolgerung, zu der ich komme, ist die, dass ich es niemals mit Sicherheit wissen werde, und das ist keine besondere Schlussfolgerung.«

Lane nahm einen Haargummi von ihrem Handgelenk und band ihr Haar mit den hellen Strähnchen zu einem Pferdeschwanz. »Dann müssen Sie es loslassen«, meinte sie.

»Aber wie? Wenn meine Mutter sich umgebracht hat, dann …«

»Dann was? Es bedeutet nicht, dass sie Sie nicht geliebt hat. Es ändert nichts an den guten Zeiten, die Sie zusammen hatten. Selbst wenn das Schlimmste wahr ist, was ein großes ›Wenn‹ ist, denn Sie haben keinen Beweis, so oder so, dann war Ihre Mutter trotzdem der Mensch, als den Sie sie in Erinnerung haben. Wie sie starb, ist nicht so wichtig, wie sie gelebt hat, schon.«

»Ja, aber sie hatte nicht gerade ein perfektes Leben.«

»Das hat niemand. Darum geht es auch nicht. Gütiger Himmel, ich hoffe nicht, dass meine Kinder mich je danach beurteilen, ob ich perfekt war oder nicht. Das Einzige, was ich mir wünsche, ist, dass sie wissen, dass ich sie liebe.«

Das zumindest wusste April. Sich diese Tatsache zu vergegenwärtigen gab ihr ein tröstliches Gefühl, wie sie es lange nicht empfunden hatte.

»Wird sich mein Körper je wieder normal anfühlen?«, fragte sie, nachdem sie den letzten Bissen verputzt hatte.

Lane lachte. »Ja, und Sie sind schon im letzten Drittel, also geht's jetzt bergab.«

»Den Ausdruck habe ich noch nie verstanden«, sagte April. »Soll das heißen, dass es besser wird oder schlimmer?«

»In diesem Fall besser.«

»Ich mache mir große Sorgen, dass ich dieselben Probleme haben werde wie meine Mutter. Psychisch, meine ich.«

»Nicht doch.« Lane schüttelte den Kopf. »Das werden Sie nicht, denn Sie sind sich sehr deutlich bewusst, was Ihre Mutter durchgemacht hat, und deswegen werden Sie es nie so weit kommen lassen.«

»Ja, aber ich habe das Gefühl, regelrecht neben mir zu stehen. Ich habe keine Lust zu gar nichts. Woher weiß ich, dass ich nicht zwei Schritte davon entfernt bin, in ein schreckliches Loch zu fallen?«

»Schätzchen, Sie müssen Bettruhe halten. Bettruhe treibt früher oder später jeden in die Depression«, sagte Lane. »Ich bin kein Psychiater, aber in meinen Augen ist die Tatsache, dass Sie den Tod Ihrer Mutter und den größten Teil Ihrer Schwangerschaft ohne Nervenzusammenbruch überstanden haben, ein deutlicher Hinweis auf Ihre psychische Stabilität. Sie hatten ein paar harte Monate, aber das Kind ist stark, und Sie sind es ebenfalls.«

»Danke.« In diesem Augenblick vermisste April ihre Mutter

so sehr, dass es ihr einen schmerzlichen Stich in der Brust versetzte, der ihr fast die Luft nahm. Doch sie war froh, dass jemand da war, der sich um sie kümmerte.

»Und um es noch einmal ganz deutlich zu sagen, ich komme vorbei, so oft ich kann, bis Ihre Ärztin sagt, Sie dürfen wieder aufstehen«, sagte Lane. »Wie klingt das?«

April nickte. Sie wagte nicht, zu widersprechen. »Danke«, sagte sie nur.

»Ich kann natürlich nur abends kommen, wenn meine Jungs im Bett sind. Wenn Sie etwas brauchen, rufen Sie mich einfach an und sagen Bescheid, dann besorge ich es Ihnen.«

Nachdem Lane nach Hause gegangen war, dachte April darüber nach, wie rasch sie sie als genervtes Muttertier abgestempelt hatte. Sie hatte angenommen, Lane habe die bequeme Lösung gewählt, indem sie ihre Schauspielträume aufgegeben hatte, um den Kindern Sabber vom Kinn zu wischen und Fingerpatscher von den Möbeln. Jetzt sah April, dass in Lane sehr viel mehr steckte, als sie angenommen hatte. Als Lane dem Theater den Rücken gekehrt hatte, um sich ganz um ihre Kinder zu kümmern, hatte sie nicht das aufgegeben, was sie sich am meisten wünschte, sondern es war vielmehr eine Entscheidung gewesen – eine wohlüberlegte Entscheidung für etwas, was sie sich genauso sehr wünschte wie die Hauptrolle.

Kapitel 17

INVENTARSTÜCK: Teekanne
JAHR: 1950er Jahre
ZUSTAND: ausgezeichnet
ARTIKELBESCHREIBUNG: Royal-Doulton-Teekanne aus elfenbeinfarbenem Porzellan
HERKUNFT: Betsy Barrett

VIOLET

Violet parkte ihren Wagen in Betsys halbkreisförmiger Einfahrt und stieg den betonierten Pfad hinauf, der sich durch die hochsommerlichen Wildblumen im Vorgarten schlängelte. Betsys Haus war das einzige Haus, das Violet je betreten hatte, wo immer eine Angestellte an die Tür kam. Die Haushälterin führte sie ins Wohnzimmer und schenkte ihr Kamillentee in eine Porzellantasse. Violet lehnte sich auf dem Brokatsofa zurück und blickte durch die Fenster mit den Samtvorhängen hinaus auf den Lake Mendota. Sie versuchte, sich zu entspannen. Violet hatte Betsy noch nicht erzählt, dass sie von ihrer Krankheit wusste, und sie fürchtete, ihre Freundin habe noch mehr schlechte Nachrichten.

Betsy kam mit einer Teetasse in der Hand ins Zimmer. In ihrem grauen Leinenkleid sah sie ausgesprochen mager aus, aber ansonsten war sie guter Stimmung. Violet stand auf.

»Oh, bitte, bleib doch sitzen«, sagte Betsy. »Wie ich sehe, hast du Tee. Kann ich dir sonst noch etwas bringen lassen?«

»Nein, danke.«

Betsy nahm in einem Sessel gegenüber dem Sofa Platz, und Violet fiel auf, wie makellos die ältere Frau sich hielt. Obwohl sie groß war, saß Betsy kerzengerade, wodurch sie noch größer wirkte, und hielt das Kinn hoch. Sie war eine Frau, die sich nicht für das entschuldigte, was sie war – eine Eigenschaft, in der sie Violet auch an ihre Großmutter erinnerte.

Violet lächelte, als sie sich in Erinnerung rief, wie sie als Kind auf der Klavierbank saß, wenn Großmutter Lou spielte. Die Finger ihrer Großmutter mit ihren glatten roten Nägeln flogen über die Tasten, während sie vor- und zurückschaukelte und sang: »*Would you like to swing on a star?*« Violet stimmte mit ein und schwelgte darin, wie schön es war, aus voller Brust ein Lied zu schmettern. In der Sicherheit von Großmutter Lous Wohnzimmer musste sie sich nie dafür entschuldigen, dass sie so war, wie sie war.

Betsy pustete über ihren Tee, und eine Dampfwolke stieg auf. »Danke, dass du gekommen bist«, sagte sie. »Ich wollte dir sagen, wie leid es mir tut, dass die Sache mit April nicht funktioniert hat. Du sollst wissen, dass ich dir deswegen keine Vorwürfe mache. Sie hat viel durchgemacht.«

»Hast du in letzter Zeit mit ihr gesprochen?«, fragte Violet.

»Nicht seit dem Tag, als sie mich anrief und mir sagte, dass sie das Praktikum abgebrochen hat. Ich wollte es ihr ausreden, aber sie hat ihren eigenen Kopf. Ich habe mit ihrem Studienberater an der Uni gesprochen, und der sagte, sie sind bereit, ihr für das Praktikum anteilig ein paar Credit Points zu geben.« Betsy trank einen Schluck Tee. »Hast du etwas von ihr gehört?«

Violet schüttelte den Kopf.

»Was ist mit dir? Ist alles in Ordnung?«, fragte Betsy. »Du wirkst gestresst.«

Als würde ich zulassen, dass Betsy sich Sorgen um mich macht, wo sie diejenige ist, die krank ist, dachte Violet. »Mir geht's gut«, antwortete sie. »Die Modenschau rückt näher, und dann … also, in letzter Zeit waren die Dinge ein wenig kompliziert.«

Betsy seufzte. »Okay, ich will mit der Wahrheit herausrücken.«

»Gott sei Dank«, sagte Violet. »Ich wusste einfach nicht, ob ich etwas sagen sollte oder nicht.«

»Ich wollte es dir auch schon eine Weile sagen, aber du musst verstehen, dass ich in einer schwierigen Position bin. Auf der einen Seite bist du eine gute Freundin, und ich will, dass dein Laden Erfolg hat. Auf der anderen Seite habe ich viele geschäftliche Verbindungen, auf die ich Rücksicht nehmen muss. Der Besitzer der Baufirma, mit der dein Vermieter verhandelt, ist der Vorsitzende der alten Firma meines Mannes. Obwohl ich meine Anteile nach Walts Tod verkauft habe, habe ich doch das Gefühl, gute Beziehungen aufrechterhalten zu müssen.«

Violet blinzelte. »Verzeihung, wovon sprichst du da?«

»Der Bauunternehmer, der dein Haus kauft«, sagte Betsy, »um es zu Eigentumswohnungen umzubauen? Ich dachte, darüber würden wir sprechen.«

»Nein«, sagte Violet. »Mir hat mein Vermieter nur gesagt, dass sie das Haus auf den Markt bringen wollen und dass er deswegen will, dass ich ausziehe.«

»Es muss nicht auf den Markt«, sagte Betsy. »Der Stadtrat hat die Pläne des Bauunternehmers bereits genehmigt, das Gebäude zu entkernen, nach hinten zu erweitern und daraus vier Luxuseigentumswohnungen zu machen.«

»Dann ist die Sache schon geritzt?«

»Bei Immobilien ist nichts geritzt, solange nicht die Tinte unter den Verträgen trocken ist. Aber es sieht ganz danach aus, dass es so laufen wird. Ich dachte, das wüsstest du.«

»Nein.« Violet fühlte sich hintergangen, weil Betsy nicht längst etwas gesagt hatte. Vielleicht standen Betsy und sie sich doch nicht so nah, wie sie gedacht hatte. Doch dann überkamen sie Schuldgefühle, Betsy irgendetwas zu verübeln, schließlich war sie krank. Zudem kam Violet sich scheinheilig vor, schließlich hatte sie Betsy auch bestimmte wichtige Dinge verschwiegen.

Was Violet an der Nachricht über die Umbaupläne am meisten störte, war, dass ihr Vermieter wohl davon ausging, dass sie ihr Vorkaufsrecht auf das Gebäude nicht ausüben würde – weil sie es sich schlicht und ergreifend nicht leisten konnte. Sie warteten nicht einmal, bis sie entschieden hatte, was sie tun würde, sondern trieben ihre Pläne munter voran. Als wären ihre Chancen, das Haus zu kaufen, so gering, dass sie sich gar nicht darum kümmern mussten. Zugegeben, die Chancen *waren* gering, doch Violet klammerte sich immer noch an den Gedanken, dass sie mit der Modenschau und vielleicht einem Wunder genug Geld zusammenbekam, um eine Anzahlung zu machen und einen Kredit zu erhalten. Denn wenn das nicht geschah, wusste sie nicht, was sie machen sollte. Woche für Woche studierte sie die Kleinanzeigen, und die Aussicht, in dem Viertel ein anderes erschwingliches Ladenlokal zu finden, tendierte gegen null.

Betsy stellte ihre Teetasse ab. »Wenn du nicht die Pläne für das Gebäude gemeint hast, worüber wolltest du denn dann reden?«

Violet überlegte, wie sie am besten in Worte fasste, was sie über das, worauf sie in Betsys Auto gestoßen war, sagen wollte. Da sie zu dem Schluss kam, dass es keine schonende Möglichkeit gab, platzte es aus ihr heraus: »Ich weiß, dass du Krebs hast, Betsy. Es tut mir leid. Als ich beim letzten Mal, als du im Laden warst, die Kleider aus deinem Auto geholt habe, lag auf der Konsole zwischen den Vordersitzen ein Versicherungsformular oder eine Rechnung oder so.«

Betsy sagte nichts. Die Worte schienen über dem glänzend lackierten Couchtisch in der Luft zu schweben.

»O nein«, sagte Betsy schließlich. »Ich habe nicht gemerkt, dass ich den Zettel offen liegen gelassen hatte.«

Violet stellte ihren Tee ab und schlang die Arme um den Oberkörper, denn sie fröstelte in dem klimatisierten Raum. »Ich weiß, dass es mich nichts angeht, aber ich mache mir schreckliche Sorgen um dich. Ich habe keine Familie in Madison, und so bist du ein bisschen wie meine Familie hier.«

Aus dem Mitgefühl in Betsys Miene wurde ein Lächeln. »Das ist sehr nett, dass du das sagst, und ich kann dir versichern, dass das Gefühl wechselseitig ist, aber du musst dir keine Sorgen machen. Ich habe dem Krebs einen Tritt in den Hintern gegeben. Der Brief war ewig alt. Ich habe nur das Auto eine Weile nicht sauber gemacht. Ich sollte wirklich ordentlicher sein. Wenn Walt noch leben würde, würde er mir die Ohren lang ziehen für den ganzen Müll, den ich mit mir herumfahre.«

Violet schniefte. Sie war skeptisch. »Ehrlich?«

»Ja, wie ich mit Freude sagen kann.« Betsy lächelte. »Die Ärzte haben einen Knoten in meiner Brust gefunden, und ich habe Bestrahlungen bekommen und eine beidseitige Mastektomie. Ich bin schon über ein Jahr krebsfrei.«

»Das hast du alles durchgemacht, ohne je ein Wort darüber zu verlieren?«

»Es hat sich nicht ergeben, und außerdem wollte ich nicht, dass jemand weiß, dass ich krank bin, denn dann hätten alle darauf bestanden, dass ich mich schone, und das konnte ich noch nie besonders gut. Wenn ich ganz ehrlich bin, dann wollte ich auch nicht, dass jemand denkt, ich würde sterben. Wie du weißt, engagiere ich mich für verschiedene Wohltätigkeitsorganisationen, und die hoffen natürlich alle, dass ich sie eines Tages in meinem Testament bedenke. Ich wette mit dir, wenn einem von denen auch nur der Hauch eines Gerüchts zu Ohren käme, dass ich bald ins Gras beiße, würden sie Schlange stehen, um mir in den Arsch zu kriechen, die Guten.«

Violet lachte. »Da könntest du recht haben.« Sie schüttelte den Kopf. »Nicht zu fassen, dass du eine beidseitige Mastektomie hattest. Gütiger Himmel.«

»Ich bin sechsundsiebzig Jahre alt. Ich habe keine Verwendung mehr für die Dinger, oder?« Sie hielt die Hände unter die BH-Linie. »Ich trage jetzt Prothesen, damit meine Sachen mir noch passen.«

»Ich bin so froh, dass es dir gut geht«, sagte Violet.

»Ach, mach nicht so viel Gewese um mich. Der Krebs war kein Sonntagsspaziergang, aber er hat mich ein oder zwei Dinge gelehrt. Ich habe gelernt, dass es keinen Sinn hat, darüber zu grübeln, was hätte sein können oder sein sollen. Wenn man das tut, verpasst man das, was man direkt vor der Nase hat, und mehr hat man nicht, ehrlich.«

Als Violet an diesem Abend nach Hause fuhr, hallten ihre Gedanken in ihrem Kopf wider, als wäre er eine Kesselpauke, und in ihrem Herzen kämpften widerstreitende Gefühle um einen Platz. Der Schock, von den Plänen für ihr Haus zu erfahren, die Kränkung darüber, dass Betsy ihr nicht längst etwas gesagt hatte, und die Erleichterung, dass Betsy auf dem Weg der Besserung war.

Betsys Bemerkung, man müsse loslassen, was »hätte sein können oder sein sollen«, erinnerte Violet an etwas, das Sam bei ihrer ersten Verabredung gesagt hatte. Sie rief ihn auf dem Heimweg an.

»Hi«, sagte er. »Schön, dass du anrufst. Was hast du so gemacht?«

»Ich habe gerade mit meiner Freundin Betsy einen Tee getrunken. Sie hatte Krebs. Sie hat etwas gesagt von wegen, im Augenblick leben, was mir bekannt vorkam. Also rufe ich an, um dir zu sagen, dass ich im Augenblick gern mit dir zusammen wäre.«

»Genau mein Gedanke«, sagte Sam.

»Wenn du willst, kannst du zu mir kommen. Es ist wahrscheinlich für diese Woche der letzte Abend, an dem ich richtig entspannen kann, denn in ein paar Tagen ist die Modenschau. Ich habe Wein für uns im Kühlschrank und eine ganze Reihe Musicals auf DVD.«

»Den Wein teile ich gern mit dir, aber bei den Musicals passe ich.«

Violet stieß einen übertriebenen Seufzer aus. »Ich wusste doch, dass du nicht perfekt bist.«

»Bist du zu Hause?«, fragte Sam.

»Ich bin unterwegs. Wir sehen uns dort.«

Violet rollte in ihrem alten Jeep Wagoneer mit Holzdekor die Johnson Street hinunter. Sie kam an zwei Autos vorbei, die tropfende Kajaks auf dem Dach hatten, wahrscheinlich auf dem Heimweg von einer abendlichen Paddeltour auf einem der Seen. Im Radio lief ein Lied von Led Zeppelin. Die Vorfreude, Sam zu sehen, versetzte sie in Singlaune, und sie krähte mit Robert Plant vor sich hin. Sie parkte hinter dem Haus, eilte zum Hintereingang und hoffte, dass sie genug Zeit hatte, Kerzen anzuzünden und den Wein auszuschenken, bevor Sam kam. Ihre Absätze klapperten auf den abgetretenen Holzstufen der Hintertreppe. Als sie die Tür öffnete, kam Miles nicht angelaufen, um sie zu begrüßen.

Das ist komisch, dachte sie und sorgte sich, dass ihm etwas passiert war.

»Miles«, rief sie und tastete nach dem Lichtschalter.

»Hey, Schatz«, sagte eine tiefe Stimme.

Violet fuhr schier aus der Haut, und als sie das Licht in der Küche einschaltete, fiel ihr Blick auf Jed, betrunken und mit hängendem Kopf, aber immer noch furchterregend. Er saß auf dem Boden und lehnte mit dem Rücken am Kühlschrank. Und kraulte ihren Hund.

»Was zum Teufel machst du hier?«, fragte sie. Sie hatte gedacht, sie müsste sich nie wieder um Jed und seine Sauferei kümmern.

Miles stellte zwar die Ohren auf, als Violet die Stimme erhob, doch er blieb an Jeds Seite. *So viel zum Thema Treue*, dachte Violet. Als sie Miles damals zusammen aus dem Tierheim geholt hatten, hatte Jed sich kaum um den Hund gekümmert. Spazierengehen, Füttern und Baden blieben an Violet hängen. Anscheinend hatte Miles das alles vergessen.

»Ich bin nur auf der Durchreise.« Jed grinste sie an, er machte nicht den Eindruck, als sei er von seiner eigenen Lüge überzeugt.

Er wollte aufstehen, stolperte aber. Da packte er die Arbeitsplatte und zog sich hoch.

»Du bist betrunken.« Violet kochte vor Wut. »Verschwinde hier, sonst rufe ich die Polizei und zeig dich an, weil du hier eingebrochen bist.«

»Die Tür war nicht abgeschlossen«, sagte Jed. »Ich bin nicht eingebrochen.«

Mist, dachte Violet. Sie war ganz in Gedanken gewesen, als sie zu Betsy gefahren war, und hatte wohl vergessen abzuschließen. Das vergaß man leicht in einer relativ sicheren Stadt im Mittleren Westen wie Madison.

Jed trank einen Schluck aus einer grünen, formschönen Flasche. Violet sah, dass es der Weißwein war, den sie für sich und Sam gekauft hatte.

»Verdammt, das ist mein Wein.«

»Den wolltest du wohl für eine besondere Gelegenheit aufheben, was?« Er betrachtete die Flasche in seiner Hand und wollte mit der anderen ihr Handgelenk packen.

Violet fuhr zurück. Er schoss nach vorn und versuchte noch einmal, sie zu packen, doch Violet bückte sich, zog einen Schuh aus, einen flachen Schuh mit Leoparddruck, und warf damit nach ihm. Sie verfehlte ihn, und der Schuh knallte gegen den Kühlschrank. Es war mehr eine Geste reiner Frustration gewesen als sonst etwas. Jed hatte ihr nie wehgetan, zumindest nicht körperlich, und selbst wenn er es gewollt hätte, er war viel zu blau, um irgendetwas auszurichten.

Jed hob den Schuh auf und musterte ihn verwundert mit verschwommenem Blick. »Du hattest immer so winzige Füße. Weißt du noch, Vi? Wie ich dir die Füße gerieben habe, wenn du im Sunshine Café Doppelschichten gearbeitet hattest?«

Violet zog auch den anderen Schuh aus und näherte sich ihm damit. »Verschwinde. Aus. Meiner. Wohnung. Ich krieg gleich Besuch, und wenn er kommt, wäre es besser, du bist nicht mehr hier.«

»Oooooh, ein Freund? Schlägt der mich zusammen?« Jed machte zwei wacklige Schritte nach vorn, knickte ein und sank zu einem Häuflein schlaffer Muskeln und verschütteten Weins zusammen.

»Du hast nicht meine Erlaubnis, hier zu sein. Ich kann immer noch die Polizei rufen«, sagte Violet. »Also verschwindest du besser.«

»Das machst du eh nicht.«

»Probier's aus.« Sie ging zum Telefon auf der Arbeitsplatte.

»Okay, okay.« Jed hob die Hände. »Ich gehe.«

Als er sich nicht rührte, fragte Violet: »Wo ist dein Pick-up?«

Jed setzte sich auf dem Holzboden auf und zog die Knie an die Brust. »Zu Schrott gefahren.«

»Gütiger Himmel. *Heute Abend?*«

»Nein, vor ein paar Monaten.«

»Wie bist du hergekommen?«

»Lenny hat mir seinen Lieferwagen verkauft.«

Violet seufzte. Die Geduld, die sie einst für diesen Mann aufgebracht hatte, war schon vor Jahren erschöpft gewesen, als sie endlich begriffen hatte, dass – bei all seinem strahlenden Charme und seiner Berühmtheit in der Highschool – Dinge wie Ehrgeiz und Glück im weiten Umkreis um Jed Cline erstarben.

»Und wo ist dann dein Lieferwagen?«, fragte Violet.

»Ein Stück die Straße runter geparkt.«

»Inzwischen wahrscheinlich nicht mehr. Heute Nacht fahren die Straßenreinigungsfahrzeuge durch. Da fangen sie nach sieben an, die parkenden Autos abzuschleppen«, sagte Violet.

»Dann muss ich heute Abend wohl hierbleiben.« Jed sah mit einer Miene zu ihr auf, die wahrscheinlich sexy sein sollte, die aber in Wirklichkeit nur verzweifelt war, geschlagen – der Gesichtsausdruck eines Mannes, der sich an einem Fädchen Hoffnung, zart wie ein Spinnennetz, festhielt.

»Ausgeschlossen.« Ihn über Nacht bleiben zu lassen stand außer Frage, doch sie konnte auch nicht zulassen, dass er sich so hinters Steuer setzte. Ratlos, was sie tun sollte, ging Violet in der Küche auf und ab. Sie hatte keine Ahnung, wie er auf die Idee gekommen war, vier Stunden Fahrt von Bent Creek auf sich zu nehmen, um sie zu sehen, doch sie hatte auch keine Zeit, es herauszufinden. Sie musste ihn aus der Wohnung schaffen, bevor Sam kam.

»Steh auf«, sagte sie. »Ich bringe dich ins Super-8-Motel auf der East Washington Avenue.«

»Aber ich muss mit dir reden. Ich habe meinen Job verloren.« Jed hatte Mühe, sich in seinen uralten Stiefeln mit den Stahlkappen aufrecht zu halten. »Du hast mir immer geholfen rauszufinden, was ich machen soll.«

»Ich dachte, du hättest diese Überraschungsbesuche allmählich über. Und ich dachte auch, du hättest aufgehört zu trinken. Was ist aus der Reha geworden?«

»Verdammte Reha.« Jed schüttelte den Kopf, als hätte er einen Skorpion im Haar. Danach waren nur noch Resignation und Traurigkeit in seinen Augen. »Vermisst du mich denn gar nicht, Vi? Manchmal denke ich daran, wie alles anfing mit uns. Wir hatten viel Spaß.«

Das eine oder andere an ihrer gemeinsamen Zeit vermisste Violet schon, doch gewiss nicht Jed. Die Unschuld und die Hoffnung, von der sie am Anfang ihrer Beziehung beseelt gewesen war, die vermisste sie. Seither erlaubte sie sich selten, so etwas wie Hoffnung aufkommen zu lassen. Und sie hatte den Verdacht, dass das, was Jed vermisste, ebenfalls Hoffnung war.

»Komm. Ich fahr dich zum Motel«, sagte sie.

Jed klammerte sich an die Arbeitsplatte und zog sich mühsam daran hoch. Sobald er stand, fing Miles wieder an zu bellen.

»Es ist alles gut, Junge«, sagte Violet. »Er geht.«

Als Violet zur Wohnungstür hinausging, hörte sie Jeds schlurfende Schritte hinter sich. Am oberen Ende der Hintertreppe fiel ihr Blick auf Sam, der unten stand.

»Geh wieder rein«, zischte sie Jed zu, doch der hatte Sam schon entdeckt.

»Hey, kenn ich dich?«, fragte Jed.

Sam warf Violet einen fragenden Blick zu, und sie hob die Hände, um anzudeuten, dass sie genauso überrascht war wie er.

»Hey, ich hab dich was gefragt«, sagte Jed, diesmal lauter.

»Schon möglich«, antwortete Sam.

»Bist du aus Bent Creek?«

»Leider.«

»Ich wollte ihn gerade zu einem Motel fahren«, sagte Violet. »Bitte komm hoch, und mach's dir gemütlich, bis ich wiederkomme. Ich hatte Wein«, ein zorniger Blick zu Jed, »aber der ist jetzt leider alle.«

Sam kam die Treppe hoch, und Jed packte ihn bei der Schulter. »Ich will mich mit meinem alten Kumpel aus Bent Creek unterhalten. Können wir nicht noch ein bisschen bleiben? Hör zu, Mann.« Jed beugte sich zu Sam vor, und dabei geriet er mächtig ins Schwanken. Einen Augenblick dachte Violet, er würde die Treppe runterpurzeln. Er packte das Treppengeländer. »Amüsier dich gut«, sagte er. »Es ist nur eine Frage der Zeit, bis die Schlampe denkt, sie ist zu gut für dich.«

Sam holte aus und wollte ihm eine verpassen, doch Violet packte seinen Arm. »Bitte nicht.«

Sam biss die Zähne zusammen.

»Oh, dir liegt wohl noch was an mir, Vi?«, sagte Jed.

»Nein«, sagte sie in seine Richtung und sah dann Sam an. »Er ist es nicht wert. Ein Schlag, und sein besoffener Arsch poltert die Treppe runter, und dann landen wir alle drei auf dem Polizeirevier. So wollte ich den Abend heute eigentlich nicht verbringen.« Sie lächelte so sexy, wie sie es wagte, solange ihr Ex hinter ihr stand.

Sam ließ die Faust sinken und bedachte Jed mit einem tödlichen Blick. »Okay«, sagte er und wandte sich Violet zu. »Soll ich mitfahren? Gefällt mir nicht, der Gedanke, dass du mit dem allein durch die Gegend kutschierst.«

»Klar kannst du mitkommen«, sagte sie. Sie wollte die beiden Männer nicht zusammen im Auto haben, doch sie wollte auch nicht mit Jed allein sein.

Die fünf Kilometer zum Super-8-Motel am östlichen Stadtrand kamen ihr vor, als würde sie Stunden dafür brauchen. Jed brabbelte auf der Rückbank.

»Ich bin gut klargekommen, bin zu den Treffen der Anonymen Alkis gegangen und alles, bis ich in der Fabrik Streit mit meinem Chef gekriegt habe«, sagte er. »Mann, der Typ ist ein Arsch.«

Sam blickte stur nach vorn. Er sah aus, als könnte er sich jeden Augenblick auf Jed stürzen und ihn erwürgen.

»Dann bist du hergekommen, nachdem du gefeuert wurdest?«, fragte Violet.

»Ich weiß nicht so genau. Ich weiß noch, dass ich danach in die Kneipe bin, um Dampf abzulassen, und dann verschwimmt alles im Nebel, bis ich auf einem Rastplatz in der Nähe von Eau Claire in meinem Auto wach geworden bin. Ich dachte mir, da bin ich doch schon auf halbem Weg nach Madison, und bin einfach weitergefahren.«

»Gütiger Himmel, du hättest jemanden umbringen können.«

»Ist nicht meine Schuld«, sagte Jed. »Es liegt in der Familie, weißt du?«

»Natürlich«, sagte Sam. Er stützte einen muskulösen Unterarm auf die Armlehne, und sein Kopf schoss herum, um Jed anzusehen. »Nichts ist deine Schuld. Du konntest nichts dafür, dass du besoffen Auto gefahren und in Violets Wohnung eingebrochen bist …«

»Und meine Unterrichtsgebühr versoffen hast«, fügte Violet hinzu.

»Richtig. Für all das konntest du nichts. Du bist einfach genetisch anfällig dafür, ein Arschloch zu sein«, sagte Sam.

Violet fuhr auf den Parkplatz des Motels und warf einen Blick in den Rückspiegel.

Jed sah aus, als ginge ihm gerade ein Licht auf. »Hey, jetzt erinnere ich mich an dich. Sam. Sam Lewis. Du warst damals total schräg und mager. Aus dir ist mehr geworden, als ich gedacht hätte.«

»Tut mir leid, dass ich dasselbe nicht von dir behaupten kann«, versetzte Sam.

Jed stieg aus.

Sam kurbelte sein Fenster herunter. »Du kommst besser nicht mehr zu Violet, weder morgen noch sonst wann, verstanden?«

»Was soll ich machen?«, fragte Jed. Verloren sah er Violet an – der Blick, mit dem er sie vor Jahren geangelt hätte. Sie hatte eine Schwäche für alles Abgetragene und Zerbrochene. Im Laden musste sie unablässig dagegen ankämpfen und dem Impuls widerstehen, einen Mantel mit einem zerrissenen Futter zu kaufen, das zu ersetzen mehr kosten würde, als sie je für den Mantel bekäme. Doch im Laufe der Jahre hatte sie gelernt, dass einige Dinge nicht mehr zu reparieren waren. Und dazu gehörte definitiv ihre Beziehung zu Jed.

»Fahr nach Hause, Jed«, sagte sie. »Ich kann dir nicht mehr helfen.«

Mit hängenden Schultern ging Jed zum Eingang des Motels. Die Großspurigkeit, an die Violet sich erinnerte, war aus seinen Bewegungen verschwunden. Die hatte das Leben ihm wohl ausgetrieben.

»Geht es dir gut?«, fragte Sam, als Violet vom Parkplatz fuhr.

»Ich glaube schon«, sagte sie. »Aber kann ich heute Nacht bei dir schlafen? Ich bin viel zu ausgeflippt, um gleich nach Hause zu fahren.«

»Klar.« Sam legte die Hand an die Stelle auf ihrem Arm, wo die Tätowierung unter dem kurzen Ärmel ihrer Lochstickereibluse herausschaute.

Violet senkte den Blick auf den Phönix mit ausgebreiteten Schwingen auf ihrem Bizeps. Sie hatte sich die Tätowierung an dem Tag stechen lassen, an dem sie vor fünf Jahren nach Madison gekommen war. Bevor sie noch die Kisten aus ihrem Jeep ausgeladen und in ihre Mietwohnung gebracht hatte, hatte sie vor Gary's Tattoo Artistry in der Williamson Street gehalten und Gary eine Seite in einem alten Mythologiebuch gezeigt, das sie immer geliebt hatte. Ihre Ehe war in Rauch und Asche aufgegangen, doch sie war fest entschlossen, ihre neugewonnene Freiheit zu nutzen, um zu fliegen.

»Tut mir leid, dass du da mit reingezogen wurdest«, sagte Violet zu Sam. »Danke, dass du es in meiner Wohnung nicht zu einer Klopperei hast kommen lassen.«

»Mich juckt's nicht oft, jemandem eine zu verpassen«, sagte er. »Und ich war kurz davor.«

»Ich hätte es dir nicht verübeln können. Aber ich bin froh, dass du's nicht getan hast. Es hätte alles noch schlimmer gemacht, und ich wollte ihn so schnell wie möglich loswerden.«

Sam fuhr sich mit der Hand durch sein grau meliertes Haar. »Als er dich eine Schlampe genannt hat …«

»Das war nicht das erste Mal«, sagte Violet. »Vermutlich ist jede Frau, die kein absoluter Fußabtreter ist, in ihrem Leben schon das eine oder andere Mal als Schlampe bezeichnet worden. Damit kann ich leben.«

Ein paar Augenblicke fuhren sie schweigend.

»Läuft da noch was?«, fragte Sam.

An der nächsten Ampel sah sie Sam an. »Wie, zwischen Jed und mir?«

»Ja. Ich meine, warum nimmt er so einen Weg auf sich, wenn er nicht glaubt …«

Violet drückte Sams Hand. »Da läuft nichts.«

»Ich verstehe nicht, warum du nicht jeden Kontakt abgebrochen hast.«

»Das habe ich. Und jedes Mal wenn so was hier passiert, denke ich, es ist das letzte Mal. Karen sagt mir immer wieder, ich solle so was wie ein Kontaktverbot erwirken, und wahrscheinlich hat sie recht.«

Sam stieß einen lauten, frustrierten Seufzer aus. »Solche wie der sind der Grund, warum ich nie Kinder haben will. Es war schlimm genug, dass sich immer alle über mich lustig gemacht haben. Aber für meine Eltern war es sicher noch schwerer zuzusehen, wie Typen wie der da auf mir rumgehackt haben.«

Die Ampel wurde grün, und Violet wusste, dass sie weiterfahren musste, doch ihr Gehirn war noch mit etwas befasst, was Sam gerade gesagt hatte. Er hatte nicht gesagt, er wolle vielleicht keine Kinder oder sei sich nicht sicher. Er hatte »nie« gesagt.

Hinter ihr hupte jemand, und sie trat aufs Gas.

»Ich dachte, du hättest gesagt, du wärst über all das hinweg«, sagte sie.

»Ja, also, nicht genug, um ein unschuldiges Kind so etwas auszusetzen.«

»Aber vielleicht würde dein Kind ja gar nicht gepiesackt.«

»Werden sie das nicht alle? Und wenn nicht, dann gehören sie zu denen, die andere piesacken, und das ist noch schlimmer.«

»Das ist aber zynisch, findest du nicht?«

Sam zuckte die Achseln. »Mag sein, aber bei einer Weltbevölkerung von knapp über sieben Milliarden ist es ja nicht so, als entginge jemandem etwas, wenn ich beschließe, keine Kinder zu zeugen.«

Im Licht der Straßenlaternen warf Violet einen Blick auf Sams Gesicht. *Das stimmt nicht unbedingt.*

Sie schwiegen ein paar Augenblicke.

Sam räusperte sich. »Ich hätte wohl besser nichts gesagt.«

»Warum nicht? Ich bin froh, dass du offen zu mir bist.«

»Ich will nur sagen, dass es mir leidtut, dass ich ausgerechnet heute damit komme, wo du eh genug am Hals hast.«

»Kein Problem. Irgendwann wäre es sowieso zur Sprache gekommen, meinst du nicht?«, fragte Violet.

»Ja, das tut es immer«, sagte Sam. »Ich mag dich wirklich. Ich glaube … nein, ich bin mir sicher, dass ich dabei bin, mich in dich zu verlieben. Aber ich verstehe auch, wenn das die Dinge ändert.«

Violet wurde still. Die Freude darüber, dass Sam sagte, er sei in sie verliebt, wurde gedämpft durch den Schock über sein Geständnis, dass er keine Kinder wollte. Sie wollte nicht schockiert sein. Schließlich wusste sie nicht einmal, ob sie je wieder heiraten wollte. Sie liebte ihre Freiheit, und sie war sich nicht sicher, ob sie die noch einmal aufgeben wollte, nicht einmal für jemanden wie Sam. Es war viel zu früh, um über Familie zu reden. Trotzdem hatte sie das Gefühl, etwas Kostbares sei ihr genommen worden. Sie wusste, dass es dumm war. Wenn überhaupt, dann war es in ihrem Alter wahrscheinlich nicht leicht, eigene Kinder zu bekommen.

»Ich hätte es wahrscheinlich schon früher ansprechen sollen«, sagte Sam. »Aber ich fand es toll, dich kennenzulernen, und wollte mich nicht der Chance berauben, dich noch besser kennenzulernen. Außerdem wollte ich so ein ernstes Thema nicht so früh aufs Tapet bringen.«

»Es ist immer noch früh«, sagte Violet. »Wir sind noch keine zwei Monate zusammen.«

»Ja, aber ich empfinde mehr für dich als für die Frauen, mit denen ich in den letzten Jahren ausgegangen bin. Ich habe das Gefühl, das könnte was Ernstes sein, weißt du?«

»Ja«, sagte Violet. »Ich auch.«

»Wäre denn das mit den Kindern für dich ein Grund, nicht zusammenzubleiben?«

Violet wusste es nicht. Sie liebte Kinder, und sie war wohl immer davon ausgegangen, eines Tages selbst welche zu haben. Doch es war ein langer Tag gewesen, und sie brauchte Zeit zum Nachdenken.

»Muss ich darauf antworten?«, fragte Violet. »Denn wenn ich ehrlich bin, weiß ich nicht, was ich sagen soll. Aber als Antwort auf das, was du noch gesagt hast, das ist gegenseitig. Ich bin auch dabei, mich in dich zu verlieben. Können wir es nicht für den Augenblick dabei belassen und das Thema Kinder auf ein andermal verschieben?«

»Klar.« Sam beugte sich hinüber und küsste sie. »Ich wollte nur fair sein und es dir leicht machen, wenn du dich deswegen trennen willst.«

»Will ich nicht«, sagte Violet.

Dessen zumindest war sie sich sicher.

Kapitel 18

INVENTARSTÜCK: Lampe
JAHR: 1980
ZUSTAND: gut
ARTIKELBESCHREIBUNG: polychrome Lampe in Form einer Gans von der Firma Kaplanheller Inc.
HERKUNFT: aus dem Haus von Katherine Morgan, nicht zum Verkauf

April

Nach zwei Wochen Bettruhe konnte April es kaum erwarten, aus dem Haus zu kommen, wenn auch nur, um zu ihrer Ärztin zu gehen. Lane holte sie ab, um sie zu ihrem Termin zu bringen. Als April in den Volvo-Kombi stieg, war alles, was sie berührte, klebrig – die Türgriffe, das Armaturenbrett, selbst die Ledersitze. Sie faltete die Hände im Schoß und versuchte, so wenig Oberflächen wie möglich anzufassen.

»Danke, dass Sie mich abholen. Ich weiß, dass es noch früh ist«, sagte April.

»Acht Uhr ist für mich nicht früh. Ich stehe jeden Morgen um sechs Uhr auf, um eine halbe Stunde Frieden zu haben, bevor meine Kinder aufstehen«, sagte Lane hinter dem Lenkrad. »Und glauben Sie nicht, ich bekäme nicht mit, dass Sie sich ein bisschen gruseln. Warten Sie's nur ab, eines Tages sieht Ihr Auto auch so aus. Und Ihr Haus. Und fast alles, was Ihre Kinder antatschen.«

»Tatschen, tatschen«, sang Lanes Jüngster vom Rücksitz.

»Wow«, sagte April. »Wer hat was von Kindern gesagt? Als

ich beim Ultraschall war, war nur eins drin. Ich hoffe, dabei ist es geblieben.«

»Unterschätzen Sie nicht, was eins anrichten kann«, erwiderte Lane.

»Hör auf, mich zu kneifen«, fuhr einer der Jungen auf der Rückbank auf. »Mom!«

»Ruhe da hinten. Alle drei.« Lane warf einen strengen Blick in den Rückspiegel.

»Ich habe keine Ahnung, wovon Sie reden. Mein Baby wird perfekt. Ich habe Ihnen doch das Ultraschallbild gezeigt, oder? Perfekt.«

»Sie haben recht.« Lane lächelte, als sie auf den Krankenhausparkplatz fuhr und vor dem Eingang hielt. »Ich fahre nur mit den Jungs zu McDonald's Pfannkuchen essen.«

Auf der Rückbank erhob sich ein Singsang: »PlayPlace! PlayPlace!«

»Verraten Sie meinem Mann nicht, dass ich meinen Kindern Fast Food gebe.« Lane zwinkerte. »Er findet, sie sollten Quinoa und Biomöhren essen.«

»Ich bin dem evasiven Professor noch nie begegnet«, sagte April. »Ihr Geheimnis ist also sicher.«

»Mom, sie hat ein schlimmes Wort gesagt«, meldete sich der Älteste von hinten.

»Evasiv ist kein schlimmes Wort, Schatz«, sagte Lane. Dann wandte sie sich an April. »Er denkt, jedes Wort, das er noch nie gehört hat, sei ein schlimmes Wort. Also, Sie rufen mich an, wenn Sie fertig sind? Dann hole ich Sie wieder ab.«

»Ja.« April löste ihren Sicherheitsgurt. »Vielen Dank, Lane.«

In Dr. Hongs Untersuchungszimmer raste Aprils Herz, als die Arzthelferin ihren Blutdruck maß. Sie wusste, sie sollte sich entspannen, damit die Messung auch korrekt war, doch sie konnte einfach nicht. In dem, was das Blutdruckmessgerät anzeigte, lag ihre Freiheit. Die Helferin verließ das Zimmer, um die Ärztin zu holen, und während April auf das Urteil wartete, dachte sie, dass am Ende immer alles irgendwie auf Zahlen hinauslief.

Nach der glücklichen Bekanntgabe, dass Dr. Hong ihre Bettruhe aufhob, fuhr Lane April nach Hause und verabschiedete sich. April schob die an ein Scheunentor erinnernden Türen der freistehenden Garage hinter dem Haus auf. Sonnenlicht strömte herein und fiel auf die staubige Motorhaube des Toyota. Seit dem Unfall ihrer Mutter hatte sie nicht mehr hinter dem Steuer gesessen. Und sie war sich ziemlich sicher, dass ihre Angst vor dem Fahren zu den Dingen gehörte, von denen Dr. Hong gesprochen hatte – Ängste, die ihr den Alltag schwer machten. Wie um sich selbst und der Ärztin zu beweisen, dass sie psychisch stabil war, stieg April ein, machte es sich auf dem Fahrersitz bequem und atmete in langsamen, tiefen Zügen, damit die Panik sie nicht lähmte. Das Auto roch innen immer noch so, wie sie es in Erinnerung hatte, stickig und ein wenig süß von dem Lufterfrischer, der am Rückspiegel baumelte.

Sie hatte dieses Auto Hunderte Male gefahren. Es war das Auto gewesen, mit dem ihre Mutter sie zur Fahrschule hatte fahren lassen.

Du kannst das, dachte sie.

Sie drehte den Schlüssel im Zündschloss und stellte die Spiegel richtig ein, bevor sie aus der Garage rollte und sehr vorsichtig rückwärts auf die Straße setzte. Da es mitten am Tag war, herrschte kaum Verkehr, als sie langsam dahinkroch, das Lenkrad mit feuchten Händen umklammert.

Sie hielt an der Ampel am Ende ihres Blocks. Während sie an der Kreuzung wartete und zusah, wie die Autos vorbeizischten, hämmerte ihr Herz. Jetzt, wo sie anhalten musste, wanderten ihre Gedanken wieder zu dem, was alles schiefgehen konnte, und sie erwog zurückzufahren.

Dann wurde die Ampel grün, und sie trat wie im Reflex aufs

Gas. Sie empfand nichts weniger als Triumph, als sie die Kreuzung überquerte und im nächsten Block auf dem Parkplatz hinter Hourglass Vintage parkte. Sie stieg aus dem Auto und öffnete die Hecktür. Die Plastiklampe in Form einer Gans, die sie aus dem Haus ihrer Mutter mitgebracht hatte, hockte geduldig auf einem Nest aus Decken im Kofferraum.

Als sie die Lampe zum Laden trug, konnte April nicht anders als über sich lachen. Sie sah bestimmt lächerlich aus, wie sie mit einer riesigen Gans in den Armen über den Parkplatz watschelte.

Eine Frau mittleren Alters rief vom Parkplatz des Cafés nebenan: »Die sieht schrecklich wuchtig aus. Brauchen Sie Hilfe?«

»Ich weiß, dass sie schwer aussieht, aber sie ist aus Plastik und hohl«, sagte April.

»Aber Sie sehen ja kaum drüber«, sagte die Frau. »Bitte, lassen Sie mich Ihnen helfen.«

April dachte an die Wochen, die sie mehr oder weniger im Liegen verbracht hatte, und ermahnte sich, dass sie lernen musste, Hilfe anzunehmen. »Okay«, sagte sie. »Das wäre toll.«

Die Frau eilte zu ihr und nahm ihr die Lampe ab. »Sie sollten nichts Schweres tragen.«

Neugierig betrachtete die Frau die Gans. »Was für ein interessantes Stück. Wollen Sie sie im Laden verkaufen? Ich weiß nicht, ob schon offen ist.«

»Nein. Es ist ein Geschenk.«

April vermutete, dass die Frau sie wahrscheinlich für verrückt hielt, doch ausnahmsweise war ihr das egal. Violet war ein Risiko eingegangen, als sie sie als Praktikantin genommen hatte. Jetzt war es an April, etwas zu riskieren – ihren Stolz, indem sie sich entschuldigte.

»Wo wollen Sie sie haben?«, fragte die Frau.

»Lassen Sie uns zur Vordertür gehen. Die Besitzerin schaut morgens immer als Erstes nach dem Briefkasten vorn. Da findet sie sie auf jeden Fall.«

Sie gingen zur Straßenseite des Gebäudes, doch kaum bogen sie um die Ecke, schlug April die Hand vor den Mund.

Das Schaufenster war eingeschlagen, der Gehweg mit Scherben übersät. Doch das war nicht das Schlimmste. Quer über die wunderschöne Backsteinfassade hatte jemand in neonorangefarbenen Buchstaben »FOTZE« gesprüht.

»Du liebe Zeit«, sagte die Frau.

April kramte in ihrer Handtasche nach ihrem Telefon und wählte.

»Violet?«, sagte sie. »Sie müssen, so schnell es geht, herkommen.«

Kapitel 19

INVENTARSTÜCK: Korsett
JAHR: 2009
ZUSTAND: ausgezeichnet
ARTIKELBESCHREIBUNG: neues, trägerloses Korsett aus schwarzem Elastan, am Rücken geschnürt, unter Vintage-Kleidern zu tragen
HERKUNFT: eBay

Violet

Sam fuhr vor dem Laden vor. Das Auto hielt noch nicht ganz, da sprang Violet schon hinaus und lief zu April, die inmitten von Glasscherben auf dem Gehweg stand.

»Ich fahre ums Haus auf den Parkplatz«, rief Sam durchs offene Fenster. »Ich bin gleich da.«

»Ich glaub's nicht«, sagte Violet. Sie umarmte April und hielt sie dann an den Schultern fest. »Geht es Ihnen gut?«

»Ja«, sagte April. »Ich bin froh, dass Ihnen nichts passiert ist. Das Erste, was ich gedacht habe, als ich das hier sah, war: Hoffentlich sind Sie nicht da drin.«

»Ich war heute Nacht bei Sam«, sagte Violet. »Mein Ex ist gestern Abend hier aufgetaucht.«

»Glauben Sie, dass er das war?«, fragte April.

»Eindeutig«, sagte Sam, der zu ihnen trat. »Wir sollten den Vermieter anrufen, Violet. Und deine Versicherung …«

Violet hörte nicht, was Sam noch sagte, denn sie hatte bereits die Tür aufgeschlossen und die Deckenlampen im Laden eingeschaltet.

»Violet, nicht«, sagte Sam, der ihr folgte. »Die Polizei hat gesagt, wir sollen auf sie warten.«

Mit angehaltenem Atem ließ sie den Blick durch ihren Laden schweifen. Die zierliche Schaufensterpuppe war umgestürzt, der Kopf und ein Arm waren abgefallen. Das Strandkleid aus den vierziger Jahren war zerknittert und lag unter Scherben begraben. Auf dem Holzfußboden neben einem Regal mit Tafelgeschirr lag ein Backstein, und mehrere Porzellanteile lagen in Scherben auf dem Boden.

Beim Anblick dieses Zerstörungswerks an dem Einzigen, worauf sie je wirklich stolz gewesen war, flammte in Violet ein gewaltiger Zorn auf. Sie hockte sich hin und hob mit zitternden Händen die Scherben einer Wedgwood-Terrine auf.

»Hey, lass uns damit warten, bis die Polizei hier ist. Die sollen alles genau so sehen, wie wir es vorgefunden haben, und in ihren Bericht schreiben«, sagte Sam. Er half Violet hoch und nahm sie in die Arme. »Die sind jeden Augenblick hier. Und sie schicken jemanden zum Motel, um nach Jed zu sehen. Wenn er noch da ist, nehmen sie ihn zur Vernehmung mit aufs Revier.«

»Das kann nicht wahr sein«, sagte Violet. »In drei Tagen ist die Modenschau. Heute Abend ist der Probedurchlauf. Wie soll ich denn die Modenschau auf die Beine stellen *und* den Laden wieder herrichten?«

»Ich helfe dir«, sagte Sam.

»Ich auch«, sagte April und spähte durch die offene Tür. »Ich meine, wenn Sie mich lassen, nachdem ich mich neulich so aufgeführt habe.«

Violet bedachte die beiden mit einem dankbaren Blick. »Okay, was machen wir zuerst?«

»Ich besorge eine Plane, um das Fenster provisorisch zu schließen«, sagte Sam. »Und ich hänge mich ans Telefon und schaue, wo wir einen Hochdruckreiniger mieten können, um die Farbe von der Wand zu waschen.«

»Gute Idee. So kurz vor der Modenschau brauche ich so viel gute PR, wie ich nur kriegen kann, und so eine quer über den Laden gesprühte Obszönität ist sicher keine gute PR.« Sie senkte den Kopf in die Hände. »Ich fasse es nicht, dass Jed so weit gegangen ist.«

»Ich schon«, sagte Sam. »Ich bin nur sauer, dass ich dem Arschloch gestern Abend, als ich die Gelegenheit hatte, keine Lektion erteilt habe.«

Es ist fünf Jahre her, dass ich ihn verlassen habe, dachte Violet und starrte auf den Backstein am Boden. *Und immer noch hat Jed den Dreh raus, alles zu zerstören, was mir wichtig ist.*

»Komm, lass uns wieder rausgehen«, meinte Sam, indem er Violet eine Hand auf die Schulter legte und sie zur Tür führte. »Die Polizei wird jede Minute hier sein.«

Als Violet nach draußen trat, fiel ihr Blick auf die Gänselampe, die neben der Ladentür stand.

Sie sah April verwundert an. »War die eben schon hier? Oder bin ich so gestresst, dass ich Dinge sehe, die nicht da sind?«

April wurde rot. »Deswegen bin ich heute Morgen hergekommen. Ich wollte sie Ihnen bringen, als Entschuldigung … und als eine Art Friedensangebot.«

»Ich liebe sie.« Violet hob eine Hand an die Brust. »Und danke dafür, wie Sie sich heute Morgen um alles gekümmert haben.«

»Ich weiß, dass Sie wahrscheinlich darüber nachdenken müssen, und Sie haben im Moment sehr viel um die Ohren«, sagte April, »aber ich hatte gehofft, Sie würden wenigstens darüber nachdenken, ob ich meine Stelle im Laden wiederhaben kann.«

Violet war wirklich gerührt über Aprils Geschenk und beeindruckt, wie ruhig sie angesichts des Vandalismus geblieben war. Doch April hatte recht. Violet hatte viel um die Ohren, und sie war sich nicht sicher, ob sie sich im Augenblick zusätzlich auch noch um eine Praktikantin kümmern konnte.

»Okay, ich denke darüber nach«, versprach sie.

April nickte. »Gut, aber inzwischen helfe ich Ihnen, das Chaos hier zu beseitigen.«

Trotz allem, was sie durchgemacht hatte, musste Violet am Abend noch die Probe für die Modenschau leiten. April und Sam blieben im Laden und setzten alles, so gut es ging, wieder instand und sicherten das Schaufenster mit Sperrholzplatten und einer Plane.

In der ersten Sitzreihe im Majestic Theatre klatschte Violet in die Hände, um die Aufmerksamkeit ihrer Models zu erregen, die lieber plauderten als probten.

»Alle mal herhören, bitte«, rief Violet mit dem letzten Fünkchen Energie. Sie hatte den ganzen Tag unablässig mit der Polizei telefoniert. Jed war nirgends zu finden gewesen. Als die Polizei zum Motel kam, war er schon abgereist. Die örtliche Polizei nahm Kontakt zu dem Revier in der Nähe von Bent Creek auf, damit die Ausschau nach ihm hielten, doch bis jetzt war er noch nicht gesichtet worden. Erschwerend kam hinzu, dass Violet nicht wusste, was für einen Wagen er fuhr. In der Zwischenzeit hatte der Beamte, der zum Laden gekommen war, Violet geholfen, einen Antrag auf ein Kontaktverbot auszufüllen.

Violet hatte auch mit Ted Mortensen gesprochen, der überraschend freundlich gewesen war wegen der ganzen Sache. Er erklärte ihr, für die Schäden im Laden müsse sie sich an ihre Geschäftsversicherung wenden, doch Mortensen & Sohn würden sich dafür einsetzen, dass ihre Versicherung für die Schäden am Gebäude aufkam.

»Keine Sorge«, hatte Ted gesagt. »Wir kümmern uns um die Beseitigung der Bauschäden und so weiter. Sie konzentrieren sich ganz darauf, Ihr Geschäft zu führen. Bereiten Sie nicht gerade eine große Modenschau vor? Ich habe die Plakate in der ganzen Stadt gesehen.«

»Ja«, hatte Violet gesagt. »Ich weiß, dass Sie das Gebäude an die Baugesellschaft verkaufen wollen, und dazu kann ich nur sagen, unterschreiben Sie bloß noch nichts. Ich tue alles, was ich kann, um das Geld zusammenzukriegen.«

Ted hatte gelacht, was Violet verunsichert hatte. Sie wusste, dass die Chancen, genug Geld zusammenzubekommen, um ihr Vorkaufsrecht auszuüben, gegen null gingen. Doch daran musste nicht ausgerechnet Ted sie erinnern.

Jetzt, im Theater, wurde das Geplauder der Models wieder lauter, und Violet warf Amithi und Lane einen verzweifelten Blick zu. Lane stand auf und pfiff auf den Fingern. Das brachte alle abrupt zum Schweigen.

»Danke«, sagte Violet.

Lane zuckte die Achseln. »Freut mich, dass jemand auf mich hört. Meine Kinder tun's nicht.«

»Okay, also, wir machen einen kompletten Durchlauf«, sagte Violet. »Wissen alle, was sie zu tragen haben? An Ihrem Kleiderbügel müsste eine Liste sein mit allem, was Sie für Ihr Outfit brauchen, einschließlich Accessoires und so weiter.«

»Ich habe keine Liste gesehen«, sagte eines der jüngeren Models.

»Ich spreche hier nur für mich«, sagte der Mann – Violets Friseur –, der sich bald in die dralle Ivanna Martini verwandeln und die Modenschau moderieren würde. »Aber ich bin mir ziemlich sicher, dass ich ein paar Sachen brauche, die nicht auf der Liste stehen und die ich nicht in gemischter Gesellschaft diskutieren will, falls Sie verstehen, was ich meine.«

Die anderen Männer auf der Bühne kommentierten das. Einige trugen Alltagskleidung, einige waren schon als Dragqueens zur Probe erschienen.

Violet hob die Hände. »Okay, okay. Was ich meine, ist, dass auf der Liste alles *aus dem Laden* steht, was Sie tragen sollen. Selbstverständlich müssen Sie Ihre eigene Unterwäsche mitbringen und Nylonstrümpfe und so weiter. Sie können gern ergänzen, was Sie brauchen, um an dem großen Tag schön auszusehen.«

Damit schien die Sache geklärt, denn mehrere Models auf der Bühne nickten. Eine der kurvigeren Frauen, eine Varietétänzerin Mitte dreißig, sagte: »Gott sei Dank, denn ich brauche mein Korsett und meinen Hüfthalter.«

»Oh, ich geb dir Hüfthalter, Schatz, keine Sorge«, sagte der Mann neben ihr. Er war als »Half Drag« gekleidet, wie Violet es bezeichnete – falsche Wimpern und Perücke, aber Jeans und Oxfordhemd mit Button-down-Kragen und aufgerollten Ärmeln. Er gab der Varietétänzerin einen Klaps auf ihren runden Hintern, und sie kicherte.

»Wo haben Sie das Korsett gefunden?«, fragte eine der anderen jungen Frauen. »Ich habe auch eines gesucht.«

»Wir haben einige im Laden, falls jemand eins braucht«, sagte Violet. »Und keine Sorge, die sind neu, nicht gebraucht, aber sie sind speziell gefertigt, um unter Vintage-Kleidern getragen zu werden. Hat jemand noch Fragen zu den Kleidern?« Als niemand sich meldete, fuhr sie fort: »Gut, dann haben Sie jetzt eine halbe Stunde, um hinter die Bühne zu gehen und sich umzuziehen, und dann gehen wir alles durch. Bereit? Dann los.«

Die Models verließen die Bühne.

Amithi wandte sich an Violet und sagte: »Habe ich Ihnen schon erzählt, dass meine Tochter und ihr Mann zur Modenschau kommen? Ich wohne seit einer Woche bei ihnen.«

»Sie haben mir nicht erzählt, dass Sie bei ihnen wohnen«, sagte Violet. »Ich schließe daraus, dass die Dinge zwischen Ihnen und Ihrem Mann noch nicht geklärt sind?«

Amithis Stimme brach, als sie antwortete. »Nein.«

Violet öffnete die Arme, um sie an sich zu drücken. Als Amithi nicht reagierte, trat Violet näher und nahm sie trotzdem in die Arme. Zuerst war Amithi steif wie ein Stock, doch dann ließ sie die Schultern sinken und entspannte sich.

Als Violet sich löste, hatte Amithi Tränen in den Augen. »Es tut mir leid, Sie mit meinen Sorgen zu belästigen. Ich weiß, dass Sie heute sehr viel um die Ohren haben.«

»Ich habe auch ein paar Sorgen, und so weiß ich wenigstens, dass ich nicht die Einzige bin«, sagte Violet.

»Ich freue mich, dass Sie die Gelegenheit bekommen, meine Tochter kennenzulernen.«

»Ich kann es kaum erwarten.«

Der Stolz in Amithis Gesicht, wenn sie über ihre Tochter sprach, erinnerte Violet an die Frage, die Sam ihr am Abend zuvor gestellt hatte: ob sie Kinder wolle oder nicht. Sie ärgerte sich darüber, dass ihr das Gespräch jetzt in den Sinn kam, nach allem, was Sam in den letzten vierundzwanzig Stunden für sie getan hatte. Er hatte sie nach Kräften unterstützt, hatte Anrufe für sie erledigt und sich auf den Weg gemacht, um Putzzeug und Material für den Laden zu besorgen. Bei aller Dankbarkeit für seine Hilfe spürte sie doch, dass sich seit der vorangegangenen Nacht etwas zwischen ihnen verschoben hatte. Sie wollte sich keine Sorgen darum machen, doch Sams Eingeständnis, dass er keine Kinder wollte, hatte ihre Sicht auf ihre gemeinsame Zukunft verändert, falls sie eine solche hatten. Es war so viel los – Sam, der Vorfall mit Jed, die drohende Räumungsklage und die Modenschau –, dass Violet das Gefühl hatte, auf einer Hängebrücke zu stehen, die jeden Augenblick reißen und sie in unbekannte Strömungen stürzen konnte.

Lane kam zu ihr und hakte etwas auf ihrem Klemmbrett ab. »Also, Violet, haben Sie überlegt, wie Sie die Auktion durchführen wollen?«

»Da kann ich mich einfach nicht entscheiden«, sagte Violet. »Ich glaube, eine Live-Auktion möchte ich nicht, denn dann wäre zu viel los auf der Bühne, mit der Modenschau und allem. Außerdem habe ich keinen Auktionator. Ich dachte an eine Stille Auktion. Nach der Schau können Gebote abgegeben werden, aber dazu müsste ich Kataloge drucken lassen, damit die Zuschauer sich Notizen machen können, während sie sich die Models ansehen, und Sachen ankreuzen können, für die sie sich interessieren, damit sie wissen, worauf sie später bieten können.«

»Klingt gut«, sagte Lane. »Aber die Kataloge müssten wir schnell drucken lassen, denn die Schau ist in zwei Tagen.«

»Ich weiß. Ich wollte mich die ganze Zeit darum kümmern, aber zwischen dem Aufräumen nach dem Vandalismus und den ganzen anderen Sachen, die in letzter Minute noch zu erledigen sind, finde ich einfach nicht die Zeit dazu.«

Lane schüttelte den Kopf. »Ich kann immer noch nicht fassen, was da passiert ist.«

»Es sieht schrecklich aus«, sagte Violet. »Sie haben es nicht einmal gesehen, und ich hoffe, das müssen Sie auch nicht. Sam kümmert sich schon darum, die Graffiti abzuwaschen. Meine größte Sorge ist die, dass mein Ex zurückkommt und noch was Schlimmeres anstellt. Ich habe ein Kontaktverbot beantragt, aber das nützt nur etwas, wenn er in der Nähe meines Hauses *erwischt* wird.«

Zwei Models kamen auf die Bühne, die sich über die Reihenfolge ihres Auftritts stritten.

Violet verlor die Geduld. »An der Reihenfolge des Programms wird nichts mehr geändert«, rief sie. »Bitte sagen Sie das allen.«

Eines der Models, eine langbeinige Dragqueen in einem lilafarbenen Overall aus den Siebzigern, stapfte durch die Kulisse nach links von der Bühne. Das andere Model, eine zierliche junge Frau mit rot gefärbtem Haar und einem Nasenpiercing, schenkte Violet und Lane einen entschuldigenden Blick und folgte ihrer Kollegin von der Bühne.

»Können Sie die Erstellung der Kataloge denn nicht an jemanden delegieren?«, fragte Lane, nachdem sie fort waren.

Violet dachte darüber nach. April war gut mit Computern – sie könnte die Kataloge wahrscheinlich entwerfen und rechtzeitig ausdrucken. Und die Auktion war auch noch zu organisieren.

Violet fand immer noch, dass April zu weit gegangen war. Doch ihre Entschuldigung war so von Herzen gekommen, dass Violet das Gefühl hatte, sie habe noch eine Chance verdient.

Violet rief sie im Laden an. »Hi, April? Hier ist Violet. Wie läuft es?«

»Ganz gut«, sagte April. »Sam hat die Schaufensterpuppe wieder zusammengeflickt.«

Bei dem Gedanken, wie Sam an der Schaufensterpuppe in dem Strandkleid herumhantierte, musste Violet lächeln.

»Hey, Lane hat mir erzählt, dass Sie die letzten beiden Wochen Bettruhe hatten. Warum haben Sie mir nichts gesagt?«

»Ich dachte, Sie hätten genug Sorgen.«

»Das nächste Mal, wenn in Ihrem Leben etwas Wichtiges passiert, gut oder schlecht, halten Sie mich auf dem Laufenden, versprochen?«

»Versprochen«, sagte April. »Wie laufen die Proben?«

»Einigermaßen«, antwortete Violet. »Kann ich Ihnen eine wichtige Aufgabe anvertrauen?«

»Sicher. Was denn?«

»Die Vorbereitung der Auktion mit allem, was dazugehört.«

»Ehrlich?« April klang aufgeregt.

»Ja. Ich dachte, wir könnten eine Stille Auktion durchführen und ungefähr eine Stunde lang nach der Modenschau Gebote entgegennehmen, während die Zuschauerinnen und Zuschauer noch einen Cocktail trinken und so. Sie müssten jemanden suchen, der die Kataloge drucken kann, und die ganzen Gebotsformulare vorbereiten und alles organisieren. Wenn Sie wollen, können Sie sich jemanden holen, der Ihnen hilft, aber ich kann Ihnen für das Ganze nur ein Budget von zweihundert Dollar zur Verfügung stellen.«

»Oh, das ist kein Problem. Ich kann gut in einem vorgegebenen Budgetrahmen arbeiten.«

»Toll. Meinen Sie, Sie können mir bis morgen Abend einen

Entwurf zeigen, den ich mir ansehen kann? Ich möchte gern einen Blick darauf werfen, bevor es in Druck geht.«

»Klar. Ich muss ein bisschen herumtelefonieren, aber keine Sorge, das kriege ich hin.«

»Danke, dass Sie das so kurzfristig übernehmen.«

»Nein, ich danke *Ihnen*. Ich hatte wirklich gehofft, ich könnte irgendwie noch an der Modenschau mitwirken.«

»Falls Sie es noch nicht kapiert haben, es bedeutet auch, dass Sie Ihr Praktikum fortsetzen können.«

»Ehrlich?«

»Ja«, sagte Violet. »Welche Chefin lässt eine werdende Mutter ohne Lohn *und* ohne Credit Points arbeiten?«

»Sie machen Witze, aber ich weiß, dass Sie es eigentlich tun, weil Sie mich lieben«, neckte April.

Als sie aufgelegt hatte, ging Violet auf, wie sehr sie April in den letzten beiden Wochen vermisst hatte. Nicht nur ihren Sinn für Zahlen und ihr Geschick am Computer, sondern auch ihre Freundschaft.

Am Mittwoch, dem Tag vor der Modenschau, ging es im Laden hektischer zu als sonst. Die Schlange an der Kasse erstreckte sich von einer Wand zur anderen, denn die Frauen wollten Kleider kaufen, um sie bei der Modenschau zu tragen. Violet hätte begeistert sein müssen über den guten Umsatz, doch sie war nervös. Sooft sie auf dem Gehweg draußen einen Mann entdeckte, hämmerte ihr Herz, und ihr Körper wurde ganz starr. Die Polizei hatte Jed noch nicht gefunden, und mit jedem Tag, der verging, sank ihre Hoffnung, dass sie ihn je finden würde.

Wenn Violet die Einkäufe ihrer Kundinnen abkassierte, erinnerte sie sie daran, zur Modenschau zu kommen und gern ein paar Freundinnen mitzubringen. Als die Schlange sich schließlich auflöste, fiel ihr Blick auf einen blonden jungen Mann, den sie nicht kannte. Er stand in der Tür zum Laden und verlagerte das Gewicht von einem in Leder-Flipflops gekleideten Fuß auf den anderen. Er konnte kaum älter sein als einundzwanzig oder zweiundzwanzig.

Violet ging zu ihm. »Kann ich Ihnen helfen?«

Der junge Mann schenkte ihr ein entschuldigendes Lächeln und sagte: »Ich heiße Charlie Cabot. Ich suche April.«

Violet ließ den Blick über das pastellfarbene Polohemd schweifen, die frisch gebügelten Khakishorts und die sonnengebräunte Haut. Fehlte nur noch der Tennisschläger, und er hätte eins zu eins dem Bild entsprochen, das sie sich von ihm gemacht hatte.

»April ist im Augenblick nicht hier.« Violet war unsicher, wie viel sie ihm verraten sollte. Wenn ihr Ex auf ihrer Arbeitsstelle auftauchte und Fragen nach ihrem Verbleib stellte, würde sie auf keinen Fall wollen, dass er etwas erfuhr. Leider wusste Jed nur zu gut, wo Violet arbeitete.

»Wann kommt sie denn wieder?«, fragte Charlie.

»Es tut mir leid, das kann ich Ihnen nicht sagen.« Violet suchte schnell nach einer Ausrede. »Wir geben grundsätzlich keine Informationen über unsere Mitarbeiter heraus.« Das war nicht unbedingt gelogen. Es war eine gute Idee und wahrscheinlich eine Regel, die sie in Kraft setzen sollte.

»Kann ich vielleicht mit Ihnen über etwas reden?«, fragte er.

»Sicher. Setzen wir uns doch.«

Sie nahmen auf den orangefarbenen Sesseln Platz, und Charlie beugte sich vor und stützte die Ellbogen auf die Knie.

»Ich weiß nicht, was April Ihnen erzählt hat, aber ich vermute mal, Sie halten mich wahrscheinlich für einen echten Mistkerl«, sagte er.

Violet sagte nichts, und so fuhr Charlie fort: »Ich weiß, dass ich das bin. Ich habe einen Fehler gemacht. Ich habe zugelassen, dass meine Eltern für mich Entscheidungen getroffen haben, statt das zu tun, was in meinen Augen richtig war und was ich tun wollte.«

Violet lehnte sich in ihrem Sessel zurück. »Warum erzählen Sie mir das? Das sollten Sie April sagen.«

»Ich habe es versucht. Ich habe sie den ganzen Sommer über immer wieder angerufen und ihr E-Mails geschickt, aber sie weicht mir aus. Ich war sogar mal an der Tür und hab geklingelt, aber es hat niemand aufgemacht, und nur so vor der Tür rumlungern, da kam ich mir vor wie ein Stalker, also bin ich wieder gegangen. Meine Tante hat mir erzählt, dass April hier arbeitet. Vermutlich war sie hier, als sie zu meiner Abschlussfeier in der Stadt war.«

»Das klingt, als wollte April nicht mit Ihnen reden.« Violet hatte Charlie eben erst kennengelernt, doch es war ihm deutlich anzusehen, dass er litt.

»Deswegen brauche ich Ihre Hilfe«, sagte Charlie. »Ich muss mit ihr reden, einmal, damit ich ihr sagen kann, dass ich mit ihr und unserem Kind zusammen sein will. Wenn ich die Gelegenheit hatte, sie um Verzeihung zu bitten, und sie dann immer noch nicht mit mir zusammen sein will, okay. Dann ziehe ich mich zurück, und vielleicht können wir uns irgendwie einigen, damit ich auch Zeit mit dem Kind verbringen kann. Aber ich muss wenigstens versuchen, sie zurückzugewinnen. Ich könnte mir nicht mehr in die Augen sehen, wenn ich es nicht versuchte.«

»Das ist keine Kleinigkeit. Insbesondere wenn sie nicht mit Ihnen reden will.«

»Ich weiß«, sagte Charlie. »Aber ich bin fest entschlossen.«

Die Aufrichtigkeit in den Augen des jungen Mannes zerstreute ein wenig Violets Misstrauen ihm gegenüber.

»Glauben Sie, Sie können mir helfen?«, fragte er.

»Wie?«

»Also, da sie weder ans Telefon geht noch meine E-Mails beantwortet, müsste es etwas richtig Großes sein. Etwas ganz Besonderes wie in Liebesfilmen. Wissen Sie, wie in *Once*, wo der Typ seiner Freundin ein Klavier kauft. Oder in *Tatsächlich … Lie-*

be, wo der Brite Portugiesisch lernt, damit er seine Haushälterin bitten kann, seine Frau zu werden.«

»Sie haben *Tatsächlich … Liebe* gesehen?«

Charlie wurde knallrot. »April wollte ihn sehen.«

»Tut mir leid, aber ich kenne niemanden, der Ihnen Portugiesisch beibringen kann«, sagte Violet. »Und ich glaube nicht, dass April Klavier spielen kann.«

»Es muss ja nicht genau dasselbe sein. Es muss nur etwas sein, was ihr gefallen würde, etwas, womit ich sie richtig überraschen könnte.«

»Wie zum Beispiel?«

»Keine Ahnung. Dafür brauche ich Sie. Ich bin Akademiker. Ich bin nicht gut mit kreativen Sachen.«

Violet wusste, dass Aprils und Charlies Beziehung – beziehungsweise Nichtbeziehung – sie nichts anging. Sie wusste auch, dass April ihm in den letzten Monaten aus dem Weg gegangen war und dass seine Bemühungen wahrscheinlich vergeblich waren. Doch sie war romantisch veranlagt, und sie wusste, wie schwer es war, jemanden zu finden, den man lieben und auf den man zählen konnte. Wenn April und Charlie auch nur die geringste Chance hatten, das zu erreichen, war sie gern behilflich.

»Also«, sagte sie, »geben Sie mir ein paar Tage, um darüber nachzudenken. Wir organisieren gerade eine große Modenschau, die morgen stattfindet, also kann ich mich wahrscheinlich erst danach bei Ihnen melden. Ich will ein paar Ideen sammeln, damit Sie etwas haben, wo Sie ansetzen können, aber es ist und bleibt Ihre Sache. Sie sind derjenige, der ihr Herz zurückerobern will, nicht ich. Und wenn Ihr Plan fehlschlägt, will ich nicht dafür verantwortlich gemacht werden.«

»Keine Sorge«, sagte er. »Hey, die Modenschau, von der Sie sprechen, ist das die, für die überall Plakate hängen? Die Hourglass Revue?«

Kaum hatte sie es erwähnt, bereute Violet es auch schon. Sie wusste, was Charlie dachte: dass April dort sein würde. Jetzt würde er in der Hoffnung, sie zu sehen, wahrscheinlich dort auftauchen. Und Violet war sich nicht sicher, ob April sich darüber freuen würde.

Violet wusste nicht, warum, doch am Donnerstagabend kam ihr das Majestic Theatre um einiges größer vor als bei der Auswahl der Models und während der Proben. Die Bühne – von rot-goldenem Stuck gerahmt – sah so offiziell aus, so professionell. Je näher der Zeitpunkt rückte, da der Vorhang aufging, desto nervöser wurde Violet. Worauf hatte sie sich da nur eingelassen? Was war, wenn die Zuschauerreihen leer blieben? Und wenn die Auktion nicht mal genug erbrachte, um die Miete für den Theatersaal zu decken?

Als hätte Violet noch nicht genug Stress, kamen einige der Models – Dragqueens und andere – immer wieder mit lächerlichen Fragen zu ihr wie »Sind Sie sicher, dass ›I Believe in Miracles‹ die richtige Musik für meinen Auftritt ist?« oder »Könnte ich nicht früher drankommen?«.

Obwohl Lane ihr Bestes tat, sich um die Models zu kümmern, drangen einige Beschwerden doch zu Violet durch. Während Violet herumlief und dafür sorgte, dass jeder wusste, wo er sich aufzustellen und was er zu tun hatte, kümmerte sich Amithi hinter der Bühne um allerletzte Änderungen an den Kleidern.

Als April kam, war Violet unendlich erleichtert. »Oh, Gott sei Dank. Ein weiteres Paar Hände. Wie ist es heute Nachmittag im Laden gelaufen?« Sie umarmte April. Sie hatte sie wirklich sehr vermisst.

»Es war ein ziemlich guter Nachmittag«, antwortete April. »Wir haben unglaublich viel verkauft. Alle haben nach der Modenschau heute Abend gefragt, und einige Frauen haben sogar extra für diesen Anlass Kleider gekauft. Ich glaube, es wird rappelvoll.«

»Hoffentlich.« Violet löste sich. »Gott, lassen Sie sich mal anschauen. Wie rund Sie geworden sind. Auf gute Art, meine ich. Ich hoffe, wenn ich mal schwanger werde – großes ›Wenn‹ –, sehe ich nur halb so süß aus wie Sie.«

Violet erwähnte nicht, wie sehr sie mit der Frage rang, seit Sam ihr gesagt hatte, er wolle keine Kinder. Eigentlich hatte sie viel zu viel mit der Modenschau zu tun, um über so eine knifflige Entscheidung zu grübeln, und so hatte sie versucht, möglichst nicht darüber nachzudenken.

»Ich fühle mich wie ein Walross, trotzdem danke.« April tätschelte ihren Bauch. »Also, was kann ich tun?«

»Die Theaterleute haben hinten ein paar Tische für die Stille Auktion aufgestellt. Meinen Sie, Sie könnten die Gebotsformulare und den Tombola-Kram dort präsentieren?«

»Sollen die zu versteigernden Objekte auf den Tischen ausgelegt werden? Also, die Kleider und Sachen?«

»Ja«, antwortete Violet. »Die Models – Damen und Dragqueens – wurden angewiesen, die Sachen zurückzubringen, sobald sie sich umgezogen haben, und sie in der Reihenfolge ihrer Präsentation auf dem Laufsteg zu platzieren. Wenn Sie Nummern aufstellen könnten oder so, damit sie wissen, wo sie die Sachen hintun sollen, ist es später leichter. Dann müssen Sie nachher nicht tausend Fragen beantworten.«

»Klingt gut. Wann werden die Türen geöffnet?«

»Um acht.«

»Dann mache ich mich wohl besser ans Werk.«

Als April zu den Auktionstischen ging, fiel Violet auf, dass sie sich langsamer und gemächlicher bewegte als vor ein paar Wochen. Vermutlich fiel es ihr von Tag zu Tag schwerer.

Amithi kam in einem Sari den Mittelgang herunter. Ein tropfenförmiges rotes Bindi funkelte auf ihrer Stirn. Hinter ihr her kam eine jüngere Version ihrer selbst.

»Violet, ich möchte Ihnen gern meine Tochter Jayana vorstellen.« Amithi zeigte auf die junge Frau, die Anfang dreißig war und Amithis dunkles Haar und ihre strahlenden Augen besaß. Doch da endete die Ähnlichkeit auch schon. Jayana trug Jeans und Trägerhemdchen und außer einem schlichten goldenen Ehering keinen weiteren Schmuck.

»Freut mich, Sie kennenzulernen. Meine Mutter spricht viel von Ihnen«, sagte Jayana. »Ist mir immer noch ein Rätsel, wie Sie sie dazu gebracht haben, Ihnen hierbei zu helfen.«

»Sie ist eine begnadete Näherin«, sagte Violet. »Ohne sie wären die Kleider niemals rechtzeitig zur Schau fertig geworden.«

»Ich habe mir wohl einfach nie vorgestellt, dass meine Mutter mal Dragqueens in ihre Bustiers nähen würde.« Jayana sah Violet an. »Ich kapiere das nicht. Meine Mutter ist ausgeflippt, weil ich keine traditionelle indische Hochzeit wollte, aber mit Transgender hat sie kein Problem.«

»Die sind nett, diese Dragqueens. Die bringen mich zum Lachen.« Als Amithi lächelte, strahlte sie über das ganze Gesicht, sodass der rote Tropfen auf ihrer Stirn wie die aufgehende Sonne war und ihre Wangen die runden Hügel, die im rosafarbenen Licht badeten.

»Ich habe Sie nur einmal im Sari gesehen, als Sie das erste Mal in den Laden kamen«, sagte Violet.

»Ein wichtiges Ereignis wie dieses konnte ich mir ohne nicht vorstellen.«

»Wie läuft es hinter der Bühne?«

Amithis Miene wurde ernst. »Gut, aber haben Sie den Mann gesehen, der für die Beleuchtung und den Ton verantwortlich ist? Müsste der nicht den ein oder anderen Test durchführen?«

»Was?« In Violets Brust machte sich Panik breit. »Der Techniker müsste seit Stunden hier sein. Ist er nicht hinter der Bühne?«

Amithi schüttelte den Kopf. »Ich dachte, er wäre hier draußen.«

Violet ballte die Hände zu Fäusten. »Verdammter Mist.« Dann besann sie sich, dass die elegante und gelassene Amithi so etwas niemals sagen würde, und sie fügte hinzu: »Tut mir leid.«

»Nein, Sie haben recht«, sagte Amithi. »Verdammter Mist.«

Jayana kicherte. »Ich weiß, dass es nicht lustig ist, aber ich habe meine Mutter wirklich noch nie fluchen gehört. Okay, was können wir tun? Haben Sie die Nummer des Technikers?«

Violet holte ihr Handy aus der Tasche ihres roten Kleids mit Ballonsaum – es stammte aus ihrer Sammlung von Ballkleidern aus den achtziger Jahren. Amithi hatte es für sie mit Taschen ausgestattet. »Ich rufe ihn an«, sagte sie. »Aber wir haben nur noch fünfundvierzig Minuten, bis die Türen aufgehen, und eine Stunde und fünfzehn Minuten, bis der Vorhang sich öffnet. Falls er nicht kommen kann, brauchen wir einen Plan B. Kennen Sie sonst jemanden, der Ton und Beleuchtung fürs Theater macht?«

Jayana und Amithi sahen sie ausdruckslos an.

»Vielleicht kennt Lane jemanden«, schlug Amithi vor.

»Gute Idee. Könnten Sie zu ihr gehen und sie fragen, während ich anrufe? Und, Jayana, sehen Sie die blonde junge Frau da drüben bei den Tischen?« Violet zeigte auf April.

Jayana nickte.

»Könnten Sie zu ihr gehen und sie fragen, ob sie den Techniker gesehen hat, und wenn nicht, ob sie jemanden kennt, der uns aus der Patsche helfen könnte?«

»Klar.«

Jayana eilte zu April, und Violet wählte die Nummer des Typen, den sie für Ton und Beleuchtung angestellt hatte. Während das Telefon ein ums andere Mal klingelte, schalt sie sich, dass sie sich nicht an die Empfehlungen des Theaters gehalten hatte. Um ein paar Dollar zu sparen, hatte sie stattdessen einen Studenten angeheuert. Sie hätte wissen müssen, dass es, wie bei einem Trenchcoat von Burberry, besser war, ein wenig mehr Geld auszugeben und dafür auch etwas Richtiges zu bekommen.

Violet hinterließ dem Studenten eine verärgerte Nachricht und steckte ihr Handy wieder ein. Lane, die in einem schwarzen Hängekleid sehr glamourös aussah, kam über die Bühne gelaufen. Ihre flachen silbernen Schuhe patschten über den Holzboden, und Violet sah staunend zu, wie sie vom Rand der Bühne sprang, statt die Stufen zu nehmen.

»Sie brauchen mich?« Atemlos blieb Lane vor Violet stehen.

»Ist das nicht mörderisch für die Knie?«, fragte Violet.

»Nein, ich jage den ganzen Tag hinter drei kleinen Jungen her. Die halten mich gelenkig. Was ist los?«

»Der Techniker ist nicht gekommen. Ich weiß, ich weiß, ich hätte den Profi nehmen sollen, den der Theaterdirektor empfohlen hat, aber ich war knickrig, und jetzt bin ich aufgeschmissen, denn der Student, den ich angeheuert habe, ist nicht aufgetaucht und geht auch nicht ans Telefon. Ist unter Ihren Theaterkontakten vielleicht jemand, der sich um die Beleuchtung und das Mischpult kümmern könnte?«

»Das ist lange her. Ehrlich, ich habe keine Namen parat.« Lane verschränkte die Arme und schien darüber nachzudenken. »Ich wusste mal, wie der ganze Technikkram funktioniert, aber das ist Jahre her … Ich meine, Jahrzehnte.«

Violet reckte den Kopf. »Was?«

»In der Theater-AG in der Highschool hatte ich was mit unserem Inspizienten. Wir haben immer in der Tonkabine rumgehangen.« Lane wurde rot. »Jedenfalls hab ich ihn überredet, mir zu zeigen, wie Sound und Licht funktionieren. Ich war neugierig.«

»Das ist krass«, sagte Violet. »Ich habe noch nie gesehen, dass eine Frau ein Mischpult bemannt … oder, tut mir leid, bedient.«

»Ich wollte alles wissen, was es übers Theater zu wissen gab.«

»Glauben Sie, Sie kriegen es noch hin?«

»Ich weiß nicht. Technisch hat sich seit damals sicher vieles verändert. Ich weiß nicht, ob ich da noch durchblicke.«

»Okay.« Violet schaltete in den Führungsmodus. »Lane, Sie müssen den Theaterdirektor suchen und ihn bitten, Ihnen das Sound- und Lichtequipment zu zeigen. Werfen Sie einen Blick darauf, und schauen Sie, ob Sie damit klarkommen. Fragen Sie ihn auch, ob er vielleicht jemanden kennt, den er in letzter Minute anrufen kann.«

»Okay.«

Als Lane in ihren glänzenden Schuhen davonlief, klingelte Violets Handy. Sie ging sofort dran, weil sie hoffte, der Techniker würde sie zurückrufen. »Hallo?«

»Spricht dort Violet Turner?«, fragte eine Männerstimme.

»Ja.«

»Violet, hier ist Officer O'Malley. Ich war vor ein paar Tagen bei Ihnen im Laden.«

»Ja?« Violet hielt das Telefon mit unsicherer Hand. »Haben Sie Jed gefunden?«

»Wir haben von der Polizei im Norden von Wisconsin gehört, dass sie den Verdächtigen ausfindig gemacht und vorläufig festgenommen hat.«

»Ehrlich? Wo haben sie ihn gefunden?«

»Er wurde an einer Tankstelle dreißig Kilometer vor Bent Creek aufgegriffen. War wohl auf dem Heimweg.«

»Und was passiert jetzt?«, fragte sie.

»Die halten ihn im Polizeirevier da oben fest. Die Staatsanwaltschaft hier in Madison muss ihn hierher überführen lassen, bevor wir hier vor Ort einer Strafanzeige nachgehen können. Wir müssen also wissen, ob Sie Anzeige erstatten möchten.«

»Was passiert, wenn ich das nicht tue?«

»Ohne Beweise oder eine Aussage von Ihnen als Ladenbesitzerin kann der Staatsanwalt ihn nicht anklagen und würde die Sache wahrscheinlich fallen lassen.«

Während Violet dem Beamten zuhörte, wie er ihr das weitere Vorgehen erklärte, kämpften in ihr widerstreitende Gefühle. Sie war froh, dass sie Jed gefasst hatten. Er sollte für das zur Verantwortung gezogen werden, was er getan hatte, aber sie wollte ihn auch nie wieder auch nur in der Nähe von Madison haben.

»Müsste er ins Gefängnis?«, fragte Violet.

»Möglich. Verurteilungen wegen Vandalismus reichen von minderen Delikten, die mit einem Bußgeld belegt sind, bis hin zu Schwerverbrechen, auf die eine Haftstrafe steht. Es kommt ganz darauf an, wie die Anklage der Staatsanwaltschaft lautet und was sie beweisen kann. Und Ihre Versicherungsgesellschaft oder die Ihres Vermieters wird mit Sicherheit noch einen Prozess dranhängen, um sich das zurückzuholen, was sie an Sie ausgezahlt hat, um die entstandenen Sachschäden zu beheben.«

»Brauchen Sie meine Antwort jetzt sofort? Ich stecke hier bis über beide Ohren in einer Sache, von der ich nicht wegkomme.«

»Sie können ein paar Stunden darüber nachdenken, aber warten Sie nicht zu lange. Ohne Anordnung der Staatsanwaltschaft kann die Polizei in Bent Creek den Verdächtigen allenfalls über Nacht festhalten.« Er gab ihr die Nummer des stellvertretenden Staatsanwalts, damit sie anrufen konnte, sobald sie einen Entschluss gefasst hatte.

Violet bedankte sich und beendete das Gespräch. Bevor sie über das nachdenken konnte, was der Polizist gesagt hatte, kam Lane zurück. Violet hatte keine Zeit, ihr zu erklären, was sie soeben von der Polizei erfahren hatte, also setzte sie eine möglichst unbekümmerte Miene auf. Bis die Schau losging, war es keine Stunde mehr.

»Ich habe eine gute und eine schlechte Nachricht«, sagte Lane. »Die schlechte Nachricht ist die, dass der Theaterdirektor ein paar Leute angerufen hat, aber keiner kann den Job so kurzfristig übernehmen. Doch die gute Nachricht ist die, dass er mir das Mischpult gezeigt hat, und es ist ziemlich alt. Es sieht dem, womit ich in der Highschool geübt habe, ziemlich ähnlich. Es gibt natürlich ein paar Unterschiede, aber die wichtigsten Sachen kriege ich hin.«

Violet schaute auf ihre Uhr. Sie hatte ihre Wyler mit dem Lederarmband aus den fünfziger Jahren ausgewählt, weil sie mit ihren großen goldenen Ziffern so seriös und offiziell aussah. Es war Viertel vor acht. Dies war anscheinend der Abend rascher Entscheidungen.

»Okay, Lane, sollte unser Techniker nicht in letzter Minute noch auftauchen, sind Sie am Drücker«, sagte sie. »Gehen Sie da rein, und machen Sie ein paar Tests. Wir brauchen nichts Ausgefallenes. Die Mikrofone sollten eingeschaltet sein, und die Scheinwerfer sollten funktionieren, damit das Publikum unsere Models und vor allem die Kleider auch sehen kann.«

»Ich glaube, das kriege ich hin.«

»Das reicht mir nicht.«

»Okay, ich weiß, dass ich das kann. Wenn ich eines im Theater und als Mutter gelernt habe, dann zu improvisieren.«

Während Lane zur Tonkabine eilte, stieg Violet die Stufen zur Bühne hinauf und spähte hinter den Vorhang. Hinter der Bühne herrschte ein einziger Tumult aus Models und Kleidern, in der Luft der beißende Geruch nach Haarspray.

»Keine Dreiviertelstunde mehr, bis der Vorhang aufgeht«, sagte sie. »Wie läuft es hier hinten?«

Amithi, die gerade einen Knopf an eine Bluse nähte, blickte auf.

»Alles unter Kontrolle?«, fragte Violet.

Amithi nahm eine Sicherheitsnadel aus dem Mundwinkel. »Ja. Nur ein paar letzte, kleine Änderungen.«

Ein schlankes Model stürzte sich voller Panik auf Amithi. »Glauben Sie, Sie können mein Kleid flicken?«, fragte sie. Ein gerissener Spaghettiträger baumelte vom Oberteil des schwarzen Trompetenkleids aus den dreißiger Jahren, das die junge Frau trug. Sie musste das Kleid mit verschränkten Armen festhalten, damit es nicht herunterrutschte.

»Sicher«, sagte Amithi. »Halten Sie bitte still.«

Jayana saß auf einem Stuhl in der Nähe. Sie wirkte in dem ganzen Gewusel um sie herum wie eine Außenseiterin. Als sie bemerkte, dass Violet sie ansah, sagte Jayana: »Ich wünschte, ich könnte nähen. Oder Haare frisieren oder sonst was, um hier nicht so nutzlos herumzusitzen.«

»Ich habe versucht, es dir beizubringen, vor vielen Jahren«, sagte Amithi. »Aber du hast geschworen, du würdest es niemals brauchen.«

»Ja, als Jugendliche kam mir Nähen unglaublich antifeministisch vor, total *retro.*« Jayana verzog das Gesicht.

»Wer nennt hier wen antifeministisch?« Ein schwarzhaariges Model mit Piercings in Nase und Lippen, das nichts als Rüschenunterwäsche und einen spitz zulaufenden BH trug, drehte sich, die Hände in den Hüften, zu Jayana um. »Sie sagen ›retro‹, als wäre es was Schlechtes.«

»Ja, was stimmt nicht mit retro?«, fragte Violet, der aufging, dass sie eigentlich beleidigt sein müsste, drehte sich doch diese Modenschau – ja, ihr ganzes Geschäft – um nichts anderes.

Jayana wurde rot und versuchte, ihren Schnitzer wieder wettzumachen. »Ach, Sie wissen schon, was ich meine.«

»Nein«, sagte Amithi. »Das wissen wir nicht.«

»Na ja ... also, als Jugendliche kam mir Nähen wie die typische Frauenarbeit vor. Jetzt wird es wieder cool.«

»Vielleicht *war* es immer cool, und du hast es nur nicht gemerkt.« Amithi schnitt den Faden ab, mit dem sie arbeitete, und verzurrte ihn.

Kapitel 20

INVENTARSTÜCK: Cocktailkleid
JAHR: 1960er Jahre
ZUSTAND: ausgezeichnet
ARTIKELBESCHREIBUNG: goldenes, superkurzes Minikleid mit langen Ärmeln
HERKUNFT: Haushaltsauflösung

April

»Verehrte Damen und Herren und alle dazwischen, willkommen zur Hourglass Revue.«

April stand hinter einem Auktionstisch im hinteren Bereich des Theaters und sah der vollbusigen Ivanna Martini mit ihrer ausladenden Frisur zu, wie sie zum Mikrofon ging und es mit einer weiß behandschuhten Hand nahm.

»Wir haben heute Abend für Sie eine wunderbare Modenschau mit seltenen und wunderschönen Kleidern und Accessoires von Hourglass Vintage vorbereitet. Alles, was Sie auf dieser Bühne sehen, kann käuflich erworben werden – also, außer mir, natürlich, doch wenn Sie zufällig Millionär sind, dann können wir uns vielleicht später unterhalten.« Ivanna klimperte mit ihren falschen Wimpern und wackelte in ihrem blauen, paillettenbesetzten Kleid mit den Hüften. »Irgendwelche Millionäre im Saal?«

Die Zuschauer lachten.

»Sie würden auch gehen.« Ivanna zeigte auf Betsy Barrett, die in der ersten Reihe saß. »Ich hätte nichts gegen eine Sugar-Mommy, wissen Sie? Ich bin ein modernes Mädchen.«

Für einen kurzen Augenblick überkam April Panik, ob das Betsy nicht peinlich war. Sie wusste, dass Betsy gern frei ihre Meinung äußerte und sogar fluchte, doch sie galt in der Stadt auch als respektierte Philanthropin. Womöglich war sie nicht begeistert, in aller Öffentlichkeit von einer Dragqueen angemacht zu werden.

Zu Aprils großer Erleichterung warf Betsy Ivanna Martini eine Kusshand zu, die sie in der Luft auffing und ans Herz drückte. »Also, abgesehen von meiner Wenigkeit finden Sie alles, was Sie heute Abend auf dem Laufsteg sehen, in Ihrem Katalog, zusammen mit dem Mindestpreis, und zwar in der Reihenfolge, in der es vorgeführt wird«, sagte Ivanna. »Wenn Sie etwas sehen, was Ihnen gefällt, können Sie bei der Stillen Auktion im Anschluss an die Modenschau darauf bieten. Zudem wird es eine Verlosung geben mit einem ganz besonderen Preis. Meine Freundin Amanda wird ihn Ihnen zeigen.«

Eine langbeinige Dragqueen in einem goldenen Minikleid kam auf die Bühne geschlendert, über dem Arm die wertvolle Hermès-Handtasche, deren Schnallen im Bühnenlicht glänzten.

»Meine Damen und Herren«, sagte Ivanna, »begrüßen Sie mit mir Amanda Reckenwith.«

Das Publikum klatschte, hier und da erhob sich Gemurmel.

»Denken Sie daran«, sagte Ivanna, »je mehr Lose Sie kaufen, desto größer ist Ihre Chance, diese fantastische Handtasche zu gewinnen. Doch lassen Sie uns jetzt mit der Modenschau beginnen. Bitte, lehnen Sie sich zurück, und öffnen Sie Ihre Münder, öffnen Sie Ihre Herzen, und öffnen Sie vor allem Ihre Geldbörsen. Genießen Sie die Schau!«

Die Musik setzte ein – Lena Horne, mit einem Hip-Hop-Beat unterlegt –, und eine Frau in einem korallenroten Kostüm von Elsa Schiaparelli aus den vierziger Jahren schritt über die Bühne. Die Jacke war stark tailliert, was der Wespentaille des Models schmeichelte. Sie öffnete die Uniformknöpfe und zog die Jacke aus, unter der ein passendes Seidentop hervorkam und Arme mit bunten Tätowierungen. April wusste, dass das Kostüm sehr selten war und kostbar. Sie hatte im Auktionskatalog etwas über seine Geschichte geschrieben: Eine Kundin hatte es im Keller ihrer italienischen Großmutter gefunden, die es auf einer Reise nach New York während der Kriegsjahre gekauft hatte. Die reinste Frivolität, doch sie war so begeistert gewesen, dass eine italienische Modeschöpferin in New York Erfolge feierte, dass sie einfach etwas von Schiaparelli hatte besitzen wollen. Sie hatte es ihrer Enkelin schenken wollen, doch ohne eng geschnürtes Korsett passte die junge Frau nicht in das winzige Kostüm. So waren Großmutter und Enkelin zusammen in den Laden gekommen und hatten es verkauft. Mit dem Geld waren sie nach Chicago gefahren, um sich im Art Institute Gemälde italienischer Künstler anzusehen und im Drake Hotel schick zu Mittag zu essen.

Vor ihrem Praktikum hatte April nicht mal gewusst, wer Elsa Schiaparelli war. In der kurzen Zeit bei Hourglass Vintage hatte sie sehr viel von Violet gelernt – wie man sagen konnte, ob ein Designerkleidungsstück authentisch war oder eine Fälschung, wie man einen Seidenschal band, wie man mit Wattestäbchen und Geschirrspülmittel Flecken von Vintage-Stoffen entfernte. Doch vor allem hatte sie gelernt, dass etwas kostbar sein konnte, auch wenn es nicht perfekt war.

Ein neues Model erschien auf der Bühne, in einem rosafarbenen Kleid aus den fünfziger Jahren mit einem gekräuselten Rock, der von der Taille fast waagerecht stand, gestützt von vielen Lagen Petticoat. Eine weiße Nerzstola um die Schultern, lächelte sie mit rot geschminkten Lippen ins Publikum.

Im Laufe der Schau wurden die Ensembles immer kunstvoller und immer atemberaubender. Als das letzte Model – eine dunkelhäutige Dragqueen in einem silbernen, einteiligen Hosenanzug mit Neckholder – auf die Bühne schritt, applaudierte das Publikum. Amithi, die in ihrem Sari so zurückhaltend aussah, stand auf und jubelte. Selbst Sam, der in seinem karierten Hemd und seiner Jeans inmitten der aufgebrezelten Menge ein wenig fehl am Platze wirkte, erhob sich von seinem Platz und pfiff.

April strich die Gebotsformulare glatt, vergewisserte sich noch einmal, dass genug Stifte da waren, und bereitete sich auf den Ansturm der Menschen vor, von denen sie hoffte, sie würden den Weg zu den Auktionstischen finden, sobald der Vorhang fiel. Als sie sich gerade setzen wollte, hörte sie auf der Bühne eine Ankündigung.

»In wenigen Augenblicken, meine verehrten Damen und Herren, beginnt die Auktion der wunderbaren Kleider und Accessoires, die Sie auf der Bühne gesehen haben und die in Ihrem Katalog verzeichnet sind. Doch bitte bleiben Sie noch einen Augenblick sitzen, denn wir haben heute Abend noch einen ganz besonderen Gast für Sie.« Zu dröhnender Discomusik verließ Ivanna die Bühne.

Eine blonde Dragqueen erschien auf dem Laufsteg, gekleidet in eine Krankenschwesterntracht, mit weißen Lackstiefeln bis weit übers Knie und einer Haube mit einem funkelnden roten Kreuz. Sie nahm das Mikrofon vom Ständer. »Meine Damen und Herren, ich stehe heute Abend als Assistentin und demütige Dienerin eines sehr wichtigen Arztes vor Ihnen. Sein Name ist Doktor Love. Heißen wir ihn herzlich willkommen, damit er herauskommt und uns zeigt, was er so draufhat.« Die Krankenschwester streckte ihre dünnen, muskulösen Arme in die Luft, und das Publikum jubelte.

April blickte zu den Seitenflügeln der Bühne, ob sie dort einen Blick auf Violet erhaschen konnte. War das geplant? Es stand nicht auf dem Programm. Andererseits hatte April die letzte Probe verpasst, wo sie es vielleicht durchgegangen waren. Im grellen Scheinwerferlicht konnte sie Violets Gesicht nicht deutlich erkennen.

»Möchten Sie, dass der gute Doktor Love uns einen Hausbesuch abstattet?«, rief die Krankenschwester.

April wusste nicht, was sie machen sollte. Flippten die Dragqueens jetzt völlig aus? Hatten sie der Schau eine andere Richtung gegeben? Doktor Love war möglicherweise ein Stripper!

Als die Zuschauer lauter wurden, schloss April die Augen, denn sie fürchtete sich vor dem, was sie womöglich als Nächstes zu sehen bekam. Sie hörte die Krankenschwester sagen: »Na, hallo, Herr Doktor. Werden Sie heute irgendwelche Untersuchungen durchführen?«

Das Publikum lachte, und April öffnete die Augen.

In einem weißen, mit silbernen Pailletten gesäumten Arztkittel stand Charlie auf der Bühne.

April wurde schwindlig, und sie ließ sich auf einen Stuhl hinter den Auktionstischen plumpsen. Was machte Charlie denn auf der Bühne?

»Tut mir leid, Schwester«, sagte er. »Heute werde ich keine Untersuchungen durchführen. Aber ich habe eine wichtige Operation zu erledigen.«

»Oh?« Die Krankenschwester klimperte mit ihren falschen, glitzernden Wimpern.

»Ich habe etwas verpfuscht, was ich wieder richten muss.«

Das Kind in Aprils Bauch tollte herum wie ein Akrobat.

»Wie, haben Sie etwa jemandem ein Skalpell in die Brust mit eingenäht? Das falsche … Glied amputiert?« Die Krankenschwester griff in die Luft vor Charlies Lenden.

Charlie wurde so rot wie das Kreuz auf der Haube der Krankenschwester. »Nein«, sagte er. »Alle Körperglieder sind intakt.«

In gespielter Erleichterung wischte sich die Krankenschwester mit einer Hand über die Stirn. »Puh. Denn das wäre eine Schande, Doktor. Eine wahre Schande.« Sie verlagerte das Gewicht von einem Plateaustiefel auf den anderen und legte eine Hand mit langen Fingernägeln an die Hüfte. »Was ist es denn dann, Doktor Love? Wozu sind Sie hergekommen?«

»Ich bin hergekommen, um meiner Freundin, also, meiner

Exfreundin, zu sagen, dass es mir leidtut, wie ich mich verhalten habe. Ich war ein Idiot. Und ein Feigling.«

Die Krankenschwester drohte ihm mit einem Finger. »Oh, oh, Doktor Love, so etwas können wir hier bei unserer Hourglass Revue natürlich nicht dulden, oder?«

Das Publikum buhte Charlie aus, und dieser hob die Hände. »Ich weiß, ich habe es verdient«, sagte er. »Ich habe einen Fehler gemacht. Und jetzt muss ich es wiedergutmachen.«

April konnte nicht glauben, dass Charlie Cabot, der praktisch im Country Club seiner Eltern aufgewachsen war, mit einer Dragqueen zusammen auf der Bühne stand. Wegen ihr.

»Ist Ihre Ex heute im Publikum?« Die Krankenschwester legte die Hand über die Augen wie ein Matrose zum Gruß und ließ den Blick durch den Saal schweifen.

»Ja, aber ich möchte sie nicht in Verlegenheit bringen. Sie weiß, dass es um sie geht.«

Das Publikum stöhnte. Es hatte eindeutig auf ein wenig Dramatik auf der Bühne gehofft.

April war erleichtert. Sie wusste noch nicht, was sie von dieser Vorstellung halten sollte.

»Und was möchten Sie ihr sagen, Doktor Love?«, fragte die Krankenschwester.

Charlie stellte sich frontal zum Publikum und sagte: »Es tut mir leid. Es tut mir leid, dass wir gestritten haben, und noch mehr tut es mir leid, dass ich die Hochzeit abgesagt habe, ohne mit dir darüber zu sprechen. Nie, nie wieder werde ich dir so wehtun.«

Einige Zuschauer murmelten einander etwas zu, und April biss sich auf die Lippe, um nicht zu weinen. Sie wollte keine Aufmerksamkeit auf sich ziehen. Außerdem wusste sie immer noch nicht, ob sie geschmeichelt sein sollte oder genervt.

»Doktor, Sie waren ein böser Junge, nicht wahr? Sie haben es verdient, dass man Ihnen den Hintern versohlt«, rief die Krankenschwester. »Finden alle anderen auch, dass ihm der Hintern versohlt gehört?«

Die Menge jubelte. Die Krankenschwester trat hinter Charlie und schlug ihm mehrmals auf den Po. Das Publikum lachte, und Charlie wurde rot bis über die Ohren.

Trotz des Schocks musste April lächeln. So wie sie Violet gegenüber Buße getan hatte, indem sie ihr die Plastikgans gebracht hatte, so tat Charlie ihr gegenüber Buße, in aller Öffentlichkeit. Und sie musste zugeben, dass es lustig war zuzusehen, wenn auch schmerzlich.

»Das ist nur fair«, sagte Charlie, als er genug Schläge eingesteckt hatte. »Das habe ich absolut verdient.«

»Oh, ich bin noch nicht fertig mit Ihnen«, sagte die Krankenschwester. Sie beugte sich vor und kniff ihn in den Po. »Mit jedem Zwick wächst er ein Stück. Oder zwei oder drei, wenn Ihre Freundin Glück hat.« Sie warf den Kopf zurück, entblößte ihren Adamsapfel und stieß ein kehliges Lachen aus. Das Publikum fiel ein. »Möchten Sie Ihrer Ex sonst noch etwas sagen?«

»Nur eines noch.« Charlie schob die Hände in die Taschen seines Arztkittels. »Ich bin auf der Warteliste der University of Wisconsin.«

April schnappte nach Luft. Ein paar Zuschauer in der letzten Reihe drehten sich zu ihr um und stupsten einander an, als ihnen aufging, dass sie die besagte junge Frau war.

Auf der Bühne fuhr Charlie fort: »Ich bleibe hier in Madison in der Hoffnung, dass du mich eines Tages – vielleicht nicht heute, was absolut verständlich wäre, aber vielleicht doch eines Tages – wiederhaben willst und wir zusammen sein können.« Er zog eine Hand aus seiner Tasche und hielt etwas Winziges hoch, das im Scheinwerferlicht funkelte. »Diesmal habe ich einen Ring. Er gehört dir, wenn du ihn willst.«

Das Publikum johlte und klatschte. Alle kniffen die Augen zusammen und suchten nach der jungen Frau, der der Antrag galt.

Die Leute, die sich vorher umgesehen hatten, drehten sich wieder um, sagten aber nichts.

»Wo ist sie?«, fragte die Krankenschwester ins Mikrofon. »Komm hier rauf, Mädchen. Wir wollen dich sehen.«

»Nein«, sagte Charlie. »Nur, wenn sie will. Wie gesagt, ich will sie nicht in Verlegenheit bringen. Sie soll nur wissen, wie viel sie mir bedeutet.«

»Ach, Unsinn«, sagte die Krankenschwester. »Hier rauf mit ihr. Liebes Publikum, bitte helfen Sie mir. Wir wollen sie sehen! Wir wollen sie sehen!«

Unter Trampeln und Klatschen fiel das Publikum in den Singsang ein. Inzwischen war nicht nur der letzten Reihe, sondern den letzten acht oder zehn Reihen klar, dass es um April ging, und sie drehten sich auf ihren Sitzen um und sahen sie an. April wäre gern da hochgelaufen und hätte Charlie die Arme um den Hals geworfen. Sie hatte ihn schrecklich vermisst, und sie wollte wirklich glauben, dass er sich besonnen hatte. Doch ihre vorsichtige, beschützerische Seite hielt sie zurück.

Der Singsang wurde lauter. April sah, dass Amithi den Seitengang herunter auf sie zugeeilt kam, so schnell, wie ihr eng gewickelter Sari es ihr erlaubte. Amithi lehnte sich über den Tisch und legte ihre weichen, kleinen Hände an Aprils Wangen.

»Wie geht es Ihnen, meine Liebe?«, fragte sie. »Violet hat mich gebeten, nach hinten zu kommen und nach Ihnen zu sehen. Sie macht sich Sorgen, es könnte zu stressig für Sie sein.«

»Oh, mir geht's gut.« Nachdem Amithi ihre Hände gelöst hatte, wischte April sich eine Träne von der Wange. »Ich bin nur total überrascht. Charlie war der Letzte, den ich auf der Bühne erwartet hätte.«

»Sie müssen nicht zu ihm gehen, wenn Sie nicht wollen«, sagte Amithi. »Ich kann Sie rausbringen, und dann gehen wir irgendwohin, wo es ruhig ist und wir reden können.«

April schüttelte den Kopf. »Ich will hierbleiben und die Auktion durchführen. Ich habe mich so darauf gefreut.« Sie konnte es kaum erwarten, nach der Veranstaltung das ganze Geld zusammenzuzählen und auszurechnen, wie viel Gewinn sie – hoffentlich – gemacht hatten. Nicht jeden Tag bekam sie die Gelegenheit, auf so greifbare Art mit Zahlen zu jonglieren.

»Also, wenn Sie möchten, können wir auch ein paar Minuten rausgehen, bis der Vorhang fällt«, fuhr Amithi fort.

April sah zur Bühne hinauf, wo Charlie ziemlich verloren stand.

Die Krankenschwester rief: »Hast du kein Herz, Mädchen? Sieh dir diesen Mann an. Das hat er alles für dich auf sich genommen. Komm hier hoch, und zeig ihm ein bisschen Liebe.«

Im Halbdunkel musterte Amithi Aprils Gesicht. »Sie würden gern, nicht wahr? Wenigstens ein bisschen?«

»Vielleicht ein bisschen«, flüsterte April. »Aber ich habe Angst, was passiert, wenn ich es tue. Ich glaube wirklich, dass ihm etwas an mir liegt, aber wie kann ich mir sicher sein? Wir haben einander so wehgetan.«

Amithi legte April eine Hand auf den Arm. »Sie erinnern mich ein wenig an mich vor langer Zeit. Ich war so jung wie Sie, als ich geheiratet habe.«

April hatte im Laden mit angehört, wie Amithi mit Violet über ihre Eheprobleme gesprochen hatte. »Ja, aber er …«

»Mein Mann hat mir das Herz gebrochen, ja. Die Gefahr besteht bei der Liebe immer. Aber es nicht einmal zu versuchen … also, da kann man auch gleich das Leben aufgeben, denn absolute Gewissheit gibt es nicht. Manchmal muss man einfach ein Risiko eingehen.«

Das hatte Aprils Mutter auch immer gesagt.

April richtete den Blick wieder auf Charlie, der in seinem glitzernden Arztkittel auf der Bühne stand. In so etwas würde er nicht tot gesehen werden wollen, wenn er nicht davon ausginge, dass sie sich darüber amüsierte. Seine Mutter würde tot umfallen, wenn sie ihn jetzt sehen könnte, wie er sich für April von einer nuttigen Krankenschwester begrapschen ließ.

Sie stand auf, und obwohl es normalerweise einige Anstrengung erforderte, ihren schwangeren Bauch vom Stuhl zu hieven, fühlte sie sich leicht. Sie ging den Gang zur Bühne hinauf und fiel die letzten paar Meter in einen unbeholfenen Laufschritt, wobei sie sorgfältig darauf achtete, nicht über die Falten ihres Vintage-Maxikleids zu stolpern.

Charlie sah sie und lief die Stufen von der Bühne herunter, um sie in die Arme zu nehmen. Sie küssten sich, und April kam es vor, als wäre seit ihrem letzten Kuss überhaupt keine Zeit vergangen, so vertraut war er und so warm. Auch Charlie war noch derselbe, er duftete immer noch nach Ivory-Seife.

Da ging ihr auf, dass sie selbst sich inzwischen sehr verändert hatte, denn er legte die Hand auf ihren runden Bauch und sah ihr staunend in die Augen.

»Das ist unser Kind«, sagte sie.

»Weißt du, ob es ein Junge oder ein Mädchen ist?«, fragte er.

Sie schüttelte den Kopf. »Noch nicht.«

»Gut. Ich will dabei sein, wenn du es erfährst. Ich will bei allem dabei sein.«

»Was den Ring angeht, bin ich mir nicht sicher«, sagte April. »Ich brauche noch Zeit, um zu überlegen, ob ich heiraten will und so. Diesmal will ich nichts überstürzen.«

»Klar. Nimm dir so viel Zeit, wie du brauchst. Es tut mir leid, April. Ich hätte niemals solche schrecklichen Sachen über deine Mutter und dich sagen dürfen. Du bist nicht verrückt, und selbst wenn du es wärst, würde ich dich trotzdem lieben.«

»Vielleicht werde ich es eines Tages«, sagte April. »Die Zeit wird es erweisen.«

»Das lasse ich nicht zu, wenn ich es verhindern kann.« Charlie sah auf seinen glitzernden Arztkittel hinunter. »Und wer ist jetzt hier der Verrückte? Ich stehe mit einer Dragqueen auf der Bühne und schütte vor ein paar Hundert Leuten mein Herz aus.«

April lachte und schluckte Tränen herunter. »Mir tut es auch leid. Einiges von dem, was ich gesagt habe, war schrecklich.«

»Ja, aber was ich gesagt habe, war schlimmer. Und ich hätte niemals die Hochzeit absagen dürfen. Ich war außer mir wegen unseres Streits und habe mich von meinen Eltern dazu drängen lassen. Im ersten Moment schien es richtig zu sein, doch mir war ziemlich schnell klar, dass es ein Riesenfehler war. Deswegen habe ich versucht, Kontakt zu dir aufzunehmen. Meine Mutter hat die Karten mit der Hochzeitsabsage geschickt. Ich habe erst hinterher davon erfahren, und ich find's schrecklich, dass ich so ein Schwächling war und nichts dagegen unternommen habe. Bis jetzt.«

Auf der Bühne sagte die Krankenschwester: »Okay, okay. Ihr hattet euren kleinen Augenblick. Jetzt kommt hier rauf, damit die anderen euch auch sehen können.«

Charlie nahm April bei der Hand und half ihr die Stufen hinauf. Als sie oben standen, jubelte das Publikum.

»Also, da wären wir, meine Damen und Herren«, sagte die Krankenschwester. »Nicht nur im Märchen und in Massagesalons gibt es ein Happy End.«

Aprils ganzer Körper strahlte Wärme aus, von der Aufregung und von den brennenden Scheinwerfern.

Die Krankenschwester brauchte nicht lange, um zu begreifen, dass April schwanger war. »Oh, Doktor Love«, sagte sie, »Sie haben Glück, dass Sie die richtige Wahl getroffen haben, denn wenn nicht, hätten ich und die anderen Dragqueens Sie aus der Stadt gejagt und Ihnen mit unseren Hochhackigen einen Tritt in den Hintern gegeben.«

»Ich kann mich glücklich schätzen.« Charlie fasste Aprils Hand, als wäre sie seine Rettungsleine. »Und das werde ich nie wieder vergessen.«

Kapitel 21

INVENTARSTÜCK: Kleid
JAHR: 1982
ZUSTAND: ausgezeichnet
ARTIKELBESCHREIBUNG: Kleid aus rotem Seidentaft mit Ballonsaum und gerüschtem Halsausschnitt
HERKUNFT: Ragstock-Laden in der State Street

Violet

Ungeduldig tippte Violet mit ihren Füßen in den Socken auf den Boden, während April zum zweiten Mal das Geld zählte. Beide hatten die Schuhe ausgezogen und saßen in ihren eleganten Abendkleidern an einem Tisch im hinteren Bereich des Theaters.

April legte die letzten paar Scheine auf den Tisch und bewegte beim Zählen die Lippen.

»Und?«, fragte Violet. Sie schob die Hände in die Taschen ihres roten Kleids, um nicht an den Fingernägeln zu kauen – eine nervöse Angewohnheit.

»Dasselbe wie beim letzten Mal. Ich habe Ihnen doch gesagt, ich verzähle mich nicht.«

In Violets Bauch machte sich Enttäuschung breit. »Ich hatte gehofft, dieses eine Mal hätten Sie sich verzählt.«

»Das ist sehr viel Geld«, erwiderte April. »Die Verlosung war der Hit.«

»Ja, aber es ist nicht annähernd genug für eine Anzahlung auf ein Gebäude im Wert von einer Million«, sagte Violet. *Viel-*

leicht war ich naiv, dachte sie, *dass ich gehofft hatte, ich könnte an einem Abend genug Geld verdienen, um all meine Probleme zu lösen.*

»Habe ich Ihnen schon erzählt, dass ich Karen und Tom über den Weg gelaufen bin?«, fragte April. »Sie haben Sie nach der Schau gesucht.«

»Nein, ich wusste gar nicht, dass sie da waren.«

»Ich habe versucht, Sie zu finden. Karen sagte, sie müssten nach Hause, um die Babysitterin abzulösen, aber ich soll Ihnen in ihrem Namen zu dem Abend gratulieren.«

Violet dachte daran, was Karen gesagt hatte, als sie ihr zum ersten Mal von der drohenden Räumung erzählt hatte – dass sie vielleicht überlegen solle, Mortensens Angebot anzunehmen. Wahrscheinlich hatte sie recht gehabt, als sie gesagt hatte, das Angebot anzunehmen sei womöglich das kleinere Risiko. Doch Violet hatte aus Erfahrung gelernt, dass es sich manchmal lohnte, ein Risiko einzugehen. Sie hatte einmal den Weg des geringsten Widerstands gewählt, als sie noch jung gewesen war. Als sie Jed geheiratet hatte, hatte sie ihn geliebt, auf ihre kindische Art, auch wenn ihr das jetzt ein Rätsel war. Doch sie hatte zugelassen, dass ihr Wunsch, sich um ihn zu kümmern, mächtiger gewesen war als ihr Traum, aufs College zu gehen, weil sie sich eingebildet hatte, sie könnte beides. Sie hatte Angst gehabt, wenn sie ihre Ziele zu hoch steckte, wenn sie zu viel wollte, niemals Erfolg zu haben, und so hatte sie es erst gar nicht versucht.

Der Gedanke an Jed brachte Violet zurück zu der Frage, was sie mit der Anzeige wegen Vandalismus machen sollte. Sie hatte April noch nicht erzählt, dass die Polizei ihn gefunden hatte. April würde ihr raten, ihn auf jeden Fall anzuzeigen, doch diese Entscheidung musste Violet allein treffen.

»Nicht zu fassen, dass Sie in Charlies Pläne, mich heute Abend zu überraschen, eingeweiht waren«, sagte April.

»Ich kann gut Geheimnisse hüten«, sagte Violet. »*Ich* fasse es nicht, dass er Ihnen einen Antrag gemacht hat. Ich wusste nicht, dass er das vorhatte.«

»Ich weiß noch nicht, ob ich Ja sage. Darüber muss ich noch nachdenken.« April hatte das Geld in eine gefütterte Geldtasche gesteckt und zog den Reißverschluss zu.

»Ich habe ihm ein bisschen bei der Umsetzung geholfen, aber die Idee war ganz allein seine, ehrlich«, sagte Violet. »Sobald er von der Modenschau erfuhr, hat er gefragt, ob er auf die Bühne dürfe. Er fand, es sei der einzige Weg, zu Ihnen durchzudringen, denn seine Anrufe haben Sie ja nicht entgegengenommen. Ich war mir ehrlich nicht sicher, was Sie davon halten würden. Aber er sah so verdammt traurig aus, dass ich es ihm erlauben musste. Und die Doktor-Love-Nummer fand ich absolut genial. Außerdem war es sehr süß, dass er bereit war, sich für Sie absolut zum Idioten zu machen.« Violet streckte die Hand aus. »Hey, warum geben Sie mir nicht die Geldtasche? Ich kann sie auf dem Heimweg bei der Bank einwerfen. Sie und Charlie haben sicher viel nachzuholen.«

April reichte sie ihr. »Holt Sam Sie ab? Ich habe gesehen, dass er nach der Schau noch da war.«

Violet schüttelte den Kopf. »Ich habe ihm gesagt, er solle nicht auf mich warten: Ich wusste ja nicht, wie lange wir brauchen würden. Abgesehen davon gehen wir morgen Abend zusammen essen, da sehe ich ihn dann sowieso.«

Dass sie Sam nicht warten lassen wollte, war nicht der eigentliche Grund, warum sie ihn nach Hause geschickt hatte. Nach Charlies und Aprils großer öffentlicher Versöhnung wäre mit Sicherheit das Thema Zukunft – und ob Sam und sie eine gemeinsame hatten – zur Sprache gekommen. Und dieses Gespräch konnte sie an diesem Abend nicht führen, hauptsächlich deshalb, weil sie nicht wusste, was sie darauf sagen würde.

»Okay«, meinte April. »Wenn Sie mich wirklich nicht mehr brauchen, sehen wir uns morgen im Laden.« Sie stand auf und verschwand durch die Tür, und Violet blieb allein in dem leeren Theater zurück.

Nach den letzten Tagen voller Überraschungen und Aufregung freute Violet sich auf ihre ruhige Wohnung. Sie war sich immer noch nicht sicher, was sie der Staatsanwaltschaft wegen der Anzeige sagen sollte, doch wie auch immer ihre Antwort lautete, sie hatte Zeit bis zum nächsten Morgen. Solange sie sicher sein konnte, dass Jed – zumindest für die nächsten paar Stunden – hinter Schloss und Riegel saß, würde Violet in ihrem Bett tief und fest schlafen. *Nach allem, was er getan hat*, dachte sie, *ist er mir das schuldig.*

Am nächsten Morgen erwachte Violet mit klarem Kopf. Sie machte Kaffee und ging noch vor Sonnenaufgang hinunter in den Laden. Als Erstes wählte sie die Nummer des stellvertretenden Staatsanwalts, die der Beamte ihr gegeben hatte. Der Staatsanwalt war noch nicht im Büro, doch Violet hinterließ eine Nachricht: Sie wollte Jed anzeigen. Viel zu oft hatte sie im Laufe der Jahre Ausreden für ihn gesucht und ihn immer wieder aus der Patsche geholt. Dabei hatte Mitgefühl ihm überhaupt nicht geholfen; ja, das Einzige, was dabei herausgekommen war, war, dass *sie* verletzt wurde.

April kam kurz vor Ladenöffnung um zehn, sie wirkte glücklich und entspannt.

»Ich nehme an, Sie hatten eine gute Nacht?«, fragte Violet.

April nickte. »Charlie und ich haben uns noch ganz lange unterhalten. Er will so schnell wie möglich wieder mit mir zusammen sein, also, das haben Sie sich nach gestern Abend sicher schon gedacht. Ich bin mir nicht so sicher. Ich zweifle nicht daran, dass er mich liebt und dass er will, dass es funktioniert, und das ist ein erster Schritt. Aber ich brauche Zeit, um wieder Vertrauen zu ihm zu fassen, bevor ich entscheiden kann, ob ich heiraten will.«

»Sie sind jung. Sie haben alle Zeit der Welt, um es herauszufinden«, sagte Violet. *Zeit, die ich nicht habe*, dachte sie. Sie wusste, dass sie wegen Sam eine Entscheidung treffen musste und darüber, ob sie damit leben konnte, dass sie zusammen nie eine Familie gründen würden, selbst wenn es mit ihnen gut liefe.

In ihrem Alter gab es keine Garantie, dass sie leicht schwanger werden würde, falls sie das wollte, doch es gab noch andere Möglichkeiten. Sie konnte ein Kind adoptieren, auch ohne Mann. Darüber hatte sie schon öfter nachgedacht. Aber sie wusste nicht, was sie glücklicher machen würde: Sam und kein Kind oder ein Kind und keinen Sam. Solange sie diese Frage nicht beantworten konnte, wollte Violet nicht zu viel Zeit mit ihm verbringen, denn das würde ihr die Entscheidung nur schwerer machen. Sie nahm sich vor, ihn später anzurufen und ihre Verabredung am Abend abzusagen.

Das laute Flattern der Plastikplanen im Wind riss Violet aus ihren Gedanken.

»Wann lässt Ihr Vermieter endlich das verdammte Fenster reparieren?«, fragte April und zeigte auf das Fenster. »Ich dachte, er müsste sich darum kümmern.«

»Wissen Sie was? Ich fahre in sein Büro und spreche mit ihm«, sagte Violet. Manchmal hatte sie das Gefühl, ihr Schicksal würde wie diese Plane von Kräften, die sich ihrer Kontrolle entzogen, hin und her geworfen. Und sie hatte es satt. »Können Sie hier eine Stunde oder so ein Auge auf alles haben, während ich zu Ted fahre?«, fragte Violet.

»Ja, klar«, sagte April. »Dafür bin ich da.«

Im Büro von Mortensen & Sohn Properties Inc. fragte die Empfangsdame Violet, ob sie einen Termin habe.

»Nein«, antwortete Violet. »Aber ich habe ein paar Informationen bezüglich des Verkaufs des Hauses in der Johnson Street. Die neuen Eigentumswohnungen?«

Die Empfangsdame griff zum Telefon und führte Violet, nach ein paar geflüsterten Worten, in Teds Büro.

»Violet«, begrüßte er sie. »Bitte nehmen Sie Platz. Sind Sie hier, um über unser Angebot zu sprechen?«

»Nein, ich bin hier, weil ich wissen will, wann Sie endlich das Fenster reparieren lassen. Ich weiß, dass Sie das Haus an ein Bauunternehmen verkaufen wollen, und ich kenne jemanden mit Verbindungen zu seinem Besitzer«, sagte sie. »Er würde sich wahrscheinlich brennend dafür interessieren, dass Sie Reparaturarbeiten verzögern, die letztendlich den Wert des Gebäudes beeinträchtigen.«

»Richtig.« Ted räusperte sich. »Ja, also, ich habe diesbezüglich mit unserer Versicherungsgesellschaft gesprochen, und angesichts dessen, dass der Bauunternehmer das Gebäude abreißen will, erachtet die Versicherung es nicht für notwendig, die Reparaturen durchzuführen. Besonders da wir nur noch ein paar Wochen haben, bis wir eine Räumungsklage einreichen. Vorausgesetzt, Sie ziehen nicht vorher aus.«

»Warten Sie, ich dachte, das Bauvorhaben sei ein Sanierungsprojekt, kein Abriss«, sagte Violet.

»Die Pläne haben sich geändert.«

»Ich soll meinen Laden also in einem Gebäude betreiben, an dem Sperrholzplatten und Planen das Schaufenster notdürftig sichern?«

»Sie können die Reparaturen gern selbst bezahlen, aber das wird sich wohl kaum lohnen.« Ted faltete die Hände und legte sie auf die Schreibtischplatte. »Das Angebot steht, dass Sie freiwillig ohne Gerichtsbeschluss ausziehen.«

»Das muss ich mit meinem Anwalt besprechen«, sagte Violet.

Wutschäumend kehrte sie in den Laden zurück. Man sah es ihr wohl an, denn April sagte: »Ich nehme an, das Gespräch ist nicht gut gelaufen.«

»Die reparieren gar nichts mehr«, sagte Violet. »Der Bauunternehmer, der das Haus kaufen will, sobald wir hier raus sind, hat schon die Abrissbirne bestellt. Ich wünschte, ich könnte allen sagen, sie sollten sich verpissen, und dem Bauunternehmer das Haus vor der Nase wegschnappen. Aber wir beide wissen, dass ich das Geld dafür nicht habe.«

April schüttelte den Kopf. »Wie kann so etwas denn legal sein?«

»Ich muss mit Karen sprechen, aber sie hat sich die ganzen Unterlagen schon vor zwei Monaten angesehen und mir mehr oder weniger gesagt, wir wären aufgeschmissen. Sie könne höchstens ein wenig Zeit für mich herausschinden, damit ich ein bisschen Eigenkapital zusammenkratze, um das Haus kaufen zu können. Aber das ist aussichtslos. Nicht zu fassen, dass ich es überhaupt für möglich gehalten habe. Die Modenschau hat nicht annähernd genug eingebracht, um es zu wagen. Und in der Nachbarschaft ist nichts zu vermieten, wo wir mit dem Laden hinkönnten.«

April machte große Augen und keuchte leise.

»Was ist?«, fragte Violet. »Das Kind? Soll ich Sie ins Krankenhaus bringen?«

April schüttelte den Kopf, schnappte sich einen Zettel und notierte ein paar Zahlen, während sie auf ihrer Lippe herumkaute.

»Was machen Sie da?«, fragte Violet. »Sie machen mir Angst.«

»Nur eine Sekunde … lassen Sie mich nachdenken.« April kritzelte noch mehr Zahlen auf den Zettel, dann nahm sie ihn und hielt ihn hoch.

»Sind Sie gerade hinter das Geheimnis des Zeitreisens gekommen, oder was? Können wir zu dem Tag zurückreisen, bevor der ganze Ärger mit der drohenden Räumung anfing?«

»Nicht ganz.« April neigte den Kopf zur Seite. »Aber wie wäre es, wenn Sie das Haus meiner Mutter kaufen würden? Ich verlange nicht annähernd so viel wie Ihr Vermieter für dieses Haus hier.«

»Im Ernst?« Violet dachte an den grünen Bungalow, einen Block die Straße runter. »Sie würden es mir verkaufen?«

»Warum nicht? Dutzende von Leuten haben es sich angesehen, aber kein Einziger hat ein Angebot gemacht, selbst nachdem der Makler mich überredet hat, mit dem Preis runterzugehen. Angesichts dessen, wie das Viertel sich entwickelt hat – mit etlichen Restaurants und Einzelhandelsgeschäften –, haben viele Leute gesagt, die Straße wäre ihnen zu laut. Oder es wären zu viele Modernisierungen erforderlich.«

»Ist es denn möglich … ich meine, würde die Stadt erlauben, in dem Haus einen Laden einzurichten?«

April nickte. »Ich weiß, dass das möglich ist, weil meine Mutter schon überlegt hatte, Geschäftsräume darin einzurichten, als sie ihre Aufräum-Agentur gründen wollte. Es gibt viele Firmen in der Gegend, die in Wohnhäusern residieren. In dem blauen viktorianischen Haus auf der anderen Straßenseite ist zum Beispiel ein Schönheitssalon. Und in dem weißen Holzhaus an der Ecke ein Sushi-Restaurant. Wieso bin ich nicht längst auf die Idee gekommen?«

»Und es wäre für Sie wirklich okay, es mir zu verkaufen?«, fragte Violet mit leiser Stimme. »Ich weiß, dass das Haus viele Erinnerungen für Sie birgt.«

»Sie würden mir sogar einen Gefallen tun. Ich will es unbedingt verkaufen, bevor das Kind auf die Welt kommt und das Semester anfängt.« April legte Bleistift und Zettel zur Seite. »Also, ich meine, kein Druck oder so. Es ist nur eine Idee.«

Violet überlegte laut. »Die Lage ist toll, wahrscheinlich sogar noch besser als hier. Direkt daneben ist ein Naturkostladen, also kommen viele Leute zu Fuß vorbei.« Sie stellte sich vor, wie sie ihr Ladenschild über die doppelflügelige Haustür des Bungalows hängte und Adirondack-Gartensessel auf die Veranda stellte, damit die Kundinnen sich setzen und ein wenig verweilen konnten.

Sie schwiegen einen Augenblick und ließen die Idee Gestalt annehmen.

»Was würde Ihre Mutter dazu sagen?«, fragte Violet.

»Ich glaube, es hätte ihr gefallen. Sie hatte immer einen unternehmerischen Geist.« April schenkte ihr ein schüchternes Lächeln. »Außerdem bliebe das Haus so ja fast ein wenig in der Familie.«

Kapitel 22

INVENTARSTÜCK: Schürze
JAHR: 1950er Jahre
ZUSTAND: einigermaßen
ARTIKELBESCHREIBUNG: blaue Baumwollschürze mit Gänseblümchendruck, leicht verblasst
HERKUNFT: Flohmarkt des Veteranenverbands

AMITHI

Mit einer kleinen Einkaufstasche in der Hand betrat Amithi Hourglass Vintage.

Violet war damit beschäftigt, Vintage-Kleider in Lagen von säurefreiem Seidenpapier einzuschlagen und in eine Plastikkiste zu packen. Als sie Amithi sah, stellte sie die Kiste zur Seite und wischte sich an ihrer zerknitterten Schürze die Hände ab. »Hallo, Fremde«, sagte sie. »Ich habe Sie seit der Modenschau nicht mehr gesehen. Sie sehen toll aus.«

Amithi blickte auf ihre indische Bluse mit Paisleymuster hinunter, die sie mit einer weiten Leinenhose kombiniert hatte, Sandalen mit Keilabsatz und einer türkisfarbenen Halskette. Jahrelang hatte sie sich immer Sorgen gemacht, was sie wann zu welcher Gelegenheit tragen sollte, doch jetzt hatte sie das Gefühl, endlich einen Stil gefunden zu haben, der weder ganz indisch noch ganz amerikanisch war, sondern ihr ganz eigener.

»Danke«, sagte Amithi und stellte die Einkaufstasche auf die Ladentheke. »Was machen Sie mit den ganzen Kisten?« Sie zeigte auf die Umzugskartons, die sich überall stapelten.

»Ich kaufe das Haus von Aprils Mutter«, sagte Violet. »Sie hat bei aller Mühe keinen Käufer dafür gefunden, weil einiges daran zu tun ist, aber das macht es für mich erschwinglich. Das und die Tatsache, dass sie mir einen tollen Preis gemacht hat. Aber trotzdem, einige der Besonderheiten, die andere Käufer abgeschreckt haben, etwa die niedrigen Türstürze oder die Tatsache, dass die Küche und die Bäder seit den fünfziger Jahren nicht renoviert wurden … also, so etwas verleiht dem Haus in meinen Augen nur mehr Charakter.«

»Gratuliere, das sind ja wunderbare Neuigkeiten«, sagte Amithi. »Und wie geht es April? Hat sie ihr Kind schon bekommen?«

»Noch nicht. Sie ist gerade beim Arzt. Jetzt, im letzten Monat der Schwangerschaft, muss sie jede Woche hin. Aber ich sage Ihnen auf jeden Fall Bescheid, wenn ihre Tochter oder ihr Sohn da ist.«

»Apropos Tochter, Sie werden nicht glauben, worum Jayana mich gebeten hat«, sagte Amithi. »Nachdem sie bei der Modenschau war, hat sie gesagt, sie würde gern nähen lernen.«

»Wow. Ihre Arbeit muss sie wirklich beeindruckt haben.«

»Ich habe gesagt, ich könnte ihr ein paar Stunden geben, aber sie hatte noch eine bessere Idee. Sie hat vorgeschlagen, zusammen nach Indien zu reisen, um Stoffe zu kaufen und meine Familie zu besuchen.« Amithi grinste. Sie konnte immer noch kaum glauben, dass Jayana das vorgeschlagen hatte. »Wir fliegen im Oktober. Und wenn wir dort sind, werden meine Mutter, meine Schwester und ich Jayana das Nähen beibringen. Und danach will ich auch noch woanders hin. Ich bin noch nie allein verreist, und ich denke, es wird langsam Zeit.«

»Das ist wunderbar.« Violet knotete ihre Schürze auf, zog sie aus und legte sie auf die Ladentheke. »Wissen Sie schon, wohin?«

»Ich bin mir noch nicht sicher. Oh, das hätte ich ja fast vergessen.« Amithi holte einen Stapel Visitenkarten aus ihrer Handtasche und reichte sie Violet.

»›Amithi Singh – Maßschneiderei‹«, las Violet und strahlte

übers ganze Gesicht. »Sie haben Ihr eigenes Geschäft gegründet? Willkommen im Club. Gott weiß, es hat seine Höhen und Tiefen, aber ich kann Ihnen versichern, dass es nichts Schöneres gibt, als seine eigene Chefin zu sein.«

Stolz erfüllte Amithis Brust. Ein Stolz, der sich ganz anders anfühlte als der mütterliche Stolz auf Jayana oder der Stolz, den sie als Ehefrau auf Naveens beruflichen Erfolg empfand. Dieser Stolz auf sich selbst war neu und durch und durch wunderbar.

»Ich hatte nie einen Chef oder eine Chefin«, sagte sie. »Ich habe noch nie gearbeitet … also, jedenfalls nicht für Geld.«

Sie hatte nie arbeiten müssen. Amithi nutzte weiterhin wie gewohnt Naveens und ihr gemeinsames Girokonto und die Kreditkarten. Bisher hatte es keine Probleme gegeben, obwohl sie schon seit Wochen bei Jayana und Jack wohnte. Trotzdem, allein zu wissen, dass sie selbst Geld verdienen *konnte*, wenn es sein musste, war ein Trost.

»Die Leute fragen mich dauernd, ob ich eine gute Schneiderin kenne«, sagte Violet. »Jetzt kann ich ihnen endlich jemanden empfehlen.« Sie legte Amithis Visitenkarten neben die Kasse.

»Eines noch.« Amithi griff in ihre Einkaufstasche und holte ein rosafarbenes Hängekleid aus Seide heraus. »Ich habe aus der Seide eines meiner alten Saris mal ein Kleid als Beispiel genäht.«

Violet strich über eine Seitennaht. »Das ist wunderschön. Das würde ich auch tragen.«

Amithi strahlte. »Ich habe mit einem schlichten Schnitt angefangen, aber ich hoffe, mit der Zeit auch ein paar kompliziertere Sachen hinzukriegen.«

»Haben Sie das mitgebracht, um es zu verkaufen?«, fragte Violet.

Amithi schüttelte den Kopf. »Vielleicht habe ich eines Tages eine ganze Kollektion von Kleidern zum Verkaufen, aber im Augenblick experimentiere ich noch. Ich muss mir wohl einen Raum suchen, um meiner Arbeit nachzugehen. Meine Projekte drohen, Jayanas und Jacks Wohnung zu überfluten. Vorerst wohne ich noch bei ihnen, und ich glaube, sie sind nicht gerade begeistert über die Stoffstapel überall.«

»Also, sobald ich eingezogen bin, kann ich Ihnen vielleicht in meinem neuen Haus etwas vermieten. Im ersten Stock ist ein wunderschönes großes, lichtdurchflutetes Zimmer, das sich perfekt als Nähzimmer eignen würde. Ich werde im ersten Stock wohnen, aber ich brauche den Platz nicht komplett.«

»Das will ich im Hinterkopf behalten«, sagte Amithi.

»Was sagt Ihr Mann dazu?«

»Es spielt keine Rolle. Was auch immer mit Naveen wird, die Schneiderei musste ich einfach machen. Bei der Modenschau habe ich mich nützlich gefühlt. Und das hat mir gutgetan.«

Amithi erwähnte nicht, was ihr bei der Modenschau noch aufgegangen war, nämlich dass sie noch nicht bereit war, Naveen zu verzeihen, und dass sie nicht wusste, ob sie es je sein würde. Sie war froh, dass Charlie und April wieder zusammengefunden hatten, doch beim Anblick der beiden auf der Bühne – so jung und voller Hoffnung – war in Amithi nur noch mehr Wut auf Naveen aufgestiegen. Im Rückblick erschienen Amithi ihre eigene Jugend und die Hoffnung, die sie einst empfunden hatte, naiv. April und Charlie hatten alle Zeit der Welt, um das verlorene Vertrauen wiederaufzubauen. Auch Amithi hatte noch Zeit, aber nicht mehr so viel. Sie war lange genug nur Ehefrau und Mutter gewesen. Jetzt war es an der Zeit, sie selbst zu sein. Doch zuerst musste sie herausfinden, wer sie war.

Seit sie ein kleines Mädchen gewesen war, hatte sie nicht mehr das Gefühl gehabt, vieles sei möglich, und es beglückte sie und machte ihr gleichzeitig Angst.

12. August 1956

Die sechsjährige Amithi stand mit offenem Mund vor dem riesigen Hawa Mahal. Noch nie hatte sie so ein großes und so kunstvolles Gebäude gesehen. Es hatte sicher tausend Fenster in der rosafarbenen Fassade. Sie konnte fast nicht glauben, dass dieser Palast in derselben Stadt lag, in der sie lebte. Warum hatte ihn ihr noch nie jemand gezeigt?

Ihre Mutter hielt Amithi und Priya an der Hand. Amithis Finger klopften, so fest war der Griff ihrer Mutter.

»Mama, du tust mir weh«, sagte sie.

»Gut, aber versprich, dass du ganz nah bei mir bleibst.« Ihre Mutter ließ Amithi los, hielt Priya, die jünger war, aber weiter an der Hand.

Amithi nickte, als sie den Palast betraten. Sie blieb an der Seite ihrer Mutter, als sie durch die riesigen Räume spazierten, einer opulenter als der andere. In einem breiten Flur blieb Amithi stehen, wie hypnotisiert von einem regenbogenfarbenen Buntglasfenster. Die Sonne, die durch die geschliffenen Scheiben fiel, ließ sie aussehen wie Edelsteine.

»Ist das nicht wunderschön, Mama?«, fragte sie.

Sie wandte sich zu ihrer Mutter um, doch ihre Mutter war nicht mehr da. Die Touristenmassen, die sich durch den Flur schoben, bedrängten Amithi. Sie sah nach vorn und nach hinten, doch sie erkannte niemanden.

Voller Panik ging sie durch eine überwölbte Türöffnung in den nächsten Raum. Auch in diesem Raum drängten sich die Besucher. Hoch ragten sie über ihr auf und versperrten ihr die Sicht. Amithi folgte einem schmalen Flur und rief nach ihrer Mutter. Menschen gingen an ihr vorbei, blieben aber nicht stehen.

Sie stieg eine Treppe hinauf und dann noch eine, bis sie im obersten Stockwerk angekommen war, fünf Etagen über dem Boden. Sie spähte aus den vergitterten Fenstern und hoffte, ihre Mutter und ihre Schwester in einem der Palasthöfe unten zu entdecken.

Gänsehaut überzog kribbelnd ihre Arme, als sie aus dem Fenster schaute. Ganz Jaipur lag unter ihr ausgebreitet – Tempel mit Türmchen, ausgedehnte Gärten und glitzernde Seen, und über allem erhob sich das Aravalligebirge. Angesichts von so viel Schönheit vergaß Amithi, dass sie sich verlaufen hatte.

Kapitel 23

INVENTARSTÜCK: Kostüm
JAHR: 1999
ZUSTAND: ausgezeichnet
ARTIKELBESCHREIBUNG: Rock und Jacke von St. John. Königsblauer Wollstrick mit weißen Paspeln. Wie neu
HERKUNFT: Wohltätigkeitsauktion der Junior League

April

Charlie schloss die Tür des Umzugswagens.

»Willst du dich noch ein letztes Mal umsehen, ob du auch wirklich nichts vergessen hast?«, fragte er.

»Wenn ich etwas vergessen habe, sagt Violet mir schon Bescheid«, meinte April.

»Ja, aber willst du nicht … Auf Wiedersehen sagen oder so?« Charlie drückte ihre Hand. »Wenn du das nächste Mal herkommst, sieht es ganz anders aus.«

April nickte und betrat das Haus ihrer Mutter. Sie ging durch den Hausflur in das Wohnzimmer und die Küche und staunte, wie groß die Räume ohne Möbel waren. Sie stieg die Treppe hinauf und ging durch die Schlafzimmer. Ihr Zimmer, das bis vor ein paar Tagen vollgestopft gewesen war mit Klamotten aus achtzehn Lebensjahren, Bilderrahmen und ein paar aus der Kindheit herübergeretteten Puppen, kam ihr vor wie der Raum von jemand anderem. Die Wände waren jetzt weiß gestrichen, und der einzige Gegenstand darin war der Heizkörper. Auf dem Weg nach unten erwartete sie, wenigstens ein wenig traurig zu sein, dass das Haus, auch wenn eine liebe Freundin es kaufte, nicht mehr ihres sein würde, nicht mehr das Haus ihrer Mutter. Doch ohne die eigensinnige Mischung aus Kunst und Möbeln kam ihr das Haus überhaupt nicht vor wie das Haus ihrer Mutter, was es ihr sehr viel leichter machte, die Tür zuzumachen, sie abzuschließen und die Schlüssel in die Tasche zu stecken, um sie später mit zur Vertragsunterzeichnung zu nehmen.

Charlie reichte April die Hand und half ihr, sich auf der Beifahrerseite in den Umzugswagen zu hieven. »Willst du das Ding wirklich nicht selbst fahren?«, fragte er.

»Das Auto meiner Mutter zu fahren war schlimm genug, nachdem ich ein Jahr nicht mehr hinter dem Steuer gesessen hatte. Das überlasse ich gern dir.«

Charlie stieg ein und steckte den Schlüssel ins Zündschloss. Bevor er den Motor anmachte, fragte er: »Geht es dir gut?«

April schaute durchs Fenster auf das Haus. »Als wir aufgeräumt haben, hat Violet eine Notiz meiner Mutter gefunden, die sie daran erinnern sollte, dass sie etwas in ihrer Lebensversicherungspolice überprüfen wollte. Es sieht aus, als könntest du recht gehabt haben. Dass meine Mutter …« Sie musste sich zwingen, die Worte auszusprechen. »Dass sie Selbstmord begangen hat.«

Charlie sagte nichts. Er rutschte auf der Sitzbank hinüber und nahm April in die Arme, während sie weinte und sich ihrem Kummer ergab, was sie nur bei ihm konnte. Er hielt sie fest, dort im Umzugswagen, in der Einfahrt zum Haus ihrer Mutter, bis ihre Atemzüge sich beruhigten.

April löste sich. »Ich wollte es dir die ganze Zeit schon sagen, aber ich wusste nicht, wann ich es zur Sprache bringen sollte. Es war so schön, wieder mit dir zusammen zu sein, und ich wollte es nicht mit noch mehr schlechten Nachrichten verderben. Es kommt mir vor, als hätte es nichts anderes gegeben, seit wir uns kennengelernt haben. Ein heftiges Problem nach dem anderen.«

»Ehrlich? Das sehe ich aber ganz anders«, widersprach Charlie. »Ich betrachte es als unglaubliches Glück, dass wir uns begegnet sind. Und die heftigen Probleme … also, damit muss sich früher oder später doch jedes Paar rumschlagen, oder? Vielleicht kommt das bei uns alles am Anfang, damit wir uns auf die guten Zeiten freuen können.«

April nickte. »Und es hat uns stärker gemacht.«

»Ganz genau«, sagte Charlie. Und dann fügte er leise hinzu: »Allerdings wünsche ich mir, ich hätte mehr Zeit gehabt, deine Mutter besser kennenzulernen.«

»Ich wünschte auch, ich hätte sie besser gekannt.« Mit dem Handrücken wischte April sich die Tränen fort und betrachtete das Haus noch einmal mit klarem Blick. Dann klopfte sie auf das Sitzpolster und lächelte Charlie an. »Auf geht's.«

Sie fuhren einen knappen Kilometer zu ihrer neuen Wohnung. April hatte hin und her überlegt, ob sie zusammenziehen sollten oder nicht. Charlie war derjenige, der es zur Sprache gebracht hatte. Der Mietvertrag mit seinem Zimmergenossen lief bald aus, und er brauchte eine neue Bleibe, jetzt, da er in Madison Medizin studieren würde. April zögerte noch, denn wenn es nicht funktionierte, würde es, wenn sie zusammenlebten, noch schwerer sein, sich ein zweites Mal zu trennen. Doch auch wenn die Zukunft ungewiss war, wollte sie jetzt mit Charlie zusammen sein, und wenn in knapp einem Monat das Kind zur Welt kam – *falls* es nicht schon früher kam –, konnte sie weiß Gott jede Hilfe gebrauchen. Also hatten sie eine Dreizimmerwohnung im Erdgeschoss eines alten Hauses in der Nähe des Campus gemietet, direkt an einer Buslinie. Seinen Eltern hatte Charlie es allerdings noch nicht gesagt.

Charlie trug die Kisten in die Wohnung, während April auf dem Holzfußboden saß und auspackte. Sie wickelte Teller und Becher aus Zeitungspapier und stellte sie in den Einbauschrank. Sie hatte bestimmt schöneres Geschirr als die meisten Achtzehnjährigen: große Steingutschüsseln, von Künstlerfreunden ihrer Mutter gefertigt, Zinnteller von der Hochzeit ihrer Eltern vor zwei Jahrzehnten und gravierte Weingläser von den Großeltern mütterlicherseits, die beide gestorben waren, als April noch klein war.

Der Geschirrschrank mit den bleiverglasten Türen war für April ein entscheidendes Plus an dieser Wohnung gewesen. Obwohl sie und Charlie nur zu zweit waren und wahrscheinlich nicht viel von dem geerbten Geschirr benutzen würden, konnte sie sich mehr an den schönen Sachen erfreuen, wenn sie ab und zu einen Blick darauf werfen konnte. Dies war ihr Weg, um zu verhindern, dass Trauer aufkam: Sie stellte Stücke aus ihrer Vergangenheit aus, damit sie sich daran erfreuen konnte, statt sie in einer Schachtel irgendwo zu verstecken.

April hielt Charlie an, der mit einem Armvoll Kleidern auf Kleiderbügeln vorbeiging.

»Wir müssen es deinen Eltern sagen.«

»Ich weiß.« Er verschwand im Schlafzimmer und kehrte mit leeren Händen zurück.

»Nein, ich meine, wir müssen es ihnen *jetzt* sagen.«

»Jetzt gleich? Wir haben den Umzugswagen nur bis drei, und dann muss ich dich zur Vertragsunterzeichnung bringen.«

»Okay, vielleicht nicht diese Minute, aber bald. Diese Woche noch. Das Kind und ich sollten nichts sein, was du verheimlichen musst.«

Charlie hockte sich neben sie. »Das bist du nicht. Sie wissen schon, dass wir wieder zusammen sind.«

»Ja, aber sie haben mich seit dem Frühjahr nicht gesehen, also ist es für sie wahrscheinlich nicht real. Ich wette, sie hoffen, dass wir uns jeden Tag wieder trennen. Damit es für sie real wird, und auch für uns, muss es offen auf den Tisch. Vollständig.«

Charlie legte ihr eine Hand auf den Rücken. »Du hast recht. Wir sagen es ihnen.«

»Wann?«

»Ich rufe sie heute Abend an und verabrede was.«

Am nächsten Abend gingen Charlie und April Hand in Hand den gepflasterten Weg zu dem großen Haus der Cabots im Tudor-Stil. Links und rechts der lackierten Haustür blühten weiße Rosen. Charlie klingelte, und ein hohes Bellen begrüßte sie von drinnen.

Judy Cabot öffnete die Tür einen Spalt und sagte: »Vorsicht, dass die Hunde nicht rausgehen.«

Charlie und April zwängten sich durch die kaum geöffnete Tür, was für April mit ihrem runden Bauch schwierig war. Sobald sie über die Schwelle waren, sprangen zwei weiße, hypoallergene Flauschbälle um ihre Knöchel. Ihre winzigen Pfoten kratzten an Aprils nackter Haut – sie trug einen Rock und Flipflops. Die Schuhe entsprachen sicher nicht Judys Standards, doch sie war im achten Monat schwanger, und der Gedanke, ihre geschwollenen Füße in Pumps oder sogar Sandalen mit Keilabsatz zu zwängen, war ihr unerträglich.

»Meine Güte, lass dich anschauen«, sagte Judy, als ihr Blick auf Aprils Bauch fiel. Mehr sagte sie nicht. Keine wissenden Blicke von Mutter zu Mutter, kein Wort über das »Strahlen«, das so viele Frauen April bescheinigt hatten.

»Sieht sie nicht toll aus?« Charlie schlang den Arm um Aprils breite Taille.

Judy zu sehen erinnerte April jedoch an den Tag, an dem sie die Karte mit der Hochzeitsabsage in der Post gehabt hatte, und die Erinnerung daran schmerzte immer noch. Doch Charlies stolzes Lächeln machte ihr bewusst, was sich seither verändert hatte, und sie hatte die Kraft zu sagen: »Hallo, Judy.«

Charlie gab seiner Mutter ein Küsschen auf die Wange. »Wo ist Dad?«

»Auf der Terrasse. Kommt mit raus.«

Sie folgten Judy durch die Küche, wo sie stehen blieb und fragte: »Möchtest du einen Gin Tonic? Ich habe gerade welchen für deinen Vater und mich gemacht.«

»Klar«, sagte Charlie.

Verwundert sah April zu, wie Judy ihrem Sohn einen Drink mixte und ihr nichts Alkoholfreies anbot, wie es sich für sie als Gastgeberin eigentlich gehört hätte, schließlich war April mit ihrem Enkelkind schwanger. Gott sei Dank war Charlie ein wenig aufmerksamer. Er ging zum Kühlschrank und öffnete ihn.

»Möchtest du Limonade, April, oder ein San Pellegrino?«, fragte er.

»Limonade wäre nett, danke«, sagte sie. Während Charlie ihr ein Glas einschenkte, sah April Judy zu, wie sie mit eigentümlicher Konzentration Limette in einen Tumbler presste.

Judy nahm den Rührlöffel aus dem Glas. »So. Gehen wir raus?«

Auf der Terrasse hinter dem Haus saß Trip an einem Tisch, schwenkte ein fast leeres Glas und ließ den Blick über seinen verblüffend grünen, kunstdüngerverwöhnten Rasen schweifen.

»Hi, Dad.« Charlie nahm seinem Vater gegenüber Platz und bedeutete April mit einer Geste, sich zu ihm zu setzen.

April packte beide Armlehnen des niedrigen Gartenstuhls und ließ sich auf dem Kissen nieder. Ihr Leben lang hatte sie es für selbstverständlich gehalten, sich ohne Probleme auf einen Stuhl zu setzen und sich wieder davon zu erheben.

»Hallo«, sagte Trip. »Was führt dich heute zu uns?«

April fand es seltsam, dass Charlie in derselben Stadt lebte wie seine Eltern und einen Grund brauchte, sie zu besuchen.

»Ach, ich wollte euch nur ein paar Neuigkeiten mitteilen, bevor das Semester losgeht und das Kind zur Welt kommt und alles verdammt hektisch wird«, sagte Charlie.

Judy runzelte die Stirn. »Charlie. Deine Ausdrucksweise.«

»Ich bin erwachsen, Mom. Ich darf ›verdammt‹ sagen. Ist ja nicht so, als hätte ich ›Scheiße‹ gesagt.«

Judy starrte ihn mit offenem Mund an. »Charles!«

April stupste Charlie unter dem Tisch mit dem Ellbogen an. Was sie vorhatten, war schon schwierig genug, ohne dass Charlie seine Mutter bereits in den ersten zwei Minuten auf die Palme brachte.

»Ja, du hast dir ganz schön was vorgenommen«, sagte Trip. »Ich bin mir sicher, das Medizinstudium ist hart genug, ohne sich auch noch um ein Kind kümmern zu müssen.«

»Das kriege ich schon hin«, sagte Charlie. »April und ich teilen uns die Verantwortung für das Kind, deswegen sind wir auch zusammengezogen.«

»Dann seid ihr wieder verlobt?«, fragte Judy nicht gerade erfreut.

»Irgendwann vielleicht«, sagte Charlie. »Ich hoffe es. Aber wir haben Zeit, das herauszufinden. Vorerst wollen wir nur sehen, wie es läuft.«

»›Sehen, wie es läuft‹?« Judy versuchte nicht einmal, ihre Missbilligung zu verhehlen. »Das ist keine Highschoolromanze, Charles.«

»Ich bin nicht mehr auf der Highschool«, sagte April. »Ich fange in ein paar Wochen auf dem College an.«

»Du bist immer noch ein *Teenager.*« Judy verschränkte ihre vom Tennis gebräunten Arme vor der Brust und richtete den Blick auf ihren Sohn. »Mach doch, was du willst, Charles. Ich habe es aufgegeben, es dir ausreden zu wollen. Aber von uns bekommst du keinen Cent.«

»Oh, das habt ihr schon mehr als deutlich gemacht, dass ich euer Geld nur kriege, wenn ich tue, was ihr wollt. Keine Sorge. Meinem Antrag auf ein Studiendarlehen wurde bereits stattgegeben, also brauche ich euer Geld nicht.«

»Schön.« Judy knallte ihr Glas auf den Tisch. Die Eiswürfel klimperten, und ein wenig Gin Tonic schwappte am Rand über. »Denn du hast bewiesen, dass du nicht genug Verantwortung besitzt, um einen Plan zu machen und dich auch daran zu halten. Zuerst wolltest du heiraten, dann nicht. Dann wolltest du in Boston studieren, jetzt bist du hier. So ein Hin und Her werden wir finanziell nicht unterstützen, oder, Trip?«

»Mmmmm«, meinte ihr Mann.

Jetzt knallte Charlie sein Glas auf den Tisch. »Ich *habe* einen Plan. Und an dem hat sich von Anfang an nichts geändert: Ich will hier studieren und mit April und unserem Kind zusammen sein. Nur weil es nicht dein Plan ist, heißt das noch lange nicht, dass er nicht verantwortungsvoll ist.«

»Wir wollten es euch sagen, weil wir hoffen, dass ihr am Leben des Kindes teilhabt. Und an unserem«, warf April ein, auch wenn ihr Leben verdammt viel leichter wäre, wenn Judy und Trip am anderen Ende des Kontinents leben würden. Doch es war richtig, es zu sagen. Charlies Eltern lebten seit über dreißig Jahren in Madison und würden nirgendwo hingehen, außer vielleicht gelegentlich auf eine Kreuzfahrt ins Mittelmeer oder eine Golfreise.

Judy seufzte. »Ich wünschte nur, du würdest gründlich darüber nachdenken, bevor du solche großen Entscheidungen triffst, das ist alles.«

»Ich habe gut darüber nachgedacht, Mom. Und wenn du mein Urteilsvermögen weiterhin infrage stellst, werde ich nicht länger hier sitzen bleiben und zuhören.«

»Es tut mir leid, aber wir können doch nicht mit ansehen, wie du dein Leben ruinierst, oder?« Judy sah ihren Mann an.

Trip rutschte auf seinem Stuhl herum. »Ähm, ja«, sagte er. »Ich meine, nein.«

April wurde von heftigen Gefühlen übermannt, einem ungeheuren Zorn, der sich in einem Ausbruch Luft zu machen drohte wie an dem Tag, als sie aus Hourglass Vintage gestürmt war. Sie stellte sich vor, wie Judy die Briefmarken mit den botanischen Motiven auf die Karten mit der Hochzeitsabsage geklebt hatte, besonders auf die, die an April adressiert war.

Charlie sprang hoch und reichte April die Hand, um ihr aufzuhelfen.

»Wo willst du hin?«, fragte Judy.

»Nach Hause«, erwiderte er. »Ich muss nicht hier sitzen und mich von dir beleidigen und herablassend behandeln lassen. Ich *brauche* dich nicht.«

Das war womöglich das Schlimmste, was Charlie zu seiner Mutter sagen konnte. April sah zu, wie Judy die beerenfarbenen Mundwinkel nach unten verzog und das Feuer in ihren Augen erlosch. Charlie war ein Einzelkind, genau wie April (ihre Halbgeschwister in Ohio, die sie kaum kannte, zählten für sie nicht). Dass er sagte, er brauche seine Mutter nicht, beraubte sie ihres Daseinszweckes. April ließ sich von Judys Einladungen zu Mittagessen und Wohltätigkeitsveranstaltungen nicht an der Nase herumführen. Die waren nur dazu da, ihre langen Tage auszufüllen, und ein Vorwand, um mit ihrem neuesten Kostüm von St. John zu prahlen. Ihre wahre Berufung war, sich um ihren blonden Sohn zu sorgen, und ohne dieses Ventil für ihre grenzenlose, nervöse Energie wirkte sie plötzlich verloren.

Sein volles Glas ließ Charlie auf dem Tisch stehen. Er trat zu seinem Vater, klopfte ihm auf die Schulter und ging dann mit April ins Haus.

»Nicht zu fassen, wie sie sich verhält«, sagte Charlie, sobald er die Verandatüren hinter ihnen geschlossen hatte. »Ich versuche nur, ehrlich zu sein, damit wir an einen Punkt kommen können, wo sie uns nicht ständig ablehnen, aber sie macht es uns wirklich schwer.«

»Das gibt sich wieder«, sagte April und hoffte, dass es stimmte.

Charlie ging zur Haustür. »Lass uns verschwinden.«

»Warte, ich muss mal auf Toilette. Tut mir leid.« Manchmal war es ganz schön nervig, schwanger zu sein.

Charlie sah sie ungeduldig an. »Okay, ich warte im Auto auf dich.«

Als sie aus der mit Marmor gefliesten Gästetoilette kam, wäre sie auf dem Weg nach draußen beinahe mit Trip zusammengestoßen.

»Oh, gut. Ihr seid noch da«, sagte er.

»Wir wollen jetzt gehen.«

Trip kratzte sich am Kopf mit dem dichten grauen Haar. »Tut mir leid, der ganze Streit.«

April zuckte die Achseln. »Kein Problem.«

Er betrachtete ihren Bauch und fragte: »Geht es dir gut? Ich meine, ist mit dem Kind alles in Ordnung?«

Schützend legte April die Hand auf den Leib und dachte daran, dass sie Angst vor zu hohem Blutdruck und neuerlicher Bettruhe hatte. »Eine Weile war es schwierig, aber in letzter Zeit geht es mir sehr gut. Danke der Nachfrage.«

Trip räusperte sich. »Meine Frau liebt Charlie, und sie meint es gut, auch wenn das nicht immer so rüberkommt.« Er zog einen Zettel aus der Tasche und drückte ihn April in die Hand. An der Zeile zum Unterschreiben auf der Rückseite erkannte sie, dass es ein Scheck war.

»Sag's nicht Judy«, sagte Trip.

April gab ihm den Scheck zurück, ohne nachzusehen, auf welchen Betrag er ausgestellt war. »Das kann ich nicht annehmen.«

»Bitte, ich fühle mich schrecklich wegen der ganzen Sache. Wie wir mit …«, er räusperte sich und senkte den Blick noch einmal auf Aprils Bauch, »… mit der ganzen Situation umgegangen sind.«

April konnte das Geld nicht annehmen, auch wenn es schön wäre, für ihr Ungeborenes einen Ausbildungssparplan zu haben. Doch sie wusste, dass Charlie gekränkt wäre, wenn sie das Geld annahm, besonders nachdem er heute erklärt hatte, er brauche seine Eltern nicht. Trotzdem rührte es April, dass Trip helfen wollte.

»Bitte, nimm es.«

April schüttelte den Kopf. »Heb's für einen Geburtstag unseres Kindes auf oder für seinen Schulabschluss. Ich hoffe, ihr seid dabei. Du und Judy.«

Trip umarmte sie nicht – die Cabots waren keine großen Freunde von solchen Sympathiebekundungen –, doch er sah April lange in die Augen, und sie hätte schwören können, dass sie gesehen hatte, wie er eine Träne wegblinzelte.

Kapitel 24

INVENTARSTÜCK: Mantel
JAHR: 1962
ZUSTAND: gut
ARTIKELBESCHREIBUNG: weißer Kaschmirmantel mit Dreiviertelärmeln. Passende, ellenbogenlange Glacéhandschuhe
HERKUNFT: Betsy Barrett. Im Weißen Haus getragen anlässlich einer Einladung zum Mittagessen zur Förderung der Künste

VIOLET

An einem späten Augustabend summte Violet ein Dolly-Parton-Album mit, während sie eine Wand in ihrem neuen Laden orange strich. Die Erinnerung an Ted Mortensens Gesicht, als sie ihm sagte, sie würde doch auf sein Angebot eingehen und für zwei Monatsmieten auf ihr Vorkaufsrecht an dem Haus verzichten und freiwillig ausziehen – außer dass sie sechs Monatsmieten verlangt hatte –, zauberte ihr ein Lächeln aufs Gesicht. Auf Karens Drängen hin hatte sie Ted gesagt, es sei »ein kleiner Betrag«, um sich die Mühe zu ersparen, wegen ihres Mietvertrags vor Gericht zu gehen, wo doch der Bauunternehmer so begierig war, den Vertrag mit ihm abzuschließen und mit dem Bau der Eigentumswohnungen zu beginnen, bevor das Wetter schlechter wurde.

Zu ihrer Überraschung war Ted einverstanden gewesen. Mit dem Geld und mit ihrem Gewinn aus der Hourglass Revue hatte Violet ihre Anzahlung auf den Bungalow von Aprils Mutter aufgestockt.

Violet reckte sich gerade mit der Farbrolle in eine hohe Ecke, als das Telefon klingelte. Sie fiel fast von der Leiter. Sie stieg hinunter und drehte die Musik leiser, bevor sie ranging.

»Kann ich bitte mit Mrs Violet Turner sprechen?«, sagte eine Frauenstimme am anderen Ende.

Violet packte die Schnur ihres Wählscheibentelefons. »Am Apparat.«

»Ich heiße Ellen, und ich bin Sozialarbeiterin im Agrace-Hospiz. Ist es richtig, dass Sie eine Freundin von Betsy Barrett sind?«

»Ja.« Violet taumelte und lehnte sich an die Ladentheke. *Hospiz? Ist das nicht für Sterbende?*

»Wir organisieren hier in unserer Kapelle eine Feier für sie, und sie bat mich, Kontakt mit Ihnen aufzunehmen und zu schauen, ob Sie daran teilnehmen möchten.«

In Violets Kehle stieg ein Kloß auf. Sie wollte nicht hören, was sie als Nächstes zu hören fürchtete. »Ist … ist sie tot?«

»Oh, nein. Tut mir leid. Das hätte ich deutlicher sagen sollen. Wir haben Mrs Barrett stationär im Hospiz aufgenommen. Unsere Pflegekräfte haben sie schon eine Weile zu Hause betreut, aber die Pflege zu Hause hat doch ihre Grenzen. Letzte Woche hat sie eine Lungenentzündung bekommen, und da hat ihre Krankenschwester ihr geraten, es sei an der Zeit, dass sie stationär aufgenommen wird, und sie war einverstanden.«

»Aber Lungenentzündung ist doch behandelbar, oder?«, fragte Violet.

»Bei gesunden Menschen schon, ja. Sehr oft. Aber bei Krebspatienten wie Mrs Barrett, deren Immunabwehr geschwächt ist … also, die erholen sich nur schwer davon.«

Violet ließ diese Information sacken. »Aber das kann nicht sein«, sagte sie. »Ich habe sie erst vor ein paar Wochen gesehen, bei einer Modenschau, die wir vom Laden aus organisiert haben, und sie sah gut aus. Wohl ein wenig mager, aber dünn war sie immer schon.«

»Bei jemandem mit einer unheilbaren Krankheit können sich Dinge sehr rasch ändern, besonders in ihrem Alter.«

Die Worte »unheilbar« und »Krankheit« klapperten in Violets Kopf herum.

»Es tut mir leid, wenn das ein Schock für Sie ist«, sagte Ellen. »Aber Sie müssen wissen, dass ich Sie anrufe, weil Mrs Barrett Sie sehen möchte. Sie hat um eine Feier gebeten, eine Art Fest der lebendigen Erinnerung, das ihr helfen soll, sich auf ihre nächste Reise vorzubereiten. Sie lässt anfragen, ob Sie bereit sind, etwas vorzulesen oder ein paar Gedanken vorzutragen. Sie hätte Sie selbst angerufen, aber sie ist sehr müde und schläft mehr oder weniger den ganzen Tag, also habe ich gesagt, ich würde mich darum kümmern.«

»Selbstverständlich«, sagte Violet. »Hatte sie ein spezielles Gebet oder sonst etwas im Sinn?«

»Nein. Mrs Barrett möchte, dass die Menschen kreativ zum Ausdruck bringen, was sie mitteilen wollen. Sie möchte allerdings nichts zu Religiöses oder Predigthaftes. Es soll niemand außen vor bleiben, nur weil er nicht einer bestimmten Glaubensrichtung anhängt.«

»Das klingt ganz nach Betsy. Und wann soll die Feier stattfinden?«

»Morgen Abend um sechs Uhr in unserer Kapelle. Es tut mir leid, dass ich so kurzfristig Bescheid sage, aber wir nehmen hier im Hospiz einen Tag nach dem anderen, wie er kommt, und wenn ich ehrlich bin, weiß ich nicht, wie lange Mrs Barrett noch bei uns ist. Ich glaube, sie weiß es auch, deswegen möchte sie es auch tun.«

»Okay, ich komme.«

Violet legte auf und setzte sich auf die Abdeckplane, die sie zum Streichen ausgelegt hatte. Sie weinte nicht, dazu saß der Schock zu tief.

Amithi kam von oben herunter, wo sie an der Umgestaltung

des großen, lichtdurchfluteten Zimmers arbeitete. Wenn sie von ihrer Reise mit Jayana zurück war, wollte Violet ihr den Raum probeweise überlassen, um zu schauen, ob sie ihn für ihre Maßschneiderei mieten wollte.

Amithi legte Violet eine Hand auf die Schulter. »Ich habe gehört, dass Sie hier unten gesprochen haben, und Sie klangen ganz aus der Fassung. Ist etwas passiert?«

»Ich habe gerade erfahren, dass Betsy ins Hospiz gekommen ist.«

»Wie schrecklich.« Amithi runzelte die Stirn. »Ich bin ihr nur zweimal begegnet, doch sie scheint eine sehr nette Frau zu sein. Sie hat sehr viel für die Stadt getan.«

»Wenn ich es recht überlege, ist es eine Weile her, dass sie das letzte Mal im Laden war. Ich hätte wissen müssen, dass etwas nicht stimmt, und nach ihr sehen müssen. Sie hat keine … keine Kinder oder so.« Schuldgefühle verknoteten sich in Violets Magen zu einem festen Ball. »Ich muss April anrufen und ihr wegen der Feier Bescheid sagen.«

»Hätte Betsy nicht um Hilfe gebeten, wenn sie welche gebraucht hätte?«

»Nein. Dazu ist sie zu stolz. Und jetzt ist es zu spät.«

»Es ist nicht zu spät. Sie können sie doch noch sehen, oder?«, fragte Amithi.

»Sie möchte, dass ich etwas zu der Feier beitrage, die sie morgen im Hospiz abhalten. Ich soll etwas vorlesen. Ich habe keine Ahnung, was ich machen soll.«

»Hat sie ein Lieblingsgedicht? Eine Bibelstelle?«

»Sie liebt Musik, Kunst und Tanz«, sagte Violet. »Aber ich bin keine Ballerina. Das erfordert eine gute Balance, und ich habe oft genug Mühe, mich auf den Füßen zu halten.«

Auf dem Weg an den neuen, monochromen Wohnsiedlungen im Südwesten der Stadt vorbei zum Hospiz überlegte Violet am nächsten Abend, was sie anders hätte machen können. Hätte sie Betsy genauer nach ihrer Krebserkrankung fragen sollen, als sie im Sommer bei ihr zu Hause gewesen war? Doch Betsy hatte darauf bestanden, sie befände sich auf dem Wege der Besserung, und Violet hatte ihr unbedingt glauben wollen. Vielleicht hatte sie wichtige Signale übersehen, dass in Wirklichkeit doch nicht alles gut war.

Im Hospiz angekommen fragte Violet am Empfang, ob sie Betsy vor der Feier sehen könne, doch die Empfangsdame verneinte. Alle Gäste sollten zur Kapelle geführt werden.

Violet betrat den düsteren, nur von Kerzen beleuchteten Raum. In der Luft hing Räucherstäbchenduft mit Moschus oder Sandelholz. Doch was Violet am meisten beeindruckte, waren die vielen Blumen. Es waren keine sorgfältig gesteckten, verhaltenen Arrangements, wie man sie gemeinhin in Kirchen antraf, sondern ausladende Dahliensträuße mit Blüten, groß wie Essteller, in Orange, Lila und Gelb, hoch aufragende Stängel von knallrosa Gladiolen, Sträuße aus Sonnenblumen, die aussahen, als wären sie in einem Garten gepflückt worden.

In der kleinen Kapelle drängten sich die Gäste, obwohl die Feier erst in zwanzig Minuten beginnen würde. Bis auf zwei abgesperrte Reihen ganz vorn waren sämtliche Plätze besetzt. Hinten standen schon einige an den Wänden, weil kein Platz mehr zum Sitzen war.

Eine Frau in einem Kostüm kam auf Violet zu. »Ich bin Ellen«, sagte sie. »Werden Sie heute Abend etwas beitragen?«

»Ja. Ich glaube, wir haben telefoniert. Ich bin Violet Turner.«

»Ich habe vorn ein paar Plätze für Betsys Ehrengäste reserviert.«

»Ehrengäste?«

»Ja. Wenn Sie mir bitte folgen wollen.«

Ellen öffnete das Absperrseil und ließ Violet in die erste Reihe. »Die Feier heute Abend wird eine ganz entspannte Angelegenheit, Sie brauchen also nicht nervös zu sein. Ich leite das Ganze, und ich rufe Ihren Namen auf, wenn Sie dran sind. Wenn Sie mich jetzt bitte entschuldigen, ich muss mich noch um ein paar letzte Kleinigkeiten kümmern.«

Violet kannte keinen der anderen Gäste. Sie überlegte, ob April kommen würde. Sie hatte ihr eine Nachricht aufs Band gesprochen.

Eine junge Frau, die neben Violet Platz genommen hatte, sprach sie an. »Woher kennen Sie Betsy?« Violet schätzte sie auf Aprils Alter.

»Ich besitze eine Vintage-Boutique, und Betsy ist seit Jahren meine Kundin«, antwortete Violet. »Und Sie?«

»Sie hat vor ein paar Jahren an der Uni ein Musikstipendium gestiftet, und ich habe es bekommen. Das Stipendium deckt für vier Jahre die Hälfte meiner Studiengebühren. Ohne es hätte ich einen großen Studienkredit aufnehmen müssen, den abzuzahlen ewig gedauert hätte.« Die junge Frau schob sich ihre langen Haare hinter die Ohren. »Musiker verdienen oft nicht besonders viel, also ist es schön zu wissen, dass ich nach dem Abschluss ein bisschen mehr finanzielle Freiheit habe.«

»Was spielen Sie?«

»Oh, viele verschiedene Instrumente, aber am meisten liebe ich die Geige und alles, was Saiten hat.« Die Augen der jungen Frau strahlten, als sie über ihre Lieblingskomponisten und -interpreten sprach. Von den meisten hatte Violet noch nie etwas gehört.

Ellen schob Betsy in ihrem Rollstuhl in die Kapelle und stellte ihn neben der ersten Reihe ab. Schockiert nahm Violet zur Kenntnis, wie gebrechlich ihre Freundin war. Sie hatte zu dieser Gelegenheit einen dicken Wickelpullover im Ethno-Stil angezogen, doch unter der bunten Wolle stachen ihre Ellbogen und Hüftknochen spitz heraus. Ein Ärmel des Pullovers war hochgerollt, um Platz für die Infusionsnadel zu machen, die in ihrer blassen Haut steckte. An einer Stange am Rollstuhl hing ein Infusionsbeutel.

Violet winkte Betsy, und sie quittierte es mit einem matten Lächeln. Mehrere Menschen kamen zu Betsy, um sie zu begrüßen, und Ellen erlaubte ihnen, einen Moment zu plaudern, bevor sie sie wegscheuchte.

Ellen ging nach vorn, um alle willkommen zu heißen, und erklärte, die Idee für den Abend sei aus einem Gespräch entstanden, das sie mit Betsy geführt habe.

»Mrs Barrett und ich haben ihre Beerdigung geplant, und ich glaube, irgendwann war sie ziemlich frustriert«, sagte Ellen. »Nach über einer Stunde Diskussion über Blumen und Musik sagte sie: ›Was hat es für einen Sinn, das alles akribisch auszuwählen, wenn ich nicht mal dabei bin? Zum Teufel damit. Warum machen wir keine Feier, solange ich noch lebe und meine Freunde sehen kann?‹ Deswegen sind Sie heute Abend hierher eingeladen worden: weil Mrs Barrett ihr Leben mit Ihnen feiern möchte, solange sie noch hier ist. Sie möchte, dass Sie sich an sie erinnern als die, die sie ist, und nicht ›als einen Leichnam in einem Sarg, vollgepumpt mit Medikamenten‹.« Ellen lächelte. »Das sind ihre Worte, nicht meine.«

Die Zuhörer lachten zögerlich.

Das folgende Programm war Zeugnis dessen, was Betsy liebte, und der Menschen, an denen ihr etwas lag. Ein Jazztrio spielte ein Swing-Medley, bei dem alle, auch Betsy, mit den Füßen wippten. Ein junges Paar führte einen modernen Tanz vor, bei dem es sich mit Hebungen und Sprüngen der Schwerkraft widersetzte. Mehrere Anwesende traten ans Mikrofon, um Geschichten zu erzählen, Auszüge aus Büchern vorzulesen oder etwas zu singen.

Und dann war Violet an der Reihe. Für gewöhnlich betrachtete sie sich selbst nicht als durchschnittlich. Sie war stolz darauf, ein bisschen anders zu sein, in ihrer Kleidung, ihrem Geschmack und ihren Eigenarten. Doch inmitten dieser Künstlerschar fühlte sie sich unsicher und farblos. Das Outfit, das sie am Abend zuvor ausgewählt hatte, ein kurzärmeliges, eng tailliertes Kostüm aus den vierziger Jahren mit glänzenden Messingknöpfen, war ihr perfekt vorgekommen, als sie es angezogen hatte, eine Referenz an Betsys Jugend. Jetzt kam es ihr langweilig vor, ja geradezu konservativ.

Violet trat nach vorn, von wo sie die versammelten Gäste überblicken konnte. Sie entdeckte April in der letzten Reihe und begegnete kurz ihrem Blick, dann schaute sie auf den Zettel in ihren Händen. Stundenlang hatte sie über der Formulierung der Gedanken gesessen, die sie vorlesen wollte, und jetzt machte sie sich Sorgen, es könnte langweilig klingen. Doch daran war jetzt nichts mehr zu ändern, und so räusperte sie sich und begann.

»›Ein Werk der Schönheit ist ein Glück für immer.‹ Der Dichter John Keats hat das geschrieben, und niemand begreift das besser als Betsy Barrett. Sie zeigt es in ihrem Zuhause und lässt es in die Art und Weise einfließen, wie sie sich kleidet, doch vor allem befördert sie Schönheit in der Welt um sie herum.« Violet blickte auf und sah, dass Betsy lächelte, während in ihren Augen Tränen glänzten. Das gab ihr den Mut, ein wenig von ihrem Manuskript abzuweichen. »Sie haben heute Tänzer, Sänger und Musiker gesehen. Alle sind hier, weil Betsy die Künste und die örtlichen Kleinunternehmer unbeirrbar unterstützt. Meinen Vintage-Laden würde es ohne ihre Förderung nicht geben. Zum Glück wird ihr Vermächtnis fortleben in den vielen Kleidern, die aus ihren Schränken stammen. Zu jedem Kleidungsstück gehört eine Geschichte aus Betsys unglaublichem Leben. Der weiße Wollmantel? Sie hat mir erzählt, dass sie ihn getragen hat, als sie Jackie Kennedy im Weißen Haus kennenlernte, eine verwandte Seele und ebenfalls eine große Förderin der Künste. Das silberne Abendkleid? Sie hat es in den fünfziger Jahren in Paris gekauft, als sie ihren Mann endlich überreden konnte, mit ihr nach Europa zu reisen, wo er während des Zweiten Weltkriegs stationiert gewesen war. Als ich Betsy fragte, warum sie diese wunderschönen Kleider verkaufe, sagte sie: ›Ich hatte meine Zeit mit ihnen. Jetzt kann sich jemand anderes daran erfreuen.‹ Betsy behält Schönes nicht für sich. Von ihr habe ich gelernt, dass ein hübscher Gegenstand nichts wert ist, wenn man ihn nicht mit jemandem teilen kann. Es ist nur ein Ding. Nur wenn man andere an der Freude daran teilhaben lässt, wird es wirklich schön.«

Violet schluckte den Kloß in ihrer Kehle herunter und ging zurück zu ihrem Platz. Erst als sie wieder saß, erlaubte sie sich, ein paar Tränen zu vergießen. Sie sah zu Betsy hinüber, die nickte und sich stumm bedankte.

Nach der Feier schienen alle ein paar Minuten mit Betsy reden zu wollen. Auch Violet blieb noch, und April trat zu ihr.

»Das war wunderschön«, sagte April.

»Danke«, sagte Violet. »Ich bin froh, dass Sie kommen konnten.«

»Selbstverständlich. Betsy hat so viel für mich getan. Ich wusste nicht mal, dass sie krank ist. Sie?«

»Nein. Also, gewissermaßen schon. Es ist kompliziert.«

Betsy winkte ihnen, sie sollten zu ihr kommen.

»Gehen Sie«, sagte April. »Ich spreche nachher mit ihr. Sie sollten sie ein paar Minuten für sich haben. Sie kennen sie viel länger.«

»Okay.« Violet brachte ein kleines Lächeln zustande. »Danke.«

Violet umarmte Betsy und achtete sorgfältig darauf, die Infusionsnadel nicht abzureißen. Ihre Freundin fühlte sich sehr zerbrechlich und knochig an, der äußere Anschein hatte nicht getäuscht. Violet setzte sich auf den Stuhl neben dem Rollstuhl.

»Danke, dass du gekommen bist«, sagte Betsy. »Das war sicherlich überraschend.«

»Warum hast du mir nicht gesagt, dass du wieder krank bist?«, fragte Violet.

»Es ging alles so schnell. Als mir klar wurde, dass es nicht nur ein Virus war, sondern dass der Krebs zurückgekommen war, lag ich schon mit einer Lungenentzündung danieder und hatte Tag und Nacht Krankenschwestern am Bett. Ich wusste, dass du im Laden alle Hände voll zu tun hattest. Und ich wollte dich nicht beunruhigen, falls es am Ende doch nichts Ernstes gewesen wäre.«

»Aber es *war* ernst. Und jetzt fühle ich mich schrecklich, weil ich nicht wusste, was mit dir los war. Seit wann ist der Krebs denn wieder da?«

»Ich weiß, was du denkst. Als du damals bei mir warst, habe ich dir die Wahrheit gesagt. Ich war wirklich auf dem Wege der Besserung. Eine Weile war alles gut. Und ich bin dankbar dafür.« Betsy hustete, ein angestrengtes, pfeifendes Husten, bei dem es Violet schauderte.

»Kann ich irgendetwas tun, damit du es hier behaglicher hast?«, fragte Violet.

»Oh, das Personal ist wunderbar. Und ich verrate dir ein kleines Hospizgeheimnis.« Sie beugte sich vor und legte ihre blau geäderte Hand auf Violets Arm. »Die haben hier richtig guten Stoff.«

Violet lachte. »Es gibt wahrscheinlich leichtere Wege, an Stoff zu kommen, Betsy.«

»Ha, das sagst du mir jetzt. Aber es ist eine Erleichterung. Ich habe keine Schmerzen.«

Violet hörte auf zu lächeln und sagte ernst: »Wenn du irgendetwas brauchst, sag mir Bescheid. Wenn du etwas von zu Hause willst oder dir nach irgendetwas zu essen ist, bringe ich es dir gern.«

»Das Essen, nach dem mir im Augenblick ist, ist das, was unten bleibt.«

»Oh, das tut mir leid.«

»Hör auf zu sagen, es tue dir leid«, erwiderte Betsy. »Es gibt nichts Schlimmeres als einen Haufen Leute, die einem dauernd sagen, dass man ihnen leidtut. Ehrlich, es gibt keinen Grund, mich zu bemitleiden. Ich habe im Leben mehr Glück gehabt als die meisten Menschen. Und sieh dich um: Das sind alles Freunde, keine Verwandten. Manche finden es vielleicht traurig, dass ich keine Kinder habe und keine Familie. Denen ist nicht klar, dass Verwandte zu so etwas hier kommen *müssen*. Freunde nicht. Die kommen aus freien Stücken. Ich kann mich wirklich glücklich schätzen. Diese Menschen wollen hier sein.«

»Wir wünschten nur, wir wären aus einem anderen Grund hier.«

»Ach, papperlapapp. Ich nehme, was ich kriegen kann. Versprich mir, dass du, wenn du nachher gehst, kein Mitleid mit mir hast.«

»Versprochen. Du bist vieles, Betsy, aber gewiss nicht jemand, den man bemitleiden muss.«

»Versprichst du mir noch etwas?«

Violet nickte.

»Mach nicht denselben Fehler wie ich und warte auf den richtigen Zeitpunkt im Leben, um das zu tun, was du tun willst. Ich habe viel zu lange keinen Mucks getan, weil ich immer fürchtete, was die Leute von mir denken würden, mein Mann, seine Kollegen, unsere Freunde. Ich hatte Angst, mich aus ganzem Herzen den Dingen zu widmen, die mir wirklich wichtig waren, weil ich nicht auf Widerstand oder Missbilligung stoßen wollte. Tu das nicht.«

Die Schlange derer, die noch mit Betsy sprechen wollten, war doppelt so lang geworden, seit Violet mit ihr plauderte. Die Nächste war April.

»Okay.« Violet stand auf. »Ich überlasse dich jetzt deinen anderen Gästen. Du bist ganz schön beliebt.« Sie beugte sich über Betsy und drückte ihr einen Kuss auf die Wange. »Kann ich dich besuchen kommen?«

Betsy nickte. »Die nächsten Tage ist mein Terminkalender ziemlich voll, aber nächste Woche wäre gut.«

Violet hatte schon einige Menschen im Krankenhaus besucht – ihre Großmutter, die kurz vor ihrem Tod in ihrem seidenen Kimono von Kissen gestützt im Bett gesessen hatte; Karen nach der Geburt von Edith, das kleine faltige Baby an der Brust; Jed, als er eine Alkoholvergiftung hatte, das Gesicht rot verquollen. Doch bei keiner dieser Gelegenheiten hatte sie mit anderen um Besuchszeit konkurrieren müssen.

Als die Menschenmenge sich zerstreute, ging Violet zu ihrem Auto. Sie hatte das Gefühl, sie müsste traurig sein. Doch dann dachte sie daran, dass Betsy gesagt hatte, sie solle kein Mitleid mit ihr haben, und bemühte sich nach Kräften, ihr Versprechen zu halten. Sie dachte auch an Betsys anderen Rat: das, wonach das Herz begehrte, nicht auf die lange Bank zu schieben.

Sie fuhr zu Sam.

Er kam in einer karierten Schlafanzughose und einem verblichenen grauen T-Shirt an die Tür.

»Hi«, sagte er und küsste sie. »Schön, dich zu sehen. Komm rein. Kann ich dir was anbieten? Ein Bier? Eine Tasse Tee?«

Violet trat ein. »Ein Bier klingt toll, danke. Ich komme direkt von Betsys Gedenkfeier.«

»Es tut mir leid.« Sam nahm sie fest in die Arme, und sie atmete seinen Duft ein. Er roch, als hätte er gerade geduscht, und seine Haare waren noch feucht.

Violet löste sich. »Nein, es war richtig gut. Und es hat mich zum Nachdenken gebracht.«

»Willst du darüber reden?«, fragte er. »Komm, ich hol dir ein Bier, und dann setzen wir uns raus. Hast du den Mond gesehen? Ein wunderschöner Abend.«

Sam ging in die Küche und kam mit zwei Flaschen Bier aus einer Kleinbrauerei zurück.

Sie setzten sich auf die Stufen seiner breiten Veranda vor dem Haus, beleuchtet von Papierlampions unter dem Augustmond, und Violet erzählte ihm, dass sie sich ein Kind wünschte.

»Mir ist klar, dass es irgendwie lächerlich klingt«, sagte sie,

»eine vollkommen gute – nein, besser als gute – Beziehung zu beenden, weil ich eines Tages ein Kind haben will. Ich meine, ich bin fast vierzig. Viel Zeit ist für ›eines Tages‹ nicht mehr. Es ist auch nicht so, als gäbe es einen anderen, mit dem ich eine Familie gründen möchte. Ich will wohl sagen, dass ich noch nicht bereit bin, diese Tür zu schließen. Es gibt andere Optionen, selbst wenn das traditionelle Familienszenario für mich nicht funktioniert. Und ich würde lügen, wenn ich behauptete, ich würde es nicht in Erwägung ziehen.«

Das Zirpen der Grillen füllte das Schweigen, das auf ihre Worte folgte. Der Mond schien gerade hell genug, dass Violet die Enttäuschung in Sams Miene erkennen konnte.

»Es ist nicht lächerlich«, sagte er. »Du solltest das kriegen, was du dir im Leben wünschst. Ich würde niemals verlangen, dass du etwas aufgibst, was du haben willst.«

»Ich kann dich aber auch nicht bitten, es dir anders zu überlegen«, sagte Violet und hoffte im Stillen, dass er sagen würde, sie täusche sich. »Bist du überrascht über meine Entscheidung?«

»Nein«, sagte Sam. »Ich hätte es bei unserer ersten Verabredung sagen können, so wie du gestrahlt hast, als du Karens Töchterchen in den Armen gehalten hast.«

Violet trank einen Schluck Bier – es war kräftig und schmeckte ein wenig nach Schokolade. Im Gegensatz zu Jed, der in sich reinkippte, was auch immer in großen Mengen zu haben war, hatte Sam ein Faible für die Produkte von örtlichen Brauereien und manchmal sogar Selbstgebrautes von seinen Freunden. Violet gefiel es, dass Sam lieber ein wenig von etwas Besonderem hatte als viel von etwas Mittelmäßigem, und das sagte sie ihm.

»Du bist besonders«, sagte er und strich Violet eine schwarze Locke aus dem Gesicht. »Aber ich will mich nicht mit ein wenig von dir zufriedengeben müssen.« Er ließ die Hand in den Schoß sinken. »Die Sache mit den Kindern ist leider meistens der Knackpunkt.«

Mit wie vielen Frauen Sam dieses Gespräch wohl schon geführt hatte? Violet fand es schrecklich, sich von ihm zu trennen, da abgesehen von der Sache mit den Kindern alles so gut lief. Was Violet im Augenblick tat, ging gegen Sams ganze Lebensphilosophie. Sie opferte das Glück des Augenblicks für die Hoffnung auf ein anderes Glück in der Zukunft.

»Ich wünschte, ich könnte dir eine andere Antwort geben.« Violet nahm Sams Hand und hielt sie in der ihren.

»Ich auch«, sagte er. In seiner Stimme lag nicht der leiseste Hauch von Sarkasmus, nur Traurigkeit. Violet wusste, dass es ihm ernst war.

Es war kindisch, doch es kränkte sie, dass sie ihn nicht dazu bringen konnte, seine Meinung zu ändern, dass sie keine besondere Eigenschaft besaß, die die anderen Frauen nicht gehabt hatten. Aber war das nicht immer schon ihr Problem gewesen, dass sie dachte, sie könnte andere dazu bringen, ihre Meinung zu ändern? Es war an der Zeit, dass sie endlich aufhörte, ein ums andere Mal denselben Fehler zu begehen.

Kapitel 25

INVENTARSTÜCK: Hose
JAHR: frühe 1990er Jahre
ZUSTAND: gut
ARTIKELBESCHREIBUNG: Caprihose von Brooks Brothers. Rosa Baumwolle mit grünem, eingesticktem Schildkrötenmuster
HERKUNFT: Dig & Save Outlet

April hievte sich im Bett in eine sitzende Position und versuchte, sich darauf zu besinnen, was für ein Tag es war. In diesem späten Stadium der Schwangerschaft hakte sie nur noch die Tage bis zum errechneten Geburtstermin ab. Die Zeit schien sich endlos zu dehnen, denn sie fand nachts kaum noch Schlaf. Egal, wie sie sich drehte, entweder war irgendein knubbeliger Teil ihres eigenen Körpers im Weg oder das Kind. Und es bewegte sich unablässig. An diesem Morgen hatte sie ein anhaltendes Ziehen tief im Bauch.

Sie erinnerte sich, dass es der einunddreißigste August war, noch sechs Tage bis zum Labor Day, ihrem errechneten Geburtstermin.

»Kommt mir ganz so vor, als könntest du es kaum noch erwarten, endlich rauszukommen«, sagte April und legte die Hand auf den Bauch. »Aber ich muss dich warnen, Kind, es ist nicht alles eitel Sonnenschein und Regenbögen. Die Welt hier draußen ist manchmal ganz schön verrückt.«

Charlie rollte sich herum und strich über Aprils Oberschenkel. »Wie spät ist es?«

»Sechs.«

»Schlaf noch ein bisschen.«

»Ich kann nicht. Ich schlafe kaum noch. Ich liege schon eine Stunde wach und warte darauf, dass es draußen hell wird und ich aufstehen und mich ein bisschen normaler fühlen kann.«

»Oh, ich kann dir helfen, dass du dich noch viel, viel besser fühlst als normal«, sagte Charlie mit einem breiten Grinsen und streckte die Hand nach ihr aus.

Sie wand sich. »Nein, ich fühle mich scheußlich.«

»Ich finde dich aber ganz und gar nicht scheußlich. Ich finde dich wunderschön.«

Nachdem sie in der Schwangerschaft so viele Monate allein gewesen war, genoss sie seine Komplimente jetzt wie den sanften Luxus einer Pelzdecke und ließ sich davon einhüllen. Als Charlie die Hand nach ihr ausstreckte, wies sie ihn nicht ab.

Als April später zur Arbeit ging, blieb sie in der Haustür erst einmal stehen und bewunderte, was Violet aus dem Haus ihrer Mutter gemacht hatte. Sie hatte die Räume in ihrem typischen Blau gestrichen und die Wand hinter der Kasse in leuchtendem Orange. Einzelne Warengruppen hatte sie in verschiedenen Räumen untergebracht, die Kleider im Hauptraum vorn, Geschirr und Haushaltswaren im ehemaligen Speisezimmer und Bettwäsche in den Fächern der Schränke im Flur. Es war, als beträte man ein wunderschönes Zuhause, in dem alles zum Verkauf stand. Gladys die Gans stand auf einem Säulentisch im Flur und warf ihren sanften Schein auf alle, die zur Tür hereintraten. Am beeindruckendsten fand April jedoch, dass Violet einen glänzenden neuen Computer auf die Ladentheke gestellt hatte und jetzt mit Aprils Hilfe ein Barcodesystem einrichtete, um ihren gesamten Warenbestand stets auf dem aktuellen Stand zu haben.

Violet saß auf dem hochflorigen, weißen Wollteppich im Esszimmer, holte Gläser aus Kartons und staubte Champagnerflöten und Dessertschälchen ab, bevor sie Preisschilder daraufklebte und ihnen einen Platz im Regal zuwies.

Als April hereinkam, blickte Violet auf. »Guten Morgen.«

»Wie ich sehe, sind Sie immer noch am Auspacken«, sagte April.

»Ja. Nicht zu fassen, wie viel Zeug ich habe.«

»Kann ich helfen?«

»Klar«, antwortete Violet. »Ich könnte Hilfe beim Austausch der Sommersachen gebrauchen. Die ersten Studentinnen kommen schon aus den Semesterferien zurück und suchen was für den Herbst.«

»Klingt gut«, sagte April. »Aber ich kann nichts Schweres heben.«

»Kein Problem. Ich hole die Schachteln aus dem Keller, wo ich sie gelagert habe. Und Sie können die Kleider auf Bügel tun und auf die Kleiderstangen hängen. Fangen Sie doch schon mal damit an, die Sommersachen zusammenzulegen, ja? Wenn Sie sie in Schachteln tun, trage ich sie nach unten, sobald Sie fertig sind.«

April nahm hauchdünne Strandkleider, Bermudashorts aus Baumwolle und Hemdchen mit Spaghettiträgern von den Kleiderbügeln. Nicht zu fassen, wie schnell der Sommer vorübergegangen war. In diesem Jahr empfand sie mit den kürzer werdenden Tagen stärker als zuvor einen Verlust. Sie ließ nicht nur den Sommer hinter sich, bald würde sie auch ihr Leben, wie sie es kannte, hinter sich lassen. Mit dem Tod ihrer Mutter war ihre Kindheit zu Ende gegangen. Jetzt, da es nur noch wenige Tage bis zur Geburt ihres Kindes waren, hatte sie das Gefühl, endgültig erwachsen werden zu müssen. Die Tatsache, dass Charlie da war, um ihr zu helfen, nahm dem Gedanken zwar etwas von seinem Schrecken, konnte ihn aber nicht ganz vertreiben.

Nachdem sie das komplette Gestell mit Sommerkleidern abgeräumt hatte, setzte sich April mit verschränkten Beinen auf den Boden und machte sich daran, die Sachen zu falten und in Kartons zu packen. Plötzlich fühlte sich ihre Hose ganz nass an. Ihr Puls beschleunigte sich. War ihre Fruchtblase geplatzt? Sie rutschte herum, um einen Blick auf den Fußboden zu werfen. Als sie dort nichts sah, stand sie auf. An der Innenseite ihres Beins rann etwas hinunter, und sie eilte nach hinten ins Bad, wobei sie die Hände über den Po hielt. Sobald sie die Tür geschlossen hatte, inspizierte sie ihre Hose und Unterwäsche. Sie waren mit einer klaren Flüssigkeit getränkt. Rasch stopfte sie sich Toilettenpapier in den Slip. Sie musste ihre Ärztin anrufen. Doch zuerst musste sie sich eine andere Hose anziehen, und sie hatte natürlich keine zweite dabei.

April schoss aus der Toilette und kramte in den Sachen, die sie gerade in Schachteln gepackt hatte, bis sie eine Hose fand, die groß genug war, dass sie ihr passte – eine rosafarbene Caprihose in Übergröße, die mit Dutzenden von kleinen Schildkröten bestickt war. Die musste gehen. Von einem Gestell schnappte sie sich einen langen Schal, den sie als Gürtel benutzen würde, und ging zurück ins Bad, um sich ihrer nassen Sachen zu entledigen.

Als sie in der rosafarbenen Hose ins Speisezimmer zurückkam, warf Violet ihr einen neugierigen Blick zu.

»Ich glaube, meine Fruchtblase ist geplatzt«, sagte April. »Ich hoffe, es ist okay, dass ich die angezogen habe.«

Violet riss die Augen auf. »Sicher doch. Kann ich etwas tun?«

»Ich weiß nicht. Ich muss meine Ärztin anrufen.« April holte ihr Handy aus ihrer Handtasche und rief in Dr. Hongs Praxis an. Eine Helferin war am Telefon, und als sie hörte, dass bei April wahrscheinlich die Fruchtblase geplatzt war, wies sie sie an, sofort ins Krankenhaus zu fahren.

»Ich muss gehen«, sagte April, als sie das Gespräch beendet hatte. Sie warf einen Blick über die Kartons, die überall standen. »Tut mir leid, dass ich Sie mit dem ganzen Chaos zurücklasse.«

»Oh, Sie lassen mich nicht zurück«, sagte Violet. »Ich bringe Sie ins Krankenhaus.«

»Ich kann Charlie bitten.«

»Kommt nicht infrage. Sagen Sie ihm, er soll sich dort mit uns treffen.«

Violet holte den Jeep aus der Garage und half April auf den Beifahrersitz. Sie nahmen den schnellsten Weg zum Krankenhaus, indem sie dem John Nolen Drive am Ufer des Lake Monona folgten. April sah den Fahrradfahrern und Inlineskatern auf dem Uferweg zu, verwundert, dass es für sie ein ganz normaler Tag war.

»Geht es Ihnen gut?«, fragte Violet und schaute zu April hinüber. »Müssten wir nicht die Dauer und den Abstand der Wehen kontrollieren oder so?«

April zuckte die Achseln. »Keine Ahnung. Aber ich spüre noch kaum was, also wüsste ich auch nicht, was wir kontrollieren sollten.«

»Sind Sie nervös?«, fragte Violet. »Aufgeregt?«

April lachte. »*Sie* klingen nervös.«

»Tut mir leid. Ich leide hier anscheinend gerade stellvertretend für alle anderen mit.«

»Okay, ja, ich bin nervös«, sagte April. »Und Angst habe ich auch.«

Am Krankenhaus bestand Violet darauf, am Eingang zur Notaufnahme vorzufahren, wo sie den Schlüssel einem Parkwächter reichte.

»Wir können doch auf dem Parkplatz parken und durch den Haupteingang gehen«, sagte April. »Ich bin mir ziemlich sicher, dass ich ein paar Hundert Schritte gehen kann.«

»Ausgeschlossen«, widersprach Violet, schnappte sich einen der Rollstühle, die in der Nähe der Tür standen, und half April hinein. Sie schob April in den Aufzug und fuhr mit ihr auf die Geburtshilfestation.

Während April sich am Empfang anmeldete, ließ sie den Blick schweifen und bemerkte, dass sie die Jüngste im Wartebereich war, um mindestens zehn Jahre. Alle anderen Frauen trugen süße Schwangerschaftsklamotten. Eine Frau drückte einen Ordner, der mit »Geburtsplan« beschriftet war, an die Brust und bombardierte den Mann, der neben ihr saß, mit Anweisungen. April vermutete, dass es ihr sehr ergebener Ehemann war. Bei einer anderen Frau ragte der Bauch aus einer schwarzen Kostümjacke. Sie tippte auf ihrem BlackBerry herum und erweckte den Eindruck, als könnte sie locker vom Wartezimmerstuhl aus einen Multimillionen-Dollar-Deal aushandeln.

Wo sind die ganzen Mütter im Teenageralter, von denen die Nachrichten voll sind?, überlegte April. Sie hätte sich gewünscht, wenigstens eine andere junge Frau zu sehen, die genauso unbedarft aussah, wie sie sich fühlte.

Charlie platzte zehn Minuten später durch die Türen des Wartebereichs, wo April immer noch darauf wartete, dass man sie in ein Untersuchungszimmer bat. »Glaubst du wirklich, das Kind kommt?«, fragte er.

April zuckte die Achseln. »Im Fernsehen bedeutet es das normalerweise, wenn die Fruchtblase platzt. Aber du brauchst nicht in Panik zu geraten. Die Krankenschwester hat gesagt, ich hätte wahrscheinlich noch ein bisschen Zeit, denn ich habe noch keine Wehen. Wenigstens glaube ich das. Egal, sie hat gesagt, sie können einen Test machen und feststellen, ob es tatsächlich das Fruchtwasser war oder ob ich mir nur unwissentlich in die Hose gemacht habe.«

»Kann das passieren?«, fragte Charlie.

»Sieht so aus. Die Schwester hat so getan, als käme das alle naselang vor.«

Sobald man April in ein winziges Untersuchungszimmer gewiesen hatte, von der offenen Tür abgeschirmt durch einen minzgrünen Vorhang, bestand sie darauf, dass Violet nach Hause fuhr.

»Es kann noch endlos dauern«, sagte April. »Außerdem ist Charlie ja jetzt hier.«

»Okay, aber nur, wenn Sie mir versprechen, mich anzurufen, sobald das Kind da ist«, sagte Violet. »Oder wenn ich in der Zwischenzeit sonst etwas tun kann.«

»Machen wir«, sagte April. »Danke für alles.«

Nachdem Violet gegangen war, trat Charlie an Aprils Bett und sah ängstlich zu, wie die Krankenschwester April bat, die Beine zu spreizen, damit sie mit einem bunt gestreiften Stück Papier, das ihn an den Chemieunterricht in der Schule erinnerte, so etwas Ähnliches wie einen Lackmustest durchführen konnte.

»Ja, es war das Fruchtwasser«, sagte die Krankenschwester.

»Gut, ich bin froh, dass ich mir nicht in die Hose gemacht habe. In den letzten Monaten habe ich sehr viel Kontrolle über meinen Körper verloren, und die Blase ist eines meiner letzten Bollwerke.«

April versuchte, die Anspannung etwas zu lösen, indem sie einen Witz machte, doch die Krankenschwester ging nicht darauf ein. Sie fragte nur: »In welchem Abstand kommen die Wehen? Und wie lange dauern sie?«

»Ich weiß nicht. Ich hatte Schmerzen, aber nichts Regelmäßiges, was ich hätte stoppen können.« Sie dachte an den Morgen im Bett und wurde rot. »Aber ich hatte heute Morgen, ähm … Sex. Könnte das es ausgelöst haben?«

Verlegen sah April zu, wie die Krankenschwester diese Information in ihre Krankenakte im Computer eintippte.

»Ein Orgasmus kann wehenfördernd sein«, sagte die Krankenschwester. »Besonders in diesem späten Stadium der Schwangerschaft. Also, ja, es könnte die Sache ein wenig beschleunigt haben, aber Sex hin oder her, dieses Kind will raus. Da Sie jedoch noch keine regelmäßigen Kontraktionen haben, kann es noch eine Weile dauern.«

»Eine Weile? Stunden?«

»Stunden oder, in manchen Fällen, Tage.«

Tage? April betete, dass es nicht noch Tage dauerte. »Dann kann ich nach Hause gehen und später wiederkommen?«, fragte sie.

Die Krankenschwester schüttelte den Kopf. »Sobald die Fruchtblase geplatzt ist, besteht ein hohes Infektionsrisiko. Und da Sie in einer früheren Schwangerschaftsphase ein paar Komplikationen hatten, würden wir Sie gern hierbehalten, um Sie zu überwachen.«

Die Krankenschwester brachte April in ein größeres Zimmer, das sie als »Geburtszimmer« bezeichnete. Es war ein ganz normales Krankenzimmer mit malvenfarben gestrichenen Wänden und bequemeren Sesseln, doch April war froh, dass sie es nicht mit einer anderen Frau teilen musste, besonders nicht mit BlackBerry-Mom oder Geburtsplan-Ordner-Lady.

Charlie setzte sich in einen der gemütlichen Sessel neben Aprils Bett. Er drückte ihre Hand. »Bist du bereit?«

April überlegte. »Ich glaube nicht, dass ich je bereit sein werde. Ich bin mir ziemlich sicher, dass die Schwangerschaft deswegen so verläuft. Man hat neun Monate, um sich an den Gedanken zu gewöhnen, dass man dieses Wesen in sich trägt, und am Ende ist es so unbequem, dass man nur will, dass es endlich rauskommt, selbst wenn einen der Gedanke, sich um ein Neugeborenes zu kümmern, in Angst und Schrecken versetzt.«

»Hast du Angst?«, fragte Charlie.

»Beim Anblick der anderen Frauen im Wartebereich bin ich innerlich schier ausgeflippt. Die schienen alles geplant zu haben.«

»Also, wenn ich eins bei meinem Praktikum im Krankenhaus gelernt habe, dann, dass der menschliche Körper ein paar ziemlich schräge Sachen kann. Selbst bei noch so viel Planung gibt es keine Garantie, dass alles so läuft, wie die Frauen es gern hätten. Der Körper ist unberechenbar.«

April ließ sich in die Kissen sinken und sagte: »Das *Leben* ist unberechenbar.«

Kapitel 26

INVENTARSTÜCK: Babymütze
JAHR: 1940er Jahre
ZUSTAND: ausgezeichnet
ARTIKELBESCHREIBUNG: weiße Leinenbabymütze mit gestickten gelben Enten, mit Seidenband und weißer Spitze gesäumt
HERKUNFT: Haushaltsauflösung auf einem Bauernhof

VIOLET

Während Violet Wollmäntel mit Pelzkragen auf Kleiderständer hängte, wartete sie auf einen Anruf. Sie wartete, während sie Angorapullover faltete und auf Tischen auslegte. Und sie wartete weiter, als sie am Abend alles zum Ladenschluss fertig machte und die doppelflügelige Haustür des Bungalows abschloss.

Sie brauchte dringend gute Nachrichten. Schlechte Nachrichten hatte sie in den letzten paar Monaten reichlich gehabt, jetzt war es an der Zeit, dass es etwas zu feiern gab. Aprils und Charlies Kind schien ein guter Grund zum Feiern zu sein. Doch das Warten machte sie schier verrückt.

Sie verließ das Haus, wo sie, wie es ihr vorkam, unablässig gearbeitet hatte, um alles so einzurichten, wie sie es haben wollte. Um sich mit irgendetwas zu beschäftigen, ging sie zu Pinkus McBride's, dem Laden an der Ecke, um eine Karte für April zu kaufen. In dem Lebensmittelladen gab es nur wenige Gratulationskarten zur Geburt, und sie waren entweder rosa oder hellblau. Da Violet nicht wusste, was sie kaufen sollte, wählte sie eine schlichte weiße Karte, auf der in glänzenden Goldbuchstaben *Herzlichen Glückwunsch* geschrieben stand.

»Gibt es etwas Besonderes zu feiern?«, fragte der Teenager an der Kasse, als er den Barcode der Karte einscannte.

»Meine Praktikantin … ich meine, Freundin, ist im Augenblick im Krankenhaus, wo sie ihr Kind bekommt.« Violet kramte in ihrer Geldbörse herum und holte ein paar zerknitterte Scheine heraus.

»Cool. Haben Sie Kinder?«, fragte er.

Violet schüttelte den Kopf. »Vielleicht irgendwann mal.«

Skeptisch musterte der Verkäufer sie von oben bis unten. Violet nahm die Karte und verließ den Laden. Auf dem Heimweg ging sie am James Madison Park vorbei, wo Jugendliche barfuß im Dämmerlicht Frisbee spielten und nahe dem Seeufer auf Decken lagen. Sie wünschte, sie könnte zusammen mit ihnen sorglos den warmen Abend genießen, wahrscheinlich einen der letzten in diesem Jahr, doch sie hatte viel zu viel im Kopf.

Sie ging zu dem kleinen Strand hinunter und stand mit den Zehen im groben Sand und sah einigen Segelschiffen zu, die auf halber Strecke über den Lake Mendota um eine Boje fuhren. Ein Eisverkäufer mit seinem Handkarren rief: »Kalte Leckerbissen für einen heißen Tag!« Ein kleines Mädchen kaufte ein rot-weißblaues Wassereis, das Violet an den vierten Juli erinnerte, und Traurigkeit überkam sie bei dem Gedanken an ihre erste Verabredung mit Sam. Sie schlug den Heimweg ein.

Als sie zu dem grünen Bungalow zurückkehrte, wurde sie an der Tür von Miles begrüßt, und sie bückte sich, um ihn zu kraulen. Da klingelte das Telefon. Sie ging ran, voller Hoffnung, dass Aprils und Charlies Kind endlich da war.

»Hallo?«

»Spreche ich mit Violet Turner?«, fragte eine Stimme, die ihr vage bekannt vorkam.

Violet schnappte nach Luft. »Ja.«

»Hier ist Ellen vom Agrace-Hospiz. Ich fürchte, ich habe schlechte Nachrichten.«

Violet lehnte sich an die Arbeitsplatte. »Ja?«

»Betsy ist heute Nachmittag gestorben.«

Das Rauschen in Violets Ohren war so stark, dass ihr schwindlig wurde. Da erst merkte sie, dass sie die Luft anhielt, seit sie das Telefon abgehoben hatte. Sie stieß die Luft aus, und dabei liefen ihr Tränen über das Gesicht und tropften auf den Holzfußboden.

»Es tut mir leid, dass ich Ihnen so eine schlimme Nachricht überbringen muss«, sagte Ellen. »Aber Sie müssen wissen, dass sie friedlich und ohne Schmerzen gegangen ist.«

Das vermochte den Tränenfluss nicht zu stoppen. »Wird es eine Beerdigung geben?«, fragte Violet.

»Nach der Feier neulich wollte Betsy keine Beerdigung mehr. Mit dem größten Teil ihres Vermögens soll eine Stiftung eingerichtet werden, die aus ihrem Haus ein Künstlerheim machen wird, einen Ort, wo Menschen sich um ein Stipendium bewerben können, um sich in Ruhe ihrer Arbeit zu widmen. Sie hat gesagt, das werde ihr Gedenken sein – das Barrett-Künstlerzentrum. Sie wollte weder einen Sarg noch eine Begräbnisfeier noch sonst etwas.«

»Dann wird sie ohne Trauerzeremonie beigesetzt?«

»Eingeäschert«, sagte Ellen. »Violet, solche Dinge bespreche ich normalerweise nur mit Angehörigen, aber Betsy hat in ihren Anweisungen deutlich gemacht, dass sie wollte, dass man Sie über ihren Tod informiert.«

Violet zwang sich zu sagen: »Danke. Ich weiß es zu schätzen, dass Sie mir Bescheid gesagt haben.«

»Haben Sie noch Fragen?«

Violet schniefte. »Nur … kann ich irgendetwas tun?«

»Es ist für alles gesorgt«, antwortete Ellen. »Ihr Anwalt wurde informiert, sodass er sich um die Einrichtung der Stiftung kümmern kann, und das Hospiz hat bereits mit dem Krematorium

Kontakt aufgenommen. Betsy hat sehr detaillierte Anweisungen hinterlassen, was im Falle ihres Todes zu tun ist. Sie wollte niemandem zur Last fallen.«

Es erstaunte und beseelte Violet, dass Betsy selbst auf dem Sterbebett zuerst an andere gedacht hatte. Doch nachdem sie sich von Ellen verabschiedet hatte, war sie nicht nur traurig, sondern wurde auch von einer gewissen Rastlosigkeit befallen. Sie hatte damit gerechnet, dass Betsy jeden Tag sterben konnte, doch sie war davon ausgegangen, dass sie erfahren würde, wenn es zu Ende ginge, und noch die Gelegenheit bekäme, sie zu besuchen und sich zu verabschieden. Jetzt würde es nicht einmal eine Beerdigung geben, und Violet fragte sich, wie sie je einen Abschluss finden sollte.

Sie setzte sich, und Miles legte ihr, als spürte er ihre Traurigkeit, die Schnauze in den Schoß. Sie tätschelte seinen faltigen Kopf, froh über seine Gesellschaft. Betsy hatte gesagt, sie wolle kein Mitleid, doch Violet konnte nicht umhin, sich zu fragen, ob ihre Freundin allein gestorben war. Es waren bestimmt Pflegekräfte aus dem Hospiz an ihrer Seite gewesen, aber war jemand da gewesen, der ihr nahestand, um ihre Hand zu halten? Um ihr zu sagen, dass sie keine Angst zu haben brauche?

Violet dachte an April, die in einem anderen Krankenhausbett lag und gerade eine ganz andere Erfahrung machte. Sie beneidete April ein wenig – natürlich nicht darum, dass sie in den Wehen lag, sondern darum, dass sie bald eine eigene Familie haben würde. Als April und sie sich kennengelernt hatten, hatten sie vieles gemeinsam gehabt. Sie waren beide Single gewesen und ohne Familie, und Violet hatte den Verdacht, dass das bei allen Unterschieden doch mit ein Grund gewesen war, warum sie sich einander nah gefühlt hatten. Jetzt hatte April Charlie, und sehr bald würden sie ein Kind haben. Violet freute sich für sie, doch ihre Situation warf auch ein deutliches Schlaglicht darauf, was Violet nicht hatte, besonders jetzt, da auch ihre Beziehung zu Ende war.

Seit sie sich von Sam getrennt hatte, zogen die Tage sich dahin. Violet versuchte, sich mit Arbeit abzulenken, doch selbst Aufgaben, an denen sie normalerweise Freude hatte – etwa Kartons mit Schätzen durchforsten, die Kundinnen zum Verkaufen brachten, oder einer Collegestudentin helfen, ein Kleid für eine Verabredung auszusuchen –, vermochten sie kaum aufzuheitern. Es war lange her, dass sie sich erlaubt hatte, jemanden so nah an sich heranzulassen wie Sam, und jetzt wusste sie auch, warum. Es tat einfach zu weh, wenn es zu Ende ging.

Bevor sie Sam begegnet war, hatte Violet sich beinahe damit abgefunden gehabt, dass sie keine Liebe mehr finden würde. Sie ging pflichtbewusst zu Verabredungen, hauptsächlich auf Karens Drängen, sie müsse mal wieder »unter Leute«. Vor allem wollte Violet Frieden mit sich und ihrer Vergangenheit finden, und sie hatte alles Mögliche versucht, um das zu erreichen. Sie hatte Tai-Chi und Yoga gemacht, doch dabei war sie nur nervös geworden, weil ihr dabei zu viel Zeit blieb, um über das zu sinnieren, was sie bedauerte. Sie war zu einem Reiki-Meister gegangen, der Energiearbeit mit ihr gemacht hatte, und hatte sich mit Akupunkturnadeln piksen lassen. Auf Vorschlag von Erma, der Hexe aus dem Viertel, hatte sie sogar mit einem Schamanen in einem mit Kreide gezogenen Kreis gesessen und war im Geiste auf eine Reise gegangen, um ihr Krafttier kennenzulernen. Es war der Seestern. Der Schamane hatte ihr erklärt, das liege daran, dass Seesterne sich regenerieren. Selbst wenn sie einen Unfall erleiden und einen Arm verlieren, kann ein neuer Arm nachwachsen. Violet gefiel der Gedanke, dass sie in dieser Hinsicht wie ein Seestern war, doch sie fürchtete trotzdem, dass ihr etwas fehlte.

Sie lenkte sich von ihrer Traurigkeit und ihrer Sehnsucht damit ab, dass sie in dem neuen Laden herumräumte und die Kleiderstangen und die Möbel neu anordnete. So vertieft war sie in ihre Arbeit und ihre Trauer, dass sie schier aus der Haut fuhr, als kurz nach halb elf das Telefon klingelte. Sie hob ab.

»Hallo?«

»Es ist ein Mädchen!«, rief Charlie am anderen Ende. »Ich hoffe, es ist nicht zu spät, um anzurufen. Wir dachten nur, Sie wollten es wissen, weil April heute so überstürzt von der Arbeit wegmusste.«

»Für so eine wunderbare Nachricht ist es nie zu spät. Ich habe den ganzen Tag an April gedacht und gehofft, dass alles gut geht. Hat die Kleine schon einen Namen?«

»Katherine, nach Aprils Mutter. Aber wir werden sie Kate nennen.«

»Baby Kate.« Violet lächelte. »Perfekt. Wie geht es April?«

»Im Augenblick schläft sie, aber es geht ihr gut. Sie kann es kaum erwarten, mit Kate anzugeben.«

»Und wann ist es so weit? Ich meine, wann kann ich sie besuchen?«

»Übermorgen können wir aller Voraussicht nach nach Hause, vielleicht können Sie dann vorbeikommen.«

»Klar. Ich kann am Abend nach der Arbeit kommen. Aber ist das auch bestimmt nicht zu viel? Ich meine, ist April nicht noch sehr kaputt?«

»Vielleicht, aber sie will Ihnen unbedingt Kate vorstellen. Sie sind die Erste, von der April gesprochen hat, sobald sich nach der Geburt alles ein wenig beruhigt hatte. Sie hat gesagt: ›Ich kann's kaum erwarten, sie Violet zu zeigen.‹«

Eine Welle des Stolzes überkam Violet. Sicher, sie hatte keine eigene Familie, aber das hier war fast genauso gut.

Zwei Abende später saß Violet in Aprils und Charlies Wohnung in einem Schaukelstuhl und hielt die kleine Kate in den Armen. Durch den Verlust ihrer Großmutter und ihrer Freundin Betsy war sie vertrauter mit dem Tod, als es ihr lieb war. Da war es einfach wunderbar, dieses neue, warme Leben zu halten. Das Baby schlief, seit Violet gekommen war, sodass sie ihre Augen noch nicht gesehen hatte, doch ihre rundlichen Wangen, faltigen Händchen und langen Wimpern waren einfach vollkommen.

»Sie ist wunderschön«, erklärte Violet.

»Freut mich, dass Sie das denken, denn ich finde das auch.« Um Aprils Augen lagen dunkle Ringe, und ihre Haare waren zu einem unordentlichen Pferdeschwanz gefasst. Trotzdem hatte Violet sie noch nie so wenig niedergedrückt gesehen, nicht nur in dem Sinne, dass sie das Kind nicht mehr in sich trug, sondern auch auf einer anderen Ebene. April wirkte mit sich und der Welt im Reinen.

Mit einem Nicken wies Violet auf ein Päckchen auf dem Tisch, eingewickelt in eine alte Landkarte und mit Kordel verschnürt. »Ich habe eine Kleinigkeit für Kate mitgebracht.«

»Wie nett«, sagte April. »Das wäre aber nicht nötig gewesen.«

»Machen Sie Witze? Soll ich etwa die Gelegenheit ungenutzt verstreichen lassen, etwas Winziges und Süßes auszusuchen?« Violet steckte einen losen Zipfel von Kates Wickeltuch fest. »Machen Sie's auf.«

April nahm das Päckchen und packte es aus, sorgsam darauf bedacht, das Papier nicht zu zerreißen. Darin war eine kleine Schachtel, und sie nahm den Deckel ab und hielt eine weiße Babymütze hoch, mit gelben Enten bestickt und mit handgewirkter Spitze verziert.

»Wie schön«, sagte April. »So etwas habe ich noch nie gesehen.«

»Es ist aus den vierziger Jahren. Als wir …« Violet verharrte, denn sie wollte bei so einer glücklichen Gelegenheit nicht ihren Streit zur Sprache bringen. »Als Sie fort waren und ich Sachen durchgesehen habe für die Modenschau, bin ich in einer Schachtel im Hinterzimmer des alten Ladens darauf gestoßen. Ich habe sie vor Jahren bei einer Haushaltsauflösung auf einem alten Bauernhof gekauft.«

»Ich wusste gar nicht, dass Sie Babysachen im Warenbestand haben«, sagte April.

»Ja, ein paar. Eine Weile habe ich Babykleidung gesammelt, weil …« Violet unterbrach sich, denn es war ihr peinlich, die Wahrheit einzugestehen, nämlich dass sie eine Weile einen kleinen Vorrat an Babykleidung angelegt hatte in der Hoffnung, eines Tages ein eigenes Kind zu haben. »Ich, ähm, hatte überlegt, einige Babysachen im Laden anzubieten, aber irgendwie bin ich nie dazu gekommen«, sagte sie. »Wie auch immer, als mir das da in die Hände fiel, habe ich es für Sie zur Seite gelegt.«

»Sie haben an mich gedacht, obwohl ich mich im Laden so aufgeführt habe?«, fragte April.

»Sicher. Auch wenn Sie nicht mehr da waren, hoffte ich doch, dass ich die Gelegenheit bekommen würde, das Kind zu sehen und sie Ihnen zu geben.«

Kate schlug die Augen auf und reckte mit einem friedlichen Seufzer die Arme über den Kopf.

»Oh, sie gefällt ihr«, sagte April. »Das erste Mal seit Stunden, dass sie die Augen aufmacht.«

Violet beugte sich vor, bis ihr Gesicht nur noch wenige Zentimeter von dem des Kindes entfernt war. »Hi, Kate. Ich bin Violet. Freut mich sehr, dich kennenzulernen.«

April lächelte und strich mit dem Finger über das gelbe Band an der Mütze. »Vielen Dank hierfür.«

Draußen zirpten Grillen, und zwei Mädchen fuhren plappernd auf Fahrrädern am offenen Fenster vorbei.

»Die neue Wohnung gefällt mir gut«, sagte Violet und betrachtete die Einbauschränke und Kranzleisten. »Sie hat ein paar schöne alte Details.«

»Ja, sie erinnert mich ein bisschen an das Haus meiner Mutter … ähm, Ihr Haus. Aber sie liegt näher zur Uni, was es Charlie um einiges leichter macht. Sein Stundenplan für das erste Semester ist ganz schön voll, viel Spielraum hat er da nicht. Ich habe meine Kurse so geplant, wenn er frei hat, damit wir uns zu Hause bei Kate ablösen können. Aber es gibt ein Matheseminar bei einem Gastprofessor, das ich wirklich gern besuchen würde, das kollidiert mit Charlies Stundenplan; da weiß ich noch nicht, was wir machen sollen. Es ist nur ein Abend die Woche. Wir müssen uns wohl für den Abend jemanden zum Babysitten suchen.«

»Das kann ich doch machen«, erbot Violet sich, ohne lange zu überlegen. Sie sagte es einfach, und als es rauskam, klang es richtig.

April strahlte. »Wirklich? Wäre das nicht zu viel, mit dem Laden und allem?«

»Nicht doch. Ich liebe Kinder, und so wie es im Augenblick läuft, wird es immer unwahrscheinlicher, dass ich mal selbst welche kriege, also wäre es schön, ein wenig Zeit mit der kleinen Kate verbringen zu können.«

»Ja, aber was ist mit der ganzen Arbeit, um abends den Laden abzuschließen?«

»Die komplizierteren Sachen kann ich an einem anderen Abend erledigen, und wenn keine Kundinnen da sind, kann ich auch gut ein paar Minuten eher zumachen.«

»Oh, das wäre ja wunderbar«, sagte April. »Ich kann's kaum erwarten, es Charlie zu erzählen. Er wird erleichtert sein. Er hatte schon überlegt, mit seinem Professor zu sprechen, ob er am Mittwochabend eine Viertelstunde früher gehen kann, aber das ist ja dann nicht nötig.«

»Wo ist Charlie überhaupt?«

»Er ist losgezogen, um Windeln zu kaufen und Strampler und das ganze andere Zeug, das wir brauchen. Wir haben ein paar Sachen, aber ich glaube, uns war nicht klar, wie viel Kleidung so ein Kind braucht. Ich habe sie heute schon dreimal umgezogen, weil es ein paar, ähm, Unfälle gab.«

»Sie müssen sie jedenfalls gebadet haben, denn sie duftet ganz himmlisch.« Violet schlief der Arm ein, und sie nahm die Kleine in den anderen Arm.

»Hey, Sie haben gesagt, Sie hätten überlegt, im Laden auch

Vintage-Babykleidung zu verkaufen«, sagte April. »Ich finde, das sollten wir machen.«

Violet überlegte. »Sicher, probieren könnten wir es. Ich meine, ich möchte nicht ganze Regale voll davon. Der Schwerpunkt ist und bleibt Damenmode. Aber wenn es dazu führen würde, dass die Kundinnen mehr kaufen, wenn sie reinkommen, vielleicht etwas für sich und etwas für die Kinder …«

»Genau.«

Kate fing an zu greinen, und Violet stand auf und ging mit ihr im Zimmer herum und schaukelte sie sanft.

»Ich glaube, ich brauche eine Babywippe«, sagte April. »Sie findet es toll, geschaukelt oder gewiegt zu werden, und manchmal wäre es einfach schön, die Hände frei zu haben.«

Violet kam ein Gedanke. »Ich könnte doch eine Geschenkeparty für Sie veranstalten«, sagte sie. »Sie listen einfach alles auf, was Sie noch brauchen.«

»Macht man so etwas normalerweise nicht *vor* der Geburt?«

»Ja, aber wer behauptet, das ginge jetzt nicht mehr? Ich war noch nie ein großer Freund von Konventionen. Sprechen Sie mit Charlie, und suchen Sie einen Termin aus, der Ihnen beiden passt, dann mache ich mich an die Vorbereitungen.«

Ein Lächeln zog über Aprils Gesicht.

Violet wollte ihr nicht von Betsys Tod erzählen – sie wollte die glückliche Stimmung an diesem Abend nicht verderben –, doch sie musste es ihr sagen. Irgendwann würde April es ohnehin erfahren.

Sie setzte sich wieder und stieß leise tröstliche Laute aus. Als Kate sich beruhigt hatte, sagte sie: »Betsy ist vor zwei Tagen gestorben.«

»Nein.« April schlug sich die Hand vor den Mund. »Waren Sie da, als sie …?«

Violet schüttelte den Kopf. »Die Nachricht hat mich erreicht, zwei Stunden bevor Charlie mich angerufen hat.«

»Schlechte Nachrichten gefolgt von guten Nachrichten.«

Ihre andere schlechte Nachricht – die Trennung von Sam – behielt Violet vorerst für sich. Sie wollte nicht, dass irgendetwas von der perfekten kleinen Kate ablenkte, die sich jetzt wieder in ihre Arme schmiegte und einschlief.

Kapitel 27

INVENTARSTÜCK: Reisepasshülle
JAHR: 1975
ZUSTAND: einigermaßen
ARTIKELBESCHREIBUNG: gelbbraun-weiße Ponyfell-Reisepasshülle. Mit Leder gefüttert. Allgemeiner Verschleiß
HERKUNFT: Flohmarkt

AMITHI

Amithi drückte die Haustür des Hauses auf, das sie tausendmal betreten hatte. Die Scharniere quietschten, und sie bemerkte mit Verärgerung, dass Naveen sich wohl nicht darum gekümmert hatte. Sie schloss die Tür hinter sich. Obwohl es ein schöner Septembertag war, warm und golden, waren die Fenster geschlossen, und im Haus roch es stickig, schal.

Wenn sie die Zeiten richtig im Kopf hatte, dann hatte Naveen heute Nachmittag ein Seminar. Im Vorbeigehen warf Amithi einen Blick in die Küche, wo sich auf sämtlichen Arbeitsflächen schmutziges Geschirr stapelte. Ein paar braune Bananen und ein runzeliger Apfel gammelten in der Obstschale, und auf dem Tisch stand die Hälfte einer Taste-of-India-Fertigmahlzeit in einer Schachtel. Amithi musste ihre ganze Willenskraft aufbieten, um nicht in die Küche zu gehen und sich ans Aufräumen zu machen. Sie erinnerte sich daran, dass sie nur hier war, um ihren Reisepass zu holen, und ging weiter.

Im Büro öffnete sie den Aktenschrank und holte den Ordner heraus, in dem Naveen und sie wichtige Dokumente wie ihre Einbürgerungspapiere und Sozialversicherungskarten verwahrten. Sie blätterte darin und fand ihren Reisepass unter einer beglaubigten Kopie von Jayanas Geburtsurkunde. Ihre und Naveens Unterschriften nebeneinander auf der Geburtsurkunde zu sehen, wo sie vor so vielen Jahren unterschrieben hatten, erinnerte Amithi noch einmal daran, wie eng ihr Leben mit dem seinen verwoben war.

Umso mehr Grund, eine Weile wegzugehen, dachte sie und schlug den Ordner zu. Als sie das Licht im Büro ausschaltete und durch das leere Haus ging, merkte sie, wie seltsam es ihr vorkam, dort zu sein. Es fühlte sich nicht mehr an wie zu Hause.

Gerade als sie an der Haustür war, hörte sie hinter sich Schritte und drehte sich um. Ihr Mann stand auf der Treppe. Sein Bart war nicht gestutzt, und seine Beine ragten dünn unter dem Bademantel heraus. Er hatte abgenommen.

»Amithi?«

Sie legte die Hand auf den Türknauf.

»Bitte, warte.« Naveen kam den Flur herunter und legte eine Hand auf ihren Arm. Seine Züge waren kränklich, aber voller Hoffnung.

Einen Augenblick lang hatte sie Mitleid mit ihm, doch diese Anteilnahme wurde rasch abgelöst von Wut. Sie schob seine Hand fort. »Ich bin nur hier, um meinen Reisepass zu holen«, sagte sie. »Ich bin davon ausgegangen, dass du auf der Arbeit bist.«

»Jayana hat mir erzählt, dass ihr nächsten Monat nach Indien reisen wollt«, sagte er mit gekränkter Miene.

»Erwidert sie jetzt deine Anrufe?«, fragte Amithi.

Ihr letzter Stand war, dass Jayana nichts von Naveen hören wollte. Amithi wusste nicht, wie sie dazu stand. Einerseits freute sie sich über die Loyalität ihrer Tochter. Andererseits wünschte sie sich, dass sie und ihr Vater eine gute Beziehung zueinander hatten. Auch wenn Jayana erwachsen war und eine sehr unabhängige junge Frau, wollte Amithi nicht, dass sie es irgendwann bereuen würde, sich mit ihrem Vater entzweit zu haben.

»Nein«, sagte Naveen. »Ich bin ihr zufällig in einem Sandwich-Laden in der Nähe des Campus über den Weg gelaufen.«

»Du musst wissen, dass ich Jayana nicht gesagt habe, sie solle sich von dir abwenden«, sagte Amithi.

»Nein, natürlich nicht. So etwas würdest du nie tun.«

Den Schmerz in Naveens Augen konnte Amithi nachempfinden, doch den hatte er ganz allein sich selbst zuzuschreiben. Auch sie hatte eine ganze Zeit lang Angst gehabt, sich mit Jayana zu entzweien, was die neue Nähe zwischen ihnen umso kostbarer machte.

»Erinnerst du dich, als wir das letzte Mal mit der ganzen Familie in Indien waren, als Jayana ein Teenager war?«, fragte Naveen. »Sie hat über den langen Flug nach Indien gemault, aber als unsere Reise zu Ende ging, wollte sie gar nicht mehr weg.«

Amithi erinnerte sich daran, doch es erzürnte sie, dass Naveens Betrug ihre Erinnerung an diese Reise – wie fast alle Erinnerungen an ihre Familie – trübte.

Schweigen machte sich breit, darin die Gefühle eines halben Lebens.

Schließlich sagte Naveen: »Ich sollte dir wohl sagen, dass ich zur gleichen Zeit, da Jayana und du in Indien seid, eine Reise dorthin plane. Um meine Familie zu besuchen.«

Amithi ballte die Faust so fest um ihren Reisepass, dass sich die Hülle durchbog. »Das ist meine Reise, Naveen«, versetzte sie aufgebracht. »Ich habe in all den Jahren selten um etwas für mich gebeten.«

»Ich weiß. Ich weiß.« Naveen hob die Hände, die Handflächen nach vorn. »Und ich verspreche dir, dich und Jayana nicht zu belästigen. Ich werde meine Schwester besuchen. Ich erwarte nichts von dir, ich schwöre es. Ich will nur da sein, wo du bist.« Er zeigte auf das staubige Haus. »Ohne dich ist alles leer, *jaanu*.«

»*Jaanu*« – ein Hindi-Kosewort, das wörtlich »mein Leben« bedeutete.

Amithi atmete aus. Sie bezweifelte, dass Naveen nichts von ihr erwartete. Wann hatte er – wie jeder Ehemann von seiner Frau – je nichts von ihr erwartet?

»Wenn du keine Erwartungen an mich hast, warum kannst du dann nicht ein andermal nach Indien reisen, wenn Jayana und ich wieder hier sind?«, fragte sie.

Naveens Augen verrieten ihr die Wahrheit, bevor er sie in Worte fasste. »Ich hoffe wohl darauf, dass wir uns an dem Ort, wo wir uns das erste Mal begegnet sind, daran erinnern können, wie es zwischen uns einmal war. Ich habe das Bild von dir noch deutlich vor Augen, als ich dir das erste Mal im Haus deiner Eltern begegnet bin. Ich habe geschwitzt vor Nervosität, aber du warst so schön in deinem blauen Sari und so gelassen. Du warst immer der Ruhepol in meinem Leben, Amithi. Wenn ich daran denke, wie sehr ich dich verletzt habe, wie dumm ich war …« Die Stimme versagte ihm, und er wandte den Blick ab.

Dass Naveen so sehnsüchtig von glücklicheren Zeiten sprach, entfachte in Amithis Brust einen Sturm der Wut. Wie konnte er es wagen, sich nach etwas zu sehnen, was er selbst zerstört hatte? Wie egoistisch, sich selbst zu bemitleiden, wo er sie so verletzt hatte! Seine Einsamkeit war offensichtlich, von seiner planlosen Haushaltsführung bis zu seinem unrasierten Gesicht. Doch es hätte nicht so weit kommen müssen, wenn er sich Gedanken darüber gemacht hätte, was für Folgen sein Tun für seine Familie haben würde.

»Diese Zeiten sind vorbei, Naveen«, sagte sie.

»Es tut mir so leid, Amithi. Du hast jedes Recht, wütend auf mich zu sein. Ich verstehe, dass du mich nicht sehen willst, wenn du in Indien bist. Aber wenn doch, und wenn auch nur auf eine Tasse Tee, dann hat sich die weite Reise für mich gelohnt.«

Amithi seufzte. »Wie lange wirst du dort sein?«

»Zwei Wochen. Länger habe ich nicht frei bekommen. Wann kehrst du zurück?«

»Ich bin mir noch nicht sicher«, sagte Amithi. »Ich werde eine Zeit lang in New York sein, wenn ich wieder da bin. Ich habe mich im FIT zu ein paar Kursen angemeldet.«

»FIT?« Naveen sah sie misstrauisch an. »Nie davon gehört. Was für Kurse?«

»Das Fashion Institute of Technology«, sagte sie, auch wenn sie nicht erwartete, dass Naveen es verstand. »Die haben einige laufende Kurse, die jeder besuchen kann und die mir sehr interessant erscheinen. Besonders einer über Entwurf und Schnittmusterherstellung, der mir bei meiner Schneiderei helfen könnte.«

»Das erklärt die Gebühr, die ich auf der Kreditkartenrechnung gesehen habe.«

Amithi hatte das Gefühl, sie müsste sich verteidigen. »Die Kurse sind nicht ganz billig, aber ich kann die Kosten als Geschäftsausgaben geltend machen, sobald meine Schneiderei Gewinn abwirft.«

»Ich mache mir keine Sorgen um die Kosten«, sagte Naveen. »Aber was redest du da von Schneiderei? Ich wusste nicht, dass du arbeitest.«

»Du hast nicht gewusst, dass ich Interessen habe, die nichts mit dir zu tun haben«, sagte Amithi in einem Ansturm von Adrenalin.

»Ich weiß, dass du gern nähst«, sagte er. »Und ich weiß, dass du früher, vor unserer Hochzeit, auch Kleider entworfen hast. Das hast du bei unserer ersten Begegnung erwähnt.«

»Ich wusste nicht, dass du dich daran erinnerst.«

»Der Tag, an dem wir uns begegnet sind, ist mir unvergessen.« Naveen schob die Hände in die Taschen. »Ich wünschte nur, ich hätte gewusst, dass du gern Kurse besuchen würdest. Wir hätten uns doch was überlegen können.«

»Es geht nicht um die Kurse, Naveen«, sagte Amithi mit wachsender Enttäuschung. »Es geht darum, dass du mich betrogen und belogen hast.«

Naveen senkte den Blick auf den gefliesten Boden. »Ich weiß. Es tut mir schrecklich leid, Amithi. Ich wünsche mir nur, es könnte alles wieder so sein wie früher.«

»Das ist unmöglich. Das Leben, das wir zu haben glaubten ... es ist nur eine Geschichte, eine Fiktion. Und es ist zu spät, sie umzuschreiben.«

»Also, dann ist es vielleicht möglich, eine neue Geschichte zu beginnen«, sagte Naveen vorsichtig. »Eine, in der ich dir ein besserer Ehemann bin.«

»Vielleicht«, sagte Amithi.

»Dann trink eine Tasse Tee mit mir, wenn wir in Indien sind. Bitte. Ich verspreche dir, dass ich dich nicht um mehr bitten werde. Wir könnten uns in dem kleinen Café in der Altstadt treffen, das du so mochtest.«

»Nein«, sagte sie entschlossen.

Sämtliche Hoffnung entwich seinen Zügen.

»Ich komme zu deiner Schwester, und du machst Jayana und mir Frühstück«, sagte sie. »Mehr nicht. Nur Frühstück.«

Zuerst wirkte Naveen verdutzt, doch dann lächelte er. »Ja«, sagte er eifrig. »Ich mache das gefüllte Brot, das du so magst – *aloo paratha*. Und ich besorge Mangos. Die kleinen süßen vom Markt. Wart's nur ab. Es wird das beste Frühstück, das du je gegessen hast.«

Amithi legte die Hand wieder an den Türknauf. Und diesmal öffnete sie die Tür und trat hinaus in die Sonne.

Kapitel 28

INVENTARSTÜCK: Brosche
JAHR: 1960er Jahre
ZUSTAND: einigermaßen
ARTIKELBESCHREIBUNG: goldfarbene Seestern-Brosche mit Strassverzierung. An den Rändern angelaufen
HERKUNFT: Garagenflohmarkt

VIOLET

Der spitzbärtige Tätowierer betrachtete eingehend die Brosche, die Violet ihm reichte. Die goldfarbene Fassung und die blauen Steine funkelten im Schein der Neonröhren im Schaufenster seines Ladens.

»Was meinen Sie, Gary?«, fragte Violet. »Glauben Sie, so etwas kriegen Sie hin?«

»Klar.« Er drehte die Brosche in seinen riesigen Händen. »So einen Seestern habe ich noch nie gestochen, aber eine Menge anderer Meeresbewohner. Delfine waren eine Zeit lang richtig beliebt. Und Korallen, Muscheln … Eine Dame wollte sogar mal den süßen kleinen Fisch aus dem Film. Wie hieß der noch? Nemo?«

Violet lachte. »Gütiger Himmel. Meine Tätowierung soll nicht auch nur im Entferntesten einem Comic-Fisch ähneln.«

Gary hob die Hände. »Hey, ich urteile nicht. Ich gebe den Menschen nur, was sie wollen. Und ich weiß, dass das nicht Ihr Stil ist.« Er kam auf Violets Seite, um einen besseren Blick auf ihren Arm zu haben. »Der Phönix, den ich Ihnen vor ein paar Jahren gestochen habe, sieht immer noch gut aus.«

»Deswegen bin ich wiedergekommen«, sagte sie. »Ich vertraue Ihnen.«

»Ich muss den Entwurf mit der Hand zeichnen. Können Sie mir ein paar Minuten geben?«

»Klar.«

Während Gary sich an seinen Tisch setzte, nahm Violet auf einem weichen Kunstledersofa Platz und beobachtete den abendlichen Fußgängerverkehr auf der Williamson Street. Ein Paar mit identischen Lippenpiercings schlenderte Arm in Arm am Fenster vorbei. Auf der Veranda eines Cafés auf der anderen Straßenseite standen ordentlich gestapelte Kisten mit Gemüse. Violet sah zu, wie eine Frau den Inhalt einer Kiste in eine Stofftasche lud. Vermutlich war es ein Depot eines der vielen Dutzend Höfe, die nach dem Prinzip der solidarischen Landwirtschaft betrieben wurden und jede Woche Gemüse an ihre Mitglieder lieferten.

Gary stand auf, in der Hand ein Blatt Papier und eine Schablone, die er darübergelegt hatte. »Was halten Sie davon?«, fragte er und nahm die Schablone fort, um Violet die Zeichnung zu zeigen. »Entspricht das in etwa dem, was Sie im Sinn hatten?«

»Es ist wunderschön«, sagte sie und strich über die langen, zierlichen Arme des Seesterns auf dem Bild.

»Dann nehmen Sie bitte Platz.«

Violet machte es sich in dem verstellbaren Lehnstuhl bequem und krempelte den Ärmel auf.

»Wieder auf den Bizeps?«, fragte Gary.

Violet nickte. »Diesmal auf den anderen.«

»Wissen Sie, das muss man Ihnen lassen. Viele Mädels wollen es irgendwo, wo man es nicht sehen kann, etwa auf der Hüfte oder dem Rücken.«

»Ja, also, ich bin nicht wie die meisten Mädels.«

Violet meinte, ein leises Lächeln um seine Lippen spielen zu sehen, als er den Arm mit Reinigungsalkohol abrieb und dann die Schablone darauf drückte. Als er sie fortnahm, blieb ein blauer Umriss dessen zurück, wie die Tätowierung aussehen würde.

»Warum ein Seestern?«, fragte er. »Sie müssen es mir nicht erzählen, wenn Sie nicht wollen, aber ich höre mir gern die Geschichten der Leute zu ihren Tätowierungen an, falls sie sie erzählen wollen.«

»Ich auch. Ich höre mir dauernd die Geschichten meiner Kundinnen an«, sagte Violet. »Den Seestern habe ich ausgewählt, weil er heilen und sich regenerieren kann, selbst wenn er verletzt ist oder einen Arm verliert. Ich habe kürzlich jemanden verloren.«

Sie dachte an Sam und daran, wie sehr sie sich nach seiner entspannten Gegenwart sehnte, nach seinem starken, warmen Arm um ihre Schultern. Sie dachte an ihre Großmutter Lou und an Betsy, die für Violet fast so etwas wie eine adoptierte Großmutter gewesen war. Sie dachte auch an ihr altes Leben in Bent Creek und daran, dass sie, indem sie sich von Jed getrennt hatte, notwendigerweise auch auf Distanz zu ihren Eltern gegangen war und zu dem Mädchen, das sie einmal gewesen war.

»Regeneration.« Violet stieß ein angedeutetes Lachen aus. »Das klingt wahrscheinlich ziemlich bekloppt, oder?«

»Nein, das ist cool. Ich habe schon weitaus Beklopptereres gehört.« Gary machte sich daran, eine einschüchternde Maschine mit einer Nadel und Schläuchen zusammenzusetzen. Violet sah zu und versuchte, nicht nervös zu werden. Schließlich wollte sie die Tätowierung, um sich daran zu erinnern, dass aus Schmerz etwas Gutes erwachsen konnte.

Er rieb Violets Bizeps mit einer Salbe ein und beugte sich mit einer Nadel, die mit einem Farbbehälter verbunden war, über sie. »Bereit?«

»Mhm.«

»Vergessen Sie nicht zu atmen.« Gary schaltete die Maschine ein.

Violet spürte das Kribbeln der Stiche. Ihr Arm strahlte Schmerz aus, als die Nadel mit einem Summen ihre Haut berührte. Um nicht über das zu grübeln, was sie verloren hatte, konzentrierte sie sich ganz auf ihr neues Haus, ihren Neuanfang. Es mochte eine Weile dauern, doch sie war fest entschlossen, wieder zu genesen.

»Alles in Ordnung?«, fragte er.

Sie nickte, die freie Hand zur Faust geballt.

Das Surren hörte auf, und Gary hob die Nadel. »Gute Arbeit. Die erste Linie haben wir, und das ist immer der schlimmste Teil.«

Violet lächelte. »Es ist immer gut zu wissen, dass man das Schlimmste überstanden hat.«

Am nächsten Morgen schmerzte Violets Arm noch. Sie strich Salbe darauf und suchte in ihrem Schrank nach etwas, was die frische, gerötete Tätowierung vorerst verdecken würde, ohne über die Haut zu kratzen. Als es an der Tür läutete, fuhr sie zusammen. Es war erst halb neun – anderthalb Stunden vor Ladenöffnung.

Sie warf sich ein T-Shirt-Kleid aus weichem Baumwollstoff über, bevor sie die Treppe hinunterlief, um an die Tür zu gehen. Als sie sie öffnete, stand ein Mann in einem Anzug vor ihr, eine Aktentasche in der Hand. Violets Herz hämmerte. Sie erinnerte sich an ihre Begegnung mit dem Zusteller vor ein paar Monaten.

»Kann ich Ihnen helfen?«, fragte sie, ohne ihn hereinzubitten.

Der Mann stellte seine Aktentasche auf die abgewetzten Bretter der Veranda. »Sind Sie Violet Turner?«

»Ja. Worum geht es?«, fragte sie und versuchte, ihre Nervosität zu verbergen.

»Meine Kanzlei ist mit Elizabeth Barretts Nachlass betraut«, sagte er. »Und mir obliegt es, Kontakt zu allen Betroffenen aufzunehmen.«

Violet atmete aus. »Oh, also, ich bin keine Betroffene. Ich meine, sie war eine Freundin von mir, aber ich bin kein Familienmitglied oder Erbin oder so.«

»Gemäß Mrs Barretts Testament sollen Sie einige ihrer Besitztümer erhalten.«

Violet schnappte nach Luft. »Was?«

»Mrs Barrett hat Sie in ihrem Testament als Begünstigte genannt. Sie sind genau genommen die einzige natürliche Person, die sie genannt hat. Alles andere geht entweder an ihre Stiftung zugunsten der Künste oder an verschiedene Wohltätigkeitsorganisationen.«

»Das muss ein Scherz sein. Ich meine, natürlich nicht das mit den Wohltätigkeitsorganisationen. Das mit mir.«

Der Mann hob seinen Aktenkoffer hoch und ließ klickend die Schlösser aufschnappen. »Hier sind meine Karte und eine Kopie des Testaments, damit Sie sich davon überzeugen können. Betsy hat angewiesen, dass ich Ihnen die Nachricht persönlich überbringe und nicht am Telefon oder per E-Mail.«

Violet streckte eine zitternde Hand aus und nahm die Papiere.

»Ich sollte Sie darüber informieren, dass wir zuerst die Stiftung einrichten müssen, das Barrett-Künstlerzentrum. Und aus dem Erlös des Nachlasses müssen wir ihre Arztrechnungen begleichen«, sagte er. »Das sind im Augenblick unsere Prioritäten. Sobald wir das erledigt haben, werden wir uns mit Ihnen in Verbindung setzen und verabreden, wie und wann wir Ihnen die persönlichen Dinge übergeben, die sie Ihnen vermacht hat. Das dürfte in etwa einem Monat sein.«

»Okay«, sagte Violet verblüfft.

»Wegen der Erbschaftssteuer müssen alle Gegenstände auch geschätzt werden, und wenn das erledigt ist, bekommen Sie von uns eine detaillierte Liste aller Vermögenswerte für Ihre Akten.« Der Mann lächelte. »Ich verstehe nicht viel von Mode, aber einige der Kleidungsstücke sind vermutlich von erheblichem Wert.«

Violet dachte an die wunderschönen Kostüme und Kleider ihrer Freundin, ihre unzähligen Designersonnenbrillen und -schuhe. Der Gedanke, dass sie Betsy nie wieder darin sehen würde, machte sie traurig.

Nachdem der Anwalt sich verabschiedet hatte, schlug Violet das Dokument, das er ihr gegeben hatte, auf und blätterte mit vor Schock immer noch zitternden Händen zu der Seite mit den Unterschriften. Sie sah, dass das Testament vor über einem Jahr datiert und unterzeichnet worden war – vor Violets Problemen und der drohenden Räumung und noch bevor sie von Betsys Krankheit erfahren hatte. Aus irgendeinem Grund machte das Violet froh. Betsy hatte von ihren Problemen mit dem Vermieter gewusst, und Violet war erleichtert, dass ihre Freundin sie nicht deswegen in ihrem Testament bedacht hatte. Genau wie Betsy wollte Violet auf keinen Fall bemitleidet werden. Zu wissen, dass Betsy ihr aus reiner Zuneigung etwas vermacht hatte, und nicht aus Wohltätigkeit, machte das Geschenk umso kostbarer.

Angehängt an die letzte Seite des Testaments folgte ein Dokument, das mit »Verfügung über die Verteilung des beweglichen Besitzes« überschrieben war. Betsys Anwalt hatte ihr erklärt, dies sei der Teil der Nachlassabwicklung, aus dem hervorging, an wen Betsys bewegliche Besitztümer gingen, und er hatte Violet gesagt, wo sie nach ihrem Namen suchen solle. Die Verfügung umfasste mehrere Seiten, Listen von Betsys Schätzen und für wen sie bestimmt waren. Ihre Silbersammlung hatte sie der Historischen Gesellschaft des Staates Wisconsin vermacht. Ihre Kunstwerke waren einzeln aufgeführt, einige Stücke gingen an die Stiftung, die das Barrett-Künstlerzentrum führen würde, andere gingen an das Museum für zeitgenössische Kunst. Einige Positionen waren mit handschriftlichen Notizen versehen, etwa »Für die Dauerausstellung« oder »Soll verwendet werden, wo und wie es am dringendsten ist«.

Auf der letzten Seite waren Betsys Pelzmäntel aufgelistet, ihre

Handtaschensammlung und »der gesamte Inhalt der Schränke im Schlafzimmer«. Neben der Auflistung der einzelnen Gegenstände las Violet die folgende Notiz: »Für Violet Turner, um sich persönlich daran zu erfreuen, sie nach Belieben zu verwenden oder zu spenden oder zu verkaufen«.

Mit schwerem Herzen ging Violet auf, dass sie endlich den gesamten Inhalt von Betsys Schränken zu sehen bekommen würde – etwas, worauf sie immer neugierig gewesen war –, doch sie bedauerte, dass ihre Freundin nicht mehr da war, um ihr die Geschichten zu all ihren wunderschönen Kleidern zu erzählen.

Am Nachmittag kam April mit der schlafenden Kate in einer Babyschale in den Laden. Sie stellte den Autositz auf die Ladentheke, wo Violet und sie sie bewundern konnten.

»Willkommen, Mutter und Kind«, sagte Violet und ließ den Blick über Aprils Rock mit Ikat-Druck und die Holzperlenketten, die sie im Laden gekauft hatte, schweifen. »Sie sehen viel zu gut aus, um gerade ein Kind bekommen zu haben. Aber warum sind Sie hier? Ich habe doch gesagt, ich habe alles im Griff. Ich dachte, Sie wollten ein bisschen frei machen?«

»Oh, keine Sorge, ich bin nicht zum Arbeiten gekommen«, sagte April. »Aber ich musste einfach mal aus dem Haus. Den ganzen Tag herumzusitzen erinnert mich zu sehr an die Zeit der Bettruhe. Habe ich hier etwas verpasst?«

Violet schob die Kopie des Testaments über die Ladentheke.

»Was ist das?« April nahm sie zur Hand. »›Nachlass Barrett‹?«

Violet grinste. »Ich habe gerade erfahren, dass Betsy mir den gesamten Inhalt ihrer Kleiderschränke hinterlassen hat, der raffinierte Schatz.«

»Im Ernst? Das ist ja unglaublich«, sagte April und stieß einen spitzen Schrei aus.

Die kleine Kate schlug die Augen auf, gähnte und schloss sie wieder.

»Da ich also nicht mehr in Gefahr schwebe, zwangsgeräumt zu werden«, sagte Violet, »und da allem Anschein nach bald ein paar kostbare Kleider den Weg zu mir finden werden, sieht es so aus, als wäre ich bald nicht mehr so knapp bei Kasse wie in den letzten Monaten. Da überlege ich natürlich, wie ich den Laden hier zukünftig führen möchte.«

»Oh, ja? Haben Sie über meinen Vorschlag nachgedacht, auch Kostüme zu verkaufen?«

»Ja, und ich finde, das sollten wir machen, aber ich meinte eher den größeren Rahmen.«

»Wie zum Beispiel?«

»Nun, als Sie fort waren, sowohl bevor Sie Kate bekommen haben als auch in den letzten paar Tagen, ist mir so richtig klar geworden, wie wertvoll Sie für den Laden sind.«

»Danke«, sagte April. »Das bedeutet mir sehr viel.«

»Und da Ihr Praktikum zu Ende ist, würde ich Ihnen gern eine Stelle anbieten, falls Sie Zeit haben, ein paar Stunden die Woche hier zu arbeiten, sobald Sie zwischen Unterricht und Kate und allem ein wenig Routine gefunden haben.« Violet lächelte. »Natürlich nur, wenn Sie wollen. Kein Muss.«

»Natürlich will ich«, erwiderte April. »Ich habe es aber ehrlich nicht für möglich gehalten.«

»Sosehr ich den Laden liebe, habe ich doch auch noch andere Interessen«, sagte Violet. »Und solange ich mich allein um alles kümmere, bleibt kaum Zeit für etwas anderes. Wenn ich Sie so mit Kate sehe, dann wird mir klar, dass ich irgendwann – natürlich nicht jetzt gleich, wo ich immer noch alle Hände voll zu tun habe, mich hier einzurichten, aber hoffentlich in absehbarer Zukunft – eine eigene Familie haben möchte.« Violet beugte sich vor und strich der Kleinen über die rosa Wange.

»Ehrlich? Wollen Sie ein Kind adoptieren oder sich künstlich befruchten lassen oder so?« April schlug sich die Hand vor den Mund. »Tut mir leid, war das zu persönlich?«

Violet zuckte die Achseln. »Vielleicht ein Pflegekind. Ich weiß nicht. Über die Einzelheiten habe ich noch nicht weiter nachgedacht. Aber ich wünsche es mir. Und wenn es passiert, habe ich keinen Schimmer, woher ich die Zeit nehmen will, Mutter zu sein und sieben Tage die Woche im Laden zu stehen. Wenn Sie also noch Interesse haben, hier zu arbeiten …«

»Definitiv«, sagte April. »Aber wahrscheinlich habe ich während des Semesters einen ziemlich vollen Stundenplan. Ich glaube, meine Kurse werden ganz schön hart. Ich habe in ein paar Mathekurse reingeschnuppert, die normalerweise für die höheren Fachsemester reserviert sind.«

»Kein Problem. Wir können uns nach Ihrem Stundenplan richten.«

April grinste. »Wie kam es, dass Sie es sich anders überlegt haben?«, fragte sie. »Sie müssen zugeben, dass Sie sich am Anfang ganz schön dagegen gesträubt haben, mit jemandem zusammenzuarbeiten. Ich bin mir fast sicher, dass Betsy uns zusammenzwingen musste.«

»Ja«, sagte Violet. »Aber sie hat gewusst, was sie tut.«

Kapitel 29

INVENTARSTÜCK: Kostüm
JAHR: 1995
ZUSTAND: ausgezeichnet
ARTIKELBESCHREIBUNG: Kostüm einer Drahtseiltänzerin aus dem Zirkus. Trikotanzug aus Satin mit roten und goldenen Pailletten
HERKUNFT: Lane Lawton. Sie hat es bei einer Off-Broadway-Produktion in New York getragen

April

An einem Dienstag im Oktober war April damit beschäftigt, Cocktailkleider auf Bügel zu hängen – bald stand das jährliche Klassentreffen an, und sie hofften, Studentinnen anzulocken, die zu diesem Anlass nach Hause kamen –, als das Ladentelefon klingelte. Sie ging zur Ladentheke und hob ab.

»Ich bin es, Violet«, sagte die atemlose Stimme am anderen Ende. »Sind Kundinnen da?«

»Nein. Über Mittag war ziemlich viel los, aber im Augenblick ist es ruhiger«, sagte April. »Amithi ist oben und nimmt einige Änderungen vor.«

»Okay, also, könnten Sie den Laden für eine Stunde oder so schließen? Sie müssen sofort herkommen, South Hamilton Street 215. Ich bin auf etwas Fantastisches gestoßen, und ich fürchte, wenn ich nicht rasch handele, schnappt jemand anders es mir weg.«

April notierte sich die Adresse. »Klar komme ich, aber ich glaube nicht, dass ich den Laden zumachen muss. Ich kann doch Amithi bitten, ein Auge darauf zu haben, solange ich weg bin.«

»Nein, bringen Sie sie mit. Ich könnte auch ihre Hilfe gebrauchen.«

»Aber was ist, wenn Kundinnen kommen?«, fragte April. »Halloween rückt näher, da will vielleicht jemand nach Kostümen schauen. Also, ich hab's ja gesagt mit den Kostümen. Die gehen weg wie warme Semmeln, seit wir sie im Bestand haben. Oh, erinnern Sie sich an das tolle Zirkuskostüm von Lane? Gestern hat mich eine Frau gebeten, es für sie zurückzulegen, sie würde heute Nachmittag wiederkommen.«

»Okay, dann hängen Sie ein Schild in die Tür, dass Sie bald wieder da sind, und schließen ab. Das hier dauert nicht lange, versprochen.«

April ging nach oben, wo Amithi über eine Nähmaschine gebeugt an einer breiten Bahn schwarzen, schimmernden Stoffs arbeitete.

»Violet hat gerade angerufen«, rief April über das Rattern der Nähmaschine hinweg. »Sie möchte, dass wir zu ihr kommen.«

Amithi hörte auf zu nähen. »Jetzt sofort? Ich muss dieses Kleid noch fertig säumen, bevor ich morgen nach Indien fliege. Ich habe der Kundin versprochen, es noch vorher zu erledigen.«

»Violet hat gesagt, wir sollten gleich kommen.«

»Warum?«, fragte Amithi.

»Ich habe gelernt, dass man bei Violet manchmal besser nicht fragt.«

April schloss den Laden ab. Amithi und sie nahmen einen Bus und stiegen in der South Hamilton Street in der Nähe des Kapitols aus. April las die Adresse, die sie aufgeschrieben hatte, und versuchte, das richtige Gebäude zu finden. Hier waren nur das Gerichtsgebäude, eine Bank, eine Parkgarage und einige verfallene Mietshäuser, deren straßenseitige Rasenflächen von politischen Plakaten für die bevorstehende Wahl verunziert wurden.

Wo konnte Violet *hier* denn einen Vintage-Schatz gefunden haben? Vielleicht war sie in einer Kleinanzeige auf etwas gestoßen – ein unbezahlbares Haute-Couture-Kleid, versteckt im Keller eines dieser alten Häuser.

Amithi und sie gingen den Block hinunter und suchten nach den Hausnummern: 210, 212 … aber nirgendwo 215. April wandte sich an einen Mann, der mit einer Aktentasche unterm Arm aus dem Gerichtsgebäude kam.

»Verzeihung, Sir, wissen Sie, wo ich die South Hamilton Nummer 215 finde?«, fragte sie.

Er zeigte mit dem Daumen über die Schulter auf das riesige Gebäude. »Das ist die Adresse des Gerichts.«

Verdutzt gingen April und Amithi die Stufen hinauf und traten ein. Ein Wachmann bat sie, ihre Mäntel und Handtaschen abzulegen und durch eine Sicherheitsschleuse zu treten. April bekam Panik und überlegte, ob Violet im Zusammenhang mit der Miete ihres ehemaligen Ladens vor Gericht geladen worden war. Hatte Karen Violet nicht geholfen, alles zu klären, bevor Violet mit dem Laden in das alte Haus ihrer Mutter gezogen war? Vielleicht hatten sie ja eine Kleinigkeit übersehen.

»Verzeihung«, wandte Amithi sich an den Wachmann. »Ist hier vielleicht eine Frau mit kurzem schwarzem Haar durchgekommen?«

Der Wachmann kratzte seinen grauen Bart. »Trug sie ein Brautkleid?«

Amithi zuckte die Achseln, doch April antwortete: »Ähm, ich glaube nicht.«

»Fast alle Frauen, die in der letzten Stunde oder so hier durchgekommen sind, sahen aus wie Anwältinnen. Also, sie trugen Kostüme und hatten Akten und so dabei. Die einzige Frau, die nicht aussah wie eine Anwältin, trug ein Brautkleid.«

»Hmmm«, meinte April. »Trotzdem danke. Wir warten wohl am besten hier im Foyer, bis unsere Freundin vorbeikommt.«

»Oh, und die Frau, die in dem Kleid, sie hatte Tätowierungen. Einen Vogel und noch was. Einen Seestern?«

In dem Moment fiel Aprils Blick an dem Wachmann vorbei auf Violet, die aus dem Aufzug trat. Sie trug das elfenbeinfarbene, wadenlange Kleid aus den fünfziger Jahren, das April sich für ihre eigene Hochzeit gekauft und im Frühling dann in den Laden zurückgebracht hatte.

Amithi schnappte nach Luft.

April lief zu Violet. »Ist es das, was ich denke?«

Violet umarmte die beiden, so gut es ging, ohne den Strauß roter Ranunkeln zu zerdrücken, den sie in der Hand hielt. »Sam und ich heiraten, und wir brauchen zwei Trauzeugen. Kommen Sie!« Violet verzog ihre rot geschminkten Lippen zu einem Lächeln und winkte ihre Freundinnen in den Aufzug.

»Natürlich werden wir Ihre Trauzeuginnen«, sagte Amithi. »Wie wunderbar.«

April war sich nicht so sicher. Violet und Sam hatten sich vor ungefähr zwei Monaten getrennt. Ihr lagen etliche Fragen auf den Lippen, doch im Aufzug waren noch andere Leute – ernst dreinblickende Menschen mit weißen Haaren, die Krawatten trugen –, also schwieg sie wie die anderen.

Sie stiegen im zweiten Stock aus und folgten Violet in einen Gerichtssaal, wo Sam vor dem Zeugenstand auf und ab ging wie der Anwalt der Verteidigung kurz vor dem Schlussplädoyer. Er strahlte übers ganze Gesicht, als er Violet sah, und knöpfte seinen Hahnentritt-Blazer zu.

April war immer noch so verdattert, dass sie kein Wort herausbrachte, also blieb sie einfach nur in der Nähe der Tür stehen.

Amithi nahm sie sanft am Arm. »Ich glaube, wir müssen mit nach vorn gehen.«

Die bebrillte Urkundsbeamtin blickte von ihrem Computer auf und fragte: »Soll ich dem Richter sagen, dass wir so weit sind?«

»Ja«, antworteten Violet und Sam wie aus einem Mund.

Kapitel 30

INVENTARSTÜCK: Brautkleid
JAHR: 1952
ZUSTAND: gut, kleinere Verfärbungen des Futters
ARTIKELBESCHREIBUNG: elfenbeinfarbenes, wadenlanges Kleid mit U-Ausschnitt und Flügelärmeln. Seidentaft mit Petticoat-Unterrock
HERKUNFT: Kleid von der Tochter des Paars erworben, das fünfundfünfzig Jahre verheiratet war. Später von April Morgan gekauft und zurückgebracht. Von Violet Turner anlässlich ihrer Hochzeit mit Sam Lewis getragen

VIOLET

An einem Sonntag im Oktober war Violet damit beschäftigt, die Pfingstrosen von Aprils Mutter seitlich am Haus zurückzuschneiden, als sie hörte, dass ein Auto in die Einfahrt fuhr. Sie zog ihre Gartenhandschuhe aus und wischte sich die Hände an dem Vintage-Pfadfinderhemd mit Button-down-Kragen ab, das sie gern für die Gartenarbeit anzog. Bevor sie das Haus gekauft hatte, hätte sich Violet nicht vorstellen können, dass es ihr Spaß machen würde, die Blumenbeete zu jäten und den winzigen Rasen zu mähen. Doch es hatte sich herausgestellt, dass es eine beruhigende Wirkung auf sie hatte, draußen in der Herbstluft zu sein und sich um Lebewesen zu kümmern.

Sie ging um das Haus herum nach vorn. Miles war von seinem Nickerchen erwacht und stand jetzt auf der Veranda und bellte den weißen Subaru an, der in der Einfahrt stand.

Sams Wagen.

Er stieg aus und hatte mit zwei Schritten die kleine Rasenfläche überquert, die ihn und Violet trennte. Im ersten Augenblick sah es so aus, als wollte er sie in die Arme nehmen, und Violet wünschte sich nichts sehnlicher. Doch Vorsicht und Verwirrung lähmten sie. Sam spürte es wohl, denn er kam nicht näher.

Er räusperte sich. »Der Laden sieht gut aus«, sagte er. »Als hätte er die ganze Zeit schon eigentlich hierher gehört.«

»Danke.«

»Bist du gerade mit was beschäftigt?«

»Nein. Nur ein bisschen Gartenarbeit.«

Violet hätte am liebsten geschrien: *Genug Smalltalk!* Er sah noch besser aus als das Bild von ihm, das sie seit ihrer Trennung im Kopf mit sich herumtrug. Er hatte sich ein wenig Bart stehen lassen, und Violet musste sich beherrschen, um nicht die Hand an seine Wange zu legen und den Kopf zu heben, um ihn zu küssen.

»Ich bin in mich gegangen«, sagte er.

»Ich auch.«

»Wenn ich ein bisschen mitgenommen aussehe, dann liegt das daran, dass ich das ganze Wochenende draußen am Devil's Lake gecampt habe.«

»Kein Problem«, sagte Violet. »Ich bin auch voll Erde.«

»Steht dir gut«, sagte er. »Und ist das da eine neue Tätowierung?«

Violet nickte. »Ist noch ein bisschen rot.«

Mit dem Finger fuhr Sam den Umriss des Seesterns auf Violets Bizeps nach. Wildes Verlangen durchströmte sie.

»Und hast du was gefunden?«, fragte sie. »Also, beim In-dich-Gehen?«

Sam strich mit der Hand ihren Arm hinunter und ergriff ihre Hand. »Ich bin das ganze Wochenende an den Steilhängen entlang durch die Schluchten dort gewandert. Wo ich auch war, bin ich auf Familien gestoßen. Kleine Mädchen mit großen Augen, die Wanderstöcke mit sich herumschleppten, und neugierige Jungen, die am Seeufer Muscheln sammelten. Mir ist aufgefallen, dass die Eltern immer hinterdreintrödelten und sich dabei unterhielten.«

Violet nickte. Sie hatte deutlich das Bild vor Augen, wie die Eltern unter dem leuchtenden Herbstlaub spazierten, die Kinder mit ihren fusseligen Sweatshirts und aufgeschürften Knien. Sie hatte Angst vor dem, was Sam als Nächstes sagen würde. Angst zu hoffen.

»Zum ersten Mal konnte ich mir mich als so einen Vater vorstellen, ohne in Panik zu geraten«, sagte Sam. »Und ich glaube, das liegt daran, dass ich mir dich auch vorstellen konnte, wie du in einem deiner unpraktischen Kleider hinter einem Kind herjagst.«

Violet lachte, schier überwältigt von einem plötzlichen Ansturm reiner Freude. »Wen nennst du hier unpraktisch? Ich trage ein Pfadfinderhemd. Gibt es etwas Praktischeres?«

»Ja, aber sieh dir doch mal deine Schuhe an.« Er zeigte auf Violets hochhackige Schnürstiefeletten.

»Okay«, lenkte sie ein. »Aber ich verspreche dir, dass ich darin besser laufen kann als in Turnschuhen.«

»Jetzt aber mal im Ernst«, sagte er. »Ich will mit dir zusammen sein, was auch immer das bedeutet. Alles, was ich mit dir tue, wird ein Abenteuer sein. Natürlich ist mir klar, dass es keine Garantie gibt, dass wir, also, dass wir eine Familie haben können. Oder dass sie, wenn wir eine haben, so sein wird wie die, die ich am Wochenende gesehen habe.«

»Natürlich nicht«, sagte Violet, immer noch grinsend. »Sie wäre süßer.«

Sam drückte ihre Hand und holte eine blaue Samtschachtel aus seiner Hosentasche und öffnete sie. Darin war ein Vintage-Ring – ein viereckiger Diamant in einer silbernen Art-déco-Fassung. Die Frage musste er gar nicht stellen.

Sobald Violet den Ring sah, fielen alle ihre Ängste, ob sie wirklich wieder heiraten und ihre Freiheit aufgeben wollte, von ihr ab. Sie hob die Hand, um sein Gesicht zu berühren, wie sie es einige Augenblicke vorher schon hatte tun wollen, und sagte: »Tun wir's.«

Jetzt posierten sie auf den Stufen vor dem Gerichtsgebäude und warteten darauf, dass April ein Foto schoss. Sam zog Violet an sich und hob den kleinen Schleier ihres Huts, um sie zu küssen. Männer und Frauen in Anzügen und Kostümen starrten sie im Vorbeigehen an, doch das scherte sie nicht.

»Ich habe einen Bärenhunger«, sagte Sam, als er sich löste. »Vor lauter Nervosität habe ich den ganzen Tag noch keinen Bissen runterbekommen.«

»Ach.« Violet berührte seine Wange. »Kalte Füße, Schatz?«

»Nein, ich hatte Angst, *du* könntest welche kriegen.«

Violet zeigte auf ihre cremefarbenen, zehenfreien Pumps mit den kleinen, blauen Schleifen. »Es ist Oktober, und es mag sein, dass ich für diese Jahreszeit nicht die praktischsten Schuhe trage, doch meine Füße sind schön warm. Lass uns was essen gehen. Wer hat Lust auf Pizza?«

»Soll ich nicht zurück in den Laden?«, fragte April.

»O nein. Ich bin Ihre Chefin, und ich sage, Sie gehen jetzt mit uns feiern. Der Laden kann auch mal einen Nachmittag geschlossen sein. Rufen Sie Charlie an, er soll auch kommen. Und Ihr süßes kleines Mädchen mitbringen.«

»Ich kann zurückfahren und auf den Laden aufpassen, wenn Sie wollen«, erbot Amithi sich. »Ich muss noch eine Änderung fertig machen, bevor ich morgen auf Reisen gehe.«

»Nein, bitte kommen Sie auch mit«, sagte Violet. »Wenigstens auf einen Sprung.«

»Besitzt jemand die Gnade, mir zu erzählen, was los ist, abgesehen von der offensichtlichen Tatsache, dass Sie gerade geheiratet haben?«, fragte April. »Ich stehe auf dem Schlauch. Ich dachte, Sie hätten sich getrennt.«

»Steigen Sie ein, und ich erzähl's Ihnen auf dem Weg ins Restaurant«, sagte Violet.

Die vier stiegen in Sams Subaru.

»Okay, erzählen Sie mir jetzt bitte, wie es dazu gekommen ist?«, fragte April. »Wann haben Sie das beschlossen?«

Sam sah sie im Rückspiegel an. »Ungefähr vor einer Woche.«

»Vor einer Woche?« April schlug Violet auf den Arm. »Wir haben uns fast jeden Tag im Laden gesehen, und Sie haben kein Wort gesagt. Ich wusste nicht mal, dass Sie wieder zusammen sind. Und jetzt sind Sie verheiratet? Sie verlieren wirklich keine Zeit.«

Sam musste an einer Ampel halten und tauschte einen Blick mit Violet. »Ich hatte schon genug Zeit damit vergeudet, dass ich mich von meinen dämlichen Ängsten leiten ließ«, sagte er.

»Ich auch«, warf Violet ein. »Als Sam sagte, er habe es sich in einer Angelegenheit, die mir sehr wichtig war, noch einmal überlegt, war alles klar. Da gab's keinen Grund mehr, noch länger zu warten.«

»Das war vor gut einer Woche«, sagte Sam. »Und es stellte sich heraus, dass man sechs Tage warten muss zwischen dem Tag, an dem man die Heiratserlaubnis beantragt, und dem Tag, an dem man dann heiraten kann, und heute war der erste Tag, an dem wir einen Termin beim Friedensrichter bekommen konnten, also haben wir zugeschlagen.«

»Wie haben Sie sie gefragt?«, fragte Amithi.

Sam sah Violet an. »Willst du es ihr erzählen?«

Violet lachte. »Man könnte wohl sagen, es war wechselseitig. Ich habe Sam nicht die Gelegenheit gegeben, mich zu fragen, bevor ich Ja gesagt habe.«

»Aber Sie sind doch erst seit wann zusammen? Juli? Das sind nur ein paar Monate«, sagte April. »Nicht mal, wenn man die Zeit zählt, als Sie sich getrennt hatten.«

»Man muss jemanden nicht unbedingt lange kennen«, sagte Amithi. »In Indien heiraten viele Menschen, die sich erst kurze Zeit kennen. Ich finde es wunderbar, dass Sie einander gefunden haben. Zeit spielt keine Rolle.«

Aus dem Augenwinkel sah Violet, dass Amithi schniefte und sich mit einem Zipfel ihres blauen Schals – der mit den Pfauen, den sie mit in den Laden gebracht und dann aber doch nicht verkauft hatte – die Wangen tupfte. Es freute Violet zu sehen, dass Amithi, die durch den Betrug ihres Mannes hart geworden war, sich noch anrühren ließ von der Liebe.

Den Rest der Fahrt über telefonierte Violet. Sie rief Karen und Tom an, um ihnen eine Nachricht zu hinterlassen, und andere Freunde in der Stadt. Sie sagte allen, sie sollten in die Greenbush Bar kommen, die Souterrain-Pizzeria, wo Sam und sie schon oft gegessen hatten, so auch an dem Abend des vergangenen Sonntags anlässlich ihrer Verlobung.

Sam schaute zu Violet auf dem Beifahrersitz. »Da werden einige Leute aber den Schock ihres Lebens kriegen, wenn sie deine Nachricht hören.«

»Gut«, meinte Violet. »Wenn ich eines in den letzten Monaten gelernt habe, dann, dass das Leben genug unerfreuliche Überraschungen in petto hat. Ab und zu ist es ganz schön, auch mal eine erfreuliche Überraschung aus dem Ärmel zu ziehen.«

»Warum steigen die Damen nicht aus, und ich suche einen Parkplatz?« Er hielt vor einem kleinen Haus in der Regent Street, über dessen Tür ein Schild mit der Aufschrift ITALIAN WORKMEN'S CLUB hing.

Violet öffnete die Tür und ging eine schmale Treppe ins Souterrain hinunter, April dicht auf ihren Fersen. Violet blieb stehen und drehte sich um. »Ich hoffe, es stört Sie nicht, dass ich dieses Kleid trage.«

»Keineswegs. Ist doch schön, dass jemand es trägt, wo ich keine Verwendung dafür hatte.«

Violet strich den weit geschnittenen Rock über den Hüften glatt. »Ich bin überrascht, dass ich überhaupt reinpasse. Ich glaube, ich habe durch die ganzen Sorgen und die viele Arbeit mit der Modenschau ziemlich abgenommen. Habe ich Ihnen erzählt, dass mich schon Leute gefragt haben, wann die nächste ist?«

»Wollen Sie so etwas denn noch mal machen?«, fragte April.

»Warum nicht? Es ist eine gute Möglichkeit, ein bisschen zusätzliches Geld zu machen, und vielleicht können wir einen Teil der Erlöse an eine Wohltätigkeitsorganisation spenden. Das wollte ich eigentlich schon beim letzten Mal, aber ich brauchte das Geld ja dringend. Vielleicht könnten wir der Stiftung, die Betsy für Künstler eingerichtet hat, was spenden. Als Dankeschön für alles, was sie für mich getan hat.«

Sie betraten das Restaurant mit der niedrigen Decke. Lane unterhielt sich an der Bar mit Charlie, der seine Tochter auf dem Schoß hatte. Kate, so klein sie noch war, gurrte beim Anblick ihrer Mutter.

Lane sprang von ihrem Hocker auf und umarmte Violet. »Also, ich habe wirklich nicht damit gerechnet, heute zu einem Hochzeitsempfang zu gehen. Was für eine wunderbare Überraschung.«

»Es ist nicht unbedingt ein klassischer Hochzeitsempfang«, wandte Violet ein. »Nur was zu trinken und Pizza.«

Kate fing in Charlies Armen an zu zappeln und zu weinen. April nahm sie und sagte: »Ich schau mal, ob sie eine frische Windel braucht.«

Als April wegging, fragte Charlie: »Und wo ist der Bräutigam?«

»Parkt den Wagen«, antwortete Violet.

»Was möchten Sie trinken?«, fragte Charlie Violet.

Sie bestellte ein Glas Rotwein, blickte an ihrem weißen Kleid hinunter, überlegte kurz und bat stattdessen um ein Glas klaren, perlenden Prosecco. Als der dunkelhaarige Barkellner mit einem Sektglas wiederkam, zwinkerte er Violet zu. »Herzlichen Glückwunsch, *bella*.«

Sam trat ein und kam zum Tresen, um Violet zu umarmen. Sie küssten sich, und das ganze Restaurant applaudierte. Es war erst halb fünf, doch an einigen Tischen saßen schon Gäste, die zu Abend aßen, hauptsächlich weißhaarige Paare und junge Familien. Ein kleiner Junge kletterte auf seinen Stuhl, stieß die Fäuste in die Luft und rief: »Küssen! Küssen!«

Violet und ihre Hochzeitsgesellschaft nahmen an einem großen, runden Tisch Platz. April kam mit Kate in den Armen von der Toilette zurück. Violet streckte sofort die Arme nach der Kleinen aus. Sie nahm das warme Bündel auf den Schoß und begegnete Sams Blick. Sie konnte sich keinen schöneren Tag vorstellen.

»Wollten Sie keine große Hochzeit?«, fragte Lane.

Violet schüttelte den Kopf. Eine große Hochzeit hatte sie schon gehabt, damals in Bent Creek, mit der ganzen Familie und allen Freunden. Diesmal war ihr eine kleine Feier gerade recht.

»Extravagante Feierlichkeiten waren noch nie nach meinem Geschmack«, sagte Sam. »Ich hatte nur gehofft, das Glück zu haben, eines Tages eine Frau zu finden, mit der ich mein Leben teilen möchte und die bereit ist, es mit mir aufzunehmen.«

»Ich freue mich sehr für Sie«, sagte Amithi. »Aber ich muss zugeben, wenn meine Tochter geheiratet hätte, ohne es mir zu sagen, wäre ich sehr verärgert.«

»Wir haben kurz vorher unsere Eltern angerufen«, sagte Violet, »und ihnen erklärt, dass wir auch sonst niemanden eingeladen haben, dass wir also nicht nur sie außen vor gelassen haben. Wir haben alle außen vor gelassen … also, bis auf unsere zwei Trauzeugen, die von Gesetz wegen vorgeschrieben sind.«

»Wie haben sie es aufgenommen?«, fragte Lane.

»Sie waren … überrascht«, sagte Sam, »und haben sich gleich auf den Weg von Bent Creek hierher gemacht, damit sie heute Abend mit uns feiern können.«

»Meine Eltern klangen, als würden sie mich am liebsten umbringen«, fügte Violet hinzu. »Aber als ich angedeutet habe, wir hätten es so eilig gehabt, weil wir eine Familie gründen möchten, haben sie sich ein wenig beruhigt. Bei der Aussicht auf Enkelkinder haben sie ziemlich schnell den Mund gehalten.«

»Wir sind zwar noch nicht lange zusammen, aber genau genommen kenne ich Violet seit der Highschool, auch wenn sie mich damals nicht wahrgenommen hat.« Sam löste seine schwarze Krawatte. »Also, ja, für unsere Eltern klang das alles sicher ziemlich verrückt. Aber ich bin neununddreißig, und Violet ist achtunddreißig. Wir sind keine Teenager.«

Lane drohte Sam mit dem Finger. »Wenn Sie wollen, dass Ihre Ehe hält, dann sollte Sie nicht rumlaufen und den Leuten das Alter Ihrer Frau verraten.«

»Ach, das stört mich nicht«, sagte Violet. »Je weiter ich meine Jugend hinter mir lasse, desto besser.«

»Ich glaube, es spielt keine Rolle, wie lange man jemanden kennt«, sagte Amithi leise. »Wichtiger ist Vertrauen. Ohne Vertrauen kann keine Ehe überleben.« Sie holte etwas aus ihrer Handtasche und schob eine kleine Samtschachtel über den Tisch.

Violet öffnete sie und schnappte nach Luft.

»Was ist das?«, fragte April.

Violet holte die goldenen, langen Ohrringe mit den funkelnden roten Steinen heraus.

Amithi lächelte. »Ich trage sie in der Handtasche mit mir herum, weil ich sie eigentlich zum Juwelier bringen wollte, um sie zu verkaufen. Aber der Gedanke, sie könnten an jemanden gehen, den ich nicht kenne, war mir unerträglich.«

Violet schloss die Schachtel. »Die kann ich nicht annehmen. Die sind viel zu kostbar.«

»Wenn Sie sie nicht annehmen, bin ich tödlich beleidigt.« Amithi verschränkte die Arme vor der Brust. Dann wurden ihre Züge weicher. »Bitte, nehmen Sie sie.«

Violet öffnete die Schachtel wieder und legte die Ohrringe an.

»Sie stehen Ihnen ausgezeichnet. Meine Mutter wäre stolz, wenn sie sehen könnte, dass Sie sie tragen. Sie und mein Vater sind seit über sechzig Jahren verheiratet. Ich hoffe, dass auch Sie beide viele glückliche Jahre haben.« Amithi stand vom Tisch auf. »Es tut mir sehr leid, das Fest schon zu verlassen, aber ich muss zurück in den Laden. Ich habe einer Kundin versprochen, ihr Kleid bis heute Abend zu ändern, weil ich morgen verreise und eine Weile fort sein werde.«

»Ich wünsche Ihnen eine wunderbare Reise mit Ihrer Tochter«, sagte Violet. »Das Nähzimmer wartet auf Sie, wenn Sie wiederkommen.«

»Habe ich es Ihnen schon erzählt? Wenn ich von Indien zurückkomme, gehe ich nach New York, um ein paar Kurse in Modedesign zu besuchen. Das wollte ich schon immer, aber ich hatte immer alle Hände voll zu tun, mich um meine Familie zu kümmern. Ich will lernen, meine eigenen Entwürfe umzusetzen, damit ich mehr maßgeschneiderte Sachen nähen kann, statt nur Änderungen vorzunehmen.«

»Wie wunderbar«, sagte Violet und senkte dann die Stimme. »Wissen Sie schon, was Sie mit Ihrem Mann machen?«

»Wir haben vor, uns zu treffen, wenn ich in Indien bin. Er wird mir Frühstück bereiten. Er schickt mir schon E-Mails mit Fotos von verschiedenen Rezepten, die er ausprobiert hat.« Amithi grinste. »Und dann werden wir sehen. Naveen hat sich drei Jahrzehnte Zeit gelassen, um mir zu erzählen, was passiert ist. Das Mindeste, was er tun kann, ist, mir so viel Zeit zu geben, wie ich brauche, um einen Standpunkt dazu zu finden.«

Violet stand auf und umarmte Amithi. »Ich hoffe, es wird alles gut, was auch immer Sie entscheiden«, sagte sie.

»Und, Violet«, sagte Lane, nachdem Amithi fort war, »ich weiß, dass Sie etwas Altes tragen. Sie tragen immer etwas Altes. Und ich habe gesehen, dass Sie blaue Schleifen an den Schuhen haben. Haben Sie auch etwas Geborgtes und etwas Neues?«

»Genau genommen ist das Kleid geborgt«, sagte Violet, »denn morgen wandert es gleich wieder in den Laden, damit jemand anderes es kauft und ein neues Kapitel seiner Geschichte schreibt. Es sei denn, Sie wollen es, April.«

April schüttelte den Kopf. »Nicht nach dem, wie es beim letzten Mal ausgegangen ist.«

Charlie verzog den Mund zu einem schuldbewussten Lächeln. »Ich weiß, dass du meinetwegen durch die Hölle gegangen bist, aber am Ende ist doch alles gut geworden, findest du nicht?«

April schaute von Charlie zu Kate, die noch von Violet gehalten wurde. »Ja, sieht so aus.«

Lane stellte ihr Glas ab und sagte: »Okay, das Kleid ist geborgt, die Ohrringe sind alt, an Ihren Schuhen ist etwas Blaues, aber was ist mit etwas Neuem?«

»Brauche ich etwas Neues?«, fragte Violet. »Ich trage nie was Neues. Also, abgesehen von Unterwäsche, aber leider trage ich heute was, was ich schon eine Weile habe.« Sie schaute zu Sam. »Tut mir leid, Schatz.«

Sam grinste nur.

»Ich sehe etwas Neues«, sagte Charlie.

Violet betrachtete ihr Kleid. »Was?«

»Die kleine Kate auf Ihrem Schoß.«

Violet senkte den Blick auf das Baby, das mit geschürzten rosa Lippen in ihren Armen schlief.

»Zählt das?«, fragte Lane.

»O ja, und ob sie zählt.« Violet strich mit den Lippen über den samtigen Kopf und flüsterte: »Lass dir bloß nie einreden, du würdest nicht zählen, auch wenn du tausend Fehler machst.«

April erhob das Glas. »Auf zweite Chancen.«

Rings um den Tisch in der Souterrain-Pizzeria klirrten die Gläser.

Violet stieß mit Sam an und erwischte ihn dabei, wie er ihre neue Tätowierung bewunderte. Die Rötung war endlich zurückgegangen, und der blau-grüne Seestern hob sich deutlich von ihrer hellen Haut ab. Sie war zufrieden damit, doch ihre alte Tätowierung war ihr immer noch lieber, und sie richtete jetzt den Blick darauf. Der Phönix erhob sich, stark und anmutig, knapp unter den Flügelärmeln ihres Vintage-Kleids.

Dank

Dieses Buch ist das Produkt vieler Hände. Tief empfundene Worte der Liebe und des Dankes gelten meinem Mann, Bill Parsons, für seine Geduld während der Entstehung des Manuskripts. Einen herzlichen Dank möchte ich auch meinen Eltern, Frank und Kerry Gloss, aussprechen. Sie haben mich von klein auf ermutigt zu schreiben und in der letzten Zeit zahllose Stunden mein Kind gehütet, genau wie meine wunderbaren Schwiegereltern, Bill und Peggy Parsons. Ich hätte kein einziges Wort zu Papier gebracht, wenn mein Sohn in den Stunden, da ich fort war, nicht so gut versorgt gewesen wäre. Familie ist der Stoff, aus dem diese Geschichte genäht ist.

Meine besondere Anerkennung gilt Christina Hogrebe und ihren Kolleginnen und Kollegen bei der Jane Rotrosen Agency für ihren sachkundigen Rat und ihren Einsatz für dieses Buch. Überaus dankbar bin ich auch Rachel Kahan und den Mitarbeiterinnen und Mitarbeitern von William Morrow. Rachels Begeisterung für dieses Projekt wurde schon deutlich, als sie, noch bevor wir das erste Mal telefonierten, in meinem Onlineladen ein Vintage-Kleid von Diane von Fürstenberg kaufte. Da war mir klar, dass Rachel die perfekte Lektorin für Violets, Aprils und Amithis Geschichten sein würde.

Außerdem möchte ich mich bei meinen Schreibgruppen, den Novellas und den Inkwellians, bedanken und besonders bei meiner Kritikpartnerin Rebecca Anderson-Brown. Man sollte eigentlich niemanden bitten, so viele Entwürfe zu lesen, und sie hat es immer schnell getan und oft quasi auf Zuruf. Amy Robb betätigte mit strenger Hand die Löschtaste, Nick Wilkes hat fotografische Kenntnisse beigetragen, und Kavita Mohan und Padma Shankar haben mir mit unbezahlbaren Einblicken in die indisch-amerikanische Lebenswelt zur Seite gestanden. Meine frühen Leserinnen Kori Yelle und Suzan Headley haben aus der Distanz eine andere Perspektive darauf geworfen. Schließlich schulde ich dem Personal des Café Barriques auf der West Washington Avenue meinen Dank, das mich immer noch einen letzten Satz zu Ende schreiben ließ, nachdem das Licht ausging.